I0764803

L'HÉRITIER

COEUR DE FLAMMES

TOME DEUX

NAMI TAYO

NT

Ce roman est paru pour la première fois en 2015, dans une version très différente.

2026, **Nami Tayo/Iman Eyitayo**
2020, **Éditions Ada**
2015, **Éditions Plumes Solidaires**
Email : namitayo.autrice@gmail.com
Site internet : www.namitayo.com

Corrections : Nami Tayo & Audrey corrections
Carte du monde : Patricia Lo & Nami Tayo
Réalisation de la couverture : Charlotte H Graphisme

Isbn-13 : 978-2-487406-18-6

BIBLIOGRAPHIE

Du même auteur – Dans l'imaginaire :

Voyageuse, tome 1
Voyageuse, tome 2
Voyageuse, tome 3
Coeur de flammes, tome 1

Du même auteur – en romance :

Aime-moi si tu peux !
Dégage-moi si tu peux !
Nos espoirs croisés

L'auteure écrit également pour la jeunesse, sous le pseudo « Iman Eyitayo »

À toi, Franck.

Parce que ton honnêteté a été salvatrice, respire.

Bonne lecture !
Nami

Avant-propos

Retrouvez tout l'univers d'Iriah, ainsi que la carte du monde en couleur et en HD sur le site de l'autrice :

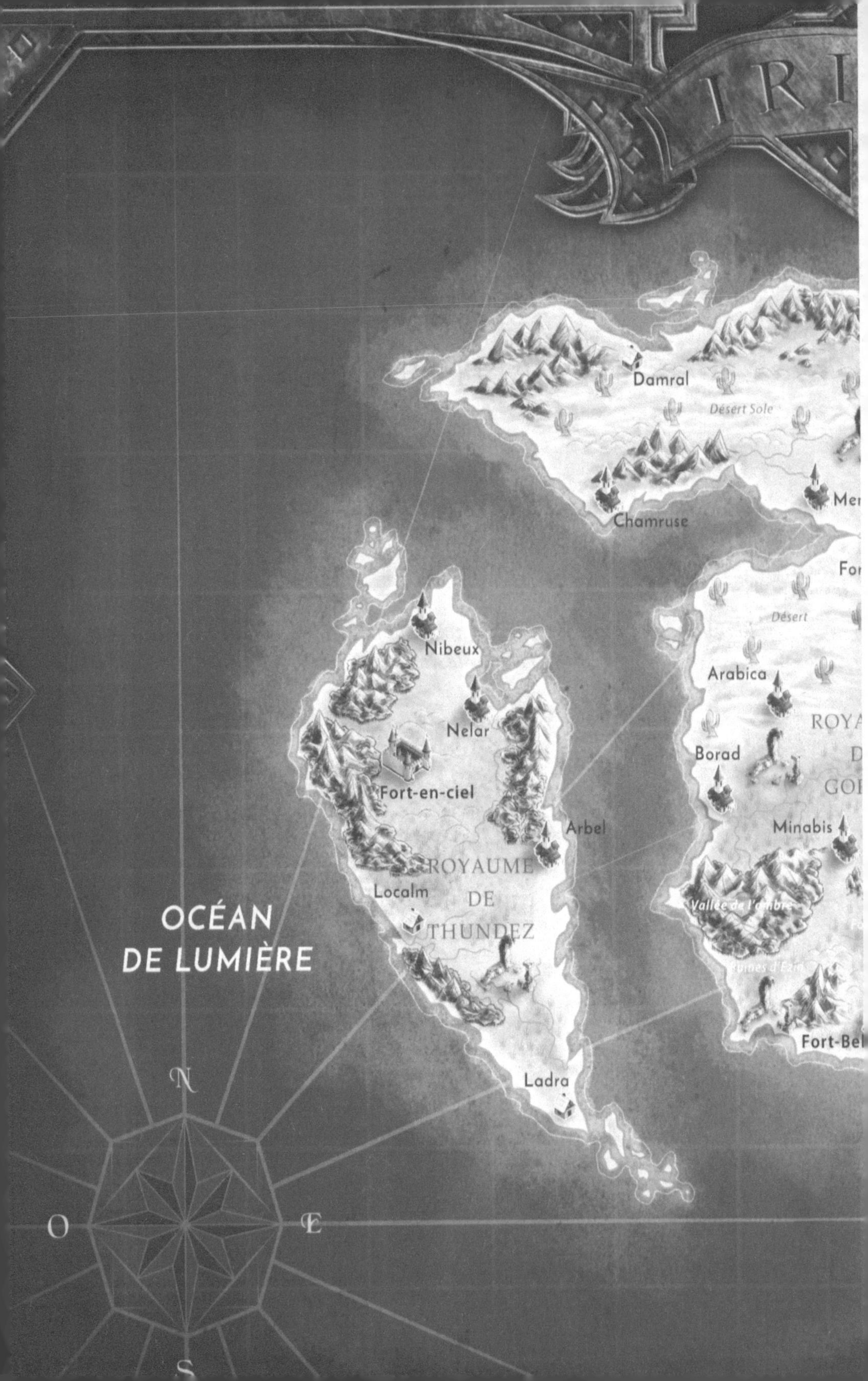
Damral
Désert Sole
Chamruse
Désert
Nibeux
Arabica
Nelar
Borad
Fort-en-ciel
Arbel
Minabis
ROYAUME
DE
THUNDEZ
Localm
Vallée de l'ombre
OCÉAN
DE LUMIÈRE
Ladra
N
O
E
S

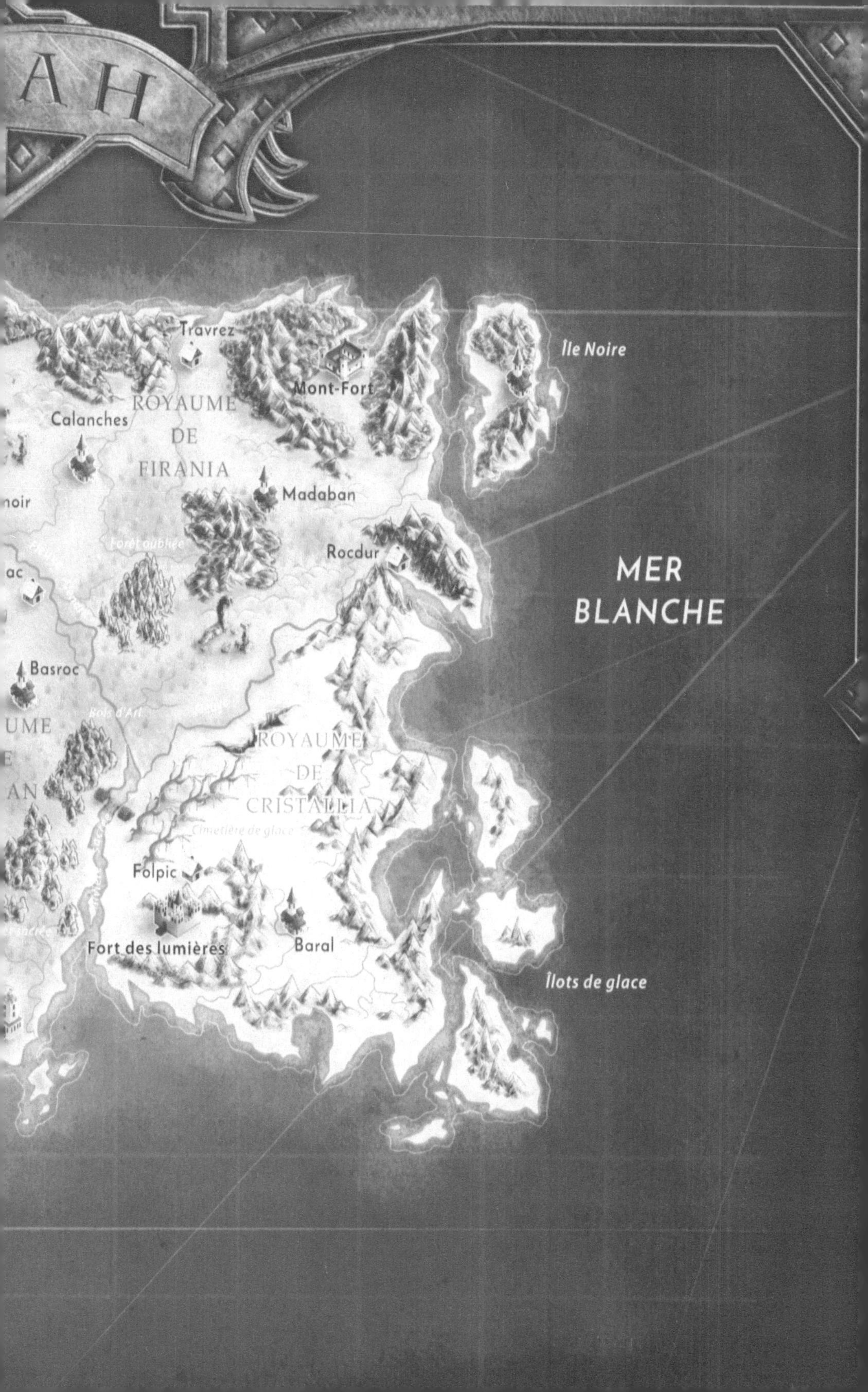

AH

Travrez

Île Noire

Mont-Fort

ROYAUME DE FIRANIA

Calanches

Madaban

noir

Forêt oubliée

Rocdur

MER BLANCHE

ac

Basroc

Bois d'Art

UME E AN

ROYAUME DE CRISTALLIA

Cimetière de glace

Folpic

Fort des lumières

Baral

Îlots de glace

GLOSSAIRE

Ælfes : Race assez proche des Humains et originaire de Cristallia. On dit que les températures glaciales de ce royaume seraient à l'origine de leur teint pâle, leurs traits fins et leur beauté sans pareille. Leurs oreilles pointues leur permettent d'entendre un peu plus loin que la normale. Beaucoup d'entre eux ont immigré à Goran durant le dernier siècle.

Anciens : Anciens habitants d'Iriah qui vivaient en harmonie avec les chimères. Ils se servaient librement de la magie jusqu'à ce qu'une effroyable guerre les extermine. Les survivants enfermèrent leur pouvoir dans des pierres magiques, les masex.

Baluche : Petite besace au contenant impressionnant permettant de voyager léger et s'accrochant généralement à la ceinture. Il s'agit, selon l'assemblée irienne des druides, d'un héritage de l'Ancienne ère magique, au même titre que les masex.

Bonzaï : un enchevêtrement d'habitations disposées en spirale autour d'un haut pilier de roches marines. On y accède par un escalier circulaire, mais une longue glissière plongeante permet aussi de rejoindre le sol en quelques secondes. La structure doit son nom à sa ressemblance avec un arbre qu'on ne trouve qu'à certains endroits d'Iriah.

Ceinture magique : Ceinture dont la fabrication inclut un matériau spécial permettant l'usage d'un à trois masex à la fois. Elle puise l'énergie psychique de son porteur.

Cimetière de glace : Ancienne forêt cristallienne qui sert maintenant de repaire à de dangereux chasseurs, qui pillent les carrosses qui y circulent. Il est situé entre le fleuve blanc et le village de Folpic.

Chimères : Seules descendantes de l'ancienne ère magique. Certaines sont invoquées via de simples masex et obéissent ainsi à leur porteur. D'autres, dites gardiennes, protègent des lieux sacrés et n'apparaissent que lorsqu'elles sentent une menace pertinente.

Quatre d'entre elles, les chimères royales, défendent les royaumes d'Iriah sans pour autant perdre leur libre arbitre. Elles sont invoquées à l'aide de sceaux royaux auxquels seuls les monarques ont accès.

Maldas : Chimère royale de Goran.

Shirev : Chimère royale de Cristallia.

Coque-bille : Moyen de déplacement le plus courant à Puydor pour quiconque a de quoi payer. Ce sont de larges coquillages qui naviguent sur l'eau à l'aide d'un masex de vent.

Épée royale : Épée magique d'un tranchant incroyable détenue par la famille royale de Goran depuis des générations. Elle a été brisée lors d'un combat contre le dragon à trois queues et seul l'anneau de terre qu'il porte à l'oreille peut lui redonner son pouvoir.

Ce dragon est la chimère gardienne de la forêt sacrée; le vaincre constitue l'épreuve initiatique confiée au prétendant au trône de Goran afin de devenir prince héritier.

Éraffleurs : Groupement organisé de voleurs et de criminels qui sévissent principalement à Thundez et à Firania. La marque sur leur tunique, un tigre aux dents acérées, permet de les reconnaître la plupart du temps. Beaucoup d'entre eux savent se servir de magie.

Forêt sacrée : Forêt située à quelques kilomètres du château de Goran et donnant sur la rivière sacrée. C'est un cimetière des esprits, et la légende dit que les morts s'y reposent la journée pour se réveiller la nuit. Elle est protégée par une chimère gardienne, le dragon à trois queues.

Hybrides : Enfants issus de l'union entre Humains et Ælfes. Leur mariage a été légalisé un demi-siècle plus tôt, dans l'État de Goran uniquement.

Légenda : Substitut aux ceintures magiques, il peut contenir deux masex à la fois et décuple instantanément leur puissance. Il est unique et son usage ne nécessite aucun pouvoir psychique ou Yhr.

Lune : Une lune fait référence à un tour de cadran d'horloge, donc vingt-quatre heures. Le décompte commence au départ de la première lune et se termine au début de la suivante : il se fait de nuit en nuit.

Masex : Pierres magiques contenant un pouvoir défini. Il est nécessaire de porter une ceinture spécifique pour s'en servir et leur puissance dépend de celle de son porteur. Un usage intensif de ces pierres est déconseillé, car elles peuvent consumer son utilisateur et le tuer à long terme.

Les masex se déchargent inexorablement, et il leur faut du temps pour se recharger. Certains servent à l'invocation de chimères quelconques et d'autres, plus rares encore, scellés dans des sceaux uniques, contiennent l'essence des chimères royales. Ce sont les derniers vestiges de l'ancienne ère magique qu'avaient connue les Anciens.

Meris : Fruits rouges au goût singulier poussant dans la vallée de l'ombre, située près du château de Goran. Leur culture très contrôlée leur confère une rareté et donc un prix plus élevé que la moyenne.

Merisard : Boisson obtenue en fermentant le jus de meris durant des mois, voire des années. Sa consommation est très rare, son temps de préparation étant long et son principal ingrédient coûteux. Elle est, depuis des générations, l'élixir utilisé pour marier les couples royaux. Le château en a donc quelques barils en stock, et chaque gorgée est réservée à des occasions spéciales.

Mer jaune : Mélange d'alcool, de jus de zombeb et de lait de coco.

Mini-As : Petits êtres aux pouvoirs psychiques très élevés. Ils font environ la moitié de la taille d'un Humain, ont un nez pointu qui leur confère un odorat sans pareil, ainsi que de longs cils qui contrastent avec leurs petits yeux. Nombre d'entre eux sont des druides connus.

Neutron : Masex unique avec le pouvoir d'annuler la magie. Il émet des ondes à intervalles réguliers, qui agissent dans un certain périmètre alentour.

Ogres : Géants à la morphologie humaine vivant reclus dans les grottes et montagnes de Firania. Ils sont pacifistes, mais redoutables lorsqu'ils sont amenés à combattre.

Océan de lumière : Océan qui borde les plages de Thundez, de Borad et du sud-ouest de Firania.

Orgades : Grandes créatures aux oreilles surélevées au niveau des tempes, à la peau très résistante et aussi bleue que l'océan. Elles vivent depuis quelques générations dans la rivière sacrée, mais sont citoyennes cristalliennes et viennent de temps en temps à la surface pour régler des affaires d'État. Elles apportent d'ailleurs régulièrement leur aide au royaume de glace, notamment en tant qu'archères d'élite.

Orgade Sang : Courageuse ancêtre des Orgades qui a mené la bataille pour libérer la rivière. Elle découvrit ensuite la bulle magique en son sein, sur la révélation d'une Déesse dont personne ne connaît le nom. Les femmes étant les seules à l'avoir suivie dans son combat, elle condamna les hommes qui avaient voulu rejoindre son nouveau paradis, à l'esclavage.

Orquinite : Matériau Ancien extrêmement rare à partir duquel est faite la boîte qui contient le Neutron. Ce matériau bloque les flux magiques. À sa découverte, les grandes puissances d'Iriah essayèrent de le reproduire. Ils n'y parvinrent pas et l'exploitèrent pour protéger en priorité les pièces à risque de leurs palais. On ne trouve plus d'orquinite depuis environ deux décennies.

Peccas : Tartines à base de pain, d'œuf, de viande et de meris, originaires de Goran.

Prince héritier : Titre auquel peut prétendre un prince de sang dès l'âge de dix-neuf ans et qui implique qu'il est prêt à remplacer le roi à tout moment. Un an avant, il se voit assigner une épreuve initiatique fixée par l'assemblée des druides royaux.

Puydor : Cité construite dans le sud-est de la rivière sacrée et protégée par une bulle magique qui assure aux Orgades leur besoin quotidien en air. La bulle contient aussi de l'eau, dont le niveau est d'un peu plus d'un mètre au-dessus du sol. La ville possède quatre passages magiques qui permettent d'y entrer et d'en sortir. Autrement, elle est infranchissable.

Régisseur : Être maléfique qui a soumis Iriah à la servitude. Il exige le paiement régulier de taxes ainsi que l'extermination de tous les jumeaux et jumelles. Il communique avec les emblèmes royaux à l'aide d'un oiseau aux plumes dorées. Certains l'assimilent à un Dieu.

Rivière sacrée : Mer intérieure séparant Goran et Cristallia, et dont le nom trompeur de « rivière » remonte à des générations. Deux grands fleuves — l'Alendril et le fleuve blanc — s'y jettent, et elle est la seule étendue d'eau à donner sur la mer blanche et l'océan de lumière. Elle a des pouvoirs de régénérescence et après une guerre vieille de plusieurs siècles, y pénétrer a été interdit par les Orgades qui depuis y vivent. Elle est protégée par le dragon à trois queues au même titre que la forêt sacrée.

Sceaux royaux : Socles de pierre retenant prisonniers quatre puissants masex, qui servent à l'invocation des chimères royales. Une longue cérémonie est nécessaire pour les invoquer.

Tharls marins : Montures cristalliennes. Ils font penser à des chevaux à cause de leur couleur et de leur crinière, mais ont les pattes d'un ours et une corne à l'avant de la tête. Ils ont aussi des nageoires repliées sur le côté extérieur des genoux. Ils sont insensibles au froid et savent parfaitement nager.

Torré : Jeu dont le but consiste à constituer une tour indestructible avec des morceaux de bois. À chaque nouveau coup, on en teste la solidité en retirant une pièce de sa structure.

Vallée de l'ombre : Grande vallée dont les terres permettent la culture d'épis de meris, fruits rouges au goût particulier. Elle se situe près du château de Goran.

Visiol : Pierre magique contenant uniquement le pouvoir de la lumière. Il est souvent suspendu dans les airs et éclaire une pièce d'une apaisante lumière blanche. Il en existe très peu et il n'est pas nécessaire de les recharger.

Wizz : Seule école officiellement habilitée à enseigner la magie et basée à Firania. Elle est dirigée par le druide suprême et forme les meilleurs. Les monarques y recrutent souvent les membres de leur garde magique.

Yhr : Énergie psychique nécessaire pour se servir de tout masex. Elle est variable selon les individus et plus importante chez les Mini-As de façon générale. Si consommer beaucoup d'Yhr ne provoque qu'un état de fatigue temporaire, dépasser ses limites et vider entièrement sa source entraîne un coma qui peut s'avérer mortel.

Zombeb : Fruits jaunes et sucrés, au pouvoir très rassasiant et à la chair collante. Ils poussent dans toute l'île de Thundez, majoritairement dans le Sud, près des plaines de Ladra.

PRÉCÉDEMMENT...

Tome 1.

Aluna vit dans l'ombre, c'est une paria. Elle est née jumelle, synonyme d'arrêt de mort depuis qu'un être mystérieux, le Régisseur, règne en tyran sur son monde. Pour survivre, elle demeure sous la coupe de Xerox, un druide fou qui lui impose des expériences hors du commun. Seulement, lorsque l'une d'entre elles tourne mal et que, pour ne pas la perdre, Xerox prend le risque de la plonger dans une rivière sacrée aux eaux interdites, il se fait surprendre par la garde royale. Il l'abandonne sur place. Aluna est sauvée in extremis par le prince de son État, Willan de Goran, qui la ramène au château. Elle se retrouve aussitôt au centre de toutes les attentions; si Willan cherche à la connaître, son ami et capitaine de la garde, Kenton, s'est juré de percer le mystère de son apparition.

La jeune fille prétendument amnésique réside quelques semaines au palais en tant qu'apprentie cuisinière et se rapproche de Willan, la cheffe Irma, quelques collègues de travail et même du druide Larzac — également maître d'armes du prince —, qui accepte de lui donner quelques cours de combat. Un jour où elle retourne sur les lieux de sa chute dans la rivière, Willan et elle se font attaquer par le dragon à trois queues, gardien de la forêt sacrée. Ils en réchappent, mais découvrent qu'une créature de feu habite Aluna et essaie de prendre possession de son corps – a priori le fruit des expériences de Xerox. Dès lors, Larzac prend en charge son éducation magique.

Aluna apprendra beaucoup sur la magie, mais aussi sur ses sentiments naissants pour Willan, qui est pourtant fiancé à la belle Amélia. Lorsque, quelques jours plus tard, un messager de Cristallia, le royaume voisin, vient demander réparation pour la violation de la rivière sacrée, sa détresse l'incite à refuser la protection de Willan et à se dénoncer, quitte à être exécutée.

Elle part alors pour Cristallia, accompagnée d'une nouvelle rencontre, le prince Siruth de Thundez, qui habite étrangement ses rêves depuis des années. Le périple n'est pas sans danger ; un combat avec le dragon à trois queues fait reparaître Willan dans sa vie : même pourvu d'un décret royal pour justifier son voyage, il la suivait parce qu'il souhaitait rester avec elle jusqu'au bout. Touchée, Aluna se rapproche de lui de nouveau. Leur arrivée à Cristallia scelle d'ailleurs leur amour lors d'une nuit de passion...

Aluna est finalement sacrifiée sur la place Raynin, entourée de Willan, Siruth, la reine, des Orgades et énormément de Cristalliens enragés. C'est avec le sourire qu'elle se transforme en statue de glace.

Mortifié, Willan n'a pas le temps de faire son deuil qu'un bataillon de soldats invincibles débarque de nulle part en arborant l'insigne de Goran. L'armée Cristallienne se bat d'arrache-pied tandis que la souveraine du continent de glace lance la cérémonie d'appel de la chimère royale pour en finir. C'est sans compter sur la réanimation d'Aluna, qui devient une torche vivante et détruit tout ce qui l'entoure – amis comme ennemis. Seul Siruth réussit à l'arrêter, au moment de la fin des combats, sous l'œil atterré et impuissant de Willan...

Un long conseil se lance ensuite pour décider du sort d'une Aluna inconsciente mais dangereuse, ainsi que de celui de Goran, que les apparences accusent : grâce à l'aide de Siruth et Willan, Aluna est relâchée et confiée à la justice Goranienne, contre l'abandon de l'épée royale — nécessaire au futur couronnement de Willan — jusqu'à ce qu'un jugement équitable soit rendu. Une enquête est ouverte pour découvrir l'origine de l'attaque.

Droguée, Aluna retourne au château de Goran avec Willan, qui plaide son cas auprès de son père. Un masex capable d'annuler toute magie, le Neutron, est mobilisé pour encadrer le réveil d'Aluna. Cette dernière sort enfin des méandres de son coma peuplé de rêves, et retrouve son bien-aimé, qui paraît un peu distant. Willan, en proie à des sentiments contradictoires, se retire, commande un plateau-repas pour Aluna, rend visite à Larzac, puis à son père... qu'il découvre mort, empoisonné.

Pendant ce temps, Aluna accueille malgré elle sa sœur jumelle, tout droit sortie d'un portail magique. Cette dernière l'accuse d'être responsable de tous ses malheurs ainsi que du décès de leur mère, puis la poignarde avant de la faire disparaître dans un trou noir et de prendre sa place. Lorsque Willan revient dans la chambre, il tombe sur Elena, qu'il croit être Aluna...

Du côté des Terres Sacrées...

Tamehla est une vieille femme qui souffre encore de l'absence de son ancien amour, le prince Panadil, père de sa fille Amenith, qui s'est volatilisé soixante ans plus tôt. Persuadée qu'il a été capturé par les Impies, leurs ennemis jurés — les habitants d'Iriah —, elle fait des rêves perturbants qui suggèrent le contraire : Panadil se serait enfui de son propre chef pour protéger de nombreuses personnes, et serait mort entre temps.

Lorsqu'Amenith tombe enceinte, Tamehla remarque à peine l'intérêt particulier de leur souverain pour cette grossesse. Un peu avant l'accouchement, elle aperçoit par hasard des barils portant un sceau étrange — une sirène barrée d'une lance — être livrés au palais dans le secret le plus total et rangés dans un sous-sol inconnu...

Et maintenant,
la suite...

Extrait d'un vieux parchemin

L'an 0, 13e lune* — Aube de la nouvelle ère :

« Faisons-nous le bon choix ? Et si les Hommes trouvent d'autres moyens de s'entretuer ? Notre maître nous a rassurés avec un long discours, mais j'ai tout de même peur à l'idée d'abandonner ma magie. Alvel est morte, je n'ai plus que mon pouvoir. Qu'arrivera-t-il lorsque je m'en serai séparé ? Ma vie aura-t-elle encore un sens ? »

* Lune : Une lune fait ici référence à un tour de cadran d'horloge, donc vingt-quatre heures. Le décompte commence au départ de la première lune et se termine au début de la lune suivante : il se fait de nuit en nuit.

CHAPITRE 1

— Longue vie au roi !

Les cris s'élevaient de partout, témoignant de l'effervescence qui régnait dans la foule. Comment pouvait-il se trouver là, au milieu de tous, alors que le peuple l'acclamait ?

Willan se fraya un chemin au milieu des gens pour tenter d'approcher l'estrade installée au centre du grand carrefour de La Tanière, un des quatre quartiers de Minabis. Tout autour étaient bâties des dizaines d'échoppes, ce qui en faisait un lieu propice au commerce, et depuis la signature de la trêve, une gigantesque place des fêtes.

D'innombrables tavernes bordaient l'endroit. Leurs propriétaires comptaient parmi les rares individus qui s'étaient enrichis durant les six dernières années, leurs établissements représentant les seuls points de ralliement des Goraniens en quête d'alcool pour oublier les horreurs de la guerre. Les souvenirs des soirées passées dans ces ruelles étaient encore vifs dans l'esprit du prince. Toutes les serveuses pouvaient attester de la générosité du mercenaire à la cape noire qu'il incarnait alors. Et lui se rappelait la chaleur des femmes et de la douceur des litres de bière qui coulaient à flots.

Un brin nostalgique, Willan continua d'avancer, en poussant çà et là quelques personnes. Arrivé à la hauteur de l'estrade, il se figea.

Sur l'échafaud se tenait un bourreau, armé d'une énorme hache. À sa droite, un homme, roux et trapu, à genoux, les mains liées dans le dos et le regard vide. Près de lui était agenouillée Aluna. Aucune peur ne transparaissait sur son visage, comme si la mort l'indifférait. Le bourreau fit un pas sur le côté, dévoilant une autre silhouette familière... *la sienne!* Assis sur un trône, fier, la tête droite et les épaules carrées, on aurait dit qu'il avait troqué sa stature actuelle pour celle de son père. La toge somptueuse qui pendait dans son dos confirma son dernier doute : il était roi.

Son alter ego se redressa et se dirigea vers le milieu de l'estrade, suscitant l'euphorie de la foule. Willan ne le quitta pas du regard, tandis qu'il levait la main. Le calme se fit en un instant. L'homme observa son audience, puis annonça :

— Peuple de Goran ! Ces criminels vont maintenant être châtiés au nom du Régisseur !

Un cri s'éleva. Des regards menaçants se braquèrent sur le fautif. Son double ne s'en préoccupa pas. Il se tourna vers le bourreau :

— Exécutez-les.

Ses paroles furent accueillies par un flot d'exclamations et d'applaudissements. Willan en resta sans voix : lui, roi, s'apprêtait à exécuter Aluna et cet autre individu, pour le Régisseur.

Comme il s'était avancé, son double recula, faisant glisser avec grâce sa toge sur le parquet de l'estrade. Une fois assis sur son trône, l'homme esquissa un sourire qui lui fit froid dans le dos. Était-ce vraiment lui ? Avait-il abandonné tous ses principes de justice ?

Le bruit de la hache qui s'abattit sur le rouquin l'extirpa de ses pensées. La tête du condamné se détacha de son corps pour rouler sur le devant de l'échafaud dans une traînée de sang. Willan se força à ignorer les yeux vitreux du cadavre. À côté, Aluna restait impassible, indifférente au liquide poisseux qui avait éclaboussé son visage. Elle semblait sans vie.

Hypnotisé par ce regard éteint, Willan mit plusieurs secondes à réaliser que la foule chantait déjà la mort de la seconde pécheresse. Il devait agir. Il pensa monter sur l'estrade pour arrêter le bourreau, mais ses jambes refusèrent de bouger. Il tenta de crier, mais aucun son ne sortit de sa bouche. Son rythme cardiaque s'accéléra lorsqu'il vit la hache s'élever de nouveau dans les airs. Puis, sa respiration se coupa quand elle s'abattit sur Aluna.

Pendant quelques secondes qui lui parurent durer une éternité, il observa la tête de sa bien-aimée quitter son attache pour rouler lentement à la droite de son corps, qui tomba à son tour. La foule autour de lui disparut. Le bourreau n'existait plus, son double non plus. Seul ce regard vide lui parlait dans un langage inconnu. Au bout d'un moment, la tête d'Aluna s'évapora à son tour et une voix l'interpela, comme surgissant du passé :

— Être roi demande de faire des sacrifices, Willan. Tu dois toujours le garder en tête.

— Mère ?

— Souviens-t'en lorsque tu monteras sur le trône mon fils, et souviens-toi que ton père t'aime profondément.

— Mère ! Où es-tu ?

Son cri s'éleva jusqu'au ciel, avant de s'évanouir dans l'air.

Le front en sueur et le souffle court, Willan comprit en jetant un coup d'œil à ses alentours qu'il venait de rêver. Il poussa un soupir de soulagement. Ce cauchemar renfermait sa pire crainte : devenir le pantin du Régisseur et agir pour le « bien de tous » en faisant quelques sacrifices çà et là. Tout échappait à son contrôle.

Ses nouveaux appartements le déprimaient tout autant. Depuis la mort de son père vingt lunes plus tôt, il avait dû le remplacer dans ses fonctions et habitudes. Le couronnement, lui, n'aurait lieu que lorsque l'épée royale lui serait rendue ; il l'avait confiée à la souveraine de Cristallia comme gage de son impartialité dans le jugement magique d'Aluna.

Il aurait cent fois préféré ne jamais monter sur le trône, mais il n'avait plus le choix. Il devait donc essayer de se montrer à la hauteur de la tâche qu'avait menée son père, même s'il n'avait aucune idée de la marche à suivre.

Willan soupira et quitta son lit pour se préparer. Tout lui semblait étranger dans ces nouveaux appartements. La salle de bains du mauvais côté de la pièce, la commode bien trop grande, la bibliothèque qui remplaçait son ancien débarras et même l'omniprésence du marron. Il s'y sentait affreusement seul.

Une fois en face de sa baignoire, il se déshabilla et s'y glissa. L'eau glaciale lui arracha un juron. Une servante était chargée de maintenir son bain à température ambiante, mais le jeune homme l'avait renvoyée à d'autres tâches pour garder une part d'intimité, qu'il espérait ne partager qu'avec Aluna...

Un bruit venant de l'entrée lui arracha un sursaut. Il s'agissait sûrement de ses nouvelles aides de chambre. Il prit une serviette, s'essuya, enfila une tunique blanche et rejoignit la porte qu'il ouvrit avec lassitude. La jeune femme qu'il avait souvent vue ces lunes-ci s'inclina. La tête baissée, elle leva le support en bois qu'elle tenait à hauteur de son regard. Il y découvrit une tunique verte aux épaulettes carrées et aux multiples boutons d'or, une ceinture en cuir noir et un pantalon de même couleur. Deux servantes la suivaient, de même qu'un homme d'âge mûr avec un plateau-repas en main. Ses nouveaux conseillers, Kenton et Aradir, fermaient la marche.

Willan observa le groupe et se surprit à regretter son statut de prince. Il avait récemment vu défiler un nombre impressionnant de barbiers, costumiers et autres domestiques, et comprenait mieux le quotidien de son père. Et dire qu'il s'était senti accablé !

Il se décala d'un pas, les invita à entrer, puis referma derrière eux. Dans un manège qu'il commençait à connaître, deux des trois femmes s'attelèrent à dresser la table à manger. La nappe blanche fut changée en un battement de cils, le repas fut disposé et ses conseillers s'installèrent. Willan les rejoignit et voulut prendre un morceau de pain lorsque Kenton arrêta son geste. Il retira sa main en se souvenant du protocole et observa le nouveau chef cuisinier avaler une portion de chaque aliment. Willan n'avait rien contre cet homme, mais regrettait les plats d'Irma. Tant que l'enquête sur l'empoisonnement de son père était en cours, elle ne pouvait plus s'approcher des fourneaux. Qu'il la sache incapable d'une telle monstruosité n'y changeait rien. Il s'agissait de la loi.

Le goûteur improvisé effectua une nouvelle révérence, signe qu'il avait terminé, mais Willan ne mangea pas pour autant. Il ne s'autorisa à commencer qu'après plusieurs minutes. Le cortège quitta ensuite la pièce, mais le prince savait qu'il serait bientôt de retour pour débarrasser la table et l'aider à se vêtir. Cela lui laissait peu de temps pour discuter avec ses conseillers.

— Je suppose qu'il est temps que nous en reparlions, commença-t-il en avalant une tranche de pain et du fromage. Le message est parti il y a quinze lunes, une réponse de la reine ne saurait tarder. Dans ma lettre, je précise que les druides devraient aboutir à une décision demain.

— Pensez-vous qu'elle vous rendra le trésor royal avant la décision finale ? rebondit Aradir, le chancelier. Après tout, elle sait que vous considérez cette jeune fille comme votre amie, elle pourrait penser qu'il s'agit d'une ruse de votre part.

Willan ne comprenait pas l'inquiétude d'Aradir. Certes, il aimait Aluna, mais il avait respecté le protocole à la lettre. Il l'avait cloîtrée dans ses anciens appartements et mise sous surveillance permanente. L'assemblée des druides passait la voir régulièrement pour évaluer sa capacité à contrôler son pouvoir, et elle n'avait reçu aucune autre visite depuis.

Vingt lunes... elle lui manquait terriblement. Ses yeux innocents appelant à l'aide, son sourire à en faire pâlir plus d'un, sa force et son apparente fragilité, tout en elle lui manquait. Willan aurait aimé pouvoir lui caresser le visage et lui promettre que tout irait pour le mieux... mais il ne le pouvait pas. Il devait rester impartial, prouver qu'il méritait son nouveau statut.

— J'ose croire que la reine saura que je n'inventerais pas la mort de mon propre père pour récupérer le trésor royal quelques lunes en avance, rétorqua Willan. Elle sait que toutes les mesures ont été prises pour s'assurer de l'authenticité et de l'impartialité de la décision des druides, et je la tiens informée au fur et à mesure. Je ne vois pas ce que je peux faire d'autre.

— Vous avez raison, concéda Aradir. La situation est sans précédent.

— Parfait, continua Willan en se tournant vers le chef de la garde. Qu'en est-il du convoi de nourriture envoyé à Cristallia ? Est-il revenu ? Ça fait bien trois semaines qu'il est parti.

— Il n'est pas encore revenu, mais ça ne devrait plus tarder. On peut d'ailleurs s'estimer heureux qu'il soit parti avant l'assassinat de votre père, ou alors il aurait été bloqué ici.

Willan acquiesça, réalisant la chance qu'il avait eue d'envoyer les vivres à Cristallia avant le régicide. La nouvelle n'avait d'ailleurs pas été diffusée, par crainte de la panique que pourrait générer cette période sans souverain. Le château avait également été scellé, empêchant toute entrée et sortie : il leur fallait trouver l'assassin.

— L'enquête progresse-t-elle ? s'enquit Willan.

— Les interrogatoires se poursuivent, et au vu des nouveaux éléments que j'ai reçus hier soir, il semblerait que nous ayons un suspect.

— Qui ? demandèrent ses deux interlocuteurs, suspendus à ses lèvres.

— Un des cuisiniers chargés du repas ce jour-là. Suite au témoignage d'une servante, une fiole vide a été retrouvée dans sa chambre, avec des traces d'une mixture que personne ne reconnaît pour l'instant. Ça pourrait être notre poison.

— C'est une excellente nouvelle ! s'exclama Aradir.

— J'aimerais le rencontrer, annonça le prince en terminant son verre de vin. Aujourd'hui.

— Bien sûr, acquiesça Kenton.

Willan tapa dans ses mains pour faire signe au précédent cortège d'entrer. Ils réapparurent presque aussitôt, saluèrent, vidèrent puis nettoyèrent la table. Après quelques révérences, le chef cuisinier et les deux servantes se retirèrent. La dernière femme s'empara de la tunique posée sur le lit et aida le prince à l'enfiler. Le tissu était doux, mais si lourd qu'il se demanda comment son père faisait pour se déplacer dans de tels accoutrements. Elle lui tendit ensuite le pantalon qu'il porta avec hâte.

— Ce vêtement vous va à ravir, Votre Altesse, déclara-t-elle.

Il s'agissait de sa nouvelle costumière, Lucilla Portfal, une jeune femme discrète qui l'intriguait par moments. Elle s'habillait comme une servante et prenait toujours soin de couvrir ses cheveux, blonds s'il en croyait la mèche qui dépassait parfois de son foulard.

Willan la remercia promptement, avant de la congédier. Elle s'éclipsa, laissant les trois hommes seuls.

— En ce qui concerne votre fiancée, profiterez-vous du couronnement pour vous marier ? lança Aradir. Après tout, il était prévu que vous soyez mariés dans deux mois. Nous pourrions faire d'une pierre deux coups, qu'en pensez-vous ?

L'allusion fit l'effet d'une douche froide à Willan. Amélia demeurait sa promise, la seule candidate éligible au statut de reine. Il l'avait presque oubliée depuis la mort de son père.

— Nous en parlerons plus tard, répliqua-t-il, évitant le sujet. Il y a plus urgent. Kenton, il est temps que je voie le suspect.

— Bien entendu.

Après qu'Aradir eût pris congé, les deux hommes quittèrent la pièce et se rendirent dans l'immense sous-sol de la section ouest du palais.

CHAPITRE 2

L'air était irrespirable. Les odeurs de sang et de sueur s'entremêlaient, la fumée qui se dégageait des torches aggravant la situation. Willan se couvrit le nez avec sa tunique en suivant son ami dans l'un des couloirs du sous-sol. Conscient de son nouveau statut, il lâcha le tissu à la vue des premières cellules. Il s'habituerait à la puanteur. Il ignora les prisonniers qui le fixaient avec curiosité, et continua jusqu'à atteindre, au bout de cinq minutes, la geôle du suspect. Deux hommes la gardaient.

L'un était brun, petit, fin et vêtu de noir. Bien que sa silhouette fût en partie dissimulée par la pénombre qui régnait autour, il reconnut Alderian, le meilleur espion et enquêteur du château. Malgré ses vingt-six ans, il avait fait ses preuves et été récemment promu lieutenant avec à ses ordres une vingtaine d'individus surentraînés.

L'autre, un simple geôlier, se courba à leur arrivée. Alderian l'imita, avant de tendre un document à Kenton. Ce dernier le parcourut rapidement, puis congédia l'espion, qui s'éclipsa sans un bruit.

Willan observa l'individu derrière les barreaux. Légèrement empoté, il portait la tunique des esclaves et était assis à même le sol, le regard vide et les mains attachées dans le dos. Du sang coulait de son visage et sa peau comptait de nombreuses lacérations. Il avait été torturé... à l'évidence. Le prince se mordit la lèvre pour s'empêcher de réagir. Il trouvait la méthode barbare, mais était conscient de ne pouvoir changer cette pratique d'un simple claquement de doigts. D'autant qu'elle avait prouvé son efficacité.

Il s'efforça de masquer son trouble et fit signe au geôlier d'ouvrir la cellule. Ce dernier s'exécuta en faisant sonner son trousseau de clés, puis invita Willan et Kenton à se glisser à l'intérieur. Le prisonnier ne releva pas la tête en les entendant approcher.

— Comment vous appelez-vous ? commença Willan.

Sans réponse, il insista :

— Je vous ai posé une question.

— …

Le prince demanda à Kenton de secouer l'individu. Son ami donna un coup de pied dans les côtes du prisonnier, qui se mit à se tortiller de douleur. Willan détourna brièvement les yeux, puis continua son monologue en essayant de paraître plus menaçant :

— Dois-je reposer ma question ou doit-on vous forcer à parler ?

— Je… v's êtes… qui ? balbutia l'intéressé.

— Votre nouveau roi. Je m'appelle Willan.

Le prisonnier toussa longuement, avant d'ajouter :

— Veux de… de l'eau.

— Répondez-moi, d'abord.

— …

Kenton lui donna un nouveau coup.

— J'leur ai… tout… dit, j'crois…

— J'aimerais que vous me rappeliez votre nom.

— Gurof… Gurof Biarison, répondit-il en les regardant enfin.

Willan le connaissait. Il faisait partie de ceux qu'il avait vus s'occuper du repas de son père le jour de sa mort. S'il n'avait pas une si bonne mémoire des visages, il ne l'aurait pas reconnu. L'homme avait de nombreuses entailles sur les joues et le front, son nez avait reçu tant de coups qu'il était déformé, et ses yeux marron ne reflétaient plus que de la haine. Ses lèvres étaient si sèches qu'elles se fendillaient par endroits. Willan dut se contenir. Obtenir des réponses avait un coût, il le savait, mais il croyait en la méthode douce : faire preuve d'humanité payait, forcément. Il ordonna aussitôt au geôlier d'apporter de l'eau. Le prisonnier le remercia en bégayant.

— Je ne me montrerai pas toujours aussi magnanime, répliqua

Willan pour ne pas paraître trop conciliant. Est-ce que vous serez plus coopératif à présent ?

— Je... ou... oui, dit-il en toussant.

— Alors je vais être direct, Gurof. Avez-vous tué mon père ?

L'homme fixa le prince, ouvrit la bouche, la referma. Il attendit quelques secondes, et finit par dire :

— V'savez qui j'suis. C'pour ça...

Il fut à nouveau interrompu par une quinte de toux. Willan se força à ignorer le sang qui s'échappait du coin de ses lèvres.

— ... que v's êt' bon avec moi...

— Je pense que vous vous égarez, Gurof. Vous n'avez pas répondu à ma question : avez-vous tué mon père ?

— ... non, répondit-il avec peine.

Willan hésita avant de poursuivre. L'état du prisonnier se détériorait de minute en minute et le geôlier tardait à apporter à boire. S'il insistait, il risquait de n'obtenir que des réponses inutiles. Pourtant, Gurof semblait être le seul susceptible d'avoir les explications qu'ils cherchaient. Il devait essayer.

— Concentrez-vous, Gurof, persista-t-il. Vous êtes le seul dont les dires sont discutables. Quand bien même vous n'auriez pas assassiné mon père, vous avez forcément quelque chose à nous révéler.

— En effet, appuya Kenton. Vous avez dit avoir passé toute la journée en compagnie de vos collègues cuisiniers et du goûteur. Tous ceux qui le pouvaient l'ont confirmé. Ce que je ne comprends pas ceci dit, c'est qu'après presque un an à travailler ici, vous ayez encore besoin d'un plan détaillé du château pour vous déplacer. Une servante dit vous avoir vu en possession d'une carte sur laquelle une croix rouge désignait clairement les appartements royaux !

Le retour du geôlier les interrompit. Avec l'accord de Willan, il s'approcha et aida Gurof à boire. Lorsque sa soif fut étanchée, ce dernier reprit, plus distinctement cette fois :

— La carte ? J'ai déjà dit, chè pas r'trouver mon ch'min. Chui com'ça.

— Oui, vous l'avez dit à maintes reprises, mais vous mentez ! affirma le capitaine de la garde. Comment expliquez-vous qu'un autre témoin vous ait surpris dans les cuisines en train de discuter d'une certaine mixture la nuit précédant l'assassinat ? À qui parliez-vous ?

— Personne, lâcha le prisonnier dont le visage se crispa un instant. J'voudré encore d'l'eau... J'très soif.

Kenton regarda Willan, qui finit par acquiescer. Il donna l'ordre au geôlier, puis se tourna vers Gurof :

— Que les choses soient claires. Vous ne boirez que lorsque vous nous aurez donné des informations crédibles.

— ...

— Vous persistez à clamer votre innocence ? intervint Kenton.

— Oui.

— Alors, vous pensez que nous ne trouverons aucun résidu de poison dans la fiole trouvée dans votre chambre ?

Le visage de l'homme se figea. Il resta ainsi de longues secondes, avant de reprendre avec calme :

— Quelle fiole ?

Kenton s'expliqua d'un air satisfait :

— Celle que nous avons trouvée dans votre chambre. Elle était bien cachée, ce qui fait que nous ne l'avions pas repérée lors de nos premières fouilles. Heureusement, une servante avec qui vous avez eu le malheur de partager votre couche a fini par nous confier vous avoir une fois vu cacher quelque chose dans le plancher. On aurait pu négliger cette information, mais vos arguments ne tenaient pas la route, alors j'ai ordonné une nouvelle fouille. Mes soupçons se sont confirmés à la découverte de la fiole. Alors, vous pensez toujours pouvoir vous en sortir ?

Ils furent de nouveau interrompus par le retour du geôlier. Willan lui prit la gourde des mains, et la brandit sous le nez du prisonnier.

— Il est temps d'en finir, Gurof, déclara-t-il. Je vous ai assez entendu mentir. Dites-nous la vérité et vous aurez même à manger avec ça ! Si vous continuez à clamer votre innocence, je pense que je serais même tenté de vous croire, mais je sais que vous en savez plus que ce que vous prétendez. Si vous connaissez le coupable, dites-le-nous. Autrement, je vous fais la promesse que je chercherai, que je fouillerai chaque seconde de votre vie jusqu'à trouver quelque chose, et croyez-moi, tôt ou tard, je trouverai. J'ai les meilleurs hommes avec moi et surtout, je suis très, très persévérant.

Le prisonnier fixa la gourde, puis le prince, baissa les yeux et maugréa :

— P'tet bien... qu'y a du poison dans la fiole.

— Vous avouez ? reprit Kenton en le menaçant du regard.

— Je... oui, dit-il. J'ai tué l'roi.

Les épaules de Kenton s'affaissèrent de soulagement. Willan, lui, resta pourtant tendu comme un arc.

— Dans ce cas, à qui parliez-vous la veille ? poursuivit-il.

— Personne, répondit Gurof.

— Et cette carte ? Vous n'espérez pas que je croie que vous aviez simplement peur de vous perdre alors que vous aviez avec vous deux autres cuisiniers qui connaissent le château comme leur poche !

— J'dis vrai. J'veux mon eau... et à manger.

Willan attira Kenton à part.

— Il ment ! murmura-t-il. Son histoire ne tient pas la route.

— Pourquoi confesserait-il un meurtre qu'il n'a pas commis ?

— Je ne sais pas, mais pourquoi tout avouer après un simple échange alors qu'il n'a rien dit sous la torture ? Je crois aux bons effets du dialogue, mais pas à ce point... Là, c'est étrange, vous ne trouvez pas ?

— Peut-être, mais nous avions de nouveaux éléments. La fiole n'a été trouvée qu'hier. Jamais nous ne l'avions interrogé à ce propos. Je crois sincèrement qu'il s'agit de notre homme, prince. Quand bien même vous penseriez à des complices, tous nos autres suspects sont irréprochables.

— En supposant que c'est lui, pourquoi aurait-il voulu tuer mon père ?

— Ardelian a fait quelques recherches. Cet homme a eu des jumeaux il y a six ans. Vous connaissez la suite, votre père les a fait exécuter.

— Je vois... soupira Willan. Vous avez sans doute raison. Ce doit être notre homme.

Il autorisa le geôlier à faire boire le prisonnier. Lorsque ce dernier eut vidé le contenu de la gourde, il reprit :

— À manger...

— N'abusez pas de la clémence du roi ! s'emporta Kenton.

— Laissez, l'interrompit Willan. Une promesse est une promesse. Il aura son repas.

— Mais... il a tué votre père !

— En attendant, ça reste un être humain, dit-il avant de quitter la cellule.

Son ami le suivit sans attendre. Lorsqu'ils furent à bonne distance des cachots, Willan reprit :

— Je suppose qu'il est condamné à présent ?

— En effet, la pendaison est le châtiment qui convient. Cela vous contrarie-t-il ?

Willan n'était pas convaincu de la culpabilité de Gurof et voulait éviter de tuer inutilement. S'il se trompait, comment se pardonner d'avoir condamné un homme à tort ?

— Non, je me demandais juste... Hmm oubliez ça, nous verrons ça une fois le couronnement terminé.

— Très bien, prince. Que fait-on des autres suspects qui ont été enfermés ? Dois-je tous les relâcher ?

Willan pesa la question. Si Gurof n'était pas coupable, le vrai régicide se trouvait soit parmi les autres suspects, soit venait de l'extérieur. Il considéra cette seconde possibilité puis se rappela que les murs des appartements royaux étaient, comme beaucoup de pièces clés du palais, truffés d'orquinite, ce qui empêchait toute intrusion magique. Il s'agissait du matériau extrêmement rare à partir duquel était faite la boîte contenant le Neutron. De plus, l'empoisonnement indiquait que le coupable habitait au château. Devait-il tout de même libérer tous les suspects dans l'immédiat ? C'était peut-être trop tôt, mais il ne pourrait pas non plus les garder enfermés éternellement. Il lui fallait gagner un peu de temps.

— J'aimerais que nous les interrogions tous une dernière fois pour effacer tout doute éventuel, déclara-t-il. Ensuite, vous pourrez tous les relâcher. Donnons-nous deux lunes supplémentaires.

— Parfait.

— Je vous retrouve plus tard, conclut-il avant de prendre congé.

Kenton observa Willan s'éloigner pour sans doute rejoindre Irma. Il lui rendait régulièrement visite depuis qu'elle avait été enfermée dans une cellule confortable de la tour sud. En dépit des suspicions qui pesaient sur elle, son amitié avec le prince lui avait valu de ne pas loger dans les cachots. D'autres individus avaient eu ce privilège. L'ancien goûteur avait été le premier innocenté après avoir été retrouvé mort dans un couloir – le poison l'avait emporté plus lentement que le roi. Les filles d'Irma avaient été les suivantes à sortir de la liste des suspects. Lui-même avait été vite disculpé, ce qui lui valait d'enquêter sur l'affaire.

Mais tout était fini à présent. Justice serait bientôt rendue. Il avait rempli son devoir. Pourtant, un sentiment de malaise l'envahissait. Gurof s'était contredit à maintes reprises et avait avoué trop facilement. Même si Kenton était convaincu de sa culpabilité, l'hypothèse du prince demeurait plausible : il protégeait peut-être un complice. Le capitaine de la garde décida de procéder étape par étape. Il devait d'abord confirmer auprès de Larzac qu'il s'agissait bien du poison. Cela condamnerait Gurof sans appel. Quant à l'éventualité d'un complice, il garderait l'œil ouvert lors des prochains interrogatoires. Il verrait ensuite. D'un pas décidé, il prit la direction des appartements du druide.

CHAPITRE 3

— Mon petit !

Irma se jeta dans les bras de Willan dès qu'il franchit le seuil de la porte. Bien qu'il lui rende souvent visite, elle semblait toujours aussi heureuse de le voir.

— Tu m'étouffes, Irma.

— Désolée, souffla cette dernière en relâchant son étreinte.

— Tu n'as pas l'air de beaucoup t'amuser ces temps-ci, la taquina-t-il.

— Tu veux que je fasse quoi entre ces quatre murs ? Je m'ennuie à mourir ! Mes garnements vont bien ?

— Oui, les filles se portent à merveille, je suis passé les voir encore hier. J'ai mis une servante à leur disposition pour s'occuper de ton petit dernier. Je ne voulais pas te donner une raison de les gronder à ton retour. Elles s'ennuient de toi, tu sais ?

— Oh ça, je voudrais bien ! Ces chipies doivent être heureuses de ne plus m'avoir dans leurs pattes !

Tous deux éclatèrent de rire.

— Eh bien, j'ai peut-être une bonne nouvelle cette fois, reprit ensuite Willan. Un homme a confessé le meurtre de mon père aujourd'hui. Il s'appelle Gurof.

— Par le sceau de Maldas ! s'exclama Irma, horrifiée. Gurof ? Timide comme il est, je ne l'aurais jamais imaginé capable de ça ! Mais... pourquoi ?

— Il a perdu ses jumeaux sous les lances royales. Tu connais la suite.

Sa confidente acquiesça, la tête basse. Elle réalisait que le prisonnier serait pendu, alors que la vie n'avait pas été clémente avec lui.

— Ne fais pas cette tête, reprit Willan pour l'égayer un peu. Dis-toi que tu vas bientôt pouvoir sortir d'ici !

Elle sourit enfin.

— C'est vrai, ça... Et Aluna, comment ça s' passe pour elle ?

— Je n'en sais rien. Je ne peux pas la voir et je t'avoue que ça me ronge. J'en saurai plus demain.

— Courage, mon petit, souffla-t-elle en lui prenant la main.

Willan lui avait confié ses sentiments pour Aluna et obtenu son soutien. La cuisinière ne lui avait jamais rabâché son devoir de prince en lui rappelant qu'il était déjà engagé. Elle l'avait écouté en hochant simplement la tête par moments. Il n'aurait pas pu rêver meilleure confidente.

— Irma, je dois te prévenir, reprit-il. Kenton va passer t'interroger une dernière fois. Ce n'est pas que je ne te fais pas confiance, mais je lui ai demandé d'interroger tout le monde, alors...

— Je sais, mon petit, c'est rien.

— Merci pour ta compréhension. Je dois y aller, je repasserai avec lui plus tard.

Après une dernière accolade, il quitta son amie et rejoignit Kenton pour assister aux interrogatoires restants.

Aucun des suspects, Irma comprise, ne présentait le profil d'un coupable ou d'un complice potentiel. Seul Gurof nourrissait assez de rancune envers son père pour passer à l'acte. Et il détenait l'arme du crime. Larzac avait confirmé que la fiole contenait des traces d'orgensia, une plante qui, préparée d'une certaine façon, donnait naissance à un poison indétectable au goût.

Willan entreprit alors d'éplucher les registres d'approvisionnement que supervisait Irma. Il voulait savoir quand l'orgensia avait pénétré dans les cuisines royales, et si Gurof en avait initié la commande. D'après Larzac, une quantité importante d'orgensia, mêlée à un peu de catalpa sauvage et d'orgeng, s'avérait nécessaire pour la préparation. Une disparition d'une telle ampleur aurait laissé une trace, qui aurait jusque-là pu passer inaperçue, la plante servant aussi à la conservation de nombreux aliments.

Mais, malgré ses vérifications répétées, le prince ne dénicha aucune anomalie sur les deux dernières années. Une conclusion s'imposa alors : le poison avait été élaboré hors de la muraille. Il exposa aussitôt son raisonnement à Kenton. À sa grande surprise, ce dernier acquiesça sans réserve :

— Je suis arrivé à la même conclusion de mon côté. Gurof n'a pas pu faire disparaître toute une caisse d'orgensia sans laisser de trace. Mais rien ne l'empêchait d'entrer en cuisines avec le poison déjà préparé. Et pour réussir à empoisonner le repas de votre père en détournant l'attention d'Irma, des cuisiniers, des apprentis et du goûteur, il est fort probable qu'il ait eu un complice.

— Enfin, vous comprenez mes inquiétudes ! D'autant qu'on l'a entendu parler d'une mixture la veille. Il ne parlait pas seul. Il faut l'interroger de nouveau !

Le capitaine de la garde parut beaucoup moins enthousiaste :

— C'est possible, mais dans ce cas, la personne la plus à même d'avoir été son ou sa complice est Irma. Elle a pu falsifier le registre, l'aider à cacher le poison, ou que sais-je encore ? Elle avait largement les moyens d'agir contre votre père.

— Je comprends le raisonnement, mais non, déclara Willan sur un ton qui n'invitait pas à la contradiction. Si Gurof a un complice qui devait préparer le poison à l'abri des regards, il est plus sensé que celui-ci soit en dehors du palais. Et puis, quel intérêt aurait Irma à empoisonner mon père ? Et pourquoi maintenant ? Elle a déjà eu tellement d'occasions de le faire ! Sans compter que tous les soupçons auraient pointé sur elle. Elle n'est pas idiote à ce point !

— Ce ne serait effectivement pas très intelligent de sa part... commenta Kenton, songeur. Mais, au vu de la situation, innocente ou non, elle ne peut pas être réhabilitée. Vous devriez d'ailleurs changer les fonctions de tous ceux qui travaillaient en cuisines ce jour-là, juste pour rester prudents.

Willan n'avait aucune envie de se plier à cette recommandation. Après ses enfants, cuisiner était toute la vie d'Irma. Pourtant, la réhabiliter au même poste risquerait de passer pour du favoritisme... Il réfléchit et finit par trouver un compromis.

— Je vous propose qu'on lui retire la responsabilité des repas royaux, sans qu'elle perde son titre de chef. De cette façon, nous ne prenons aucun risque.

Le capitaine de la garde approuva sa proposition. Après d'autres discussions sur la gestion des affaires courantes, il prit congé avec l'intention d'interroger Gurof une dernière fois. Le pigeonnier royal se présenta juste après, en annonçant l'arrivée d'un message de la plus haute importance. Le prince récupéra le document et prit connaissance de son contenu :

« À Son Altesse Royale le Prince Willan de Goran.

Votre Altesse,

Je tiens à m'excuser du retard dans ma réponse, les réparations au Fort m'ont prise de court.

J'ai pris note des évènements tragiques qui frappent votre royaume et vous remercie de la confiance dont vous avez fait preuve en me les révélant. Je ne dévoilerai pas votre secret et en profite pour vous présenter mes sincères condoléances. J'ai fait partir une escorte avec l'épée royale aujourd'hui même. En comptant le temps pour que cette lettre vous parvienne, vous devriez la recevoir d'ici trois à six lunes.

Je vous saurais gré de me révéler la décision prise concernant la jeune Aluna dès que possible. Le prochain conseil se tient dans une dizaine de lunes et j'aimerais éviter des débats inutiles.

J'ai également reçu votre chargement de biens et vous en suis, au nom de tous les citoyens de Cristallia, reconnaissante.

Je vous souhaite bonne chance dans votre nouveau rôle de souverain et, encore une fois, mes sincères condoléances.

Sa Majesté Errynaël de Cristallia. »

Willan congédia le pigeonnier, puis posa la lettre sur sa commode en soupirant de soulagement. Il récupérerait bientôt le trésor royal, enfin. Exténué par cette longue journée, il demanda qu'on ne le dérange plus, se changea, se glissa sous ses draps et s'endormit en espérant que le lendemain serait tout aussi porteur de bonnes nouvelles.

~

Elena avait tourné en rond toute la matinée. Elle n'avait d'ailleurs fait que ça ces trois dernières semaines. Et tout ça, par la faute d'Aluna ! Il avait fallu qu'elle ait un jugement en attente pour usage inconsidéré de la magie. On l'avait prévenue que sa sœur avait un pouvoir étrange, raison pour laquelle elle n'était pas morte à Cristallia, mais elle n'avait pas réalisé l'ampleur du problème. Elle avait bien entendu pris ses précautions en se procurant un puissant poison avant d'attaquer Aluna par surprise. Malgré cela, selon les dires des druides, sa jumelle aurait aisément pu la tuer si une pierre magique ne la privait pas de ses pouvoirs à ce moment-là. Elle avait eu beaucoup de chance.

Les bruits de pas des soldats dans l'entrée la ramenèrent à la réalité. C'était l'heure. Deux gardes pénétrèrent dans sa « prison » et l'encadrèrent. Elena respira profondément avant de les suivre sans un mot. Ce soir, elle serait libre ! Plus de tests, plus d'interrogatoires, plus de cloisonnement. Elle pourrait bientôt se consacrer pleinement à sa vie de future reine. Plus que quelques heures à tenir...

Au bout d'une demi-heure de marche, ils finirent par s'arrêter devant une porte. Derrière elle se trouvaient sans doute ceux qui devaient décider du niveau de menace qu'elle représentait. Elena réprima un sourire. Elle ne détenait aucun pouvoir magique ; elle ne risquait rien. N'accordait-elle pas une faveur à sa sœur, finalement ?

Poussée par ses geôliers, elle pénétra dans la petite salle. Quatre personnes, dont le futur roi, étaient assises en face d'elle. Un cercle se dessinait au milieu des meubles en bois qui ornaient sobrement la pièce. Elena s'y avança après qu'on le lui ait ordonné, décelant au passage le regard énamouré du prince. Elle fit une révérence en contenant sa joie. Elle allait adorer sa nouvelle vie.

— Nous sommes ici pour écouter la décision des druides quant à la dangerosité de la jeune femme ici présente, déclara Willan. Elle est habitée par un pouvoir étrange qui pourrait être une menace pour nos royaumes et notre but est de trouver un moyen de soit le canaliser, soit l'éradiquer. Je donne la parole à Larzac qui va nous exposer la décision prise par ses confrères et rendre son rapport.

Tous les regards se tournèrent vers le Mini-As aux cheveux gris qui l'avait si longtemps assommée de questions. Sans se lever de son siège, il exposa ses conclusions :

— Mes confrères et moi avons procédé à une série de tests pour trouver la meilleure façon de canaliser cette magie. Sans réelle solution, nous avons fini par nous tourner vers le Neutron, le seul masex capable d'annihiler temporairement la magie. Dans le cas d'Aluna, il semblerait que la pierre ait eu un effet plus… définitif. Nous n'avons plus décelé aucune trace de magie émanant d'elle depuis sa première exposition, et ce malgré tous nos tests. Nous avons bien sûr vérifié si ce cas se répète sur des masex, mais même en les exposant très longtemps, le Neutron a toujours sur eux un effet temporaire.

Les yeux du prince s'arrondirent de surprise. Il n'en croyait pas ses oreilles.

— Vous… voulez dire qu'elle ne peut plus se servir de magie ? Plus du tout ? Comment est-ce possible ?

— C'est exactement ce que je veux dire, reprit Larzac. Sans masex, elle est aujourd'hui incapable de la moindre magie. Quant au comment, je dirais qu'étant donné les circonstances particulières dans lesquelles elle a obtenu ses pouvoirs, il n'est pas absurde de penser que le Neutron ait eu un effet tout aussi unique sur elle. Il existe sans doute une explication logique à tout ça, mais mes confrères et moi avons été incapables de la trouver, pour l'instant.

— Qu'en est-il du druide qui lui a transfusé son pouvoir ? rebondit le chancelier, les sourcils froncés. L'avez-vous interrogé ?

— Il s'agit à notre avis d'une anomalie du Neutron, continua Larzac, pas de son pouvoir, raison pour laquelle je continuerai à l'étudier autant que possible. Quant au druide à l'origine de tout ça, il est malheureusement introuvable, mais je pense que le capitaine de la garde s'occupera de reprendre les recherches dès que les portes du château rouvriront.

Kenton acquiesça, et Aradir s'enfonça dans son fauteuil. Le prince reprit la parole :

— Pour en revenir au point central, vous affirmez qu'il n'y a aucun risque pour qu'elle se retrouve à nouveau possédée par ce monstre ?

— Je dis que la jeune femme devant nous est aujourd'hui aussi normale qu'on peut l'être, reprit le druide. Par contre, si elle refait l'objet d'expériences folles ou qu'elle subit un choc très violent, peut-être qu'elle recouvrera une partie de ses capacités magiques. Mais je doute que ce jour arrive.

— Très bien, conclut le prince. L'avis des druides a été entendu de la bouche de Larzac. Si quelqu'un a autre chose à dire avant la clôture de ce conseil, c'est le moment.

Des regards s'échangèrent sans que personne ne dise mot. Elena sentit son cœur battre à tout rompre. Elle serait bientôt libre !

Le capitaine de la garde brisa pourtant le silence en demandant :

— Puis-je m'entretenir en privé avec le prince avant la fin du conseil ?

— Eh bien... c'est d'accord, répondit l'intéressé sans cacher son étonnement. Aradir, Larzac, si vous n'y voyez pas d'inconvénient...

Le chancelier et le druide ne pipèrent mot, autorisant ainsi les deux hommes à quitter la salle.

Le chef de la garde sortit alors un document de sa poche, qu'il le tendit à Willan. Ce dernier le déplia avec hâte et découvrit avec stupéfaction un portrait d'Aluna. Il ne lui fallut qu'une seconde pour comprendre que son ami avait fait réaliser ce dessin dans le but d'enquêter sur elle. Secrètement.

— Vous auriez dû m'en parler... souffla-t-il.

— Je ne cherchais pas à vous offenser, prince, mais vous étiez si aveuglé ! Je devais prendre des précautions, il y avait trop de questions en suspens.

Willan soupira. Ses épaules tendues lui faisaient mal au point de rêver d'un massage. L'épuisement prenant le pas sur la colère, il lâcha :

— Je vous écoute.

— Tout est inscrit au dos du document.

Sans grande conviction, il retourna le papier et y découvrit des notes :

« Adresse de la cible : Minabis, quartier de La Résine, à l'angle de la grande fontaine ;
Père : Louh Althorid ;
Mère : Rosa Althorid, remariée à Arthur Sachs dont elle a eu un second enfant Hybride – Beth ;
Âge : 17 ans ;
Nom : Sachs ;
Prénom : Elena »

Elena ?

— D'où tenez-vous ces informations ? s'enquit-il, tandis que son cœur s'affolait dans sa poitrine.

— Un de mes hommes a essayé de retrouver sa famille. Après n'avoir rien trouvé à Arabica, il a cherché à Basroc puis à Minabis.

Les mains du prince tremblaient, à présent.

— Il y a forcément erreur, bredouilla-t-il. Je... je lui fais confiance.

— Écoutez, le druide ne se trouvait pas à Arabica, poursuivit Kenton d'un ton implacable. Et il n'y avait aucune maison habitable sur place. Cette ville n'est qu'un tas de ruines... Peut-être n'y a-t-elle même jamais vécu, peut-être que tout est faux ! Songez-vous aux conséquences d'une telle possibilité ?

Willan se souvint que Larzac avait mentionné cette éventualité un peu avant la mort de son père. Il réalisa aussi que, lorsqu'il avait demandé à Kenton de retrouver Xerox, ce dernier devait déjà savoir que le druide ne se terrait pas à Arabica.

— Où avez-vous envoyé vos hommes, quand vous cherchiez Xerox ? interrogea-t-il en fixant son ami avec intensité. Vous saviez déjà qu'il n'y arrivait rien à Arabica, je me trompe ?

— C'est vrai, concéda l'intéressé. Pour gagner du temps, j'ai plutôt enquêté dans les autres villes.

— Dans ce cas, pourquoi ne pas m'avoir rien dit avant ?

— Quand j'ai obtenu ces informations, votre « amie » était déjà partie pour Cristallia. À son retour, elle était dans le coma... je ne voulais pas vous inquiéter inutilement, d'autant que la priorité était de trouver un moyen de ne pas réveiller sa magie. J'ai choisi d'attendre. Ensuite... il y a eu votre père.

— Je vois, nous avions clairement d'autres priorités à chaque fois, répondit Willan en lui rendant le document. Je suppose que vous n'avez pas pu vérifier son existence dans le registre des naissances dans ce cas. Faisons-le avant de retourner là-dedans. Je suis sûr qu'il y a une explication logique à tout ça, vous verrez.

— Je l'espère, prince, je l'espère.

Sans plus de cérémonie, ils prirent la direction de la salle des registres.

~

Valel avait toujours eu peur de grandir. Depuis son enfance, il avait redouté le jour où il deviendrait candidat à la cérémonie de la «filiation», un synonyme d'esclavage selon lui.

Les Orgades étaient dirigées par des femmes. Elles combattaient, enfantaient, gouvernaient; il en était ainsi depuis des générations. Les mâles n'étaient libres que jusqu'à quinze ans, âge auquel ils quittaient leur génitrice pour une «mère» adoptive à qui ils devaient obéissance. Dès lors, ils s'occupaient des basses besognes et les aidaient à procréer. Personne n'échappait à cette fatalité.

— Celui-là me plaît assez!

Dame Yuudi venait de se prononcer. Valel ferma les paupières en voyant qu'elle s'approchait de lui. Il priait pour qu'elle ne le choisisse pas. Toutes, mais pas elle! Son cœur manqua un battement lorsqu'elle passa près de lui, et il s'arrêta quand elle posa le doigt sur son torse. Il rouvrit les yeux et maudit sa malchance. Son sort était scellé; il n'y avait plus rien à faire.

Comme pour marquer sa nouvelle autorité, Dame Yuudi lui prit la main et l'attira vers elle. Il se laissa faire, puis se plaça près de ceux qui venaient d'être adoptés. Les autres se tenaient en face, le torse fier et le regard fixe. La lueur du visiol au-dessus d'eux leur donnait un air de combattants. Aucun ne semblait redouter leur futur incertain. N'y avait-il que lui qui comprenait ce qu'impliquait réellement cette cérémonie?

Valel regarda autour de lui. Une dizaine de femmes continuaient à faire le tour de la pièce en quête d'un nouveau filleul. Seule l'Orgade majeure, Dame Munni, n'était là que pour la signature des documents d'adoption. Nommée par la reine elle-même, elle présidait la filiation des mâles de la cité, et dans certains cas rares, leur dé-filiation. Dame Yuudi se rendit d'ailleurs auprès d'elle pour acter sa décision. Tout se régla en quelques signatures. Elle était désormais sa nouvelle mère, comme elle était devenue celle de son frère aîné trois années auparavant.

Une fois que tous les adolescents eurent trouvé leur maîtresse, la sienne lui ordonna de la suivre à l'extérieur. Ils sortirent de la salle des filiations, descendirent les longues marches circulaires qui y menaient et continuèrent vers l'est. Ils repérèrent rapidement une bâtisse que Valel connaissait pour y avoir secrètement rendu visite à son frère.

La maison de Dame Yuudi avait, comme toutes celles alentour, la forme d'un dôme et une façade offrant plusieurs dégradés de vert. Elle se dressait au dernier niveau d'un bonzaï : un enchevêtrement d'habitations disposées en spirale autour d'un haut pilier de roches marines. On y accédait par un escalier circulaire, mais une longue glissière plongeante permettait aussi de rejoindre le sol en quelques secondes. La structure devait son nom à sa ressemblance avec un arbre qu'on ne trouvait qu'à certains endroits d'Iriah.

Ils gravirent les marches du bonzaï et, une fois au dernier niveau, pénétrèrent dans l'habitation. Valel croisa son frère dans l'entrée, en plein nettoyage des murs. Il avait les cheveux coupés très courts, de petits yeux, un corps fin et une taille moyenne pour un Orgade : une fois et demie celle d'un Humain.

Entre deux coups de brosse, il croisa le regard de Valel et comprit tout de suite.

— Eliel ! l'appela Dame Yuudi. Occupe-toi du nouveau, je vais me coucher.

— Oui, mère.

Tandis que la dame à la chevelure d'un inhabituel roux disparaissait dans la pièce d'à côté, Eliel s'approcha de son frère et lui enjoignit de le suivre en silence. Ils pénétrèrent ainsi dans une petite chambre à peine plus haute qu'un Orgade adulte. Étant plutôt grand, Valel dut se baisser pour ne pas se cogner la tête.

Il contempla l'endroit, qui ne contenait que deux lits en forme de coquillage ainsi que quelques babioles. Il laissa tomber sa baluche et s'affala sur un des couchages.

— Il a fallu que tu tombes sur elle, pesta Eliel en l'imitant.

— Et pourtant, j'ai prié, grand frère.

— Peu importe. Il faudra que tu sois obéissant, Valel. Elle n'est pas comme les autres, tu sais de quoi elle est capable.

— Je sais, tu m'en as dit assez.

Eliel lui avait raconté à quel point Dame Yuudi se comportait mal avec lui, contrairement à la majorité de leur entourage qui avait, a priori, trouvé des maîtresses adorables.

Valel avait trois frères, mais Eliel restait celui dont il se sentait le plus proche, sans doute à cause de leur faible différence d'âge. Il était aussi le seul qui s'autorisait comme lui à rêver de temps à autre à une vie en dehors de la rivière. Cependant, l'adoption d'Eliel l'avait rendu maussade et défaitiste. Plus aucune lueur d'espoir ne filtrait à travers ses yeux noirs.

— Je suis sérieux, Valel, il faudra faire attention ici. Dame Yuudi ne t'autorisera aucun écart. J'insiste parce que tu as une tendance naturelle à te mettre dans le pétrin.

— Pas du tout ! Pourquoi dis-tu ça ?

— Tu veux que je te rappelle ta dernière escapade, hein ? Au lieu de te taire, tu continues à poser des questions un peu partout. Oh ne me regarde pas avec ces yeux-là ! J'ai bien fait de me renseigner. Tu sais ce qui se passera si elle t'entend parler de cette fille ?

— Je sais, répondit Valel à contrecœur. J'ai déjà eu de la chance de ne pas avoir été attrapé et jugé pour être sorti sans permission. Je n'en parlerai plus.

— Vaudrait mieux, approuva Eliel en se relevant. Personne ne sait que c'était toi que cette chose a senti et il est dans ton intérêt que ça ne change pas. Bon, j'ai encore beaucoup de choses à faire. Je te rejoins un peu plus tard, d'accord ? C'est ton premier jour, alors profite du répit.

Valel acquiesça avant que son frère ne sorte. Il plongea une main dans l'eau, savourant la caresse fraîche du liquide sur sa peau nue.

Les Orgades ne s'encombraient pas de vêtements inutiles ; ils ne protégeaient que leurs parties intimes afin de garder le reste de leur corps constamment hydraté. Autrefois citoyennes des mers, elles avaient depuis migré à Puydor, une vaste cité édifiée au sud-est de la rivière et enfermée sous une bulle magique qui assurait leur besoin quotidien en air. Grâce à elle, elles n'avaient plus à remonter sans cesse à la surface pour remplir leurs larges poumons. La bulle retenait aussi une nappe d'eau d'environ un mètre au-dessus du sol, distribuée jusque dans les maisons pour leur confort.

Cette dépendance compliquait les rêves de liberté de Valel. Même s'il parvenait à fuir, il ne survivrait pas longtemps sur la terre ferme : il se dessécherait, et en mourrait. Un soupir lui échappa. Était-il condamné à seulement observer le monde extérieur ? Reverrait-il un jour la statue de la jeune fille souriante à la peau d'ébène ? Rien n'était certain. Et puis à quoi bon ? Puisqu'il était celui qui avait causé sa perte.

CHAPITRE 4

Elena observa Willan et Kenton retourner à leurs sièges respectifs. Le prince la fixa curieusement, comme s'il voyait en elle quelque chose de différent. La jeune femme craignit aussitôt que sa couverture eût été détruite. Elle réalisa ensuite que, si c'était le cas, elle serait déjà en train de marcher vers l'échafaud. Réajustant sa posture, elle défia l'assistance du regard, attendant que l'un d'eux brise le silence et arrête son supplice. Ce fut Willan qui prit la parole le premier :

— Désolé de vous avoir fait attendre, nous avons été plus longs que prévu. Kenton vient de me faire part d'une information que je me dois de vous communiquer.

Il s'arrêta un instant pour observer l'assistance, s'assurant ainsi d'avoir toute leur attention avant de poursuivre :

— La jeune femme ici présente se nommerait, non pas Aluna, mais Elena, fille d'un certain Louh Althorid, mort il y a des années, et belle fille d'un dénommé Arthur Sachs. L'information a été vérifiée et confirmée par nos registres. De plus, elle n'aurait pas vécu à Arabica, comme elle l'a prétendu, mais à Minabis.

Le sang d'Elena se glaça, tandis qu'un brouhaha s'élevait dans la salle. Willan rétablit le silence d'un geste; le chancelier enchaîna :

— Je connais Arthur Sachs. C'est un Ælfe qui a immigré à Goran il y a environ vingt ans. Nous avions brièvement fait connaissance à l'époque, mais je ne l'ai plus revu depuis. Que le monde est petit !

— Quel est le rapport avec l'affaire ? demanda Larzac. Je croyais qu'on était là pour juger de son niveau de menace magique.

— En effet, rebondit Kenton, mais nous avons le devoir de prendre en compte ces informations. Cette jeune femme ne se présente pas sous son vrai jour, alors qui sait ce qu'elle pourrait être ? Elle pourrait même être la complice du régicide, qu'en savons-nous ?

L'allusion figea la petite assistance. Tous les regards se tournèrent instantanément vers Elena, excepté celui de Willan.

— Impossible, déclara ce dernier. J'étais là lorsqu'elle est sortie du coma. Je ne l'ai laissée seule qu'une quinzaine de minutes ensuite. Ça ne lui laissait pas assez de temps pour agir ou même pour aider. Elle n'a rien à voir là-dedans. Quant au pourquoi de son mensonge, je vous propose d'écouter ses explications.

Elena réfléchit rapidement. Ils avaient dû faire des recherches et se rendre compte qu'Aluna n'existait pas. Dans un sens, elle était ravie. Il n'avait pas toujours été facile de répondre au nom de sa sœur ces dernières semaines. Cela dit, elle se trouvait quand même dans une posture délicate. Usurper l'identité d'Aluna n'avait pas que des avantages, finalement…

— Nous vous écoutons, insista le prince qui la dévisageait avec une expression de doute. Êtes-vous ou n'êtes-vous pas Elena Sachs ?

La jeune femme prit une profonde inspiration et répondit :

— Je suis bien Elena Althorid, Sachs est le nom de mon beau-père.

Le visage du prince devint livide. Elena ne s'inquiéta pas pour autant. Elle savait comment tourner la situation à son avantage. Elle avait tout prévu.

— Pourquoi avoir déclaré vous appeler Aluna tout ce temps ? interrogea de nouveau Willan d'un ton plus dur. Quelles sont vos réelles intentions ?

— Je n'ai jamais eu d'arrière-pensées, je vous le jure, expliqua Elena en feignant la tristesse. J'étais vraiment amnésique jusqu'à ce que je me réveille de mon coma. Je n'ai rien dit ensuite, parce que j'avais honte… et peur.

Elle marqua une pause et attendit que le prince lui ordonne de continuer. C'était parfait. Elle allait faire d'une pierre deux coups.

— Je… j'étais très jeune quand mon père est mort. Nous étions pauvres et vivions dans La Braise à l'époque, balbutia-t-elle d'une voix saccadée par des sanglots naissants. Très vite, ma mère a commencé à voir un homme mieux loti, et l'a épousé. Arthur Sachs. J'ai changé de nom… et aussi d'adresse après qu'on se soit fait piller dans La Braise. J'ai vécu quelques mois paisibles avec ma sœur, puis j'ai… enfin Arthur a… il a…

Elena n'eut pas à forcer pour que des larmes coulent sur ses joues. Elle reprit son récit en essayant de maîtriser ses reniflements :

— Il… il a profité de moi, durant des années. J'ai beaucoup souffert au début, mais très vite plus rien n'a eu de goût ni d'importance. Je voulais mourir. Mais avant, je voulais me venger, lui rendre la monnaie de sa pièce. Mais j'étais trop jeune et trop faible, alors… je suis partie, je me suis enfuie pour devenir plus forte et trouver un moyen de lui faire payer. C'est à ce moment-là que j'ai changé de nom.

Elle prit une profonde inspiration, puis poursuivit :

— J'ai… j'ai fait ça pour qu'il ne me retrouve pas. Je savais qu'il avait des relations au château et que me retrouver serait un jeu d'enfant, alors c'est la seule solution que j'ai trouvée à l'époque. Dans ma cavale, j'ai rencontré un homme qui m'a dit connaître un moyen de me rendre invincible grâce à la magie. C'était Xerox. Il m'a emmenée dans son atelier à Arabica, une sorte de maison abandonnée avec un grand sous-sol. J'étais consentante au début, puis c'est allé trop loin… il voulait toujours aller plus loin. La suite, vous la connaissez.

Un lourd silence pesa aussitôt sur la salle. Elle avait réussi. Ils étaient maintenant tous en proie au doute, ou mieux, à la compassion. Elle se débarrasserait ainsi de son beau-père par la même occasion.

— Je n'aurais pas cru Arthur capable d'une telle chose, lâcha Aradir en secouant la tête. Quoiqu'on peut beaucoup changer en vingt ans. Mais si tout ça est vrai, pourquoi n'a-t-on trouvé aucune trace du druide, de même qu'aucune maison habitable à Arabica ?

Elena savait pourquoi ils n'avaient rien trouvé. La maison avait explosé, sa mère et le druide avec. Il ne viendrait donc jamais contredire ses propos. Elle leur donnerait une explication logique et difficilement vérifiable. Heureusement, elle avait toujours été discrète et ses quelques connaissances à Minabis l'étaient tout autant. De plus, elle avait eu de l'aide pour parfaire sa couverture avant de s'aventurer au palais.

— Je ne sais pas ce qu'il est advenu de lui depuis la nuit où je suis tombée dans la rivière, répondit-elle. Et pour sa maison à Arabica, je ne sais ni pourquoi vous ne l'avez pas trouvée ni où vous pourriez la chercher. En réalité, du jour où j'y suis entrée, je n'en suis sortie que quelques fois, lorsque Xerox me faisait traverser un trou noir qui menait directement à une autre maison qu'il avait dans les quartiers miteux de Minabis. Mon dernier « voyage » remonte à près d'un an, alors il a peut-être détruit ses traces à Arabica depuis. Lui seul sait avec certitude ce qu'est devenu son atelier.

Kenton fronça les sourcils :

— Pourquoi vous conduire à Minabis ? Qu'y avait-il là-bas ?

— Les meris, peut-être ? proposa-t-elle. Il adorait ces fruits, et lorsqu'on était à Minabis, il sortait souvent en acheter. Je suppose qu'il y voyait aussi des connaissances, je ne l'ai jamais su. Dans tous les cas, il aimait y rester trois à quatre lunes d'affilée et profitait pour poursuivre ses expériences. Il avait d'autres masex là-bas et, surtout, beaucoup plus d'espace.

Sa déclaration laissa le capitaine de la garde perplexe. Il réfléchit un instant avant de rebondir, l'esprit en ébullition :

— Quand avez-vous quitté vos parents ? Êtes-vous retournée les voir durant votre captivité ? Après tout, vous étiez finalement assez souvent à Minabis.

Elena prit son temps pour répondre. C'était le moment de vérité. Cette partie de son histoire pourrait la détruire puisqu'elle n'avait jamais quitté Minabis. Elle avait tout préparé en amont, mais ressassa tout de même chaque détail avant de déclarer :

— Je suis partie il y a près de quatre ans maintenant. Et oui, j'y suis retournée quelques fois pour voir comment allaient ma mère et ma sœur. Je crois avoir réussi à ne jamais me faire remarquer.

Kenton entrelaça ses doigts et se pencha légèrement vers l'avant.

— Vous n'aviez pas peur de revoir votre beau-père ? lança-t-il sur un ton inquisiteur.

— Si ! Bien sûr que si ! s'écria Elena avec effarement, avant de faire mine de se reprendre. Mais... je voulais me venger, alors je devais aussi l'observer pour trouver son point faible.

— Et pourquoi ne vous êtes-vous jamais enfuie de chez Xerox ? insista le capitaine de la garde. Vous en aviez la possibilité à ce que j'entends.

— Pour aller où ? Non, je n'aimais pas ces expériences, mais il me nourrissait, me logeait, et surtout me protégeait et me permettait aussi d'alimenter mon désir de vengeance. Mais heureusement, ma chute dans la rivière et mon amnésie m'en ont libérée. Depuis mon arrivée ici, je ne souhaite plus rien de tout ça, j'ai trouvé un nouveau sens à ma vie, ajouta-t-elle en jetant un regard suppliant à Willan. Je n'ai pas menti sur toute la ligne. En tombant dans la rivière, j'avais vraiment tout oublié de mon passé, excepté les dernières semaines passées avec Xerox. Je croyais vraiment m'appeler Aluna — le faux nom que me donnait Xerox — et je ne savais rien de ma famille. Tous mes souvenirs ne me sont revenus qu'il y a trois semaines, lorsque je me suis réveillée après les évènements de Cristallia, peut-être à cause du choc de mon exécution. Depuis je n'ai pas osé... j'ai eu peur... je sais que j'aurais dû.

Pour ajouter de l'effet à sa déclaration, elle s'agenouilla et posa la tête à même le sol.

— Je vous en prie, veuillez me pardonner mes erreurs !

Il y eut de nouveau un silence, que Willan brisa rapidement :

— Levez-vous. L'interrogatoire n'est pas terminé.

Sa voix glaciale arracha un frisson à Elena, qui obéit sans un mot.

— Une dernière question, relança Kenton. Vous dites avoir quitté Minabis il y a quatre ans. Comment avez-vous fait en pleine guerre ?

Elena résista à l'envie d'étrangler le chef de la garde, qui s'avérait tenace. Il risquait de lui mettre des bâtons dans les roues à l'avenir. Elle réussit toutefois à garder son calme et répondit :

— J'ai volé de l'or à Arthur et je me suis enfuie un soir. J'ai dormi quelque temps dans la rue jusqu'à rencontrer Xerox qui m'a aidée à quitter la ville grâce à la magie.

Kenton plissa les yeux avec méfiance. Décidément, ce blondinet et elle n'allaient pas s'entendre !

— Vous avez toutes les raisons du monde de douter de moi, je le sais, ajouta-t-elle. Mais je suis sincère. Je vous dis la vérité, et surtout, je ne veux faire de mal à personne.

Larzac s'impatientait dans sa chaise. Ce cirque commençait à l'exaspérer, aussi s'immisça-t-il dans la conversation :

— Excusez-moi. Si l'on en croit ses dires, elle n'est pas une espionne. Et si elle ment, eh bien je ne pense pas que ça me concerne, car je suis uniquement juge de ses capacités magiques ici. Si vous voulez mener un véritable interrogatoire, je vous propose de vous en charger plus tard.

— Larzac a raison, ce n'est pas le sujet de ce conseil, appuya Aradir. Mais il faut tout de même que nous sachions si ce que cette femme avance est vrai. Votre Altesse, que faisons-nous ?

Willan fixait Elena, mais on aurait juré qu'il ne la voyait pas.

— Vous avez raison, finit-il par répondre, nous ne sommes ici que pour entendre la conclusion des druides au sujet de sa magie. Nous déciderons ensuite, dans un second conseil, du sort de cette jeune femme au regard de ces nouveaux éléments. Tant que nous n'aurons pas statué sur l'authenticité de son histoire, elle sera libre de tous mouvements à l'intérieur de la muraille, mais ne pourra pas quitter le château. En attendant, Larzac me fournira son rapport que je transmettrai à la reine de Cristallia pour clore ce premier point.

Elena souffla. Elle était enfin libre de quitter ses appartements qui commençaient à sentir le moisi. Elle pourrait ainsi vaquer à ses autres obligations, comme faire disparaître l'arme de son crime par exemple. Pour le reste, elle verrait en temps voulu.

— Ce conseil est terminé, conclut Willan. Vous pouvez disposer.

Les juges se levèrent, puis quittèrent un à un la pièce. Elena chercha à croiser le regard du prince, mais constata qu'il n'était déjà plus là.

CHAPITRE 5

— Dépêche-toi, fainéant ! J'attends mon saumon !

— Oui, mère !

Valel quitta précipitamment la maison. Deux lunes qu'il avait été adopté et sa maîtresse le torturait déjà. Il avait tellement couru qu'il ne sentait plus ses pieds. Et il s'en sortait mieux qu'Eliel, qui devait en plus partager sa couche. Cette seule pensée lui donna un haut-le-cœur. Dame Yuudi était une belle femme, mais son mauvais caractère lui enlevait tout son attrait.

L'adolescent quitta le perron, puis prit la glissière du bonzaï pour accélérer sa descente. Le sol était légèrement boueux, mais l'eau qui remontait jusqu'à ses cuisses lui arracha un soupir d'aise. Il avait l'impression que sa peau se régénérerait. De meilleure humeur, il se dirigea vers la boutique du marchand de poissons.

Il n'avait fait que quelques pas lorsqu'il croisa un vieil ami qui avait été adopté un mois plus tôt.

— Comment vas-tu, vieux ? engagea ce dernier.

— Bien, mais qu'est-ce que tu fais là, Alver ? Tu ne devrais pas être avec ta maîtresse ?

Alver lui indiqua deux silhouettes au loin :

— Oh si ! Elle est là-bas, tu la vois ? Elle discute avec une amie. Je les ai laissées quand je t'ai aperçu.

— Tu te plais avec elle ? demanda Valel qui ne voyait que le dos de l'intéressée.

— Beaucoup ! Elle m'a déjà emmené trois fois en mer. À ce rythme, je serai très vite un chasseur hors pair.

— En mer ? Comment c'est ? demanda-t-il les yeux brillants.

— Très coloré ! Il y a tellement d'espèces qui y vivent ! Il faudrait que tu voies ça ! Qu'est-ce qu'on attend, d'ailleurs ? Demande à ta maîtresse de te faire une autorisation et on ira ensemble !

La proposition refroidit l'enthousiasme de Valel. Dame Yuudi n'accepterait jamais.

— Je… je lui demanderai.

— Parfait ! Bon, je dois te laisser. À plus tard !

Alver courut aussitôt rejoindre sa maîtresse. Valel les vit se retrouver et se diriger ensemble vers les marchés. Il enviait son ami, même s'il savait que cela ne servait à rien. Un mâle ne changeait de maîtresse que si cette dernière le décidait, ou si leur génitrice faisait une requête spéciale de défiliation. Dans ce second cas, la condition légale était d'avoir passé au moins six mois à son nouveau domicile, d'avoir deux témoignages dénonçant des abus et, bien entendu, de convaincre la responsable des filiations du bien-fondé de la demande.

Il pourrait donc en théorie retrouver sa liberté bientôt, avant d'être remis sur le marché l'année d'après afin d'être adopté par une autre maîtresse. Eliel remplissait déjà les conditions, mais son frère avait eu la mauvaise idée de partir du domicile familial en mauvais termes avec leur mère de sang. Il lui reprochait la mort de leur père, qui n'était jamais revenu d'une chasse dangereuse ; selon lui, elle aurait pu l'empêcher de s'y rendre.

Valel ne partageait pas ce point de vue. Il pensait surtout que son frère ne concevait pas que leur mère soit aussi heureuse avec son second filleul, adopté deux ans après la disparition de leur père. Valel l'avait supplié de mettre de côté son ressentiment pour implorer l'aide de leur génitrice. Eliel avait rechigné au début, mais au bout de deux ans chez Dame Yuudi, il avait fini par s'y résoudre. Pourtant, leur mère de sang, d'ordinaire si douce, avait été catégorique : il devrait se débrouiller seul. Valel était intervenu, mais toute la considération et l'amour qu'elle avait pour lui ne changèrent rien à sa détermination. Elle l'avait abandonné.

Dépité, Valel reprit sa route. Il repensait encore à ce stupide conflit familial lorsqu'il entendit quelqu'un pousser un cri de surprise. Il leva les yeux et vit un objet tomber du ciel, ou plutôt d'un coque-bille, le moyen de déplacement le plus courant à Puydor pour quiconque ayant de quoi payer. Il s'agissait de coquillages géants, qui naviguaient sur l'eau à l'aide de masex : une pierre de vent, selon les rumeurs. La magie étant toutefois réservée à une élite, la conduite de ces engins restait très règlementée.

Valel rattrapa l'objet au vol ; il s'agissait d'une jolie brosse décorée de motifs fleuris. Elle avait dû échapper aux mains de sa propriétaire. Il hurla au chauffeur de s'arrêter, mais ce dernier l'ignora et continua son chemin sur les routes, de longues pistes glissantes et incurvées qui partaient du sol et s'élevaient pour s'entrecroiser dans les hauteurs de la ville. À moitié remplies d'eau pour permettre aux coque-billes d'avancer facilement, elles culminaient à plus de huit mètres au-dessus des maisons afin d'éviter tout accident avec les piétons. L'adolescent observa l'engin filer vers le nord, rangea la brosse dans sa baluche et continua sa marche. Dans cette partie de la ville, un objet trouvé était un objet gagné, surtout lorsque sa propriétaire n'avait pas l'air d'y tenir plus que ça.

L'adolescent atteignit bientôt le bonzaï où était installé le marchand et emprunta les escaliers pour rejoindre le dernier étage. En chemin, il croisa deux femmes qui discutaient :

— Je te dis qu'elle a survécu ! disait l'une.

— Ce n'est pas possible ! rétorqua l'autre. Elle a été gelée par les soins de Dame Iren, tu sais qu'elle ne se rate jamais.

— J'ai entendu dire qu'elle a utilisé un pouvoir inconnu. Tu sais, après l'exécution, une bataille a éclaté. Tu te souviens de la horde d'archères qui s'est rendue à la surface ? Eh bien, il paraît que c'est la fille qui a repoussé la menace et sauvé le royaume. Du coup, celle de la surface l'a laissée vivre.

— Non !

— Si ! Eh, ne le répète pas. On m'a dit que c'était pas vraiment officiel, comme information.

— Mais comment peut-elle libérer une criminelle ? Les Humains vont penser qu'ils peuvent bafouer nos lois sans conséquence !

— Chut !

À sa vue, les deux femmes se turent et continuèrent leur descente en silence. Valel n'en crut pas ses oreilles. Il aurait voulu les poursuivre pour leur demander ce qu'elles savaient d'autre, mais il opta pour la discrétion, comme conseillé par son frère. Il continua donc sa montée vers la boutique de Khasekhem, l'Orgade au nom étrange. Certains disaient qu'il l'avait changé pour plaire à sa maîtresse, une passionnée de cultures Anciennes. Quelle que soit la raison, Valel trouvait ce nom singulier, tout comme le personnage.

Très vite, il arriva au sommet du bonzaï et s'invita dans la boutique. L'odeur y était, comme d'habitude, très forte. Des dizaines d'étagères se dressaient çà et là, avec dessus plusieurs fioles, boîtes et bocaux remplis de poissons et d'il ne savait quoi d'autre. Valel avait toujours adoré traîner là lorsqu'il était enfant.

— Gamin, approche ! s'écria le quadragénaire en le voyant.

— Bonjour Khasek.

— Alors comme ça, tu as été adopté par Dame Yuudi ? Ah là, là ! Ce coup-là, tu as manqué de chance, ce n'est pas une tendre à ce que j'ai entendu.

L'adolescent fit la moue :

— À qui le dis-tu ? Mon frère vit chez elle depuis trois ans alors je savais à quoi m'attendre. Je n'ai vraiment pas de chance. Tous ceux qu'on connaît ont des maîtresses géniales et nous, on tombe sur la mégère du coin.

Le boutiquier écarquilla les yeux et se tapa le front :

— Ah oui c'est vrai, je suis bête ! Eliel est ton frère, j'oublie à chaque fois. C'est une sacrée coïncidence. Tu penses qu'elle t'a choisi exprès pour ça ?

— Je ne crois pas. Eliel a toujours mis un point d'honneur à ce qu'on ne se croise jamais.

— Allez, souris un peu ! Tu sais, je n'aimais pas beaucoup ma maîtresse au début. Regarde-moi aujourd'hui, je suis heureux comme un poisson dans l'eau !

— C'est vrai, ça ?

Il se rapprocha et lui chuchota :

— Ne le répète à personne surtout. Au début, je la trouvais un peu tarée en fait.

Valel pouffa à l'insinuation du marchand. Sa maîtresse l'avait aidé à ouvrir ce commerce florissant et tout le monde s'accordait à dire qu'ils filaient le parfait amour. La chance frapperait peut-être à sa porte, lui aussi.

— Alors, de quoi as-tu besoin ? demanda Khasek en se frottant les mains.

— De saumon.

— Encore ? Cette Yuudi persiste à ne pas vouloir envoyer ton frère en mer, c'est ça ?

— Oui... mais comment tu sais ça ?

— Eliel passait souvent m'en prendre. Au bout d'un moment, je connais son alimentation par cœur. Faut croire qu'elle n'aime pas trop le frais, ta dame. Elle ne l'a envoyé en mer que deux fois, de ce qu'il m'a dit. Attends-moi ici, je reviens.

Le marchand se retira dans l'arrière-boutique et revint avec une petite boîte en verre, recouverte de nombreux torchons. Il la posa sur le comptoir et l'ouvrit pour que Valel vérifie son contenu. Lorsque ce dernier eut acquiescé, il la remballa et la remit à son nouveau propriétaire :

— Tu voudrais des moules avec ? Pour toi, je veux dire.

— Moi ? Je n'ai pas de quoi payer, tu sais.

— Pas besoin de ça entre nous, Valel. Je te les donne ! Tu commences ta vie d'homme après tout !

— T'es vraiment génial, Khaz !

Le marchand prit une autre boîte pleine sur les étagères et la tendit à Valel. Ce dernier l'ouvrit et respira la bonne odeur de moules avant de la refermer. Il remercia chaleureusement son ami, puis retira de sa baluche une grande huître :

— Pour le saumon, elle m'a dit que ceci t'intéresserait.

Le marchand mit ses bésicles pour découvrir la magnifique perle blanche contenue à l'intérieur.

— Elle vaut bien plus qu'une boîte de saumon, gamin... Je vais devoir faire une reconnaissance de dette à ta maîtresse, sauf si elle a besoin d'autre chose ?

— Je ne crois pas.

Khasek saisit un document qu'il remplit et parapha soigneusement avant de le tendre à Valel. Les yeux de ce dernier s'arrondirent en découvrant son contenu :

— Deux mois de provision !

— Je ne suis pas un escroc, gamin. Cette perle te vaudra deux mois de produits gratuits. Voilà qui devrait radoucir l'humeur de ta maîtresse.

— Merci Khasek ! Pour tout, vraiment !

— Assez avec ces manières. Allez, file !

Valel le remercia encore, rangea le document et prit la direction de la sortie. Sur le pas-de-porte, il se souvint de la discussion qu'il avait surprise un peu plus tôt et décida de clarifier ses doutes auprès de son ami. Sa maîtresse avait quelques relations dans la famille royale, après tout.

— Dis Khaz, j'ai une question. Que sais-tu sur la mort de la criminelle ?

— Pourquoi tu me parles de ça ? réagit le boutiquier, sourcils froncés.

— Eh bien, j'ai entendu dire qu'elle avait survécu, alors...

Son ami le rejoignit en quelques enjambées, puis l'attira de nouveau à l'intérieur.

— Valel, je te conseille vraiment de ne plus te mêler de cette histoire. Je t'ai déjà couvert pour ta sortie parce que la situation le nécessitait, je ne voudrais pas que tu aies des problèmes à cause de ça.

— Je sais. C'est juste... je l'ai vue ! C'est à cause de moi que...

— Non, Valel, ce n'est à cause de personne. Toi, tu as vu ce que tu as vu et tu m'en as parlé, à moi et à ton frère uniquement. Il n'y a aucune raison pour que tu sois mêlé à ça... ou que quelqu'un d'autre soit au courant. Écoute, le machin magique de la reine avait déjà senti la fille, elle n'avait pas besoin de toi pour savoir où chercher. Le truc c'est qu'elle savait aussi qu'il y avait quelqu'un de Puydor là-bas. Elle était sur le point d'enquêter lorsque ma maîtresse est intervenue. Heureusement, ou elle aurait fini par savoir que c'était toi ! Grâce à elle, cette histoire ne s'est jamais ébruitée.

— Tu as fait ça pour moi, Khaz ? balbutia l'adolescent. Je... je pensais juste qu'elle n'avait pas eu besoin de... enfin je pensais que tu lui avais dit ce que j'avais vu, que j'avais condamné cette pauvre fille...

— Déjà, tu n'as condamné personne, et ensuite, je ne t'aurais jamais dénoncé ! Qu'est-ce que tu aurais récolté pour une sortie sans permission, hein ? Un mois de prison et vingt coups de fouet ! Je n'allais pas te condamner à ça, gamin, jamais ! J'ai un peu menti. J'ai dit que tu t'étais perdu et qu'en revenant à Puydor, tu avais cru voir des soldats. Tu as paniqué et tu es directement venu me voir pour tout me raconter. Je n'ai pas donné ton nom.

L'adolescent pensa à la seule chose qu'il ne s'expliquait toujours pas de cette nuit.

— Et la silhouette sur l'eau ? Tu leur as dit ?

— Certainement pas ! Puisque je te dis que je n'ai rien dit ! D'ailleurs, tu es sûr de ce que tu as vu ? Parce que je ne crois pas que les Humains sachent marcher sur l'eau.

— Non, ce n'était pas vraiment une personne, elle semblait transparente, comme un mirage… Et puis non, laisse tomber. Merci pour tout, vraiment. Je n'en parlerai plus cette fois, c'est promis.

— C'est bien, conclut le marchand en lui tapotant l'épaule. Tu es comme un fils pour moi, je ne voudrais pas qu'il t'arrive malheur, tu comprends ?

Valel acquiesça, adressa un dernier remerciement et se retira sans attendre. Il savait que son ami avait raison : il devait chasser ces pensées, mais elles refusaient de le quitter. Depuis le jour où il avait vu cette jeune fille tomber dans la rivière, un poids lui écrasait la poitrine. La révélation de Khasek avait allégé sa culpabilité, sans l'effacer pour autant. Son ami ignorait tout de sa tentative de fuite, cette nuit-là, interrompue par la chute de l'inconnue dans l'eau. Valel avait voulu lui porter secours, mais quelqu'un d'autre l'avait devancé. Depuis, il n'avait cessé d'espérer qu'elle ait survécu. À présent qu'il en avait la certitude, il ne désirait plus qu'une chose : tourner la page et trouver la force de se pardonner d'avoir envisagé d'abandonner son frère… pour s'échapper seul.

INTERLUDE I

« AI-JE TOUT IMAGINÉ ? »

Pendant ce temps, du côté des Terres Sacrées...

— Mère ?

— Chut, je suis là. Repose-toi.

Tamehla appuya la serviette mouillée sur le front de sa fille pour calmer sa fièvre. Amenith la remercia du regard, puis ferma les yeux en haletant. Elle gardait le lit depuis près de trois semaines, sur conseil du médecin royal qui avait diagnostiqué des complications dues à la grossesse. Elle n'avait rien avalé depuis des lunes, sa température ne baissait pas, et elle respirait difficilement.

Inquiète, Tamehla signa dans l'air pour implorer la clémence de la Déesse Nehla. Elle remarqua alors la présence de la domestique de sa fille, et lui demanda de remplacer l'eau du seau à côté d'elle. Amenith rouvrit les yeux à ce moment-là.

— Ne... Nedil ?

Tamehla lui prit la main.

— Il n'est pas là. Essaie de dormir.

— Je... qu'il ne vienne pas... J'ai... chaud... je... vais mourir.

— Ne raconte pas de bêtises. C'est ton mari et tu portes son enfant. Peu importe ton état, il voudra te voir. Il viendra aujourd'hui, tu verras.

— A... arrête, tu sais que je peux... mourir avant de... Tu sais que je peux...

— Tu ne mourras pas! la coupa-t-elle d'un ton sec. Tu ne mourras pas... d'accord?

La servante revint dans la pièce au même moment, posa le seau près d'elle et se retira sans un bruit. Tamehla mouilla la serviette et l'appliqua sur le front de sa fille. Le contact de l'eau froide sembla la soulager un instant, juste avant qu'elle ne se mette à haleter de nouveau.

Tamehla se demanda quand son gendre reviendrait. Il avait dû s'absenter dans les quartiers sud, pour régler des conflits nés lors de la dernière distribution de vivres. En tant qu'assistant du trésorier royal, il devait superviser la répartition de biens, ainsi que ses conséquences, car il arrivait qu'elle soulève des insatisfactions, surtout chez les moins bien lotis. Déjà une semaine qu'il était parti, et Tamehla priait pour qu'il vienne tenir compagnie à sa femme qui risquait sa vie à chaque nouvelle lune.

Elle constata, à la respiration régulière de sa fille, que celle-ci dormait. Rassurée, elle retira lentement sa main de la sienne et quitta la pièce. Elle traversa l'entrée jusqu'au séjour, où elle s'affala dans un fauteuil. Elle manquait de sommeil et, ayant longtemps veillé sa fille dans la même position, souffrait également des genoux. Elle se les massa par réflexe puis se dirigea vers la fenêtre.

Elle repensa à la nuit où elle avait eu sa dernière vision de Panadil. Depuis, elle n'avait pas eu l'occasion d'investiguer sur l'origine de ce qu'elle avait cru voir. Y avait-il réellement une trappe près de la sortie nord du château? S'y rendre ne brisait aucun interdit. Seulement, peu osaient s'y aventurer à cause de la proximité du labyrinthe fleuri, la limite légale à ne jamais dépasser sous peine de mort. De plus, l'état d'Amenith ne lui avait pas permis de creuser la question. Maintenant que sa fille avait trouvé un peu de répit dans le sommeil, peut-être pourrait-elle jeter un coup d'œil?

Un bruit venant de la porte la fit sursauter. En sortant du séjour, elle tomba sur la domestique en train de saluer un homme grand, fluet, aux longs cheveux noirs et au regard tout aussi sombre. Il s'agissait de son gendre.

— Comment va-t-elle ? demanda-t-il avec empressement.

La servante s'apprêtait à répondre, mais Tamehla la devança :

— Mal, mais elle a réussi à s'endormir.

— Que veux-tu dire par « mal » ?

Tamehla l'attira dans le séjour. Dès qu'ils furent seuls, elle reprit :

— Elle m'inquiète, Nedil. Elle parle de mourir.

— Mourir ? hoqueta-t-il.

— Oui… soupira-t-elle. Elle souffre tant que je ne sais plus quoi faire pour l'aider. J'ai tenté toutes les recettes d'herbes que je connais, mais rien ne semble la soulager longtemps. Les plantes fournies par le médecin ont aussi un effet temporaire, et juste après sa fièvre remonte en flèche. Je… J'ai peur, moi aussi.

Sous le choc, Nedil s'affala dans le premier fauteuil qu'il vit. Tamehla percevait son désarroi, mais cela n'enrayait en rien la colère qu'elle ressentait à son égard.

— Mais où étais-tu au juste ? s'entendit-elle dire. Tu aurais dû être ici, à ses côtés !

— Je sais, j'aurais dû… lâcha-t-il d'une voix étouffée. J'ai fait aussi vite que j'ai pu… j'ai…

— Elle t'a tellement réclamé, je ne savais plus quoi dire pour la rassurer !

— Je… j'aurais voulu être là, moi aussi ! Mais il s'agissait d'un ordre du roi, je ne pouvais pas simplement refuser !

Il avait raison, mais la vieille femme n'arrivait pas à penser à autre chose qu'à sa fille mourante.

— Eh bien, rattrape-toi ! Va la voir, reste à ses côtés, rassure-la. Remplis ton devoir de mari !

— Tu… tu as raison, céda-t-il en se levant. J'ai été absent beaucoup trop longtemps.

Nedil s'éclipsa sans autre forme de procès. Tamehla le suivit jusqu'à la chambre, où elle le vit prendre la main de sa fille avec tendresse. Elle les observa un instant, puis se résigna à les laisser seuls.

Elle décida alors de s'octroyer quelques heures de repos, durant lesquelles elle essaierait de se vider l'esprit. Elle se dirigea vers les cuisines. Elle y croisa plusieurs serviteurs en plein casse-croûte, s'empara de restes de pain et de fromage qu'elle engloutit. Il s'agissait de son premier repas en trois lunes. Elle étancha aussi sa soif avant de s'autoriser à discuter.

Après quelques minutes, ils quittèrent les cuisines et se séparèrent avec chaleur.

Tamehla sortit du bâtiment pour vérifier l'existence de la trappe qu'elle avait cru voir après la dernière apparition de Panadil. Pour éviter d'avoir à se justifier, elle décida de contourner le palais depuis la chapelle de Nehla pour atteindre son objectif. Elle y arriva rapidement. Elle dépassa le lieu de culte et continua en direction de la sortie nord du château. En chemin, elle scruta le sol à la recherche d'un indice. Elle ne vit que des plantes et des haies bien entretenues, sur une terre meuble et uniforme.

Au bout d'un moment, elle se perdit dans la contemplation des jardins, qui s'étendaient jusqu'à la sortie du royaume. Elle songea au fait que Panadil avait dû traverser ces kilomètres de verdure, trouver son chemin dans le fameux labyrinthe fleuri, passer la herse et poursuivre vers les territoires Impies. Cela n'avait pas dû être facile, se dit-elle en reprenant son observation. Elle effleurait une plante, lorsqu'une voix l'interpela :

— Vous faites quoi, ma dame ?

Tamehla sursauta. Elle se redressa avec peine et croisa le regard d'un des gardes de la sortie nord. Elle se força à lui sourire, épousseta sa robe et répondit :

— J'admire les plantes, comme vous voyez.

— J'savais pas que vous connaissiez l'jardinage.

— Une passion récente. Vous savez, à mon âge, on s'occupe comme on peut.

— Si tard ? Je croyais qu'vot' fille avait b'soin de vous en c'moment ?

— Ma fille est... comment dire, très souffrante, souffla-t-elle avec une émotion non feinte. J'essaie de l'assister comme je peux, mais c'est difficile. Je l'ai laissée en compagnie de son mari. J'avais besoin de prendre l'air, vous comprenez ?

— Oui oui, mais madame vous ne devriez pas jardiner à c'tte heure, vous allez prendre froid ou vous faire piquer par les bêtes. Et moi je vais m'faire gronder par le jardinier si vous...

— Oh non, je n'oserais pas ! Je ne faisais que les regarder, admirer leurs racines vous voyez ? Je n'aurais jamais osé toucher à l'un de ces chefs d'œuvres !

— J'sais, j'sais, dame Tamehla est trop bonne. Vous v'nez ?

— Bien sûr.

La vieille femme jeta un dernier coup d'œil derrière elle en espérant remarquer quelque chose d'inhabituel. La terre qui meublait le chemin était uniforme, les plantes qui l'encadraient, parfaitement entretenues. Rien ne sortait de l'ordinaire.

Déçue, elle se résigna à suivre le garde jusqu'au palais. Elle le remercia de sa bienveillance et retourna auprès de sa fille. Tout en rejoignant l'aile est, elle réalisa tout de même quelque chose.

La sortie nord était étrangement déserte le soir où elle avait surpris le fameux cortège. Ajouté à cela l'avertissement de Panadil, elle conclut que les gardes de ce secteur protégeaient la trappe sous les ordres d'Heridil, voire du roi. Dans ce cas, ils ne la laisseraient jamais s'en approcher. Cela voulait-il dire qu'elle touchait au but quand le soldat l'avait repérée ? Si oui, comment l'atteindre sans être vue ? Elle pourrait droguer les gardes, tout en s'assurant que personne ne viendrait l'interrompre… Tamehla soupira en réalisant la difficulté de la tâche : elle n'y arriverait pas, pas comme ça.

La vieille femme poursuivit sa route, consciente qu'elle ne résoudrait pas aisément ce mystère. Elle devait observer, agir au moment opportun. En attendant, elle continuerait à prier pour la survie de sa fille et de son enfant à naître.

CHAPITRE 6

Willan n'arrivait pas à se concentrer. Il jeta son brouillon au sol, reprit une nouvelle feuille et trempa sa plume pour écrire :

« Votre majesté Errynaël de Cristallia,

Je n'ai pas reçu la visite du messager qui transporte le trésor royal, mais je suppose que cela ne saurait tarder. De notre côté, la décision concernant ~~Aluna...~~ Elena... »

Willan froissa de nouveau le papier avec rage. Elle ne s'appelait pas Aluna, mais Elena. Elle lui avait menti, à lui ! Après tout ce qu'ils avaient partagé, ne méritait-il pas son honnêteté ? Quelle importance lui donnait-elle en ne lui dévoilant la vérité qu'une fois piégée ? Elle l'avait relayé au second plan, comme avec Siruth à Cristallia. Le souvenir de ce moment d'intimité l'énerva davantage. Il s'empara du pot d'encre qu'il projeta contre le mur. Le bruit du verre qui se brisait alerta les gardes postés à l'extérieur de ses appartements. L'un d'eux se rua dans la pièce :

— Qu'y a-t-il, Votre Altesse ?

— Rien. Apportez-moi un nouveau pot d'encre, s'il vous plaît.

— À vos ordres ! répondit le garde avant de se retirer.

Willan observa le mur du coin de l'œil, puis reprit une nouvelle feuille de papier :

« Votre majesté Errynaël de Cristallia,

Je n'ai pas encore reçu la visite du messager qui transporte le trésor royal, mais je suppose que cela ne saurait tarder.

De notre côté, la décision concernant la jeune Aluna a été rendue. Elle a été jugée inapte à utiliser la magie et ne représente plus une menace pour personne. Son coma, ajouté à l'effet surprenant du Neutron, aura suffi à la débarrasser définitivement de son pouvoir.

Je vous saurais gré d'informer votre peuple de la bonne nouvelle.

Son Altesse W… »

Plus d'encre. Willan reposa la plume en soupirant. Il songea à aller quérir un nouveau pot lui-même, mais le garde le devança en revenant avec le sésame. Willan le remercia et retourna à sa lettre :

« … illan, prince de Goran »

Cette fois, il avait terminé. Il apposa son sceau, plia le document, l'enroula de fil noir et le confia à un de ses hommes avec pour instruction de le porter à son pigeonnier.

Le message parti, Willan vint se placer en face de la tache d'encre. Il repensait aux événements des derniers mois. Il se souvint d'Aluna si effrayée lors de leur premier échange et pourtant si forte durant leurs entraînements, de leur premier baiser et du regard plein d'espoir qu'elle lui avait jeté. Il se rappela aussi le moment où elle lui avait avoué ses sentiments, puis de celui où elle mourut. Ce sourire sur les berges givrées de la rivière, cette innocence qu'il avait perçue… Tout lui semblait faux, à présent.

Une mèche brune lui tomba devant les yeux. Il la rangea derrière son oreille. Depuis son départ pour Cristallia, il ne s'était pas coupé les cheveux. Ils commençaient à le gêner. Il allait convoquer son coiffeur lorsque quelqu'un frappa à la porte. On lui annonça la visite du capitaine de la garde, qu'il autorisa à entrer. La minute d'après, un Kenton souriant le rejoignait dans la pièce. Sa joie disparut en voyant l'état du mur.

— Un petit accident, expliqua aussitôt Willan. Qu'est-ce qui vous amène ?

— L'épée est arrivée au château. Mes hommes ont repéré un convoi Cristallien depuis leur tour de garde.

Willan soupira de soulagement.

— Enfin une bonne nouvelle ! Cette fois, c'est officiel, nous allons pouvoir rouvrir les portes du château.

— Vous ne souhaitez plus chercher le potentiel complice de Gurof? s'enquit Kentin.

— Bien sûr que si ! Mais vu qu'il se trouve sans doute en dehors du palais, ouvrir les portes n'y changera rien. Et puis, vous l'avez dit vous-même, nous n'avons aucun autre suspect et débattre ne nous avancera pas. J'ai élaboré différentes théories, j'ai même pensé que ceux qui avaient attaqué Cristallia s'en étaient pris à mon père, mais j'ai beau tourner ça dans tous les sens, je ne vois pas pourquoi ils auraient tout fait pour lui faire porter le chapeau, avant de le tuer. Ce ne serait pas logique. Et vu que rien de tout ce que je pense n'est vérifiable, j'ai décidé d'arrêter de me tourmenter. Nous agirons si nous découvrons de nouveaux indices.

— Sage décision, le félicita son ami. Je peux m'occuper seul de la réception de l'épée si vous le souhaitez.

— Non, je viens avec vous, je ne raterai ça pour rien au monde.

Les deux amis se rendirent sans attendre aux portes du château. Willan se réjouissait de la fin de ce long cloisonnement. Il rêvait d'une balade à cheval, durant laquelle il pourrait ainsi se calmer avant d'affronter Aluna, qu'il évitait depuis plusieurs lunes.

Récupérer le trésor royal, le mettre en sûreté, puis rouvrir officiellement les portes du château l'occupa assez pour qu'elle s'efface un temps de ses pensées. Ensuite, il s'offrit une course à cheval contre Neilarus, venu l'accompagner pour rassurer le conseil. Malgré l'agitation constante depuis la mort de son père, une solitude sourde l'habitait : seul devant son futur rôle, seul face à Aluna qui n'était peut-être pas celle qu'il croyait. Il ne rentra qu'à la nuit tombée, le corps fourbu mais l'esprit apaisé. D'un geste bref, il congédia le lieutenant de la garde et prit la direction de ses anciens appartements, désormais attribués à Aluna.

Lorsqu'il y entra, elle referma le livre qu'elle lisait et se leva pour lui faire face. Sa posture laissait transparaître un certain malaise. Pour autant, il resta à la fixer sans mot dire, jusqu'à ce qu'elle brise le silence :

— J'ai essayé de te voir à plusieurs reprises, mais les gardes n'ont pas voulu me...

— Je sais, c'est moi qui ai laissé ces consignes, l'interrompit-il.

— Oh. Je suppose que c'est normal après ce qui s'est passé. Je suis désolée que tu aies dû apprendre la vérité dans ces conditions. Je m'en veux vraiment, je te demande mille fois pardon.

Willan la regarda d'un air qui la surprit. Ses épaules voûtées suggéraient que son repenti était réel, mais cela ne suffit pas à apaiser sa colère et son sentiment de trahison.

— Tu m'as menti ! hurla-t-il. Tu m'as menti, Aluna, est-ce que tu m'entends ? Sur toute la ligne ! Peut-être bien que tu t'en veux vraiment, mais et moi dans tout ça ? Tu voudrais juste que je te pardonne ? Comme ça ?

— Je ne savais pas, pas jusqu'à récemment, plaida-t-elle d'une petite voix. Lorsque je me suis réveillée, je n'ai pas trouvé le courage de tout te dire, ensuite il y a eu la mort de ton père et je n'avais plus le droit de te voir. Quand aurais-tu voulu que je te le dise ? Je n'ai pas eu le choix !

— N'importe quand, Aluna, mais pas une fois au pied du mur ! Je n'aurais jamais cru que tu puisses me mentir après tout ce qu'on a vécu ! Et puis, qui me dit que tu ne te souviens pas de tout depuis le début ? Qui me dit que tu es bien celle que tu prétends être ? Comment est-ce que je peux encore te faire confiance ?

Elena bouillonnait à l'intérieur. Elena, elle s'appelait Elena ! Pourquoi persistait-il à dire Aluna alors qu'il connaissait son vrai nom ? Elle s'exhorta au calme, afin de calquer son comportement sur celui de sa sœur, pour l'instant.

— Réponds-moi ! exigea-t-il, alors qu'elle réfléchissait à la stratégie à adopter. J'aurais dû le voir, tu sais. Après ton « échange » avec Siruth, j'aurais dû deviner. En fait, tu ne m'aimes pas, tu ne m'as jamais aimé !

Elena répliqua sans comprendre de quel échange il parlait :

— Non, je ne t'autorise pas à dire ça ! Si tu as si peur de me faire confiance, alors ne le fais pas. Mène ton enquête, confronte-moi à mon beau-père, fais-moi enfermer si ça te chante, mais tu verras au bout du compte que je ne t'ai pas menti. Décide et j'obéirai, je suis prête à tout pour regagner ta confiance !

Le prince parut surpris de sa réaction. Il la dévisagea un instant, puis s'assit sur le lit en se prenant la tête entre les mains.

— Redis-le-moi, reprit-il calmement. Redis-moi que tu ne te souvenais de rien avant ton réveil, que tu ne m'as pas menti avant ça.

— Je te le promets, souffla-t-elle en s'asseyant à ses côtés. Tous mes souvenirs me sont revenus après mon coma.

Willan détourna le regard, en proie à une intense réflexion. Elena en profita pour renchérir avec une voix saccadée :

— Tu sais, j'avais peur... que tu ne veuilles plus m'aimer à cause de ce qui m'est arrivé.

Willan resta figé par le choc. Il ne comprenait pas qu'elle ait pu penser cela, ne serait-ce qu'une seconde. Il était prêt à donner sa vie pour elle, par Maldas !

— Non, dit-il. Après tout ce qu'on a vécu, tu devrais savoir que je t'aime plus que tout. Ton passé n'y aurait rien changé. Tu aurais dû...

Il se souvint alors avoir abandonné Aluna après leur première nuit et se sentit coupable de lui tenir ce discours. Ne lui avait-il pas donné des raisons de ne pas avoir confiance en lui ? Ne l'avait-il pas repoussée sans explications après son coma ? Peut-être que son comportement se justifiait, que tout ceci était de sa faute. Après tout, il avait déjà une promise. Aluna avait toutes les raisons du monde de ne pas se sentir rassurée.

— Je suis désolé, finit-il par dire. Je sais qu'avec tout ce qui s'est passé à Cristallia, tu as dû... je n'ai pas été à la hauteur, je suis désolé.

— Non, rebondit Elena sans comprendre. C'est ma faute.

— Si, je m'en veux, mais je t'en veux aussi. Apprendre que tu as menti sur ton nom, tes origines, ta vie ? Ça m'a bouleversé.

En notant son trouble, Elena comprit qu'elle devait agir rapidement. Elle s'agenouilla face à lui, pensa à quelque chose de triste et fit naître des larmes dans ses yeux :

— Je t'en prie, laisse-moi encore une chance ! supplia-t-elle.

Puis, elle éclata en sanglots. Le prince se mit aussitôt à son niveau et lui prit la main. Elle continua de pleurer, décidée à le faire céder. Elle espérait cependant qu'elle n'aurait pas à jouer ce rôle trop longtemps. Elle avait hâte de le conquérir avec sa vraie personnalité.

— Ne pleure plus, Aluna, s'il te plaît, la rassura le prince.

— Alors, tu... tu m'aimes toujours ?

Il lui prit le visage dans les mains :

— Oui... Je suis désolé de m'être emporté, pour le reste aussi. Je n'aurais pas dû t'abandonner après notre première nuit, c'était irresponsable de ma part.

Elena comprenait mieux pourquoi le prince s'en voulait. Elle sourit intérieurement en pensant que sa sœur venait de lui accorder une faveur.

— Je ne t'en veux pas, Willan. Mais toi, me pardonnes-tu ?

Il resta de longues secondes à l'observer. Elle eut alors tout le loisir de se plonger dans le vert de ses yeux, qu'elle trouvait magnifique. Elle l'écouta à peine quand il répondit :

— Oui, tu avais tes raisons, mais il va falloir que tu sois honnête avec moi désormais, sur tout. Je ne supporterai pas d'autres mensonges, aussi insignifiants soient-ils. Il faut me le promettre, d'accord ?

Elle acquiesça.

— J'insiste. C'est très important pour moi de pouvoir te faire confiance aveuglément.

— Je te dirai tout, Willan, absolument tout. Je ne te mentirai plus jamais, c'est une promesse.

Il l'attira contre lui. Elena resserra son étreinte autour de son corps fin et musclé. Une fois de plus, elle avait gagné contre sa sœur.

CHAPITRE 7

— Mes ordres ont-ils été respectés ?

— Oui, prince. Les trois groupes devraient être à Minabis bientôt. L'un d'eux nous ramènera Arthur, l'autre cherchera la maison dont Elena a parlé et le troisième traquera Xerox.

— Parfait. Où en sont les préparatifs pour l'annonce de la mort de mon père ?

— C'est réglé, Votre Altesse. Le convoi partira demain.

Willan barra d'un trait une nouvelle ligne de la liste de tâches que Kenton l'avait aidé à établir. Elle était si longue qu'il lui semblait qu'il n'en verrait jamais la fin.

— Aradir, je vous ai confié l'organisation de la cérémonie du couronnement, quand peut-elle avoir lieu au plus tôt ?

— Dans deux mois, Votre Altesse. D'ailleurs, je vous conseille d'en profiter pour annoncer votre prochain mariage avec mademoiselle Amélia.

Ce n'était pas sur la liste. Amélia...

— Est-il nécessaire de nous marier dans l'immédiat ? tenta-t-il.

— Non, mais votre mariage était prévu pour cette période depuis un moment. Si vous voulez repousser, il faudra le justifier à votre beau-père, mais, au vu des circonstances, il devrait comprendre.

— Je vois. Je vous informerai de ma décision dans les plus brefs délais.

La tâche suivante consistait à désigner les membres du conseil. Devant lui s'alignaient les noms des élus actuels, que Willan devait confirmer ou écarter. La liste mentionnait Aradir, grand chancelier chargé de la justice; Kenton, capitaine de la garde; Isidace, trésorier responsable des caisses et de la levée des impôts; Larzac, druide attitré, garant du savoir magique et de l'entraînement psychique de la famille royale; et enfin Moribon, commandant de la flotte. Ce dernier titre n'avait plus qu'une valeur symbolique, vestige d'une époque où Goran avait participé à la conquête de l'île de Thundez. Willan savait que la présence de Moribon au conseil relevait davantage de la tradition que de l'utilité. Hormis une tentative infructueuse contre Cristallia lors de la récente guerre, la flotte n'avait plus servi depuis longtemps et son équipement tombait en ruine.

Willan étudia à nouveau la liste et décida de garder tous les anciens membres du conseil. Il l'annonça sans tarder, mais Aradir lui opposa un autre avis :

— Sauf votre respect, le commandant Moribon se fait vieux, il a passé la cinquantaine. Ne devons-nous pas songer à le remplacer? Mon neveu a justement...

— Chancelier, ce titre est fictif, le coupa-t-il. Je ne vois pas l'intérêt de remplacer Moribon lorsqu'on sait qu'il n'aura jamais à intervenir.

— Il pourrait avoir à le faire. Et si Thundez nous attaquait? Ne devrions-nous pas songer à redonner vie à notre flotte? Aïlir a fait ses preuves dans l'armée et a une autorité reconnue, je sais qu'il ferait un bon commandant.

Willan connaissait le neveu d'Aradir. Le jeune noble s'était engagé dans l'armée avec pour objectif de gravir rapidement les échelons. Il paraissait déterminé et sympathique, mais Willan savait d'expérience qu'il n'en était rien. Il l'avait vu accuser une femme à tort et la regarder se faire battre et expulser du palais sans raison. Intégrer un tel homme au conseil était inenvisageable.

— J'étudierai la question, éluda-t-il. Je crois que vous aviez quelque chose à me montrer, Kenton?

Le capitaine lui remit aussitôt un document recensant les effectifs, ainsi que les équipements de leurs troupes.

— Je ne me doutais pas que nous avions autant d'hommes, s'étonna Willan.

— Ça n'a rien de surprenant, en réalité. Nous avons atteint un pic de naissances avant la dernière guerre. De plus, le commerce florissant de l'acier ainsi que l'autorisation des mariages entre Ælfes et Humains ont fait de Goran une sorte de terre promise. Votre père a autorisé l'immigration de beaucoup d'Ælfes et j'ai ouï dire qu'il s'agit d'un peuple très fertile.

Kenton s'interrompit pour se tourner vers Aradir, un peu gêné :

— Souhaitez-vous assister au reste de cette entrevue ? Nous allons discuter de sujets militaires. Cela risque de vous ennuyer.

Le chancelier fronça les sourcils, puis se retira à contrecœur. Le prince reprit presque aussitôt :

— Je vois aussi beaucoup d'armes. Où avons-nous pu nous en procurer autant ?

Avant que Kenton n'ouvre la bouche, Willan trouva la réponse à sa propre question. Gouthor ! Il tenait un florissant commerce de forges qui dépassait les frontières Goraniennes.

— À l'heure actuelle, une grande partie de la production d'armes provient des forges de Gouthor, expliqua son ami d'un air sérieux. Votre père a récemment signé un accord de production de masse avec lui.

— Je ne comprends pas. Quel intérêt à tout produire chez un seul homme ? Cela ne nous rend-il pas dépendants ? Qu'en est-il du forgeron du château, Gallus ?

— Gallus est toujours à votre service, de même que des dizaines d'autres forgerons de Minabis et de Borad, mais votre père ne leur a rien commandé de significatif depuis des lustres. Il s'est plutôt tourné vers Gouthor, qui grâce à ses immenses ressources, fabrique des armes d'une diversité et d'une qualité inouïe, à bas coûts et très rapidement. C'est le meilleur choix pour de grosses commandes. Le fait qu'il devienne votre beau-père vous confère un avantage pour l'approvisionnement d'armes. Vous pourriez même négocier le rapatriement d'une de ses forges au château, cela vous ferait encore gagner en réactivité. En gros, votre futur mariage est très arrangeant.

Une barre de contrariété plissa le front de Willan. La tournure que prenaient les événements l'inquiétait.

— Je vois, lâcha-t-il. Pour résumer, vous dîtes que je ne devrais pas annuler mes fiançailles ?

— Vous savez ce que j'en pense, surtout que je ne fais pas confiance à cette Elena, déclara Kenton avec honnêteté. Je sais que vous lui avez parlé et que vous pensez qu'elle dit la vérité, mais sauf votre respect, prince, vous n'êtes pas impartial.

— Peut-être, mais vous non plus. Vous êtes persuadé qu'elle cache quelque chose depuis le jour où vous l'avez rencontrée. Vous êtes aussi poussé par votre instinct que moi. Vous pourriez aussi vous tromper.

— Peut-être, mais...

Le prince l'interrompit d'un geste de la main. Il était las de justifier sans cesse sa confiance envers Aluna :

— J'ai confiance en elle, mais vous avez raison sur un point, concéda-t-il. Il faut faire les choses dans les règles, si je veux l'épouser. Je vous écoute : dites-moi ce qu'il vous faut pour écarter vos doutes et je vous l'accorderai.

— Vous voulez l'épouser ? s'étonna Kenton.

Willan acquiesça. Le capitaine de la garde déglutit, avant de continuer :

— Eh bien, je devrai vérifier chacun de ses dires, auprès d'elle et de son beau-père. Je doute qu'elle veuille du mal au royaume, mais je reste persuadé qu'elle cache quelque chose, et je veux savoir quoi. Elle devra être exempte de tout soupçon, si elle veut devenir reine.

— Si ça suffit à vous rassurer, je vous donne carte blanche. Faites ce que vous avez à faire, enquêtez tant que vous voulez. Ça vous va ?

— Oui. Vu que vous avez l'air décidé, je vous conseille tout de même de garder de bons rapports avec Gouthor. Il s'agit de votre meilleur fournisseur d'armes.

Willan lui promit qu'il y penserait, puis réalisa qu'il y avait quelque chose d'étrange dans le rapport de son ami. Pourquoi son père avait-il commandé autant d'armes en si peu de temps ? En parcourant de nouveau le document, Willan remarqua une note concernant les effectifs de l'armée rebelle. Kenton lui expliqua que feu le roi lui avait demandé d'évaluer leur nombre, au cas où il y aurait un jour besoin de les attaquer. On pouvait supposer qu'il avait commandé autant d'armes dans ce but, mais le point n'ayant pas été abordé en conseil, rien n'était sûr.

— Père m'avait dit avoir tenté de récupérer leurs taxes, comment s'y est-il pris ? rebondit Willan, perplexe.

— Mes hommes sont allés collecter l'impôt dans le désert, répondit Kenton. On leur a refusé l'entrée à la cité rebelle et ils sont revenus sans insister, comme l'a ordonné votre père. Un autre groupe s'y est rendu deux mois plus tard, sans plus de succès.

— Père m'avait avoué redouter une réaction du Régisseur si nous n'arrivions plus à payer nos taxes. D'après l'état des caisses, nous sommes encore capables de payer à leur place pendant deux ans tout au plus. Il s'apprêtait sans doute à les soumettre par la force, d'autant que d'après ces chiffres, nous pourrions y arriver sans trop de difficultés.

— En effet, nous pourrions, mais c'est votre décision maintenant.

La sienne... Le prince se demanda ce que son père avait pu prévoir. Peut-être détenait-il des informations restées enfouies dans son bureau secret.

Cette pièce, l'une des plus énigmatiques du palais, servait autrefois de refuge au roi lorsqu'il s'éclipsait pour réfléchir. Nul n'en connaissait l'entrée, mais tous supposaient qu'elle se trouvait près de ses appartements, à en juger par la façon dont il disparaissait et reparaissait des heures plus tard, comme si de rien n'était. Les rumeurs autour de ce bureau avaient nourri l'enfance de Willan : on le plaçait tour à tour derrière la salle du trône, sous celle du conseil, dans les sous-sols, mais le plus souvent dans les quartiers royaux. Pour lui, ce mystère n'avait trouvé une réponse qu'une seule fois, par hasard.

Le lendemain de la mort de son frère, il s'était réfugié dans une penderie des appartements royaux pour pleurer. Là, la gorge nouée, il avait entendu ses parents se disputer. Chaque éclat de voix lui résonnait dans la poitrine comme un coup, et ses doigts s'agrippaient au bois du meuble jusqu'à s'y faire mal. Il resta immobile des heures, incapable de bouger, y compris quand sa mère s'inquiéta de son absence ou quand son père l'accusa, de loin, d'avoir provoqué la perte du premier fils.

Il les avait vus se séparer, puis avait observé le roi arpenter la pièce avec une fureur contenue. Le plancher vibrait sous ses pas, et Willan, transi, retenait son souffle, persuadé que le moindre mouvement trahirait sa présence. La peur l'avait cloué dans l'ombre, prisonnier de sa cachette.

Au bout d'un moment, son père s'était rapproché de la bibliothèque. Il avait feuilleté quelques livres sans grande conviction, puis avait fini par en déplacer un d'une certaine manière, ce qui avait enclenché un mécanisme. Les étagères s'étaient écartées silencieusement et une étrange porte était apparue au milieu, scellée par une serrure sans clé. Willan n'avait pu en distinguer les contours, mais il lui avait semblé que la fente était ronde, comme le dos de la bague qu'il avait souvent vue au doigt de son père. Le roi avait ensuite rapproché sa main de la serrure et, après un léger déclic, avait poussé la porte et s'était engouffré dans le passage. Willan n'avait pas attendu davantage pour quitter la pièce en courant.

Par la suite, père et fils n'avaient jamais abordé le sujet du fameux bureau. Et, à présent que Willan avait toute légitimité pour y accéder, la bague avait disparu.

Au moment du régicide, il s'inquiétait trop pour Aluna pour s'en soucier. Lorsque les druides avaient disposé du corps, il avait requis qu'on la lui retire, mais ils ne la trouvèrent pas. Willan avait également fouillé les appartements royaux, sans plus de succès.

— Prince, reprit Kenton, dois-je entreprendre quelque chose à propos des rebelles ?

— Non, je verrai ça plus tard, je suis épuisé pour le moment.

— N'hésitez pas à vous appuyer sur moi, prince. Je sais que ça doit être difficile d'être soudainement responsable de toute une nation, surtout vous connaissant.

Willan fronça les sourcils :

— Surtout me connaissant ?

— Je voulais dire... bégaya son ami, vous êtes quelqu'un d'intègre et d'impulsif, vous êtes aussi très honnête. Je pense que vous devriez réfléchir à votre nouvelle situation : Elena, votre père, tout. Ce sont vos choix qui guideront ce royaume désormais.

— Je ne relèverai pas que vous m'avez traité de « naïf », plaisanta Willan. Mais par rapport à ça justement, il faut reconnaître que je n'ai pas souvent pris les bonnes décisions ces dernières années. Vous m'avez vu grandir, vous savez que je ne devrais pas tenir ce rôle. J'ai peur de mener cet état à la catastrophe. Je me demande d'ailleurs parfois pourquoi vous êtes encore à mes côtés. Après tout, vous doutez toujours de mes choix.

— Ne dites pas ça, prince ! s'offusqua Kenton. Je resterai à vos côtés tant que je vivrai. À notre rencontre, vous étiez si jeune et pourtant si perspicace ! Face à la mort de votre frère et la colère de votre père, vous avez fait preuve d'un courage dont je ne pourrai jamais me vanter. Je vous respecte et je continuerai tant que je verrai cet enfant en vous.

Willan se réjouissait de la confiance de son ami, mais c'était lui-même qui doutait à présent.

— J'ai grandi depuis, j'ai changé et j'ai fait beaucoup de choses dont je ne suis pas fier. Je n'ai pas réussi à sauver cette femme qu'Aïlir avait accusée à tort, j'ai causé la mort de Philédor et j'en passe. Comment puis-je gouverner ?

— Vous n'avez pas tué Philédor, vous avez pris une décision irréfléchie parce que vous en vouliez à la terre entière de la mort de votre mère, le contredit son ami. Pour cette femme qui a été expulsée, vous avez essayé de convaincre votre père qu'elle n'avait pas volé ces bijoux à Aïlir, mais vous n'aviez que votre intuition. Moi aussi j'ai douté, j'ai enquêté et n'ai rien trouvé pour l'innocenter à temps. Il m'a fallu des mois pour découvrir qu'Aïlir avait monté toute cette histoire pour la punir de lui avoir refusé son lit. La pauvre avait déjà été fouettée et traînée dans la boue avant d'être bannie du château.

— Je me souviens parfaitement, souffla-t-il d'un ton maussade.

— Prince, vous êtes adulte à présent, et bientôt roi. Votre flair est globalement assez fiable. Juste... prenez le temps de réfléchir à chacune de vos décisions. Personne n'est à l'abri de l'erreur.

Le jeune homme acquiesça. Les paroles de Kenton l'avaient rasséréné. C'est donc avec confiance qu'il annonça :

— Dans ce cas, préparez-vous à un long voyage pour Basroc. Il est temps que j'aie une longue discussion avec Gouthor.

CHAPITRE 8

Les champs de meris, le monstre de feu… Aluna se trouvait une nouvelle fois dans son autre réalité, sans souvenir de ce qui l'y avait amenée. Elle s'était réveillée d'un long coma au palais, avait vu Willan, puis… le trou noir.

— Tu as vraiment un don pour te mettre dans le pétrin, annonça le monstre.

— Qu'est-ce que je fais là ?

— Tu ne t'en souviens pas? rigola-t-il. Hmm je vais me faire un plaisir de te rafraîchir la mémoire.

Une image apparut aussitôt en face d'elle, distendue et intangible. C'était Elena, une dague ensanglantée en main. Aluna fronça les sourcils, avant qu'une vive douleur lui saisisse l'estomac, comme si on lui enfonçait une lame dans le corps. Elle appela sa jumelle à l'aide, mais cette dernière ne lui rendit qu'un sourire triomphant. Des images défilèrent dans sa mémoire. Sa sœur lui avait annoncé la mort de leur mère, l'avait tenue pour responsable de cette tragédie et l'avait poignardée. Aluna sentit un étrange malaise l'envahir, une faible chaleur dans l'abdomen. Elle souleva sa tunique et découvrit une énorme cicatrice. L'image d'Elena disparut aussitôt.

— Franchement, je me serais attendu à une tout autre réaction, maugréa le monstre. Mais je suppose qu'on ne peut pas te changer, tu es tellement faible.

— Je ne vois pas à quoi tu t'attendais…

— À de la colère ! s'énerva-t-il. Elle a tenté de te tuer ! Tu ne vas pas te défendre ?

— Qu'est-ce que je devrais faire, hein ? s'emporta à son tour Aluna. Qu'est-ce que ça changerait ?

— Je suis sûr que je peux tirer quelque chose de toi…

Elena reparut, une silhouette à ses côtés. Le cœur d'Aluna s'emballa en reconnaissant Willan… et il se serra quand elle le vit enlacer, puis embrasser sa jumelle. Une colère sourde l'envahit, tandis que des flammes apparaissaient dans ses paumes. Elle se rua sur Elena sans réfléchir. Elle rencontra le vide et tituba. Des ombres, rien d'autre…

— Alors tu tiens plus à cet homme qu'à ta propre vie ? ironisa le monstre. Intéressant.

— J'en ai assez de tes jeux. Je veux me réveiller, maintenant !

— Pourquoi ? Pour le revoir ?

— Laisse-moi partir !

Le monstre éclata de rire. Avant qu'elle n'ait pu lui répondre, les champs de meris se volatilisèrent et elle ouvrit les yeux.

Il pleuvait des cordes. Collée à la fenêtre, Beth s'impatientait de voir la silhouette de son père se dessiner au milieu du brouillard causé par ces deux lunes de pluie ininterrompue. Il était parti tôt dans la matinée pour rencontrer Bruce, l'homme qui avait enquêté sur Aluna quelques mois auparavant. Depuis, elle l'attendait, tantôt en lisant, tantôt en réfléchissant. Elle se demanda si ses sœurs s'étaient revues, Elena ayant disparu à son tour en laissant un mot invitant à ne pas la rechercher. Beth avait lu entre les lignes : elle allait essayer de retrouver Aluna pour se venger.

Une ombre familière se dessina soudain à l'horizon. Beth se dépêcha d'aller ouvrir. Arthur la rejoignit très vite à l'intérieur, retira sa cape mouillée dans l'entrée, l'essora, puis avança dans le salon.

— Alors papa, tu as découvert quelque chose ?

— Donne-moi une minute, Beth ! Je suis encore tout trempé, tu m'apportes de l'eau et de quoi me changer s'il te plaît ?

L'adolescente s'exécuta et alla chercher un verre d'eau, deux serviettes, une paire de chaussures ainsi qu'une tunique sèche. À son retour, son père grelottait. Elle lui tendit sa trouvaille, puis patienta le temps qu'il se change dans la pièce d'à côté. Une fois sec, il revint s'affaler sur un fauteuil, puis but son verre d'eau d'une traite. Beth le laissa faire, avant de s'asseoir en face de lui pour reprendre son interrogatoire :

— Alors, dis-moi !

— Quelle impatiente tu fais... grogna-t-il en reposant le verre.

— Ça fait des heures que j'attends, papa ! Tu dois me dire ce que tu sais !

— Très bien, très bien. Aluna est de retour au château. Dans un sale état, mais vivante.

— Par le sceau royal ! Que va-t-on faire pour l'aider ?

Son père la regarda droit dans les yeux.

— Rien du tout.

— Comment ça, rien ? Nous sommes sa famille, non ? Elle est peut-être en danger !

— Les portes du château sont closes depuis près d'un mois et personne ne sait pourquoi. Qu'on le veuille ou non, on ne peut rien faire.

— Un mois ? remarqua l'adolescente. Elena a disparu à peu près à la même période, tu penses que c'est une coïncidence ?

— Je ne sais pas, continua-t-il, la voix brisée par la fatigue. Quoi qu'il en soit, je dois me reposer. On en reparle plus tard, si tu veux bien.

Arthur monta aussitôt s'isoler dans sa chambre. Beth, elle, repensa à l'étrange succession des événements.

Tout avait débuté à la mort de leur mère. Aluna s'était ensuite retrouvée sans explications au château, puis avait été conduite à Cristallia en tant que prisonnière. Pendant ce temps, Elena avait préparé une vengeance contre leur sœur, qui un mois plus tard revenait du royaume de glace dans un sale état. Un peu après, Elena disparaissait à son tour et le château fermait ses portes...

Tout cela ne rimait à rien, réalisa Beth en soupirant d'agacement. Il y avait trop de questions sans réponses et elle ne supportait pas de rester dans le noir, d'autant qu'ils laissaient ainsi le champ libre à Elena pour agir contre Aluna. Arthur avait beau l'en croire incapable, Beth pensait le contraire. Elle devait trouver des indices, quitte à fouiller la chambre de sa sœur. Son père lui avait interdit d'en forcer l'entrée, mais elle avait assez attendu. Il n'était pas question qu'une simple serrure la retienne.

Décidée, elle courut dans sa chambre se munir d'épingles à cheveux. Elle vérifia que son père dormait profondément, puis se dirigea à pas de loups vers celle d'Elena. Elle s'agenouilla devant, glissa avec précision la première épingle, puis la seconde, avant de les faire tourner en sens contraire. L'adolescente n'en était pas à son coup d'essai. Elle n'en était pas fière, mais elle avait déjà crocheté la serrure de sa mère pour lui voler de vieux bijoux. Un tour à gauche, un autre à droite, clic ! Le verrou céda. Elle se faufila dans la chambre et referma derrière elle.

L'intérieur sentait le renfermé. Beth osa quelques pas dans l'obscurité avant de tâter le mur à la recherche d'une torche. Ses pieds cognèrent très vite un objet dur. Elle s'accroupit, reconnut une lanterne au toucher et s'en saisit. Elle retourna dans sa chambre sur la pointe des pieds, l'alluma, puis revint dans celle de sa sœur.

Elle constata alors... que la pièce était vide ! Il y avait toujours le lit et les meubles, mais les vêtements, chaussures, bijoux et autres babioles avaient tous disparu. Beth n'en croyait pas ses yeux. Elle réalisait qu'il ne s'agissait pas d'une fugue passagère comme l'avait suggéré son père, mais bien d'un départ définitif !

Elle inspecta tout de même les lieux, espérant tomber sur un élément que sa sœur n'aurait pas pensé à détruire. Rien. Elle fouilla les tiroirs, placards et autres étagères, sans plus de succès. Elle scruta chacun des papiers qui traînaient dans la poubelle. Au bout d'une heure, elle les avait tous étudiés, en vain. Elle inspecta ensuite les dessous de meubles. Elle continua sa fouille sous le lit, jusqu'à ce qu'une tache blanche en dessous de l'un des pieds attire son attention. Beth retira l'objet avec délicatesse, qui était en fait un papier froissé, le déplia et en parcourut le contenu :

« RV RDS – 13.54 – voir Ter – M1Z1 »

Perplexe, elle n'entendit pas tout de suite le premier coup à la porte. Le second ne manqua pas de la faire réagir. Elle sursauta, rangea sa trouvaille dans sa poche et quitta précipitamment la pièce. Elle fut soulagée de voir que son père n'était pas sorti de sa chambre et descendit au rez-de-chaussée pour ouvrir. Avant qu'elle n'ait atteint la porte, la personne frappa encore plus fort.

— C'est quoi ce raffut? hurla son père depuis sa chambre. Impossible de dormir!

— Je vais voir, papa!

Sur place, elle prit soin de regarder par la fenêtre pour découvrir l'identité de leurs visiteurs nocturnes. Elle remarqua d'abord le carrosse garé à côté, puis les trois hommes qui se tenaient devant la porte. Armés d'une lance, ils portaient le même uniforme; Beth fronça les sourcils en reconnaissant les soldats royaux.

— Ouvrez! ordonnèrent-ils en voyant son reflet depuis la fenêtre. Ordre du roi!

Beth hoqueta, puis s'exécuta avec empressement. Les hommes pénétrèrent un à un dans la résidence en scrutant les alentours.

— Nous sommes à la recherche d'Arthur Sachs, lança l'un d'eux. Il vit bien ici?

— Que lui voulez-vous? osa-t-elle.

— Est-il là, oui ou non?

Avant qu'elle n'ait pu inventer un mensonge, son père les avait rejoints au rez-de-chaussée:

— S'agit-il des jours de formation que j'ai manqués? s'enquit l'intéressé.

— Non, monsieur, répondit un autre soldat en lui montrant un document officiel. Nous avons l'autorisation de fouiller votre maison. Veuillez ne pas vous y opposer.

— Bien... bien sûr, allez-y.

Deux d'entre eux se mirent à fouiller les moindres recoins de la résidence. Au bout de ce qui leur sembla durer une éternité, ils revinrent dans l'entrée.

— La chambre vide à l'étage, qui l'habite? interrogèrent-ils.

— Ma sœur y vivait, intervint Beth. Elle n'est plus ici.

— Vous confirmez, monsieur?

— Oui, dit Arthur.

— Très bien, dans ce cas je vous prie de ne pas résister. Nous sommes ici pour vous arrêter sur ordre de Sa Majesté.

Joignant le geste à la parole, les gardes encadrèrent aussitôt Arthur.

Le père et la fille restèrent abasourdis face à l'absurdité de la situation. Seule Beth osa objecter :

— Pour quel motif l'arrêtez-vous ? Il n'a rien fait de mal !

— Pour agression, expliqua l'un d'eux en emprisonnant les poignets et les chevilles de l'Ælfe.

— A… agression ? répéta ce dernier. L'agression de qui ? Je n'ai jamais rien fait de tel !

— C'est à Sa Majesté d'en décider.

Beth se rua sur eux pour tenter de les retenir.

— Écoutez, tout ceci n'est qu'un malentendu. Je suis sa fille, je le saurais s'il avait fait ce que vous dîtes !

— Ce sont les ordres de Sa Majesté, répéta le soldat. Nous obéissons, c'est tout.

Beth en resta sans voix. Quelqu'un, au château, semblait convaincu de la culpabilité de son père… mais qui ? Elle n'avait pas d'autre choix que de s'y rendre pour plaider sa cause… et peut-être retrouver Aluna.

— Je viens avec vous ! annonça-t-elle en enfilant une cape avec hâte.

— Non ! répliqua un soldat. Le prisonnier seul, pas d'encombrants.

Beth se retint de lui cracher au visage.

— C'est mon père, monsieur ! Je suis peut-être un encombrant, mais il n'est pas question que je vous laisse l'emmener sans moi !

L'effronterie ne plut pas au soldat. Il s'avançait déjà vers elle lorsque son père intervint :

— Beth, comporte-toi correctement !

— Mais, papa…

— Pas de mais ! Tu viendras me voir lorsque Sa Majesté l'autorisera, pas avant. Riggs prendra soin de toi en attendant.

— Bien, père… dit-elle à contrecœur.

Sans plus de cérémonie, les soldats quittèrent la pièce avec leur nouveau prisonnier. Beth attendit que les bruits des roues du carrosse s'éloignent avant de sortir à son tour, décidée à ne pas en rester là.

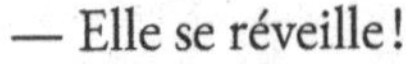

— Elle se réveille !

— Chut, Orrïn, laisse-la revenir à elle.

Aluna essaya de se redresser, sans y arriver. On aurait dit qu'elle baignait dans une source d'eau chaude dont les vapeurs l'avaient abrutie. Tout était flou et brumeux. Elle distinguait tout de même deux silhouettes en face d'elle.

— Ai-je... été droguée? réussit-elle à demander au bout d'innombrables efforts.

— Ne bouge pas! entendit-elle une femme dire. C'est l'effet du poison, ça passera en temps voulu.

— Quel... poison? bredouilla Aluna en scrutant les alentours. Où suis-je? Je ne vois pas... grand-chose.

— C'est normal. C'est le poison, celui qui était dans la lame qui t'a... enfin bref, tu devrais recouvrer toutes tes forces dans une semaine ou deux. Mais pas tout en même temps! D'abord la vue, puis l'usage de tes jambes avec de l'aide. Cette partie prendra plus ou moins de temps selon l'efficacité de ta rééducation. En tout cas, tu n'as plus rien à craindre, on prend soin de toi.

— Je suis Orrïn! s'exclama un enfant.

— Tais-toi, Orrïn! Tu ne vois pas qu'elle est encore faible?

Aluna ne les écoutait plus. Son cœur battait si vite qu'il semblait vouloir sortir de sa poitrine. Elle ne pouvait ni marcher ni voir, ne savait ni où elle se trouvait ni qui étaient ses deux interlocuteurs. Elle essaya encore de se lever, mais ses membres ne suivirent pas. Il lui semblait que son corps pesait une tonne.

— Arrête! tonna la femme. Je t'ai déjà dit que c'était inutile.

— Et je... dois simplement vous faire confiance? voulut crier Aluna, mais sa voix était si faible qu'on aurait dit un murmure. Je dois rester dans ce lit sans y voir et attendre... auprès de parfaits inconnus?

— Pour ton bien, il vaut mieux, oui, insista son interlocutrice. De toute façon, il n'y a rien que tu puisses faire pour l'instant. Je te propose qu'on reprenne depuis le début. Je m'appelle Pilenn, Orrïn est mon petit frère.

— ...

— Tu n'as vraiment rien à craindre, on ne te veut pas de mal.

Réalisant qu'elle était de toute façon coincée, Aluna décida de passer le temps.

— Aluna...

— Enchanté, Lun! s'exclama l'enfant.

— Non... rectifia-t-elle. A-l-u-n-a, Aluna.

— Oui, c'est comme j'ai dit, Lun ! insista-t-il.

— Ne fais pas attention, intervint la femme. Mon frère ne se moque pas de toi, il n'arrive pas à prononcer les « a ». C'est comme ça depuis qu'on s'est rencontrés.

— Rencontrés ? Ce n'est pas… ton frère ?

— Si, mais nous ne sommes pas liés par le sang. Il m'a sauvée des griffes d'un loup grâce à la magie. On n'était pas loin de Ladra alors je l'ai ramené chez moi, je l'ai adopté en quelque sorte. Nous sommes inséparables depuis.

— Ladra ?

— C'est mon village natal, il se trouve à l'extrême sud de Thundez. Il est assez connu par ici.

Aluna resta béate de surprise en réalisant qu'elle se trouvait à Thundez. Comment avait-elle pu atterrir là ? Après l'attaque, un trou noir l'avait absorbée. L'avait-il transportée jusqu'à Thundez ? Était-ce seulement possible de couvrir une si grande distance grâce à la magie ? Elle balaya nerveusement les alentours du regard et se sentit encore moins en sécurité. Sa vision floue n'aidait en rien. Elle tenta une nouvelle fois de se redresser. Elle put à peine soulever la tête avant que Pilenn ne la retienne.

— Arrête ! Je t'ai dit qu'il fallait que tu te reposes. Ce poison n'est pas à prendre à la légère.

— Je… je dois rentrer, réussit-elle à dire. Quelqu'un m'attend.

Ses deux interlocuteurs échangèrent plusieurs regards sans rien dire.

— J'ai peur que ce ne soit pas possible, expliqua finalement Pilenn. Tu es trop faible et nous avons reçu l'ordre de te garder ici, en bonne santé.

Aluna pensa aussitôt à la seule personne qu'elle connaissait sur l'île et eut un regain d'espoir.

— C'est un ordre de Siruth ? Je suis au château de Thundez ?

— Au château ? Euh non… pas du tout.

— Alors qui a donné cet ordre ?

— Je n'en sais pas plus, désolée.

Aluna soupira. Si elle avait été au château de Thundez, elle aurait pu solliciter l'aide de Siruth pour rentrer à Goran. Elle essaya encore de se lever, mais abandonna d'elle-même cette fois. Elle retint une larme face à son désespoir. Elle posa avec difficulté une main sur son ventre, sur lequel elle sentit les aspérités d'une large cicatrice. Elena ne l'avait pas manquée… et elle avait maximisé ses chances en utilisant du poison. Elle avait vraiment eu l'intention de la tuer.

Les bruits autour d'elle s'amplifièrent. Plusieurs personnes marchaient, parlaient ou haletaient. La salle semblait contenir beaucoup de monde. L'odeur par contre était familière. Aluna pensa aux abords d'une cuisine ou d'une infirmerie, tant elle lui rappelait celle des herbes médicinales. Des pas se rapprochèrent. Quelqu'un s'arrêta près d'elle et une voix rauque s'éleva au-dessus des autres :

— Elle s'est enfin réveillée ?

— Oui, chef, répondit Pilenn. Elle a ouvert les yeux il y a quelques minutes.

— Parfait. Allez, il faut la laisser se reposer maintenant.

— Très bien, dirent-ils en quittant son chevet.

Avant qu'ils ne s'en aillent, Aluna tenta une dernière question :

— Pourriez-vous… me dire… où nous sommes exactement… à Thundez ?

— Bien sûr, répondit Pilenn. Nous sommes dans le camp des grands malades, dans la nation libre de Fatidia ouest. Maintenant, repose-toi.

La phrase eut l'effet d'une bombe sur Aluna. Elle se trouvait dans un camp rebelle ! Un endroit où les jumeaux avaient le droit de vivre… Elle aurait pu s'en réjouir, si les rumeurs ne les disaient pas sauvages, en plus d'être ouvertement hors-la-loi. Willan serait sûrement mort d'inquiétude de la savoir là, et elle ne pouvait même pas lui parler. Elle ferma les yeux en s'imaginant dans ses bras, en dépit de la distance qui les séparait. Dès qu'elle aurait la force de marcher, elle le rejoindrait.

CHAPITRE 9

Willan avait galopé toute la nuit. Kenton et lui avaient dévalé les plaines du nord pour atteindre Basroc au petit matin. Le soleil n'avait pas quitté son lit et la ville des forges était endormie. Quelques rares passants matinaux les regardaient avec curiosité, sans pour autant oser les interpeller. Les coqs ne chantaient pas encore et seuls quelques chats errants se montraient, cherchant des restes de nourriture derrière les nombreuses bâtisses en pierre qui s'alignaient les unes après les autres.

Les deux amis comprirent qu'ils avaient atteint le centre de Forgal, le plus réputé des trois quartiers, lorsqu'ils dépassèrent un vaste puits. De là, de larges rues s'étiraient en étoile, bordées de bâtiments abritant divers commerces du fer et de l'acier, où s'activaient la plupart des forgerons goraniens. Gouthor faisait exception : tous ses établissements se trouvaient à Forlac, village où presque tous les habitants travaillaient pour lui.

— Voici la maison, lui souffla Kenton qui avançait à ses côtés.

— Je la vois.

La résidence se situait à la sortie du petit quartier, construite sur un mont et un peu à l'écart.

Willan ignora le regard curieux de la boulangère qui ouvrait son commerce, ainsi que celui de l'homme qui chargeait sa charrette de foin.

Il ne modifia pas sa cadence, espérant passer inaperçu dans sa tunique de voyageur réajustée d'une cape marron. La nouvelle de la mort de son père se répandant comme poudre au vent, il devait rester discret et éviter les arrêts inutiles.

Au trot, ils mirent près de trois heures à atteindre leur destination. Le soleil était déjà levé lorsqu'ils y arrivèrent. La résidence, plus impressionnante de près, s'élevait sur trois étages au cœur d'un vaste jardin, flanquée d'une étable et d'une petite maison. Willan s'apprêtait à mettre pied à terre quand Kenton le retint d'une main.

— Êtes-vous sûr de l'amour que vous lui portez, prince ? lança le capitaine de la garde, sourcils froncés.

— Oui, je le suis. Pourquoi ? Je croyais que nous en avions déjà parlé.

— Je voulais juste m'en assurer, répondit son ami avant de descendre de sa monture.

Willan le rejoignit et l'arrêta à son tour :

— À quoi rime cette question ? Qu'est-ce que vous savez que je ne sais pas ?

Kenton lui opposa un silence inhabituel, ce qui inquiéta davantage le prince :

— Je vous connais, mon ami, vous savez que je ne vous force jamais à parler, mais cette fois-ci, je veux savoir ce qui se passe.

Kenton détourna le regard.

— Votre Elena… murmura-t-il. Elle me rappelle mon ex-femme.

Willan retint un cri de surprise, puis l'invita à poursuivre.

Kenton serrait la longe de son cheval si fort qu'on aurait juré qu'elle suffirait à lui donner du courage pour la suite. Il prit une grande inspiration et commença à parler.

Il lui raconta comment quinze années plus tôt, alors que son père était au service du roi et voulait qu'il lui succède, il rêvait plutôt de posséder une ferme comme sa mère, élever des bêtes et se marier avec une jeune fille des champs qu'il aimait. Après une énième dispute, il avait quitté le domicile familial, après avoir emprunté de l'or à des personnes peu recommandables pour s'acheter un lopin de terre et du bétail. Il se maria et vécut heureux pendant quelques mois, jusqu'à ce qu'une erreur gâche tout.

— Un soir, j'ai oublié de protéger l'enclos, expliqua-t-il. Comme vous devez vous en douter, les loups se sont régalés de nos bêtes, de toutes nos bêtes. J'ai tout perdu. Les dettes se sont accumulées et je me suis mis à jouer. Ma femme a évidemment fini par me quitter. J'étais dévasté et seul. J'ai même dû quitter ma ferme parce que mes créanciers en avaient après moi. Je suis retourné chez ma mère, pour la supplier de me reprendre. Seulement... à mon retour, la ferme familiale était en feu, de la fumée s'en échappait encore. Le corps de mon père gisait près de celui de ma mère, l'arme à la main. Il aurait dû être au château à cette période de l'année, je n'ai appris que plus tard qu'il était rentré quelques lunes parce que ma mère était malade. Quoi qu'il en soit, il respirait encore, alors j'ai tenté de lui soutirer le nom des fautifs. Ses derniers mots ont été de ne pas le venger, mais de rejoindre la garde... Je n'ai pu me résoudre à le lui refuser, il était mourant ! Alors, je lui ai promis. J'ai... fait le serment d'honorer sa mémoire en devenant capitaine de la garde. Mais ça ne m'a jamais vraiment soulagé. Parfois j'y repense et la culpabilité me gagne. Si j'avais suivi les consignes de mon père dès le début, rien de tout ceci ne serait arrivé.

Lorsque Kenton eut terminé son récit, il regarda enfin son ami. Ce dernier avait la gorge nouée par la tristesse :

— Je... suis désolé d'apprendre ça. Votre père, votre mère, votre femme, vous avez tout perdu, c'est horrible...

— C'est du passé, prince. Et j'essaie de faire en sorte que ça le reste.

— Et vous avez simplement renoncé à traquer les coupables et vous venger par... respect pour les derniers vœux de votre père ? Ça a dû demander beaucoup de contrôle.

— Je... ça n'a pas été... ce n'est pas important, prince. Je voulais juste vous faire comprendre qu'un choix qui vous semble juste aujourd'hui peut s'avérer erroné dans le futur. La sagesse n'est que le reflet de l'expérience, croyez-moi.

Willan pesa ces mots. Kenton avait en partie raison, mais il ne comptait pas pour autant vivre dans la crainte. Il avait choisi et en assumerait les conséquences.

— Merci pour vos conseils, je les garderai en mémoire, conclut-il. Allez, venez, je crois qu'il est temps d'en finir.

Il frappa à la porte d'entrée. Une vieille femme ouvrit au bout de quelques minutes. Le prince se présenta immédiatement :

— Je suis Willan de Goran, je souhaite m'entretenir avec messire Gouthor. Est-il présent ?

— Oh oui, oui, me souviens, Votre Altesse! s'exclama-t-elle en se courbant de tout son long.

— Redressez-vous. Gouthor est-il présent?

— Oui, oui! Monsieur est là. Je m'occupe des animaux, annonça-t-elle en s'emparant des deux brides. Y a une étable derrière.

Elle se rua à l'extérieur, laissant les deux amis seuls. Ils attendirent, mais comme elle ne revenait pas, ils pénétrèrent dans la résidence.

L'intérieur de la maison n'avait rien à envier à celui du palais. De hauts piliers gris soutenaient la structure de la pièce et un majestueux lustre en cristal trônait dans l'entrée. Les murs étaient sobres et trois grandes fenêtres laissaient passer la lumière du jour.

— Lutine? Est-ce déjà l'heure du petit-déjeuner? lança une voix depuis l'étage.

Willan leva les yeux. Amélia se tenait au milieu de l'escalier, vêtue d'une robe de chambre en satin vert; une natte de cheveux roux lui tombait sur l'épaule. Elle était toujours aussi belle.

— Par le...! Willan? s'écria-t-elle, confuse. Je... donnez-moi un instant!

Elle remonta aussitôt les marches, traversa la rambarde et disparut dans l'une des salles du niveau supérieur. Au même moment, la vieille femme revint dans la pièce.

— J'vous fais attendre dans le séjour si vous voulez bien, Votre Altesse. Je vais prévenir monsieur.

Ils la suivirent dans le petit salon, qui s'avéra tout aussi lumineux que l'entrée. De confortables fauteuils, une table basse, ainsi que quelques friandises les y attendaient. Ils s'assirent. Quelques minutes plus tard, ce ne fut pas Gouthor, mais sa fille qui s'installa en face d'eux. Elle avait revêtu une robe bleue resserrée à la taille, et dégagé son visage grâce à un chignon relevé.

— Veuillez excuser ma tenue de tout à l'heure, déclara-t-elle en s'installant en face d'eux. Je n'étais pas au courant de votre visite.

— C'est nous qui devrions nous excuser, répondit Kenton. Nous ne nous sommes pas annoncés.

— Vous êtes trop indulgents, répondit-elle avec sa politesse légendaire.

Elle se tourna ensuite vers Willan et lui adressa un sourire complice :

— Que me vaut l'honneur?

— Je dois m'entretenir avec votre père de sujets... peu joyeux, expliqua-t-il en regrettant déjà d'être venu.

Le visage de sa promise s'attrista aussitôt.

— Oui... j'ai appris hier pour votre père. Je n'ai pas eu le temps de vous envoyer une lettre, vous m'en voyez désolée. Mes plus sincères condoléances.

— Merci.

— Combien de temps comptez-vous rester ?

— Nous repartirons ce soir, nous avons énormément de choses à préparer pour le couronnement.

— Je comprends, dit-elle en se levant. Je vais vous laisser discuter entre hommes. Je serai dans ma chambre, Willan. J'adorerais partager un peu de votre temps avant votre départ.

— Je passerai, promit-il.

Amélia se fendit d'une révérence, puis quitta la pièce.

Moins d'une minute plus tard, son père fit son apparition dans la salle, sourire aux lèvres.

— Mon gendre ! s'exclama l'homme en les saluant respectueusement. Que me vaut l'honneur ?

— Messire, répondit Kenton en s'inclinant. Vous m'excuserez, mais je dois vous laisser, j'ai besoin de me dégourdir les jambes.

Il se retira sans attendre l'accord de l'homme d'affaires.

Tout se passait comme prévu pour l'instant. Willan devait inviter Gouthor à son couronnement, lui reparler du contrat qui les liait et finalement lui annoncer qu'il souhaitait annuler ses fiançailles avec sa fille. Il avait peur. Son statut lui conférait tous les droits, mais entacher ses relations commerciales avec Gouthor pourrait un jour se retourner contre lui.

— Tout d'abord, j'aimerais m'excuser pour cette intrusion pour le moins matinale, annonça-t-il pendant que Gouthor s'installait. Ensuite, je pense que vous savez pour mon père.

— Oui j'ai appris la nouvelle récemment, c'est horrible ! Une énorme perte, c'était un homme, un ami et un roi incroyable ! Pardon, je m'égare, vous devez souffrir plus que moi de cette situation. Mes sincères condoléances, vraiment. De quoi est-il mort ?

— Un empoisonnement.

— Par le sceau de Maldas ! Qui aurait pu faire ça ? Et comment ?

— Nous tenons le coupable, mais ce n'est pas la raison de ma visite. Mon couronnement aura lieu dans moins de deux mois, j'ai voulu vous inviter en personne.

— Quelle gentille attention ! Bien sûr que je serais là, quel genre de beau-père ferais-je autrement ?

Un sourire crispé déforma les lèvres de Willan

— Je voulais aussi aborder avec vous la question de l'armement. J'ai cru comprendre que mon père et vous aviez un accord d'approvisionnement de masse.

— Avons, rectifia-t-il. Notre accord me lie à l'État de Goran, pas uniquement à votre père. Vous me commandez de grosses quantités, je vous fais un prix défiant toute concurrence. De plus, vous pouvez varier le besoin, être pour ainsi dire… exotiques dans vos demandes. Vous bénéficiez aussi des délais de livraison extrêmement courts. C'est comme ça que ça marche, tous ces avantages cumulés se trouvent difficilement auprès d'autres forgerons ! Mais, dites-moi, pourquoi parlons-nous de ça ?

— Je souhaite m'imprégner des affaires en cours de mon père, expliqua-t-il sobrement. J'ai donc une question à ce propos : que se passera-t-il si pour une raison ou une autre, nous n'agissions plus dans le même intérêt ? Les termes de ce contrat seraient-ils maintenus ?

Gouthor éclata de rire.

— C'est impossible, voyons ! Vous et moi avons un intérêt commun dans cette affaire, étant donné nos relations.

— À ce propos, justement…

Il devait se lancer. C'était maintenant ou jamais. Il n'y avait plus d'échappatoire.

— Je voudrais annuler mes fiançailles avec votre fille.

Willan s'était préparé à ce moment, il avait planifié la moindre seconde de ce jour, mais jamais il n'aurait imaginé que ce serait aussi dur. La bouche grande ouverte de Gouthor ainsi que son teint devenu livide témoignaient de son choc. On aurait dit qu'on lui avait arraché la langue.

— Je… Vous parlez sérieusement ? balbutia l'homme d'affaires.

Willan acquiesça.

— Je... je croyais que vous vous aimiez. Ma fille en sera dévastée, perdue, humiliée. Elle vous aime tant ! Je... je ne comprends pas. Pourquoi ? Vous a-t-elle offensé ?

— Non, Amélia n'y est pour rien, s'empressa-t-il de préciser. J'en aime une autre, c'est tout.

— Avez-vous songé à l'épouser quand même ? implora-t-il. Vous pourriez avoir une maîtresse, je suis sûr que...

— Non ! Je pense sincèrement que votre fille mérite mieux que ça, celle que j'ai choisie aussi.

Gouthor voulut rebondir, mais se retint. Tandis qu'il cogitait, son visage reprit peu à peu des couleurs.

— Si telle est votre décision, qu'advient-il de notre accord ?

— Rien. Vous faisiez déjà affaire avec le royaume avant ces fiançailles, alors je ne vois pas de raisons que ça change.

Le commerçant prit son temps avant de répondre. Lorsqu'il parla enfin, sa voix avait retrouvé un peu d'aplomb :

— Je faisais certes affaire avec votre père, mais nos prix étaient différents avant les fiançailles. Les avantages que je vous accorde maintenant n'ont plus rien d'un contrat classique. Comparez avec d'autres forgerons, et vous verrez.

— Je sais que vous êtes en désaccord avec moi et que vos prix défient toute concurrence, mais le royaume ne peut se permettre de les revoir à la hausse. Des millions de vies en dépendent, la vôtre également.

— Peut-être, mais qu'ai-je à y gagner ? reprit-il d'une voix redevenue calme.

Willan faillit faiblir devant l'assurance du commerçant. Il se ressaisit en songeant à son couronnement à venir. Impossible de céder en sachant qu'il deviendrait bientôt roi. Pour ne pas froisser Gouthor, il envisagea un compromis.

— Que diriez-vous d'une place à la cour ?

— Sauf votre respect, j'aime cette ville et j'aimerais autant que possible y rester, si vous acceptez ma décision bien sûr. Je pense sincèrement que, vu la situation, il serait plus juste de revoir les termes de notre contrat.

Gouthor avait raison, mais Willan ne pouvait lui donner satisfaction. L'état des caisses ne le lui permettait pas. Il proposa une hausse de deux pour cent, que Gouthor refusa subtilement. Après un long débat durant lequel il se força à rester impassible, il trancha et imposa une revalorisation de trois pour cent au commerçant. Gouthor fit la moue, mais se garda d'objecter.

— Je vous considère malgré tout comme un ami de la couronne, ajouta-t-il, soucieux de ne pas conclure en mauvais termes. Il vous sera toujours possible, si vous changez un jour d'avis, d'avoir une place à la cour. De plus, maintenant que votre fille n'est plus la future reine, elle aura peut-être tout à gagner à...

— Plus la future reine ? résonna une voix derrière eux.

Ils se retournèrent et découvrirent Amélia dans l'entrée du salon. Les yeux de Gouthor s'arrondirent, tandis que les mains de Willan devenaient moites.

— Tu as tout entendu ? hoqueta l'homme d'affaires.

— Je... je venais vous rejoindre et j'ai cru entendre... qu'on ne va plus se marier ? répondit-elle en se tournant vers Willan.

L'intéressé acquiesça, et la jeune femme chancela. Son père la rattrapa de justesse. Elle se redressa aussitôt et lui enjoignit de partir. Gouthor protesta, puis céda face à l'obstination de sa fille. Il adressa au prince une révérence contrainte avant de quitter la pièce d'un pas lourd.

Willan se leva pour affronter Amélia, qui le défiait d'un regard triste et déterminé à la fois. Sa culpabilité lui nouait le ventre.

— Alors, vous annulez nos fiançailles... pour une autre ? commença-t-elle.

Il acquiesça de nouveau.

— Je m'en doutais... soupira-t-elle. Je savais qu'il y en avait une autre, mais j'espérais qu'elle ne prendrait pas votre cœur. Je suppose qu'elle s'est traînée à vos pieds. Qui ne le ferait pas ? Vous allez être roi, après tout.

— Je vous assure que ce n'est pas ce qui s'est passé, Amélia.

— Alors, c'est vous ? s'étonna-t-elle. C'est vous qui l'avez courtisée ?

Willan ne répondit pas. Inutile de lui raconter sa rencontre avec Aluna, cela ne ferait que la heurter.

— Vous savez, je vous ai aimé dès notre première rencontre, continua-t-elle. Je vous ai tant donné, et vous... vous m'humiliez ! Avez-vous pensé à ma réputation, à celle de mon père ? Il n'est un secret pour personne que je suis la fiancée du prince !

Amélia avait raison. Son identité étant connue, elle devrait supporter les regards et les remarques désobligeantes. Les gens ne manqueraient pas d'imagination pour expliquer sa déchéance, certains se demanderaient même si elle était encore convenable à marier.

— Vous trouverez quelqu'un d'autre, j'en suis sûr, plaida Willan en priant pour que ce soit le cas. Vous êtes belle, intelligente…

— Que sont ces qualités sans vous ? La beauté sans amour n'est comparable qu'à un costume de soie porté par un cadavre !

— Je suis désolé d'avoir agi ainsi, vraiment, mais je suis sûr que vous trouverez l'amour.

— Qu'en savez-vous ? hurla-t-elle. J'aurais dû être reine, votre reine ! Vous étiez censé m'aimer !

Willan choisit de rester silencieux et de la laisser exprimer sa colère. Malgré sa posture droite et son regard fier, il ne manqua pas de remarquer que ses yeux s'embuaient de larmes. Il aurait voulu la consoler, mais il ne savait ni quoi lui dire, ni s'il existait une chose capable de la soulager, à part le temps.

— Il n'y a donc rien à faire ? l'implora-t-elle finalement. Vous m'avez réellement abandonnée ?

Sans réponse de sa part, elle reprit :

— Je… Si vous n'y voyez aucun inconvénient, Votre Altesse, je vais me retirer. Je crois que vous connaissez la sortie.

Elle s'en alla, le laissant seul pour mesurer les conséquences de ses actes. Il était libre, mais à quel prix ?

CHAPITRE 10

Valel et Eliel s'affalèrent sur leur couchette, brisés par une matinée de corvées. L'adoption de l'adolescent ne datait que de quelques semaines, mais il se sentait déjà prisonnier. Son frère, accablé par des obligations supplémentaires, semblait encore plus à plaindre : la tristesse qu'on lisait sur son visage en disait long sur sa souffrance.

— Tu as changé, Eliel, tu ne souris plus, tenta-t-il. Tu veux que je te raconte une histoire ? Une qui te fera rire.

Eliel esquissa un sourire.

— Tu sais aussi bien que moi que tes histoires ne sont pas drôles.

— Peut-être, mais tu as souri, je le sens ! se moqua-t-il.

— Oui, c'est ça. Allez, maintenant, laisse-moi dormir. La Yuudi sera bientôt de retour, j'aimerais en profiter pour souffler un peu.

Valel se tourna vers le plafond en silence. Il pouvait y voir tout ce qu'il souhaitait. Des vagues, des espèces inconnues de poissons, des hommes, la jeune fille à la peau d'ébène… Il rêvait de nager en mer, de manger de délicieuses huîtres, de se sentir libre !

C'était pour ce rêve qu'il avait essayé de s'enfuir quelques mois auparavant. Il avait réussi à passer les gardes de nuit, foncé à la surface sans réfléchir et avait failli s'attirer des ennuis en se faisant repérer par ce que Khasek appelait « le machin magique » de la reine. Grâce à lui, il l'avait échappé belle. Valel aurait dû apprendre sa leçon, mais depuis qu'il avait vu cette fille, il lui semblait que le monde extérieur n'était plus si lointain. Il avait un visage désormais, et il le hantait.

— Eliel, tu as déjà été amoureux? se risqua-t-il en repensant à une discussion qu'il avait eue avec Khasek.

Le marchand lui avait parlé de sentiments forts, de bonheur... et d'obsession. Son frère se tourna dans sa couchette et lui présenta son dos.

— Hmm... je t'ai demandé de me laisser dormir, Valel. Et puis, c'est quoi, cette question stupide?

— Désolé, je me disais juste que tu serais peut-être plus heureux si c'était le cas. Peut-être même autant que Khaz un jour?

Eliel se remit sur le dos et fixa le plafond :

— Crois-moi, Khasek n'est qu'un chanceux. L'amour ne rend pas forcément heureux. Lorsqu'il est partagé, bien sûr c'est le cas, autrement c'est plutôt un poison. On ne ressent plus que de la douleur, on pense mourir sans l'autre. J'ai eu ma part, moi aussi. Je pensais à elle tout le temps, son sourire faisait battre mon cœur et je ne te parle pas de sa chevelure...

— Elle était belle à ce que j'entends, s'émerveilla l'adolescent. Tu lui as avoué tes sentiments?

— Oh ça oui, elle était belle... soupira son frère. Au bout d'un an, j'ai fini par tout lui avouer dans une lettre. Elle ne m'a jamais répondu, mais tous les sourires qu'elle me lançait étaient des signes, je pensais qu'on ressentait la même chose. Le jour de ma filiation, j'ai compris que je m'étais trompé. Elle m'a regardé dans les yeux, juste avant d'en choisir un autre. J'ai... j'ai cru que mon cœur allait s'arrêter de battre et que je mourrais là. Tout m'indifférait. Je pensais que rien ne pourrait jamais être pire, mais après que Dame Yuudi m'ait choisi, j'ai compris que ça pouvait toujours l'être.

Le cœur de Valel se serra.

— C'est pas très drôle comme histoire, maugréa-t-il.

— Comme beaucoup d'autres choses, petit frère. Les rêves ne mènent souvent qu'à des déceptions. Il faut survivre et attendre la mort, il y a que ça de vrai.

— Tu n'as plus aucun rêve? Tu ne veux même plus retourner en mer?

— Je ne m'autorise plus ce genre de lubies, conclut Eliel. Allez, dors maintenant. Elle sera revenue avant qu'on ne se repose à cette allure.

Valel ferma les yeux. Il comprenait l'origine du pessimisme de son frère, mais restait persuadé que la chance leur sourirait bientôt. Il devait juste lui redonner espoir, et il savait comment.

Il patienta, puis se leva discrètement et observa Eliel. Il avait la respiration régulière, la bouche entrouverte et les paupières closes. Il semblait en paix, momentanément libre de leurs tâches quotidiennes et de la compagnie de leur mère adoptive. Valel décela même un léger sourire en coin. Peut-être rêvait-il de leur enfance ?

Encore plus déterminé par cette éventualité, l'adolescent sortit de la maison à pas de loup et fonça retrouver Khasek dans sa boutique. Il le trouva en train de ranger des étagères. Après de rapides salutations, il lui expliqua la raison de sa venue :

— Dis Khaz, tu as toujours ce gros coquillage auquel Eliel tenait tant ? Celui qui reproduit le bruit des vagues. Notre père l'avait fait graver pour lui, tu t'en souviens ?

— Oui, bien sûr que je m'en souviens ! Il disait même qu'il avait des pouvoirs magiques. Hmm… ça fait bien longtemps que je ne l'ai pas vu. Je l'ai peut-être encore, mais je n'en suis pas sûr, ça va bien faire cinq ans que je l'ai acheté.

Leur mère de sang avait dû se séparer du coquillage pour des questions de survie. Après la disparition de leur père, la maison avait été privée de son seul chasseur. Le second filleul de leur génitrice étant à l'époque malade et inexpérimenté, elle lui avait ordonné de garder le lit. Elle avait plutôt échangé tous leurs objets « inutiles » pour de la nourriture. Eliel en avait été très affecté ; le coquillage lui avait été offert par leur défunt père, qui l'avait trouvé sur une plage du continent lors d'une chasse en mer. Valel espérait que l'objet redonnerait des couleurs au visage pâle d'Eliel.

— Réfléchis Khaz, c'est vraiment très important, j'y mettrai le prix !

— Attends, t'emballe pas, je consulte mon registre.

Le gérant disparut derrière le comptoir. Il en revint avec un impressionnant registre, qu'il feuilleta longtemps avant de déclarer :

— Oh oui, bien sûr ! Je l'ai vendu il y a deux ans à… Dame Umdy ! Une gentille femme de la première zone.

La nouvelle ne ravit pas Valel. La première zone était la partie de la ville réservée aux riches et aux nobles, contrairement à la seconde zone qui abritait les familles plus modestes ainsi que les laissés-pour-compte. Il avait toujours entendu dire que les Orgades aisées étaient hautaines et suffisantes. Sa mère de sang disait d'ailleurs qu'on ne devait pas leur faire confiance. Pouvait-il espérer que cette femme accepte de lui revendre le coquillage ?

— Qu'est-ce qu'il y a, gamin ? demanda son ami en voyant son air dépité.

— Eh bien j'ai peur que cette dame de la première ne veuille pas me revendre le coquillage juste pour m'embêter, avoua-t-il. C'est perdu d'avance, non ?

— Tu as trop écouté les commérages, toi ! plaisanta le boutiquier. Tu oublies que je vis dans la première, moi aussi ? Est-ce que j'ai l'air d'avoir des crocs, hein ?

L'allusion arracha un sourire à Valel. L'image qu'il se faisait de son ami avec des crocs n'avait rien d'effrayant ; au contraire, elle l'amusait.

— Écoute, reprit le commerçant, je ne dis pas qu'ils sont tous aimables, mais tu ne perds rien à essayer, d'autant que Dame Umdy est vraiment adorable. C'est la bonté incarnée, tu as de la chance de tomber sur elle. Après, tout dépend de l'usage qu'elle fait de ce coquillage... en supposant bien sûr qu'elle l'ait toujours.

Face à ces arguments, l'adolescent se sentit rassuré et décida de tenter le coup. Il remercia Khasek de son aide et s'apprêtait à s'en aller lorsque ce dernier l'arrêta.

— Tu ne m'as pas dit pourquoi tu le voulais absolument.

— En fait... Eliel est devenu triste et maussade. Je n'aime pas le voir comme ça, j'aimerais le voir sourire, rêver un peu. Père disait souvent que le bonheur commence par l'idée qu'on s'en fait.

Sa gorge se noua en repensant à son père. Il était très jeune lorsqu'il s'en était allé, mais il se souvenait parfaitement de ses leçons et de sa voix rassurante.

— Eliel parle de survie, mais moi je veux qu'il vive ! Tu comprends ? reprit-il. J'ai bien essayé de persuader notre mère de sang de faire une requête exceptionnelle pour lui, mais... leurs différends sont plus importants que ce que je pensais.

— Je vois, répondit le marchand, touché. Il vaut mieux que je t'accompagne dans ce cas. N'oublie pas que j'ai un coque-bille, on ira plus vite comme ça.

Valel écarquilla les yeux.

— Vraiment ? Merci ! Tu me sauves la vie, comme toujours !

— C'est rien. Suis-moi.

Valel emboîta le pas à son ami qui dévala les escaliers extérieurs avant de se diriger vers l'arrière du bonzaï. Il disparut derrière une porte et en ressortit en faisant glisser un coquillage géant sur l'eau.

L'objet faisait presque le double de sa taille. Il y avait deux sièges séparés par une barre en métal, le seul moyen de s'accrocher en dehors des rebords. Un manche se situait à l'avant, tandis qu'un masex était ancré juste en dessous. C'était la première fois que Valel voyait un coque-bille d'aussi près. Sa mère lui avait très tôt enseigné que ceux qui avaient les moyens de se déplacer avec étaient soit des privilégiés, soit des inconscients. Il n'appartenait à aucune des deux catégories.

Après avoir détaché la corde qui retenait l'engin, Khasek s'installa à l'intérieur et lui proposa d'en faire autant. Valel monta à l'arrière. La sensation était étrange, différente de celle qu'il ressentait en marchant ou en nageant, mais agréable. Il n'eut pas le temps d'apprécier davantage que déjà, l'appareil se mit à foncer sur l'eau. Il aurait été projeté en arrière s'il n'avait pas eu la présence d'esprit de s'accrocher aux rebords. Trop occupé à maîtriser ses émotions, il ne tenta pas de regarder devant, ou d'empêcher ses longs cheveux de s'envoler. La sensation de vitesse et l'instabilité l'incommodaient. Pourtant, Khasek semblait à son aise, tournant de temps à autre le manche pour diriger l'engin.

— Tout va bien à l'arrière ? lui hurla-t-il. Nous allons bientôt nous engager sur les routes !

— Ou... oui ! dit-il en ouvrant enfin les yeux.

L'adolescent aperçut leur point d'entrée, la glissière ascendante qui les mènerait vers les hauteurs de la ville. Au moment du contact, l'engin se pencha en arrière. Valel eut l'impression qu'il allait tomber à la renverse et regarda malencontreusement en bas. Le haut-le-cœur qui le secoua le força à se redresser. Il craignait de vomir ses intestins. Il aurait tout donné pour être ailleurs.

Heureusement, la montée ne dura pas. L'appareil revint vite à l'horizontale et dévala les routes à toute allure. Valel préféra cette partie du voyage. Il n'avait plus le tournis, était de nouveau en équilibre et pouvait apprécier le paysage, ainsi que le vent sur son visage et dans ses cheveux. Même les lumières dans les hauteurs de la bulle étincelaient. C'était la première fois qu'il se rapprochait autant des étoiles de Puydor, et il réalisait qu'il y en avait des milliers ! La vue n'avait rien à envier au ciel nocturne du monde terrestre. Pourtant, ils ne s'agissaient que de simples visiols !

Il se remémora la légende. Elle racontait comment, lors de la Guerre Sacrée, la jeune et courageuse Orgade Sang, guidée par sa vision de la grande Déesse — dont le nom variait selon le conteur —, avait réuni ses sœurs dans les profondeurs de la mer pour élaborer une stratégie visant à protéger la rivière de la convoitise Humaine. Elle avait ignoré la voix de leurs anciens dirigeants qui avaient formé une alliance contre elle, prétextant qu'elle était folle d'aller au combat sur la base d'un simple rêve. Beaucoup racontaient qu'il s'agissait en réalité d'un moyen d'éloigner Sang de son fiancé le prince, parce que le roi en était secrètement amoureux. Bannie et considérée comme une paria, Sang avait tout de même réussi à sensibiliser des centaines de partisanes. À sa grande surprise, seules des femelles adhérèrent à sa rébellion. Même son fiancé se rangea du côté de son père.

Alors qu'elle élaborait une stratégie d'attaque, Sang eut une autre vision lui révélant que les Humains étaient vulnérables dans l'obscurité, contrairement aux Orgades qui savaient se laisser guider par tous leurs sens. Elle déroba tous les visiols des terres alentour, privant leurs cibles de leurs principaux repères. La situation tourna ainsi à l'avantage des Orgades. Certains conteurs ajoutaient même que Belmut, la chimère gardienne de la forêt et de la rivière sacrée, avait été invoqué par Sang pour les aider. Après la bataille, les visiols furent retournés à Sang qui devint la première reine d'un nouveau peuple. Elle mena ses sujets à la bulle magique, une autre bénédiction de la Déesse aux multiples noms, et décida d'illuminer leur ciel grâce à ces « étoiles ». Ceux qui l'avaient rejetée vinrent ensuite supplier Sang de les accepter dans son paradis. Le prix à payer pour fouler le sol de Puydor fut leur liberté.

Depuis, les mâles se soumettaient, mais beaucoup rêvaient d'un autre destin. Il n'existait pour cela qu'un seul moyen : chasser le Lebrazzia, un redoutable monstre vivant dans un tourbillon qu'il avait lui-même créé au sud-est de la mer blanche, près des îlots de glace. Du temps où les Orgades appartenaient à l'océan, la bête les avait longtemps terrorisées et massacrées. Aujourd'hui, elles ne couraient plus ce danger, mais la reine offrirait à quiconque l'en débarrasserait un statut à la cour. Les mâles ne faisaient pas exception.

Le père de Valel avait relevé le défi dix années auparavant et était parti affronter la bête avec une trentaine d'autres chasseurs. Eliel et lui avaient fièrement attendu son retour des lunes durant. Puis ce furent des mois, et enfin des années. Leur père ne revint pas ; personne n'en revint jamais. Ce fut la dernière escouade connue qui avait tenté de vaincre le monstre.

— Nous y serons dans pas trop longtemps, accroche-toi ! hurla de nouveau Khasek.

Le marchand continua de lui faire la conversation jusqu'à ce qu'ils quittent les routes aériennes via une glissière descendante. Ils avancèrent ensuite au niveau du sol, jusqu'à atteindre un poste-frontière.

La barrière séparant les deux zones était imposante, construite grâce à un amas de corail sur une trentaine de mètres de hauteur et au moins vingt fois plus en longueur. Aucune route ne la traversait ni ne la surplombait. Seuls quelques passages avaient été creusés en cercle le long de la frontière. Khasek approcha l'un d'eux et adressa un signe de main amical aux gardes qui l'encadraient.

— C'est toi, Khasek ? Qu'est-ce que tu fais ici, à cette heure ? Déjà terminé à la boutique ?

— Non, je vais voir une cliente. Une réclamation sur une marchandise.

L'homme regarda l'arrière du coque-bille avec suspicion.

— Et c'est qui ce gars avec toi ? Il n'a pas l'air d'être de la première.

— Oh lui ? Un ami à moi, je lui apprends le métier.

— Un apprenti de la seconde ? insista-t-il. Je ne l'ai jamais vu par ici.

— Il travaille pour moi de l'autre côté d'habitude, mais la cliente est ici aujourd'hui, alors je l'emmène. Mais je t'ai déjà parlé de lui, c'est le petit dernier de Taril. Habitue-toi à lui tout de suite, il pourrait bien me succéder un jour !

Le garde écarquilla les yeux.

— Taril, le chasseur ? Ah oui ! Bien sûr, vous pouvez passer.

Il leur céda le passage, et ils pénétrèrent dans la première zone.

CHAPITRE II

Valel demeura bouche bée. Les immeubles, les routes, les couleurs, les formes... tout était différent ! Pas de bonzaïs ici, mais des maisons en forme de nénuphars, leurs larges feuilles servant de devantures et les pétales enveloppant le bâtiment principal. Les portes et fenêtres se dessinaient en cercles, tandis que des fleurs de mer ornaient la plupart des façades. Les ruelles étaient jalonnées de pendules blanches, invention humaine introduite à Puydor pour marquer le cycle de la lune. Chacune reposait sous une bulle de verre et se dressait sur un panneau solidement ancré dans le sol. On en trouvait une à chaque pâté de maisons, quand toute la seconde zone n'en comptait que trois : une près d'une des sorties de la ville, une à côté du centre des filiations, et la dernière à la frontière séparant les deux zones. Cette répartition reflétait la volonté de la reine, qui privilégiait ouvertement les habitants de la première zone.

L'adolescent observa les passants. Ils portaient les mêmes vêtements que lui, mais la vivacité de leurs étoffes et la sérénité de leurs traits trahissaient une existence plus aisée. L'air aussi semblait différent : chaque souffle charriait un parfum de fleurs.

Tout en appréciant les senteurs, Valel regarda les routes. Elles étaient rosées et moins nombreuses, ce qui donnait à la lumière des visiols un reflet orangé. Les coque-billes avançaient silencieusement et moins vite que de l'autre côté de la frontière, parfois même au niveau du sol. Personne ne se pressait, tout le monde prenait son temps. Ils semblaient... heureux.

Le cœur de Valel bondit dans sa poitrine. Il avait tellement rêvé de quitter Puydor qu'il n'avait pas réalisé qu'il pouvait y trouver son bonheur ! Quel idiot il faisait !

— C'est là, on y est presque ! s'exclama Khasek en lui montrant une maison blanche dont les murs étaient envahis par de nombreuses plantes grimpantes.

Le mélange blanc-vert donnait à l'ensemble un air de forêt sous-marine.

— Je la vois, elle est belle !

— Ah ça, oui ! La première zone vaut le détour, hein ? J'étais comme un enfant la première fois que je suis venu ici ! Ha ha, comme toi quoi !

— C'est clair ! C'est tellement... génial, comme un autre monde. Je pourrais vivre ici, tu sais !

Son ami éclata de rire. Valel ignorait s'il se moquait de son souhait ou si autre chose l'amusait. Il attendit que son euphorie passe avant de demander :

— Tu penses que c'est possible, Khaz ? De vivre ici ?

— Ah, mon petit bonhomme, tout est possible, mais pas forcément simple ! À toi de trouver un moyen et de t'y accrocher. Je t'aiderai, s'il le faut !

Le soutien du marchand attisa le désir de Valel. Il voulait vivre ici avec son frère, il le fallait ! Peut-être que s'ils avaient eu cette chance dès la naissance, leur père n'aurait jamais traqué le Lebrazzia... Peut-être serait-il encore auprès d'eux ?

Taril, le chasseur... Les Orgades connaissaient son nom parce qu'il avait mené la dernière escouade contre le monstre. Beaucoup avaient cru qu'il réussirait. Tout le monde disait que si quelqu'un devait y arriver, ce serait lui. *Il était si fort !* Pourtant, il avait échoué. Plus personne ne s'était autorisé à rêver de liberté après ça ; cette défaite avait tué tous leurs espoirs.

Valel avait gardé les siens, mais il regrettait l'homme. Il ne se souvenait que de moments heureux en sa compagnie. Leur père nourrissait leur imagination en leur contant tous les soirs ses aventures de chasseur. Le cœur de l'adolescent se serra. Il se rappela alors l'allusion qu'avait faite Khasek au garde de la frontière, et ne résista pas à l'envie de demander :

— Dis Khaz, pourquoi tu as parlé de mon père à ce garde ?

— Oh ça ? C'est un vieil ami en fait, il connaissait quelqu'un qui faisait partie de l'escouade de ton père. Beaucoup de gens le connaissent de nom sans savoir qui sont ses enfants ! Et c'est dommage ! Je me suis dit que si je lui disais que tu étais son fils, il serait moins regardant et nous laisserait passer sans rechigner. Ah ! Nous y voilà !

Ils ralentirent en dépassant la maison, pénétrèrent dans un cul-de-sac adjacent et s'y arrêtèrent. Khasek abandonna aussitôt le coque-bille et continua à pied sous le regard étonné de Valel :

— Tu ne vas pas cacher ton engin ? Tu pourrais te faire voler !

— Ça ne risque rien ici, la première zone est entièrement sécurisée.

— Oh… D'accord, j'arrive.

Valel suivit son ami tout en réfléchissant. Il n'aurait jamais pensé qu'il existait un endroit où l'on ne craignait pas les voleurs. Cela le motiva encore plus. C'était cela, la vraie vie, celle à laquelle il aspirait pour lui et son frère. Seulement, intégrer la première zone ne serait pas facile. Ils devraient soit se faire adopter par une Orgade du coin, soit obtenir leur liberté en tuant le Lebrazzia. Vu leur enchaînement à Dame Yuudi et leur inexpérience de la chasse, la probabilité de réussir l'un ou l'autre restait proche de zéro.

Il y réfléchissait encore lorsque la porte de la maison s'ouvrit. Une petite Orgade aux cheveux mi-longs, dont les taches de rousseur rehaussaient le charme, apparut sur le seuil. Elle écarquilla les yeux en les voyant :

— Khasekhem ?

— Dame Umdy, salua-t-il en s'inclinant. Tu m'excuseras du dérangement, je passe un peu à l'improviste, et avec un invité en plus. Il s'appelle Valel, c'est presque un fils pour moi.

— Que me vaut l'honneur ? Je doute qu'il s'agisse juste d'une visite de courtoisie, je me trompe ?

— Eh bien non, tu as raison, je vais aller droit au but. J'aimerais te racheter un objet que je t'ai vendu il y a deux ans. Il s'agit d'un gros coquillage dans lequel on entend le bruit des vagues. C'est très important pour mon ami.

— Oh, ça ? Entrez, les invita-t-elle. Nous serons mieux dedans.

Les deux amis ne se firent pas prier et entrèrent dans la maison. L'intérieur était spacieux malgré les deux aquariums géants qui en occupaient une partie. Diverses espèces marines y nageaient, le mélange de couleurs donnant à la pièce un air d'océan. Valel parcourut les murs du regard. Il ne mit que quelques secondes à repérer le coquillage de son frère : énorme, ovale et multicolore, il pendait au bout d'un fil.

— C'est celui-là ! s'écria-t-il en montrant l'objet du doigt.

— Arrête, Valel, ce n'est pas poli, lui chuchota son ami.

Il s'excusa aussitôt en réalisant sa maladresse. Dame Umdy avait l'air gentille, mais ce n'était pas une raison pour se laisser aller. Il se tint droit et attendit les ordres de leur hôte.

Dame Umdy décrocha le coquillage, reconnut l'inscription «*À Eliel, mon courageux fils*», et le posa sur la table qui occupait le centre de la pièce. Elle s'installa et incita ses invités à en faire autant.

— Vous souhaitez me le racheter, c'est ça? demanda-t-elle tandis qu'ils s'asseyaient. Puis-je en connaître la raison ?

— Je souhaite le rendre à mon frère, expliqua Valel. Il y tient beaucoup, notre père le lui avait offert avant de mourir.

— Il veut dire que son frère est inconsolable depuis qu'il en est séparé, rectifia Khasek.

— Votre frère s'appelle Eliel, je suppose, reprit la dame en observant l'inscription. C'est très gentil de votre part de vouloir le consoler, mais avez-vous les moyens de me le racheter? Ma nièce aime bien cet objet, voyez-vous ? Je pensais le lui offrir pour son cinquième anniversaire.

— Je vous en offre tout ce que j'ai! s'empressa de dire Valel en retirant de sa baluche des coquillages et une boîte remplie de moules.

Ils les avaient gagnés en échange de services rendus. Dame Umdy inspecta ses trésors et ajouta :

— Il vous en faudra davantage, sans vouloir vous vexer.

— J'ai ceci, proposa Khasek en posant un objet sur la table.

Valel reconnut l'huître qui contenait la perle qu'il lui avait apportée quelques semaines plus tôt. Il s'empressa de le lui rendre.

— C'est à toi Khaz, je ne peux pas te demander ça. Si je ne peux pas le racheter moi-même, alors je reviendrai lorsque je serai suffisamment riche. N'insiste pas, s'il te plaît.

Dame Umdy l'interrompit, les yeux brillants de curiosité.

— Vous semblez bien déterminé à racheter ce coquillage, jeune homme. Pourquoi ne pas avoir demandé ce service à votre maîtresse ? Elle a sûrement plus de moyens.

Afin de ne pas critiquer Dame Yuudi, Valel éluda la question :

— Je voudrais l'acheter par mes propres moyens. J'y tiens.

Son interlocutrice sourit.

— Il est rare de voir un jeune garçon aussi déterminé et avec un cœur aussi gros. Vu que je ne m'en sers pas vraiment, ça me ferait plaisir de vous l'offrir.

Valel eut besoin de quelques secondes pour réaliser sa chance. Ses lèvres s'étirèrent, et il dut se retenir d'embrasser Dame Umdy.

— Merci ! Je... je ne sais pas comment vous remercier. Vous êtes trop bonne !

— Oh, ce n'est rien, je ne l'ai pas acheté bien cher si vous voulez tout savoir, répondit-elle en jetant un coup d'œil complice à Khasek.

— Merci encore, la remercia à son tour le marchand.

Pour toute réponse, elle remit l'objet à Valel, qui le rangea soigneusement.

Durant le trajet retour, l'adolescent serra sa baluche contre lui. Dès qu'ils eurent rejoint le magasin de Khasek, il remercia son ami une centième fois et prit la direction de la maison en courant, pressé de montrer sa trouvaille à son frère.

Une fois rentré, il traversa le salon sur la pointe des pieds. Ce faisant, il entendit des murmures provenant de la chambre de leur mère adoptive. Il les ignora d'abord, ravi que personne n'ait remarqué son entrée, mais s'arrêta en reconnaissant la voix d'Eliel :

— Non ! disait-il. Ce n'est pas lui qui a nettoyé votre chambre, c'est moi.

— Tu le protèges, c'est ça ? Parce que c'est ton frère ? hurlait Dame Yuudi.

— Co... comment savez-vous ?

— J'ai l'air idiote, peut-être ? D'ailleurs, il est où ce garnement, hein ? Il est sorti sans permission, n'est-ce pas ? Je vais lui montrer, moi !

L'adolescent se figea. Il allait s'enfuir lorsqu'Eliel balbutia :

— Non, je... je vous interdis de le toucher !

— Quoi ? Depuis quand tu oses m'interdire quoi que ce soit ?

— Pardon… je n'aurais pas dû. Mais Valel est jeune, vous devez comprendre que…

— Je m'en fiche !

Quelqu'un approchait, la poignée tourna. Apeuré, Valel recula, mais le mouvement s'arrêta.

— Lâche-moi ! ordonna Dame Yuudi.

— Non ! réagit Eliel. Je ne vous laisserai pas le toucher !

— À qui crois-tu parler ? Espèce de déchet !

— À vous, sale mégère !

Un fracas. Valel ne bougea pas, de peur d'être découvert. Il attendit, mais seuls des bruits de pas lui parvinrent. Le silence devenant pesant, il prit son courage à deux mains et frappa à la porte. Sans réponse, il insista.

— Mère ? Vous êtes là ?

Toujours rien. Inquiet cette fois, il pénétra dans la chambre sans permission.

Ce qu'il vit alors dépassa tout ce qu'il aurait pu imaginer. Dame Yuudi se tenait debout, le regard hagard et la respiration haletante. Elle le fixait avec des yeux ronds, mais Valel l'ignorait. Il était attiré par la tache rouge sur le mur. Il retint son souffle en apercevant, plus bas, un corps inerte avec le crâne couvert d'un liquide poisseux. Il lui fallut quelques secondes pour réaliser qu'il s'agissait de… son frère ! Le sang qui s'écoulait colorait peu à peu l'eau de la pièce. Lorsque le liquide rouge atteignit ses pieds, Valel recula, sous le choc. Il voyait tous ses plans s'effondrer, disparaître. Il aurait dû offrir le coquillage à Eliel, lui révéler son idée d'intégrer la première zone, puis ils auraient trouvé le moyen de vivre heureux, ensemble. Eliel avait-il raison ? Les rêves ne se réalisaient-ils jamais ? Son monde s'écroulait.

— Par l'Orgade Sang, vous l'avez tué ! s'entendit-il hurler.

— Il… il l'a cherché ! répliqua sa maîtresse en retrouvant la parole.

— Nous… nous allions être heureux, balbutia Valel, pris de vertige.

Il avait le tournis. Il avait du mal à se concentrer.

— Que… qu'est-ce que tu racontes ? rétorqua sa maîtresse. Écoute, c'était un accident et c'est ce que nous allons dire à tout le monde, d'accord ?

Elle s'approcha et posa une main sur son épaule. Mais Valel n'en avait que faire. Il s'éloigna, la foudroyant du regard.

— Vous ne ressentez rien ? s'écria-t-il en se retenant de la frapper. Co... comment quelqu'un d'aussi abject que vous peut encore vivre alors qu'Eliel est... est...

— Je... je viens de te dire que tout était de sa faute ! objecta-t-elle en faisant de grands gestes. Tu n'as rien écouté ? Il s'est jeté sur moi ! Quel enfant agit de la sorte envers sa mère ? Eh bien, je vais te le dire, aucun !

— Vous n'êtes pas sa mère !

— Heureusement ! appuya-t-elle en pointant le cadavre du doigt. Je n'aurais que faire d'un tel fils, un ingrat ! Il ne faisait que me manquer de respect, moi qui ai eu la bonté de m'occuper de lui !

Le sang de Valel ne fit qu'un tour.

— Retirez ce que vous venez de dire, immédiatement ! ordonna-t-il, les poings serrés.

— Jamais ! Tu es comme lui, hein ? Toi et toute ta famille d'ingrats ! Votre père aussi n'était qu'un ingrat à ce que j'ai entendu, pas étonnant que votre mère de sang l'ait envoyé à la mort. On n'a que faire d'incapables comme vous !

— Taisez-vous ! la supplia-t-il.

— Je parle autant que je veux ! insista-t-elle. Ton frère n'était qu'un...

Valel ne sut jamais à quel moment il avait saisi le petit aquarium posé près de l'entrée. Il revint à lui au moment où l'objet s'écrasait sur la tête de sa mère adoptive. Leurs regards se croisèrent avant qu'elle s'écroule. Valel observa le filet de sang qui s'échappait de son crâne se transformer en mare. C'est alors qu'il réalisa qu'il venait d'agresser sa maîtresse !

Affolé, il la secoua. Comme elle ne réagissait pas, il vérifia son pouls ; il ne sentit rien. Était-elle morte ? Si vite ? La panique s'empara de lui. Cette fois, personne ne pourrait le sauver ; il serait condamné à la décapitation ou au gel.

Il se mit à cogiter avec l'énergie du désespoir. Une solution s'imposa très vite à lui : s'enfuir !

Valel se précipita à l'extérieur pour lire la pendule près du centre des filiations. Il se remémora alors les leçons de son père : une lune comptait vingt-quatre heures et chaque cycle commençait au coucher de la précédente. Sur le cadran, chaque marque équivalait à une heure, or l'aiguille en dépassait treize. Ce qui signifiait que le couvre-feu tomberait dans...

trois heures ! Il disposait encore d'un peu de temps. Il s'enfuirait, c'était décidé.

Mais pour ça, il lui fallait une autorisation. Se souvenant que Dame Yuudi rangeait ses papiers dans sa commode, il fit demi-tour pour fouiller le meuble. Après avoir écarté une pile de documents sans valeur, il tomba sur une permission de sortie vieille d'un mois. Elle évoquait une virée en mer pour chasser, sans nom ni signature. Valel s'en empara et écrivit aussitôt le sien.

Au moment de signer, sa main trembla. Il s'appliqua à calmer les battements de son cœur avant de tracer les lettres du patronyme de sa mère adoptive. Chaque geste lui demanda un effort considérable : il n'aurait pas de seconde chance. L'inscription du dernier « I » fut une délivrance. Il contempla le document, priant pour que les gardes n'y voient que du feu. Il le glissa ensuite dans sa baluche, avant de s'en aller.

Quelque chose l'arrêta ; le cadavre de son frère. Valel le retourna avec mille précautions. Il eut l'impression de redécouvrir le visage d'Eliel. Ses petits yeux fixaient le plafond, son long nez demeurait raide, et sa bouche restait figée en un « o » de surprise. Son expression trahissait de l'effroi. Le cœur de Valel se serra. Il referma les paupières d'Eliel et posa un baiser sur son front en guise d'adieu. L'heure était venue pour lui de quitter Puydor. Ou de mourir en essayant.

Le jeune Orgade prit une profonde inspiration et sortit enfin de la maison. Dehors, il se rendit compte que quelques gouttes de sang perlaient sur ses pieds. Il les essuya rapidement et vit qu'il avait souillé ses paumes. Il scruta les alentours pour être sûr que personne ne l'épiait, rejoignit le sol grâce à la glissière du bonzaï, puis plongea discrètement les mains dans l'eau. Le sang se dilua peu à peu dans l'immense étendue qui recouvrait le fond de Puydor, les preuves de son crime avec.

Soulagé, il courut en direction de la sortie la plus proche, située à près d'une heure de marche. Après plusieurs intersections, il se heurta à quelqu'un. Il reconnut son vieil ami Alver.

— Eh, Valel ! Comment vas-tu ? Bien, depuis la dernière fois ?

— Euh oui... très bien, répondit Valel, dont les pensées allaient de son récent meurtre à la sortie qui se dessinait au loin.

— Alors, tu ne m'avais pas dit que ton frère et toi aviez la même maîtresse ! J'ai dû l'apprendre par quelqu'un d'autre.

— Oh ça... Je... j'avais oublié.

— C'est rien, je comprends. Alors, c'est comment ton nouveau chez toi ? Raconte !

Valel décida de couper court à la conversation. Ce n'était pas le moment de parler de la pluie et du beau temps.

— Eh bien... tout se passe très bien ! Dis, Alver, j'ai un truc urgent à faire pour ma maîtresse, je dois m'en aller.

— Ah oui ? Quoi ? insista son ami.

— Une course à l'extérieur, je dois vraiment y aller, essaya-t-il de conclure.

— Tu vas en mer tout seul ?

Valel maudit la situation. Alver était vraiment coriace !

— Je... je ne vais pas très loin, rectifia-t-il en essayant de paraître naturel. Elle veut juste une huître ou deux ! J'y vais seul parce qu'elle n'aime pas l'effet de l'eau salée sur sa peau, tu as dû en entendre parler, non ?

— Oui, j'ai cru entendre un truc du genre. Capricieuse, dis donc, ta maîtresse ! Mais tu es tout de même un sacré veinard ! Mon ancien voisin, Raës, eh ben il va en mer aujourd'hui. Tu pourrais le suivre, il a de l'expérience et c'est un très bon nageur.

— C'est une très bonne idée, reconnut-il. Je dois y aller, à plus tard !

Il ne laissa plus le choix à son ami ; il le dépassa en courant. Au bout d'une vingtaine de minutes, il atteignit la sortie.

Le poste-frontière n'avait rien à envier à celui qui séparait les deux zones de Puydor. Il n'y avait pas de mur de corail, mais un grand nombre de soldats. Ils gardaient l'un des quatre passages magiques qui permettaient d'entrer et de sortir de Puydor. Autrement, la bulle en elle-même était infranchissable.

Valel se rapprocha de la frontière en essayant de reprendre son souffle. La longueur de la file le découragea ; une vingtaine d'Orgades attendait déjà leur tour. Il repensa au conseil de son ami et chercha Raës des yeux. Il se réjouit de l'apercevoir au-devant de la queue.

— Désolé d'avoir mis si longtemps ! l'interpella-t-il en le rejoignant.

— Valel ? s'étonna le jeune homme.

L'adolescent lui adressa un clin d'œil lourd de sens. Raës comprit le message et joua le jeu :

— Tu en as mis du temps !

— Oui, désolé, j'avais des choses à faire pour ma maîtresse, précisa-t-il en se plaçant derrière lui. Tu connais Dame Yuudi !

Les deux anciens amis eurent à peine le temps de discuter que le tour de Raës arriva, puis celui de Valel. Le garde qui gérait les flux récupéra son autorisation, qu'il consulta avec attention. Le cœur de l'adolescent manqua un battement lorsqu'un des sourcils de l'homme se leva. Mille questions traversèrent son esprit avant qu'il n'entende :

— Une sortie en mer ? Pour quelles raisons ?

— Des huîtres, Dame Yuudi adore les perles.

— Ouais, c'est clair, laissa échapper le garde comme s'il en savait quelque chose. Et t'y vas tout seul ?

— Avec Raës, rectifia-t-il en désignant son ami qui l'attendait quelques mètres plus loin.

— Je vois, sourit l'homme en tamponnant le document. C'est vrai que la Yuudi n'aime pas l'eau salée. Tu m'en diras des nouvelles.

Valel lui sourit en retour, même s'il ne pensait qu'au moment où il serait dans la rivière. Lorsque le garde lui rendit l'autorisation validée, il la rangea dans sa baluche et rejoignit son ami près de la sortie.

— C'est ta première fois ? lui demanda subitement Raës.

— Ou... oui, répondit-il en attendant impatiemment le coup d'envoi pour partir.

— Tu verras, c'est magnifique. La première fois, j'étais aussi stressé que toi.

— Je suppose...

Savoir son stress visible l'inquiétait davantage. Il se demandait sans cesse ce qui se passerait si quelqu'un découvrait la supercherie... là, maintenant.

— Eh, toi ! entendit-il derrière lui.

Valel arrêta de respirer. L'avait-on repéré ? Il se retourna. Un garde marchait dans sa direction. Il observa les alentours pour s'assurer qu'il était bien la cible du type.

Oui, il l'était.

D'un coup d'œil sur sa tenue, il comprit son erreur. Une goutte de sang tachait l'arrière du tissu. L'homme avait dû s'en apercevoir. Il n'y avait plus une seconde à perdre.

Il balaya les alentours du regard, et repéra deux coque-billes à l'abandon. Sans réfléchir, il courut vers l'un d'eux et essaya de le conduire comme il avait vu Khasek le faire.

L'appareil ne démarra pas. Celui qui l'avait interpellé s'élança en lui sommant de s'arrêter. Très vite, deux autres soldats se dirigèrent aussi vers lui. Valel était au bord de la crise de panique. Il secoua ses mains tremblantes et tenta une nouvelle fois de mettre l'appareil en marche. Au bout du troisième essai, il s'emballa enfin et fonça sur l'eau. Le jeune fugitif rejoignit le passage et le traversa en un rien de temps, sans prêter attention aux hurlements derrière lui.

Dans la rivière, il continua à diriger l'engin tant bien que mal. Lorsqu'il regarda derrière lui pour s'assurer de la réussite de son entreprise, il déchanta en voyant qu'un coque-bille le poursuivait déjà. Il accéléra.

D'autres Orgades le prirent en chasse à la nage. Valel essaya de garder son calme en se focalisant sur sa trajectoire. Le passage de plusieurs rangées de poissons le força à virer plusieurs fois sur le côté. Il ne réalisa que trop tard que ses mouvements l'avaient suffisamment ralenti pour qu'un de ses poursuivants se rapproche et le vise avec un harpon. Le crochet lui effleura le bras. Valel retint un cri de douleur et utilisa son autre main pour diriger l'appareil. Il fonça en direction des rochers. Heureusement, sa blessure se refermait au fur et à mesure qu'il avançait.

Il remercia silencieusement les pouvoirs de la rivière et se concentra sur sa trajectoire. Il frôla plusieurs obstacles malgré tout. Quelques accrocs plus tard, le manche ne fonctionnait plus. Il tira dessus, en vain. Lorsqu'il vit qu'il fonçait sur un récif, il sauta de l'appareil avant le choc.

Derrière lui, le coque-bille à sa poursuite subissait le même sort. Valel pensa crier victoire, mais se ravisa en constatant que son conducteur nageait dans sa direction. Il battit des membres, accélérant en direction de la mer, qui n'était plus qu'à quelques centaines de mètres. Avec la force du désespoir, il avança sans relâche, jetant de temps à autre des coups d'œil en arrière. Alors qu'il apercevait au loin une lumière aveuglante, une violente secousse le saisit et perturba ses mouvements. Il se battit contre le courant, mais fut inexorablement emporté par les vagues d'un océan dont il avait trop souvent rêvé.

Extrait d'un vieux parchemin

L'an 0, 5e lune – Aube de la nouvelle ère :

« Nous avons cherché des lunes durant le réceptacle parfait. Et nous l'avons trouvé : des pierres, des bouts de roche. C'est une idée de notre chef, Khasekhem. Personne ne verra en elles le pouvoir de milliers d'hommes. De cette façon, la magie devrait être emprisonnée à jamais. »

CHAPITRE 12

Beth avait fini par s'y habituer. Les odeurs d'excréments, les repas frugaux, et même le regard langoureux d'Argos, le garçon d'écurie. Après six lunes passées dans les étables, elle n'avait pas vraiment eu le choix.

Elle avait suivi les gardes royaux jusqu'au château, mais n'avait pu entrer au palais. On lui avait annoncé que leur souverain était absent, et qu'elle devrait attendre son retour dehors. Toutes ses tentatives pour rendre visite à son père dans ce contexte étaient restées vaines. Elle s'était finalement résignée à devoir patienter dans l'enceinte.

À court d'argent, personne n'avait voulu l'héberger pour la nuit. Heureusement, un garde sympathique lui proposa de dormir dans les écuries. Depuis, elle utilisait la stalle d'un cheval absent. La solitude commençait à la gagner. Dire que son père et sa sœur se trouvaient à quelques centaines de mètres et qu'elle ne pouvait pas les voir...

L'adolescente poussa un soupir, quitta son foin et rejoignit l'arrière des écuries où une installation de fortune l'attendait : de l'eau, une serviette et un peu de pain. Argos lui en apportait chaque matin depuis sa première nuit sur place. C'était un garçon gentil, mais qui lui portait trop d'intérêt à son goût.

Après une toilette rapide, elle entama sa nouvelle routine : faire le guet près de l'entrée du palais. Les soldats l'attendaient, tout sourire, comme ils le faisaient depuis son arrivée. Elle ignora leurs moqueries et s'installa dans les environs, en espérant que son supplice prendrait bientôt fin.

Après de longues heures à contempler les allées et venues, des trompettes finirent par retentir. Les gardes annoncèrent le retour de leur souverain depuis leurs tours de guet. Beth se redressa en hâte et épousseta sa robe, qui virait déjà au gris sale. Lorsque son vêtement lui sembla un peu plus présentable, elle se tint droite.

Deux chevaux approchèrent au bout de trois quarts d'heure. Deux hommes les montaient, l'un brun, svelte et jeune, l'autre blond, robuste et plus âgé. La fatigue se lisait sur leurs visages, l'état de leurs tenues suggérait qu'ils ne s'étaient pas changés depuis un moment, et surtout, l'adolescente ne reconnut pas le roi parmi eux.

Les deux inconnus rejoignirent les écuries en un rien de temps, confièrent leurs chevaux à Argos, puis marchèrent vers le palais. Toute la cour salua leur arrivée. En se redressant, Beth constata que ses cibles s'éloignaient déjà. Elle se rua vers eux sans attendre.

— Excusez-moi, je suis vraiment désolée de vous déranger, mais l'un de vous serait-il un membre de la famille royale ?

— Insolente ! la grondèrent deux gardes. Excuse-toi immédiatement !

L'un des deux arrivants se retourna. Il avait le teint mat, les yeux clairs, et malgré les quelques rides qui se formaient autour de sa bouche, paraissait encore plus jeune de près. Il ne devait pas avoir la vingtaine. Beth lui trouva tout de suite un air sympathique.

— Laissez, dit-il. À qui ai-je l'honneur ?

— Je m'appelle Élisabeth Sachs, monsieur, se présenta-t-elle en s'inclinant de nouveau. Mon père a été arrêté sur ordre du roi. J'aimerais qu'il m'accorde un droit de visite.

Ses yeux s'arrondirent de surprise.

— Vous êtes la sœur d'Al... d'Elena ? s'enquit-il.

— Ou... oui, répondit Beth, perplexe.

Il avait eu l'intention de dire Aluna, puis s'était ravisé. Laquelle de ses sœurs connaissait-il ? Elena ou Aluna ? Les deux ? Beth ravala sa salive. Si leur secret de famille était révélé, elle ne tarderait pas à finir au cachot elle aussi.

— Depuis combien de temps êtes-vous là, Élisabeth ? l'interrogea-t-il.

— Six lunes, monsieur.

— Et où avez-vous dormi ? s'inquiéta-t-il en regardant l'état de ses vêtements.

En plus de la poussière, la robe était également froissée et déchirée par endroits. Elle ne devait pas sentir très bon non plus.

— Veuillez excuser ma tenue, s'inclina-t-elle de nouveau. Je n'avais pas de quoi payer une chambre, alors j'ai dormi dans les écuries.

Son interlocuteur lança aussitôt un regard noir aux gardes de l'entrée.

— Les écuries ? Vous n'avez rien trouvé de mieux dans toute l'enceinte ?

— Veuillez nous pardonner, Votre Altesse, s'excusa l'un d'eux en se pliant en deux. Mais vous n'étiez pas présent et nous... nous ne savions pas...

Beth comprit immédiatement qu'il s'agissait du prince.

— Pourquoi ne pas avoir fait quérir Irma ? Ou Elena ? reprit ce dernier.

— Vous aviez ordonné qu'Elena ne sorte pas, bégayèrent-ils. Et nous ne savions pas qu'il existait un lien entre Irma et cette fille. Mille fois pardon, Votre Altesse.

— Prince, que fait-on de l'adolescente ? intervint l'homme blond à ses côtés.

— Je vais m'en occuper, Kenton. Excusez-moi, messieurs, reprit-il à l'égard des soldats, je suis fatigué, je n'ai pas les idées claires.

D'une main, il ordonna à Beth de le suivre dans le palais. Elle le remercia et s'exécuta sans tarder.

L'intérieur était moins bondé qu'elle ne l'aurait imaginé. Les quelques nobles ou domestiques qu'ils croisèrent se baissèrent à leur passage, mais comme le prince les ignorait, elle en fit autant. Elle se focalisa plutôt sur le décor. La pièce qui faisait office d'entrée était grande, révélant une longue allée menant sans doute à une salle de cérémonie, un somptueux escalier, et des têtes d'animaux en ornement des murs en pierres. Un étroit passage se démarquait du reste sur le côté. Beth ne s'y attarda pas, car ses guides prirent un autre chemin. Ils montèrent les marches et, une fois au premier niveau, Kenton les abandonna. Le prince longea ensuite un couloir qui donnait sur des dizaines de portes, toutes de petite taille et en forme de demi-lunes. Beth les regardait avec curiosité lorsque son hôte l'interpela :

— Je suppose que vous ignoriez que votre sœur vivait ici.

— En effet, mentit Beth sans savoir de laquelle il parlait.

Au bout du couloir, il gravit les marches d'un nouvel escalier, avant de reprendre :

— Elle n'a que peu parlé de vous. Vous deviez être jeune lorsqu'elle a quitté la maison, je suppose.

Beth fronça les sourcils. Le prince semblait parler d'Aluna, mais l'appelait autrement.

— Oui, j'étais jeune, Votre Altesse, répondit-elle en restant évasive. Je tiens aussi à m'excuser pour tout à l'heure, je ne savais pas que vous étiez le prince.

— Ne vous en faites pas pour ça.

Ils continuèrent en silence jusqu'au troisième niveau, d'où ils s'engagèrent dans un couloir interminable.

— Je n'ai pas encore eu l'occasion de voir votre père, reprit-il. Je reviens d'un long voyage.

— Pourrais-je savoir ce qui lui est reproché ? J'ai du mal à croire qu'il ait pu faire du mal à qui que ce soit. Je suis sa fille et je peux vous assurer qu'il est la personne la plus douce du monde.

— Il semblerait que vous ne le connaissiez pas si bien que ça.

Il s'arrêta enfin devant une porte qu'il poussa. Beth hésita, mais après que le jeune homme l'eût rassurée du regard, elle s'invita à l'intérieur.

Quelle ne fut pas sa surprise de voir Elena accourir vers le prince et l'embrasser à pleine bouche ! Gêné, l'intéressé la repoussa gentiment en lui notifiant sa présence.

Le visage de sa sœur se décomposa en l'apercevant. Pendant une seconde, elle sembla prête à lui sauter dessus. Elle adopta ensuite une expression plus douce, assez proche de celle d'Aluna. Et lorsqu'Elena la prit dans ses bras en disant à quel point elle lui avait manqué, Beth comprit. Elle se faisait passer pour Aluna ! L'adolescente en eut la chair de poule. Elle ne repoussa donc pas Elena, et pria pour que le prince s'en aille au plus vite.

Heureusement, il se retira en annonçant qu'il reviendrait plus tard. Il ajouta qu'elle pouvait se servir de la salle de bains et qu'on lui apporterait de nouveaux vêtements pour qu'elle se change. Dès qu'il quitta la pièce, Elena la relâcha; Beth engagea aussitôt les hostilités.

— Qu'est-ce que tu fais ici... à jouer ce rôle?

— Je pourrais te poser la même question. Tu comptes me dénoncer?

— Je ne suis pas idiote. Je suis ici parce que papa a été emprisonné. Je ne comprends toujours pas pourquoi d'ailleurs...

Les lèvres d'Elena se fendirent d'un léger sourire. Elle le réprima très vite, mais Beth n'eut besoin que de cette seconde pour comprendre. Tout devint clair.

— C'est toi! s'écria-t-elle en pointant un doigt accusateur sur sa sœur. C'est toi qui l'as accusé. Qu'est-ce que tu as encore inventé? Par Maldas, tu as dit qu'il a abusé de toi, n'est-ce pas?

— Je ne vois pas de quoi tu parles, se moqua Elena.

— Mais pourquoi? demanda Beth en réprimant une forte envie de l'étrangler. Qu'est-ce qu'il t'a fait à la fin? Il n'a jamais voulu que ton bien, il n'a jamais...

— Tu ne sais pas de quoi tu parles, alors tais-toi! grogna sa sœur.

— Ben alors, dis-moi! Dis-moi tout! Qu'est-ce qu'il t'a fait à part exister? À part être la bonté incarnée et n'avoir jamais voulu que ton bien? Il t'a offert une maison, une nouvelle vie, et toi tu le jettes au trou? Comment peut-on être aussi ingrate? Comment...

— Tais-toi, j'ai dit! s'énerva Elena, les poings serrés. Tu ne sais rien, alors tu te tais!

Ses lèvres tremblaient, son regard s'était voilé. Beth ne l'avait pas souvent vue dans cet état. Dans d'autres circonstances, elle aurait pensé qu'Elena avait réellement été victime d'une injustice. Seulement, elle savait son père incapable de faire du mal à qui que ce soit, tandis que sa sœur, oui. Après tout, elle cherchait à détruire Aluna sans raison... D'ailleurs, où se trouvait-elle?

— Ah bon? Eh bien, parle-moi d'Al alors! vociféra-t-elle en retour. Tu t'es débarrassée d'elle aussi?

— Al? Tu ne devrais pas t'en faire pour elle, répondit Elena en s'essuyant rapidement les yeux. Occupe-toi plutôt de ton père si tu veux mon avis.

Quelqu'un frappa à la porte. Une servante apportait une pile de robes, toutes plus belles les unes que les autres. À l'instant où elle s'en alla, Elena indiqua la salle de bains à sa sœur :

— Tu devrais y aller, tu pues...

Beth s'exécuta en grognant. L'eau n'était plus très chaude, mais elle se réjouissait de se baigner. En dépit de son envie de voir son père, elle y resta longtemps. Elle en profita pour digérer les événements récents.

Elena avait une relation avec le prince. Il avait dû être séduit par Aluna, que cette peste d'Elena avait ensuite remplacée. Il n'y avait pas d'autre scénario dans lequel ce miracle aurait pu se produire. Seulement, il y avait un hic. Le prince était fiancé; tout le monde le savait. Aluna avait-elle été sa... maîtresse? Elle chassa cette réflexion. Peu importe l'explication, les faits ne mentaient pas : ils étaient ensemble, ce qui ne jouerait pas en sa faveur. Quel que soit ce qu'Elena avait raconté sur son père, le prince serait de son côté.

Elle poussa un juron. Elena les tenait. Pourtant, il y avait forcément un moyen de s'en sortir. Elle devait trouver, elle n'avait pas le choix.

Lorsqu'elle quitta enfin la baignoire, elle avait les idées plus claires. Elle se sentait prête à défendre son père. Elle se changea avec la première tenue de la pile. C'était une robe rouge aux longues manches et au col haut qui couvrait bien sa poitrine naissante. Elle attacha ses cheveux en queue de cheval pour se donner un air plus adulte et retourna dans la pièce principale.

Le prince s'y trouvait déjà, en pleine discussion avec Elena. Il riait de bon cœur et l'adolescente devina d'où lui venaient les petites rides autour de la bouche. Il devait être du genre à sourire pour un rien.

Dès qu'il l'aperçut, il la complimenta sur le choix de sa robe. Elle le remercia poliment et se mit à l'écart en attendant qu'il termine sa discussion avec Elena. Impossible toutefois de ne pas tendre l'oreille. Elle ne crut pas si bien faire. Au milieu d'un flot de banalités, le prince annonça qu'il avait annulé ses fiançailles. Beth retint un cri de surprise. Envisageait-il d'épouser sa sœur? Voilà qui n'arrangeait pas ses affaires.

Le pire, c'était qu'il fallait qu'il continue à croire en la supercherie pour éviter que toute leur famille soit exécutée.

Elle attendit qu'ils finissent avant de suivre le prince hors de la pièce, non sans avoir discrètement jeté un regard meurtrier à sa sœur. Au bout de quelques minutes de marche, elle se décida à plaider la cause de son père :

— Vous devez me croire, Votre Altesse! Mon père est innocent, Elena ment!

— Qu'est-ce qui vous en rend si sûre de vous? Avez-vous des preuves?

— Euh... non, mais sans vouloir vous offenser, vous non plus.

Le prince sembla peser ses mots, avant de continuer :

— Alors vous accordez plus de crédit à votre père qu'à votre sœur?

— Oui, sans l'ombre d'un doute.

— Eh bien, moi, j'ai tendance à penser le contraire. Lorsque les faits ont eu lieu, vous ne deviez pas avoir plus de cinq ans. Il est impossible que vous puissiez juger de ce qui s'est vraiment passé.

Beth se mordit les lèvres. Il avait raison. Elle ne voyait pas comment innocenter son père sans révéler l'existence des jumelles. À moins que...

— Et si ma sœur revenait sur son témoignage? demanda-t-elle, une idée derrière la tête.

— C'est impossible. Je suis désolé, mais votre père est coupable à mes yeux. Mais vous l'avez dit vous-même, nous n'avons aucune preuve et, autant que possible, je ne ferai pas de mal à un homme sur qui pèse un tel doute. Il vivra tant que je le déciderai, mais il en sera autrement s'il avoue.

L'adolescente rassembla son courage pour utiliser sa dernière carte.

— Sauf votre respect... souffla-t-elle, son cœur battant la chamade, serait-il possible d'en parler au roi?

— Mon père est mort, annonça le prince en l'invitant à descendre les marches menant aux sous-sols.

Beth eut besoin d'une seconde, avant de s'exécuter. Le roi était mort. Voilà qui expliquait les portes closes... et qui arrangeait encore moins ses affaires. Y avait-il un lien avec la disparition d'Aluna et l'usurpation de son identité par Elena? Elle espérait que non.

Une fois en bas du passage, un garde les salua, puis les guida à l'aide d'une torche dans l'un des trois couloirs qui s'offraient à eux. L'adolescente les suivit, ignorant les cris des détenus qui tendaient leurs mains en dehors de leurs cellules dans l'espoir de la toucher. Heureusement, le petit cortège finit par s'arrêter devant l'une d'elles. Son père s'y trouvait, couché à même le sol. Elle se rua contre les barreaux.

— Papa! Papa!

Il se redressa au son de sa voix et, sans prêter attention au prince, se précipita vers elle.

— Qu'est-ce que tu fais là, Beth? Je t'avais dit de retrouver Riggs pour qu'il s'occupe de toi! Tu ne m'as pas écouté, encore une fois!

— Tu pensais vraiment que je t'aurais abandonné là sans rien faire?

Se souvenant qu'ils étaient épiés, elle modéra ses explications :

— Papa, j'ai vu Elena aujourd'hui, elle vit ici et... elle t'accuse d'avoir abusé d'elle!

— Par le sceau de Maldas! s'écria Arthur, avant de remarquer le regard curieux du prince.

— Je vais prouver ton innocence, papa. Je te le promets, laisse-moi faire.

— Et comment allez-vous vous y prendre? intervint le prince.

Beth ne pouvait évidemment pas lui révéler qu'elle comptait retrouver Aluna, et la faire témoigner à la place d'Elena. Elle resta donc évasive :

— Je... je vais recueillir des témoignages, des preuves. Il y a forcément un moyen de vous convaincre, Votre Altesse.

— Vous êtes sûre de vous, à ce que je vois. Libre à vous d'essayer de me prouver l'innocence de votre père, mais connaissez vos limites. Il vous faudra des preuves solides. Je n'accepterai pas d'être importuné pour entendre des fables.

— J'en suis consciente, Votre Altesse. Je n'oserais pas vous faire perdre votre temps. Je ne reviendrai que lorsque j'aurai trouvé de quoi vous faire changer d'avis à coup sûr.

Le prince la dévisagea avant de l'autoriser à retourner à sa réunion familiale. L'adolescente se tourna vers son père.

— Papa, je vais devoir y aller. Prends bien soin de toi, je sais que c'est difficile vu les circonstances, mais essaie. Je... je penserai à toi tous les jours.

Elle serra la main de son père. Fort. Elle voulait se souvenir de ce contact aussi longtemps que possible. Elle ne le reverrait probablement pas avant des mois.

— Écoute-moi, Élisabeth, la gronda Arthur. Il faut que tu arrêtes de faire l'enfant gâtée! Tu n'as que treize ans, tu es une enfant, tu dois continuer ta vie et ne pas t'occuper de moi. C'est un ordre, tu m'entends? Je suis ton père, tu dois m'obéir!

Beth hésita. Son père ne l'appelait Élisabeth que lorsqu'il était hors de lui.

— Quelle vie, papa ? réagit-elle finalement. J'ai besoin de toi ! Inutile d'essayer de me convaincre, j'ai pris ma décision et je sais que j'y arriverai. Peu importe que tu te fâches contre moi.

Le prince se racla la gorge pour mettre fin à l'entretien. Arthur comprit le message.

— Mes amis sont tes amis, ils t'aideront, souffla-t-il. Tout va bien aller si tu...

— Tu me manqueras.

Beth s'éloigna brusquement de son père, et se tourna vers le futur roi pour lui demander l'autorisation de s'en aller.

Ce dernier l'accompagna lui-même à l'extérieur du palais, d'où il laissa des consignes pour faciliter son retour à Minabis. Il lui proposa même d'oublier cette histoire et de s'installer au château auprès de sa sœur, mais elle refusa poliment. Au moment des adieux, le prince l'empêcha de s'incliner ; il lui tendit la main à la place. Ce geste lui donna envie de sourire. S'il n'était pas avec Elena, s'il n'avait pas enfermé son père et n'était pas le pantin du Régisseur, peut-être auraient-ils pu devenir amis. Elle le salua, puis monta dans le carrosse qui la ramènerait chez elle. Elle enfouit ensuite son visage dans ses mains et se laissa aller aux larmes qu'elle retenait depuis un moment.

Après le départ de la sœur d'Elena, Willan ordonna l'isolement d'Arthur, dans la tour la plus à l'ouest du palais, de sorte que le passé d'Elena ne s'ébruite pas. Il l'y avait ensuite rejoint pour l'interroger. Pendant près d'une heure, l'homme clama son innocence.

Le comportement de Beth l'ayant intrigué, Willan l'écouta jusqu'au bout. Quelque chose clochait. Arthur Sachs ne semblait pas mentir, mais Elena non plus. Il avait l'impression qu'ils disaient tous deux la vérité, ce qui était strictement impossible.

Incapable de trancher, il finit par décider qu'il connaissait Elena depuis suffisamment longtemps pour lui faire confiance. Il ne venait pas d'annuler ses fiançailles pour douter de sa future femme. Enfin, elle le serait dès qu'il lui aurait officiellement demandé sa main, chose qui ne saurait tarder.

CHAPITRE 13

En rentrant chez elle, Beth fouilla de nouveau la chambre d'Elena à la recherche d'autres pistes. Elle étudia ensuite la note mentionnant :

« *RV RDS – 13.54 – voir Ter – M1Z1* ».

Il s'agissait à l'évidence d'un rendez-vous, mais avec qui et pourquoi ? Elle l'ignorait. Elle décida finalement de se tourner vers celui que son père appelait lorsqu'il se trouvait dans une impasse : Bruce. Elle s'empara d'une coquette somme dans le coffre familial, puis se dirigea vers la Taverne du lion, où se terrait leur informateur. En quittant leur résidence, elle laissa un mot d'adieu à Riggs, leur cocher, afin de le rassurer.

Lorsqu'elle retrouva Bruce, ils s'installèrent à table. Elle lui expliqua son problème, puis lui tendit la note qu'il étudia d'un œil distrait. De l'autre, il observait les jeunes serveuses avec qui il « discutait » à son arrivée. Beth prenait sur elle pour ne pas montrer son impatience. Elle avait hâte de s'en aller ; l'odeur de l'alcool l'indisposait.

— Alors ? insista-t-elle.

— Eh bien, s'il s'agit bien d'un rendez-vous, je penche pour le

Refuge des Sens, annonça-t-il d'un ton goguenard. C'est une taverne... assez mal fréquentée, si tu vois c'que je veux dire.

Le nom de l'endroit ainsi que le regard de Bruce en disaient long. C'était certainement encore plus malfamé que l'établissement où ils se trouvaient, mais il s'agissait de son unique piste.

— Les gens qui fréquentent c't endroit sont sans morale, poursuivit Bruce. Si ta sœur est allée là-bas, c'était pour une sale besogne.

— Je n'en doute pas, mais je n'ai pas beaucoup le choix.

— Écoute, gamine, c'que j'essaie d'te dire c'est que si elle a recruté quelqu'un là-bas, y a peu d'chances que la personne que tu cherches soit encore en vie.

C'était une éventualité. Compte tenu des récents événements, elle savait Elena capable d'assassiner leur sœur. Pourtant, elle devait croire qu'Aluna vivait encore, quelque part. Elle était la seule famille qui lui restait et l'unique chance de son père.

— Je prends le risque, répondit-elle avec aplomb. Vous comprenez quelque chose au reste ?

— Hmm... « Ter », c'est peut-être quelqu'un ou un code. Ça pourrait aussi être Teremis ou Termor, des codes pour faire disparaître des gens, si tu vois ce que je veux dire. Tu demandes à voir l'un d'eux, on te mène à quelqu'un de louche et tu paies. Ça se passe très vite, normalement. Mais j'suis pas sûr de mon coup là, ça pourrait être autre chose. Le reste, j'y comprends rien, désolé.

— Je vois, dit-elle en récupérant le document. Merci pour votre aide.

Elle voulut se lever, mais Bruce l'arrêta d'une main ferme :

— Écoute, t'es la gamine d'un ami, alors j'suis obligé d'te dire d'pas y aller seule. C'est pas un endroit pour toi.

— Et vous allez faire quoi pour m'en empêcher ? Ce n'est pas comme si vous alliez abandonner toutes ces... gamines comme vous dites pour me suivre, si ?

Pour toute réponse, il sortit une dague de sa botte et la tendit à l'adolescente par-dessous la table. Cette dernière sursauta en sentant la lame sur ses cuisses.

— Pour... pourquoi faire ? le dévisagea-t-elle sans y toucher. Je ne pense pas que...

— Prends-la ! insista-t-il. Crois-moi, je sais d'quoi j'parle.

— D'a... d'accord, capitula-t-elle en rangeant l'arme dans sa botte.

Dites, vous me donnez tous ces conseils et pourtant vous batifolez sans arrêt avec des filles pas plus vieilles que moi, ce n'est pas un peu hypocrite ?

— Ce n'sont pas les filles d'un ami, marmonna son interlocuteur. Allez, va-t'en.

Elle se leva, puis fixa la chope de bière qu'elle avait commandée plus tôt. Elle n'avait jamais bu de sa vie, mais avait sacrément besoin de se donner du courage. Elle saisit le gobelet et vida son contenu d'une traite. La seconde d'après, elle recrachait une partie du breuvage au goût âpre, forçant des regards sur elle. Honteuse, elle quitta la taverne sans tarder.

Il lui fallut plus de trois heures pour se rendre dans La Braise. Beth avait entendu maintes légendes sur ce quartier, maints avertissements sur l'insécurité et l'immense pauvreté qui y régnaient. Elle l'avait heureusement quitté trop jeune pour pouvoir en juger.

Elle se souvenait d'un endroit paisible, dont le niveau de vie s'était dégradé après les premières années de guerre. Avec l'immigration massive des Arabicains et le cloisonnement des villes, la pénurie de nourriture s'était rapidement installée. Le surpeuplement et l'isolement du quartier l'avaient rendu plus vulnérable que les autres. Les pillages, les meurtres et les viols devenant monnaie courante, sa famille n'avait pas tardé à s'en aller. Elle comprenait donc pourquoi l'homme qui l'y avait conduite pour quelques pièces lui avait indiqué le reste du chemin et refusé de s'aventurer plus loin.

L'adolescente s'assura que son or était bien caché dans ses bottes avant de s'engager sur la route principale uniquement éclairée par le clair de lune. Elle ignora les bruits venant des mansardes alentour et continua jusqu'à tomber sur une intersection. Un gamin en haillons s'y trouvait, le regard braqué sur elle.

Beth ravala sa peur et bifurqua dans la ruelle d'à côté. L'enfant se contenta de l'observer s'éloigner en silence ; elle ne lui prêta aucune attention, comme on lui avait conseillé de faire. Il lui fallut traverser une autre allée sombre pour atteindre son objectif.

L'endroit n'attirait guère. Des toiles d'araignée recouvraient l'enseigne, tandis qu'une forte odeur d'alcool s'en dégageait. Beth regrettait déjà d'être venue, mais il était hors de question qu'elle fasse demi-tour. Elle pénétra dans l'établissement.

L'atmosphère différait de celle de la Taverne du Lion, à l'exception des serveuses qui se faisaient tripoter dans les coins. Un escalier au fond de la salle menait à un niveau supérieur où quelques couples à moitié ivres se rendaient régulièrement. Les regards aussi se distinguaient par leur absence de chaleur. D'ailleurs, la plupart des clients s'étaient arrêtés de boire pour la fixer. Elle qui avait pensé passer inaperçue avec sa longue cape noire…

Elle avança vers le comptoir dans un silence pesant. Une femme dont les dents jaunies et la grande balafre suffisaient à repousser quiconque s'y tenait, une choppe en main. Elle toisa Beth, qui rassembla tout son courage pour lui demander :

— Veuillez m'excuser, je suis à la recherche de… Teremis ou Ter… Termor.

La gérante répéta sa phrase à haute voix, ce qui déclencha l'hilarité générale. L'assurance de Beth s'ébranlait. Elle serra les poings avant de reprendre :

— Je… je pourrais rencontrer l'un d'entre eux ? Je suis une amie d'Elena.

— Elena, tu dis ? répondit la femme entre deux rires. Va-t'en avant de regretter d'être venue. C'est pas un endroit pour toi, gamine.

Beth recula par réflexe. Elle se rappela ensuite la raison de sa venue et se ravisa ; impossible d'abandonner si vite.

— J'ai fait un long chemin pour les voir, alors je ne partirai pas avant ! insista-t-elle.

— Tu es du genre têtu, à ce que je vois. Eh bien si tu choisissais déjà, gamine ? C'est Teremis ou c'est Termor ?

— Va pour… Teremis. Et je ne suis pas une gamine.

— Et si je te dis qu'il est pas là, petite ?

Beth en eut assez qu'on la traite comme une enfant. Elle quitta le comptoir et se dirigea vers le milieu de la pièce d'un pas décidé. Lorsque tous les regards furent braqués sur elle, elle prit une grande inspiration et se lança :

— Je veux voir Teremis ! Je sais que je suis à la bonne adresse alors dites-moi où et comment je peux le trouver !

Face au lourd silence qui suivit, elle se sentit obligée d'insister :

— J'ai de quoi payer !

Trois hommes se levèrent aussitôt. En découvrant leur regard menaçant, elle réalisa son erreur. Elle venait d'annoncer qu'elle avait de l'or, alors qu'elle se trouvait dans le quartier le plus malfamé de Minabis. Elle serait dans une fâcheuse situation si elle se faisait délester de sa bourse le premier jour de sa quête. Elle pria pour qu'ils ne songent pas à fouiller ses bottes.

— Alors, comme ça tu as de quoi payer, ma jolie? lança le plus imposant d'entre eux en se posant devant elle.

— Ou... oui, répondit-elle courageusement.

La petite bande l'encercla. Avant qu'elle ne réagisse, l'un d'eux l'immobilisa en lui croisant les bras dans le dos. Celui qu'elle pensait être leur chef s'approcha et retira sa capuche. À la découverte de son visage, des sifflements retentirent dans la taverne.

— Regardez ça, une Hybride! Et mignonne, en plus!

— Qu'est-ce que vous me voulez? cracha Beth. Vous savez des choses sur Teremis? Je croyais que vous en vouliez à mon or!

— Bien sûr, répliqua-t-il. Une bonne motivation, l'or, c'est vrai, mais là tout de suite, j'ai autre chose en tête pour toi!

Il déchira le haut de sa robe, dévoilant le corset qui protégeait sa poitrine naissante. Beth se débattit en comprenant avec effroi leurs intentions. Les autres occupants de la taverne observaient la scène comme s'il s'agissait d'une pièce de théâtre de premier choix. Aucun d'eux n'interviendrait. Beth aurait voulu protéger la presque nudité de sa poitrine, mais ses mains ne lui répondaient plus. Elle se souvint alors de la dague que lui avait remise Bruce. Si elle arrivait à l'atteindre, peut-être pourrait-elle se défendre...

— Regardez ça, reprit le chef de la bande en approchant son visage du sien. Pile dans la fleur de l'âge.

— Lâchez-moi! s'écria-t-elle en tentant de masquer sa peur. Prenez tout ce que j'ai et fichez-moi la paix!

— Pourquoi je ferais ça, hein? rigola-t-il en la dévisageant.

— Vous n'êtes qu'un gros porc! hurla-t-elle avant de lui cracher au visage.

L'homme s'essuya calmement, un sourire en coin.

— C'est qu'elle a du répondant, la petite. Je vais te montrer, moi.

Il pressa ses lèvres contre les siennes. Beth se débattit violemment. Son genou finit par rencontrer l'entrejambe de son agresseur, qui se plia en deux.

Surpris, celui qui l'immobilisait relâcha légèrement son emprise. Elle en profita pour lui donner un coup de pied et se dégager. Elle plongea ensuite la main dans sa botte et pointa son poignard en direction de ses assaillants, qui avançaient vers elle en brandissant chaises et tabourets.

Alors qu'elle reculait face à la bande, le bras de Beth tremblait. C'était la première fois qu'elle menaçait quelqu'un d'une arme capable de tuer. Elle n'eut pas le temps d'y penser davantage. L'un de ses adversaires fonça vers elle pour la frapper au visage. Elle évita le coup, puis poussa une chaise dans sa direction pour le déstabiliser. Un autre tenta sa chance avec un tabouret, qui se fracassa au sol au moment où elle l'esquiva. Elle planta sa dague dans ses côtes, la retira d'un coup. Le sang dessus lui donna envie de vomir. Elle cligna des paupières pour rester focalisée. Il ne fallait surtout pas qu'elle panique…

Je n'ai pas eu le choix, se persuada-t-elle tout en évitant d'autres coups.

Les occupants de la taverne criaient comme s'il s'agissait d'un combat de coqs. Beth ne leur prêtait pas attention. Elle évitait les attaques une à une, en essayant de rester concentrée. Ce ne fut pas suffisant. Un tabouret se fracassa sur son dos. Elle s'écroula au sol, son arme lui échappa des mains. Le chef de la bande la souleva, l'exhibant à tous.

— Regardez ce bout de femme ! s'écria-t-il, vert de rage. Elle ose nous défier !

Beth battit des pieds et des mains pour se libérer. Elle ignorait comment se sortir de cette situation.

L'homme la fit tournoyer dans la pièce comme un trophée, un sourire satisfait sur les lèvres. Il demanda ensuite à son second de la plaquer sur une table. Beth sentit les larmes lui monter aux yeux. Elle se débattit tout de même en hurlant de toutes ses forces. Deux grandes mains se posèrent sur le bas de son dos, ce qui la rendit hystérique. Elle poussa un cri strident et battit encore plus des pieds. Elle ignorait ce qu'elle faisait, pourtant ses mouvements touchèrent son agresseur au visage. Sous le feu de la colère, il écarta son acolyte, la retourna et la gifla. Le coup fut violent, mais Beth l'en félicita presque. Elle avait retrouvé ses sens. Et maintenant qu'elle lui faisait face, elle avait une chance.

Elle saisit une chope sur la table d'à côté et la fracassa sur la tête du chef de la bande. Elle le déstabilisa d'un coup de pied dans le ventre et, sans laisser le temps à son acolyte de réagir, se faufila entre ses grandes jambes. Elle se rua ensuite vers sa dague qui traînait toujours au sol. Elle la saisit et, sans hésiter, la lança en direction du chef de la bande. La lame se planta dans son épaule ; il recula en titubant.

— Attrapez-la ! vociféra-t-il à l'attention de son second, le visage virant au rouge. Je ne vais pas me laisser humilier par une gamine !

L'intéressé fonça sur elle. Beth sauta de table en table pour l'éviter. Son lancer avait été précis, mais impulsif. D'un côté, elle était ravie que ses années passées à jouer aux fléchettes aient payé, de l'autre, elle se retrouvait sans arme et sans défense. Il ne lui restait qu'une option : quitter la taverne au plus vite !

Elle s'élança vers la sortie. Le chef de la bande lui barra le passage. Son épaule ensanglantée semblait nourrir son désir de vengeance. Beth essaya de lui donner un coup de pied. Il l'arrêta d'une main, la souleva et la jeta violemment au sol. Sa tête heurta le plancher ; tout devint flou...

L'adolescente sentit son corps s'alourdir pendant que l'homme la tirait par les pieds. Elle essaya de bouger, mais ses membres refusèrent de lui obéir. Son sort était scellé.

— C'est bon, les gars, hurla soudain un inconnu. Vous vous êtes bien amusés, je prends le relai.

— Non, mais de quoi je me mêle ? répliqua le chef de la bande.

— Vous voulez vraiment qu'on en vienne aux mains ?

À travers sa vision trouble, Beth entrevit la silhouette du nouveau venu ouvrir son manteau. Quelque chose brilla à sa ceinture. Son agresseur la lâcha aussitôt en grognant :

— C'est bon, on s'en va.

L'inconnu la prit dans ses bras, avant de lancer à la gérante :

— Je te prends une chambre, vieille chaussette.

— Avec cette gamine ? Bon, chacun ses goûts, je te laisse la vingt-six !

Il saisit une clef au vol. Beth ne savait pas comment interpréter la situation. Le mystérieux inconnu l'avait sauvée, pourtant il la conduisait dans une chambre...

Tandis qu'il grimpait les marches qui menaient à l'étage, elle l'entendit se présenter avant de perdre conscience :

— Je m'appelle Tercan, je vais m'occuper de toi.

INTERLUDE 2

« CROIRE SUFFIRA-T-IL ? »

Pendant ce temps, du côté des Terres Sacrées…

~

Tamehla priait avec ferveur. L'état de sa fille ne s'améliorait pas, et son inquiétude grandissait un peu plus à chaque lune. Depuis le retour de son beau-fils, elle venait chaque soir se recueillir, espérant un miracle. Mais le mal ne cessait de progresser, au point où elle en avait perdu le sommeil. La vieille femme joignit ses mains tremblantes et ferma les yeux. Elle devait persévérer ; la Déesse finirait bien par l'entendre.

Les terres saintes comptaient quatre chapelles, chacune dédiée à une figure divine. Trois d'entre elles entouraient le château aux points cardinaux et abritaient la statue de leur Dieu respectif. À l'est, on honorait Nehla, Déesse de l'amour et de la famille ; à l'ouest, Athor, Dieu des voyageurs et des âmes égarées ; au sud, Brora, Déesse de la guerre. La dernière, plus éloignée du château et fréquentée par les plus démunis, se consacrait paradoxalement à Isom, Dieu de l'abondance. Quant à la voie du nord, elle restait interdite, car elle menait aux terres impies.

Les habitants pouvaient adorer autant de divinités qu'ils le souhaitaient. Cependant, la disposition des lieux de culte poussait les quartiers pauvres à se tourner surtout vers Isom, tandis que la cour et les nobles vénéraient Nehla, Brora et Athor. Certains allaient jusqu'à consacrer leur vie à la foi en rejoignant une chapelle. Tamehla avait fait ce choix. Elle respectait toutes les divinités, mais gardait une préférence pour Nehla – sans doute à cause de son passé.

— Tamehla ?

Elle se retourna en sursaut. Elle s'étonna de voir Elza, une ancienne habitante de la chapelle et surtout une vieille amie. Malgré le temps qui s'était écoulé depuis leur dernière rencontre, elle n'avait pas changé. Elle avait gardé ses cheveux bruns chatoyants, son visage fin et souriant, et même ses bésicles. Elle n'avait pris aucune ride en sept ans.

— Elza, c'est bien toi ?

— J'espère que je ne te dérange pas trop, j'ai attendu que tu finisses, mais tu ne semblais pas…

— Ne t'inquiète pas pour ça, il faut bien que je m'arrête de temps en temps, sourit-elle en rejoignant son amie.

Elles s'enlacèrent, puis s'assirent sur l'un des nombreux bancs de la chapelle pour discuter.

— Alors, qu'est-ce que tu fais là ? commença Tamehla.

— Je reviens vous voir. Mon petit fils a beaucoup grandi et sa santé s'est améliorée, alors j'en profite pour venir me recueillir auprès de Nehla. Je vais rester un long moment si tu veux mon avis.

— Je suis ravie qu'il ait fini par vaincre la maladie ! Ça doit bien faire sept ans que tu es partie, non ? Je pensais que tu t'installerais dans les champs pour la vie, la taquina-t-elle.

— Oh j'ai bien failli, l'air est si agréable là-bas ! Mais bon, je suis de retour et on se doit de célébrer. J'ai ramené des friandises dont tu me diras des nouvelles. J'ai tout confié à une novice pour qu'elle les monte dans ma chambre. D'ailleurs, son visage m'a semblé familier. C'est une adolescente avec des tresses blondes, tu vois qui c'est ?

— Oui, c'est la petite fille de mère Ardin.

— Non ! Vraiment ? Si jeune… Tu penses qu'elle restera à la chapelle ?

La mère Ardin était la plus ancienne d'entre elles, et à ce titre, dirigeait la maison. Elle avait une connaissance poussée des écrits de Nehla, qui n'existaient qu'en trois exemplaires. Celui de la chapelle était protégé par un mur de verre que seuls la mère et les membres de la famille royale pouvaient ouvrir. En tant que résidente du lieu sacré, Tamehla avait elle aussi lu ces textes. Ce qu'elle y avait appris était de notoriété publique, à quelques détails près. On y racontait comment leurs ancêtres nomades avaient souffert de leurs différences en étant insultés, pillés et tués par les Impies. Dans leur grande bonté, les Dieux avaient fini par récompenser leur dévouement et leur croyance en les guidant vers les terres saintes. Les Impies, eux, restèrent en arrière afin d'expier leurs péchés.

— Je ne pense pas qu'elle restera, répondit Tamehla en songeant à Panadil, qui s'était rendu sur les terres Impies avant d'y mourir. Elle est trop jeune, ça lui passera. Mais elle reviendra peut-être ensuite, lorsqu'elle aura fondé une famille et que ses enfants sauront se débrouiller sans elle.

— Un peu comme nous, en fait ! rigola son amie.

— C'est exactement ça !

— À ce propos, comment va Amenith ? Elle s'est mariée, finalement ?

Le cœur de Tamehla se serra en repensant à sa fille. Elle avait réussi à oublier sa condition durant les dix dernières minutes, mais la réalité la rattrapait brutalement.

— Elle s'est mariée, répondit-elle d'une voix atone. Avec Nedil, l'assistant du trésorier royal. Ça va faire cinq ans maintenant.

— Un bon parti, dis donc ! Tu dois être fière ! Ils ont eu des enfants depuis ?

— En fait… hésita-t-elle, elle est enceinte.

— Mais c'est fantastique ! s'exclama son amie. Nous avons une double raison de festoyer !

— À vrai dire…

Tamehla s'apprêtait à confier ses tourments à son amie lorsque la porte s'ouvrit violemment. La servante de sa fille se tenait sur le seuil. Elle avait le souffle court et transpirait à grosses gouttes. La vieille femme accourut vers elle, la peur au ventre :

— Que se passe-t-il ? Elle a mal quelque part ?

— Je… attendez, s'excusa la domestique en haletant. Je…

— Qu'est-ce qui se passe ? intervint Elza en s'approchant. Tamehla, tu m'as l'air anxieuse. Ta fille a un souci ?

— Sa grossesse est… compliquée, expliqua-t-elle avant de se tourner vers la servante pour l'inciter à parler rapidement.

Cette dernière finit par se redresser et lâcha :

— M'dame va... délivrer, maintenant.

— Comment ? Déjà ? Ça ne fait que six mois...

— Le med'cin est là, il dit que c'est maintenant. J'ai couru ici vous appeler. Je... j'ai peur pour m'dame !

— Tu as bien fait de venir, la rassura Tamehla.

Elle se tourna vers son amie :

— Je dois te laisser Elza, ma fille a besoin de moi. Je t'expliquerai plus tard.

Elle n'attendit pas de réponse et courut en direction du château, le cœur battant.

CHAPITRE 14

Beth s'était réveillée quelques heures plus tôt dans un lit qui n'était pas de ceux du *Refuge des Sens*. Elle le savait, car elle ne sentait plus la forte odeur de renfermé et d'alcool que dégageait l'intérieur de la taverne, mais plutôt un parfum de camomille. Les draps étaient doux et blancs, la pièce, meublée pour héberger deux personnes de façon ponctuelle. Elle contenait deux lits sobres, une table de chevet, une table à manger et une commode. Les murs et le sol étant nus, Beth ne mit pas longtemps à déduire qu'ils se trouvaient dans une auberge.

Elle avait ensuite jeté un coup d'œil à l'homme qui l'avait sauvée. Grand, brun, un peu enrobé et doté d'un regard sombre mais étrangement tendre, il se comportait de façon exemplaire depuis son réveil. D'abord, il lui avait fait porter un petit-déjeuner, puis s'était contenté de l'observer. Elle avait imaginé des centaines de scénarii où elle s'enfuyait, mais à chaque fois, elle échouait. Elle ne savait ni où elle se trouvait ni ce qui l'attendait dehors. Elle n'avait que des souvenirs brumeux de la veille, après que le dénommé Tercan ait pris une chambre pour deux au *Refuge des Sens*. Elle avait été déplacée — peut-être sur un cheval —, avait eu très chaud, puis senti une puissante odeur de figues. Elle avait essayé d'en savoir plus en questionnant son ravisseur, mais ce dernier lui avait ordonné de manger d'abord. Malgré toute son obstination, elle avait fini, au bout d'une heure de torture, par céder à l'appel de la faim. L'estomac un peu moins creux, elle revint à la charge :

— J'ai obéi. Où sommes-nous ?

Il vérifia que son bol était à moitié vide avant d'annoncer :

— À Fatidia sud, la cité libre de Goran.

L'adolescente faillit s'étrangler avec son pain. Elle se trouvait sur le territoire des rebelles ! Comment était-ce possible ? La nation était censée se situer à des kilomètres au nord-ouest d'Arabica.

— Vous plaisantez ? Nous étions encore à Minabis hier !

— Pas hier, il y a cinq lunes, précisa-t-il en souriant. J'ai dû t'endormir un peu, mais rien de bien méchant.

Les souvenirs brumeux de Beth prirent alors tout leur sens ; elle avait été droguée, sans doute à l'aide d'une mixture qui contenait de la figue. Elle avait eu chaud parce qu'ils avaient traversé le désert, et elle avait été transportée à cheval. L'adolescente étudia sa soupe, qui lui parut soudain suspecte. Elle reposa aussitôt sa cuillère.

— Je n'ai plus aucune raison de te droguer, petite, ajouta Tercan en remarquant sa méfiance. Tu peux manger tranquille.

— Alors, vous êtes un rebelle ? s'enquit Beth en ignorant sa remarque.

— On va dire ça, mais j'aime plus le terme « défenseur de la liberté ».

— Vous avez une haute estime de vous-même pour un criminel, contra-t-elle en se rappelant les avertissements de sa mère.

— Question de point de vue ! s'exclama-t-il en haussant les épaules. Si vouloir détrôner le Régisseur suffit à faire de nous des criminels, fais-toi plaisir.

Beth étudia de nouveau sa soupe, saisit la cuillère, se ravisa. Elle repoussa le plateau, puis chercha sa baluche des yeux.

— Tes affaires sont dans la commode, si c'est bien ce que tu cherches, intervint Tercan.

L'adolescente ouvrit le tiroir et en retira son bien qu'elle fouilla pour voir si son or avait été volé. Il n'en manquait pas une pièce. Le doute s'empara d'elle. Pouvait-elle faire confiance à cet inconnu ? Elle rangea soigneusement son trésor dans ses bottes puis, affamée, décida de prendre le risque d'y croire. Elle s'empara du plateau et but le reste de la soupe. Tercan la regarda faire avec amusement. Une fois repue, elle s'assit sur le bord du lit et poursuivit son interrogatoire :

— Pourquoi vous m'avez sauvée ? Personne ne semblait se soucier de moi là-bas.

— À vrai dire, je m'en fichais aussi, répondit-il avec un rictus. Je pensais que tu n'étais qu'une gamine de la haute qui voulait avoir des frissons. Et puis, tu as parlé de Teremis et ça a suscité mon intérêt. Mais il fallait que je voie comment tu te défendais, je ne peux pas ramener n'importe qui à la cité.

— Je vois... Vous avez réagi au nom Teremis, vous êtes celui que je cherche ?

— Ça dépend pourquoi tu me cherches.

— Vous... ou un de vos amis avez rencontré ma sœur, récemment. Elle s'appelle Elena, je pense qu'elle a fait disparaître mon autre sœur et j'ai besoin de la retrouver. Je paierai, s'il le faut.

— J'avais ton or sous les yeux pendant cinq lunes, tu penses pas que je te l'aurais déjà pris si j'en voulais ?

— Qu'est-ce que vous voulez alors ? s'enquit Beth.

— Un service.

Un nombre incalculable de différents types de « services » traversa l'esprit de l'adolescente. Elle fronça les sourcils.

— Ne fais pas cette tête, reprit Tercan en secouant la tête. Ce sera rien de compliqué. J'ai besoin de bras pour délivrer des courriers, récolter des objets ici et là, écrire des lettres. Tu sais écrire, n'est-ce pas ?

— Ou... oui. Vous êtes sérieux ? Ce sera tout ? Rien de... criminel ?

— Rien de tout ça, alors tu acceptes ou pas ? Mon offre expire dans cinq minutes.

Beth réfléchit et décida qu'elle n'avait pas le choix. Elle accepta.

— Parfait. En échange du service que tu me rendras, je me renseignerai sur ton histoire. Comment s'appelle celle qui a disparu ?

— Aluna. Mais attendez, si vous allez vous renseigner, vous n'êtes pas celui qui a rencontré ma sœur ? Vous n'êtes pas celui qui se cache derrière le code Teremis ?

Tercan éclata de rire.

— Pas du tout ! Et Teremis existe, c'est mon frère jumeau. Ce code, c'est juste une vieille histoire.

Des jumeaux ? Beth mit une seconde à réaliser que la loi ne s'appliquait pas dans la cité rebelle. Elle comprit ainsi ce qui avait pu pousser Tercan et son frère à rejoindre le groupe. Elle décida donc de lui raconter l'histoire de ses sœurs, tout en demeurant évasive sur la note qu'elle avait trouvée dans la chambre d'Elena. Si Tercan était bien le frère du complice d'Elena, il valait mieux qu'elle reste vigilante.

— T'as pas de chance petite, répondit Tercan à la fin de son récit. Mon frère est pas ici. Mais vu que tu as gentiment promis de me rendre quelques petits services, je vais me renseigner pour toi, d'accord ?

— On avait dit un seul service ! protesta-t-elle. Et... j'aimerais parler directement à votre frère si possible. Quand est-ce qu'il sera de retour ?

— Oh... ça ne marche pas comme ça, gamine, trancha-t-il sur un ton qui n'invitait pas à la discussion. Tu passes par moi ou rien du tout, c'est compris ?

L'adolescente acquiesça ; elle n'avait aucune envie d'énerver son unique piste.

— Quand j'en saurai plus, je t'en dirai plus, c'est tout, continua le rebelle. En attendant, je te conseille de te reposer et d'aider un peu. J'ai la dame d'en bas qui a besoin de quelqu'un pour la plonge. Ensuite, tu pourras te balader, y a plein de trucs sympas ici. Des tavernes, un marché, j'en passe. Mais sois revenue au crépuscule, y aura encore besoin de bras.

Beth se serait bien laissé tenter par une balade dans un marché. Elle les avait toujours adorés à cause de leurs couleurs, leurs animations et le monde qui y circulait. C'était l'endroit idéal pour passer un moment convivial, faire des rencontres et dénicher des objets rares. De plus, les gens y semblaient souvent de bonne humeur... Mais, à présent, elle avait besoin de calme pour oublier la nuit précédente et réfléchir à la suite des événements. Elle ne pouvait plus compter que sur elle-même, désormais.

— J'ai une question, demanda-t-elle soudainement. Vous n'avez pas peur que le Régisseur vous prenne pour cible, vous et tous vos amis rebelles ? Je veux dire, vous avez construit une cité ! Si ce n'est pas de la provocation, je ne sais plus ce que c'est...

Tercan haussa les épaules.

— J'ai rien à perdre, petite. Je suis né jumeau, alors je suis condamné de toute façon, autant que mon existence serve à quelque chose. Et si on perd, ben on aura essayé.

Beth le comprenait. La liberté avait un prix. Elle le payait pour son père ; elle le ferait également pour sa sœur si on lui en offrait la possibilité. Certains rebelles étaient peut-être des sauvages, mais elle comprenait leur cause. Elle aurait peut-être envisagé de se joindre à eux si Arthur n'avait pas eu besoin d'elle. La seule chose qu'elle ne concevait pas, c'était que personne n'ait encore pris de mesures contre eux.

— Pourquoi vous n'avez pas été inquiété ? Le Régisseur est censé être omniscient, non ? Ni Lui ni le roi ne vous ont menacé ?

— Mon avis ? répondit Tercan en levant un sourcil. Notre cher souverain paie nos taxes à notre place, alors le Régisseur ne dit rien pour l'instant. Et je peux t'assurer qu'Il n'est pas omniscient. Après tout, certains jumeaux survivent et se terrent dans les rues, surtout dans les quartiers très pauvres. Est-ce qu'ils ont déjà été frappés par une main invisible ? Non, seuls les gardes royaux les tuent. Les autres vivent dans la peur, mais ils vivent quand même.

— Oui, mais vous ne pouvez pas comparer ça à ce que vous faites. Il ne s'agit pas de cacher une personne, mais toute une cité ! C'est une déclaration de guerre !

Tercan lui jeta un regard en biais.

— Écoute, j'ai pas le temps de palabrer sur ça. Tu es trop curieuse, gamine. Arrête de poser des questions et contente-toi d'aider, on verra le reste après.

— D'accord... capitula l'adolescente.

Et il s'en alla.

Beth se rendit à la fenêtre. La cité s'étendait sur environ un kilomètre, ses murs marquant une limite nette avec le seul désert du continent. Plusieurs bâtiments se dessinaient, si rapprochés les uns des autres que les chemins entre eux étaient à peine visibles. On aurait aisément pu sauter de toit en toit. Au-delà des maisons se trouvaient quelques champs, des étables, un petit marché, ainsi que deux grandes places. Des enfants et des apprentis combattants occupaient l'une d'elles. Ils brandissaient des armes en bois et frappaient dans le vide en parfaite coordination. Beth enviait leur apparente invincibilité. Elle savait qu'avoir leur force l'aiderait à surmonter les épreuves nécessaires pour retrouver sa sœur. Elle ravala sa tristesse; elle devait s'endurcir. Le chemin qui la mènerait à son objectif serait semé d'embûches, mais elle était déterminée à réussir. Elle n'avait plus peur, désormais.

CHAPITRE 15

Willan se concentra pour générer de la glace, ou même un peu d'eau. En vain. Il vida son esprit, se focalisant sur la chaleur dans son ventre, la source de sa magie. Il essaya de la faire grandir. L'énergie se répandit peu à peu dans son corps, jusqu'à atteindre ses mains. Il se concentra un peu plus et laissa échapper le flux. La chaleur se transforma alors en vent froid; l'espace d'un instant, il s'autorisa à ouvrir les paupières. Une goutte se forma dans sa paume, puis deux, trois, et enfin il obtint une flaque. Il puisa davantage d'énergie pour la changer en glace. L'eau se cristallisa. Il sourit; il avait réussi.

— Parfait! le félicita Larzac. Maintenant, reprenez depuis le début en essayant de créer directement de la glace.

— Je ne vois pas comment j'y arriverais, répliqua le prince en s'adossant, épuisé, contre le mur.

Il lui semblait que l'effort qu'il venait de fournir lui avait aspiré toute sa force.

— En vous concentrant davantage, en allant plus vite! proposa son instructeur. Si en saisissant votre source, vous l'expédiez rapidement dans vos mains, la transformation se fera si vite qu'on aura l'impression que vous avez directement créé de la glace.

— Je prends note pour la prochaine fois. Là, je suis trop épuisé.

Constatant qu'il ne tirerait plus rien de son élève, Larzac abandonna et changea de sujet :

— Comment va Aluna depuis le jugement ?

Willan sourit en entendant l'ancien prénom d'Elena. Malgré toutes leurs discussions à ce propos, Larzac persistait à l'appelait ainsi. Il prétendait que « Elena » manquait de panache.

— Pour tout vous dire, elle ne fait que lire et se promener, expliqua Willan. Elle refuse de toucher à la magie et aux armes depuis que je lui ai raconté ce qui s'est passé à Cristallia. Elle dit qu'elle ne veut plus faire de mal à personne. Elle a l'air tellement plus sereine, que je n'ai pas essayé de l'en dissuader. D'ailleurs, vous avez plus d'explications sur ce qui s'est passé avec le Neutron ?

— Non. Je cherche toujours, mais je n'ai rien pour le moment. Elle a juste perdu sa magie. C'est dommage, c'était une élève douée… et unique.

Le druide semblait nostalgique. Bien que Willan le comprenne, il préférait largement voir Aluna heureuse que forte.

— Elle était peut-être unique, mais malheureuse… argumenta Willan. Vous-même devez reconnaître que c'est mieux ainsi. Maintenant qu'elle n'est plus prisonnière de cette chimère, nous pouvons enfin penser à l'avenir.

— L'avenir ? répéta Larzac en tournant brusquement la tête vers lui. Alors c'est vrai ? Vous voulez l'épouser ? J'aurais dû m'en douter dès le jour où vous l'avez amenée ici…

— Pas du tout, rigola Willan. Je ne savais pas que j'en tomberais amoureux à l'époque !

— Ça, c'est vous qui le dîtes…

La réaction du Mini-As l'amusait. La première fois qu'il avait vu Aluna, le druide avait tout de suite songé à une conquête d'un soir. Pourtant, Willan n'avait eu aucune intention à l'époque. Il l'avait sauvée sans arrière-pensée. Le temps les avait rapprochés, et ils s'étaient liés d'amitié. Il avait fallu qu'il la suive à Cristallia, dans l'espoir secret d'empêcher son exécution pour réaliser ses sentiments. Il les lui avait avoués dans sa prison, où ils avaient passé une nuit mémorable. Y penser lui arracha un frisson. Décidément, il aimait cette femme.

— Je n'imagine même pas à quoi vous pensez, vous êtes tout rouge… lança son maître.

Willan détourna le regard, à la recherche d'un sujet de diversion.

— Quoi qu'il en soit... vous avez quelque chose sur les créatures qui ont attaqué Cristallia ? demanda-t-il. On n'a pas eu l'occasion d'en parler récemment.

— Je n'ai trouvé aucun moyen de créer de tels monstres par la magie, mais je ne m'avoue pas vaincu.

Quelqu'un frappa à la porte. Larzac l'ouvrit à distance, autorisant ainsi Kenton à entrer. Le capitaine de la garde n'interrompant que rarement leurs séances, le Mini-As jugea qu'il s'agissait sans doute d'une urgence. Il s'éclipsa donc sans un mot.

Kenton avait les rides du front encore plus marquées que d'ordinaire, quand il s'avança vers son protégé.

— Tout va bien ? s'inquiéta Willan en se mettant debout.

— Prince... comme vous me l'aviez demandé, j'ai fait des recherches sur le prisonnier, puis je l'ai interrogé.

Willan avait demandé à son ami d'enquêter et d'interroger le beau-père d'Elena afin d'obtenir d'éventuels aveux. Il attendait son retour depuis quelques lunes déjà.

— Il a tenu un discours cohérent et m'a semblé être un homme honnête, reprit Kenton. Nous n'avons pas non plus de preuve contre lui. Toutes nos recherches n'ont rien relevé qui puisse le compromettre. Je le crois innocent. Il cache peut-être quelque chose, mais je ne pense pas qu'il ait agressé votre Elena.

— Hmm... la situation se complique, répondit Willan en s'adossant contre le mur. En conclusion, vous croyez cet homme, et moi, Elena. Et aucun de nous n'a assez de preuves pour trancher.

— Je voudrais continuer mon enquête, annonça le capitaine de la garde. Je finirai bien par tirer le vrai du faux dans cette histoire. Il me faut juste du temps.

— Nous en manquons, justement. J'aimerais épouser Elena au moment du couronnement, pensez-vous pouvoir régler tout ça avant ?

Kenton serra les poings.

— Vous savez que c'est impossible, protesta-t-il sans hausser le ton. Nous n'avons rien sur Xerox, rien dans la résidence des Sachs et rien qui confirme ou infirme l'histoire d'Elena. Sauf rebondissement suite au retour de mes hommes de Minabis, il va falloir repartir de zéro. Il est impossible de conclure tout ça en quelques semaines ! Je ne comprends pas. Comment pouvez-vous faire aveuglément confiance à cette fille ? Elle est tombée du ciel, par Maldas ! Et si cette rencontre n'était pas le fruit du hasard ? Si tout avait été planifié depuis le départ pour qu'elle devienne reine ? Elle pourrait même être impliquée dans le meurtre de votre père, qui sait ?

Willan balaya sa suggestion d'une main.

— Voulez-vous arrêter avec ça ? Je ne crois pas une seconde à votre théorie du complot. Vous dites ça parce que vous n'avez jamais pris le temps de la connaître. Moi aussi, j'ai douté, mais je lui ai parlé et je vous assure qu'elle déteste son beau-père. Elle essaie de le cacher, mais je l'ai senti. Je l'ai vu dans ses yeux.

— Peut-être lui en veut-elle pour une autre raison ? persista Kenton. Voulez-vous d'une menteuse comme reine ?

— Kenton ! s'énerva Willan en se penchant vers lui. Vous êtes mon ami et je vous respecte, mais je vous interdis de critiquer ma future épouse ! Je l'épouserai, que vous l'appréciiez ou non ! Enquêtez si ça vous chante, mais n'essayez pas de me dissuader de l'épouser, c'est peine perdue.

Son ami baissa aussitôt les yeux.

— Je vous prie d'excuser mon écart de langage, prince, mais je pense que vous devriez parler à cet homme. Vous qui savez reconnaître les gens de confiance, vous saurez.

— Je l'ai déjà fait et je ne vois pas l'intérêt de recommencer, lâcha-t-il avec lassitude. Il ne m'a pas l'air d'un fourbe, mais c'est lui ou Elena et j'ai fait mon choix. Ils ne peuvent pas tous les deux être sincères. Écoutez, je vous propose d'apprendre à la connaître comme vous l'avez fait avec son beau-père. Parlez-lui, interrogez-la et vous verrez. Faites de même avec Irma, Larzac, les cuisiniers, tous ceux qui l'ont côtoyée, si ça vous chante. Vous verrez que je ne suis pas le seul à lui faire confiance. Je ne suis pas fou, par Maldas !

L'argument du prince se tenait, songea Kenton. Il n'avait effectivement jamais pris le temps de lui parler ; peut-être était-il si aveuglé par son apparition suspecte qu'il persistait à nier tout autre élément...

— Très bien, conclut-il en soupirant. Je leur parlerai. On avisera ensuite. Si vous le permettez, je me retire.

Avec la permission du prince, le capitaine de la garde quitta la pièce avec la ferme intention d'en finir avec cette histoire. Il rendit immédiatement visite à tous ceux qui avaient connu Elena lors de son séjour au château.

Durant les six lunes d'interrogatoires, tous sans exception lui vantèrent sa bonté et sa générosité. Ils avaient entendu parler de son retour de Cristallia, de sa magie disparue, de sa relation avec le prince, et espéraient tous qu'elle monte sur le trône. Intrigué par sa popularité, Kenton dut se résoudre à aller interroger l'intéressée.

Elena se montra coopérative. Il procéda fait par fait, comme avec son beau-père, dans l'attente qu'elle se trahisse à un moment. Cela n'arriva pas. Elle répondit à ses questions avec calme et assurance. Quand il lui parla de Xerox, elle se ferma, mais raconta tout de même son histoire. De nouveau, tout concordait. À court d'options, Kenton passa plusieurs fois en revue sa fuite de Minabis ainsi que ses années chez Xerox sans qu'elle trahisse la moindre incohérence. Soit son histoire était donc vraie, soit elle l'avait longtemps apprise par cœur – aucune de ces possibilités ne lui plaisait.

En fin de compte, le capitaine de la garde rentra penaud dans ses quartiers. Sa dernière option restait que ses hommes trouvent quelque chose à propos du fameux Xerox, en supposant qu'il existe.

Il attendit patiemment leur retour et se désola d'apprendre, dix lunes plus tard, qu'ils n'avaient rien découvert. Quelques maisons à Minabis répondaient à la description d'Elena, mais toutes étaient abandonnées depuis longtemps. Les indications des voisins n'avaient rien donné non plus. Certains pensaient avoir déjà croisé le druide des années auparavant, mais personne ne l'avait vu récemment.

Kenton convoqua Alderian pour connaître son avis. Ce dernier annonça d'emblée qu'il aurait besoin de ressources pour creuser davantage, compte tenu de leurs priorités actuelles : enquêter sur l'origine de l'attaque contre Cristallia et infiltrer la cité rebelle. Le régicide avait incité les deux royaumes à s'allier pour accélérer les recherches, ce qui justifiait le premier sujet. Quant au second, l'idée venait du prince.

Au vu du contexte, Kenton n'en demanda pas davantage à son lieutenant. Il surveillerait lui-même Elena; au moindre faux pas, il la dénoncerait.

~

Le capitaine de la garde dormit peu cette nuit-là. Il se présenta au conseil, les paupières lourdes, et observa ses membres arriver un à un. Willan entra le dernier, vêtu d'une tunique de coton ornée d'une épaulette dorée et d'un pantalon de cuir. L'ensemble mettait en valeur ses cheveux bruns, récemment coupés, et son teint mat. Kenton se félicita du talent de la nouvelle costumière royale. Son enthousiasme retomba lorsqu'il remarqua la boue sur les bottes du prince – signe qu'il revenait d'une balade à cheval. Un sourire discret lui échappa en le voyant s'asseoir à la table ronde, au centre de la grande salle.

L'ordre du jour portait sur Elena, que Willan souhaitait épouser. Les avis allèrent bon train. Les conclusions de Kenton furent entendues; ils n'avaient rien contre elle, bien que quelques interrogations subsistent. Isidace se prononça contre le mariage à cause de son absence de statut ou de noblesse, mais le rappel de l'existence d'une reine de l'histoire née roturière doucha ses arguments. Aradir ajouta que, ayant connu le beau-père d'Elena des années plus tôt, il le croyait innocent, ce à quoi toute l'assistance lui opposa qu'il n'avait aucune preuve. Moribon se prononça pour l'union, mais suggéra qu'Elena n'ait pas voix au conseil tant que les doutes à son sujet ne seraient pas dissipés, par mesure de précaution. Larzac appuya cette proposition, puis tous les autres l'imitèrent.

Willan conclut la séance en annonçant que le mariage et le couronnement auraient lieu dans un mois, sous la supervision d'Aradir. Il précisa qu'il autorisait chacun à enquêter autant que nécessaire sur Elena ou Arthur Sachs. Si un élément compromettant venait à être découvert, Elena serait jugée de nouveau, qu'elle porte la couronne ou non.

La décision fut saluée à l'unanimité, au grand désarroi de Kenton. Il quitta la salle du conseil le pas lourd et le crâne secoué par une migraine naissante. Il se réjouissait pour le prince, qui avait obtenu gain de cause, mais lui avait le sentiment d'avoir échoué.

CHAPITRE 16

Aluna avait recouvré la vue depuis près de trois semaines. Marcher avait été plus difficile à cause de ses deux comas successifs. Elle avait dû réapprendre, s'exercer sans cesse, tous les jours et parfois la nuit, pour arriver au bout d'un mois à avancer sans tomber ou tituber. Durant ce temps, elle n'avait pas mis le pied dehors. Ses seules distractions avaient été d'écouter les conversations de ses voisins et discuter avec ses nouveaux « amis », Orrïn et Pilenn.

Aluna se frotta les yeux et se redressa. Elle se trouvait dans le même campement qu'on lui avait présenté comme un centre de soins. Peu de lumière filtrait dans l'énorme tente, où une cinquantaine de personnes dormaient sur des lits de fortune. Des druides et des herboristes s'occupaient des malades, tandis que d'autres individus assistaient les blessés en pansant leurs plaies ou en leur parlant. La jeune femme esquissa un sourire en songeant qu'elle verrait enfin le soleil. Celui qui s'était chargé de sa rééducation lui avait annoncé la veille qu'il l'autorisait à sortir le jour même. Elle avait hâte !

Elle se leva, se maintint en équilibre et avança. Excepté une douleur lancinante dans la cuisse avec laquelle elle s'était familiarisée depuis, tout se passait comme prévu. Elle tourna en rond pour tester son endurance, s'offrit une toilette dans la salle d'eau située à l'arrière de la tente, puis mit enfin le nez dehors.

Elle eut l'impression de revivre. Elle apprécia les rayons du soleil sur son visage, avant de relever la couleur rouge du sol. Elle se rappela avoir lu un livre au château qui mentionnait que le sang des ancêtres de l'île avait tant été versé lors de sa conquête que la terre avait viré à l'écarlate pour marquer sa tristesse.

Autrefois sauvage, l'île de Thundez était le territoire des Ogres qui avaient bâti leur société dans ses montagnes et crevasses, en harmonie avec la nature. L'île regorgeait de richesses telles que l'or et l'argent, d'animaux endémiques et de fruits en tous genres. Les Anciens de Firania, aidés de maîtres Mini-As, y virent une opportunité et la colonisèrent, au prix du sang des autochtones. Les Ogres résistèrent, mais au temps de l'ancienne ère magique, leur seule force physique s'avéra dérisoire face à leurs adversaires. La conquête de Thundez ne dura que quelques mois. Les survivants, environ dix mille Ogres, finirent par abandonner leurs terres pour les montagnes de Firania, où ils vivaient désormais sous les ordres et la protection de la famille royale. Il s'agissait d'une race pacifiste, mais qui restait un soutien indéniable au continent nordique en temps de guerre.

Aluna eut un pincement au cœur en pensant à cette injustice, puis étudia les alentours. Quelques campements et maisons en terre cuite bornaient les rues. De rares bâtiments en pierre ainsi qu'une grande tour métallique se démarquaient du reste.

La jeune femme ignora les passants et scruta les environs à la recherche des limites de la cité. Une rapide observation lui indiqua qu'elle devrait marcher un peu. Elle avança vers l'ouest. Au bout de quelques minutes, elle se réjouit d'apercevoir une grande barrière en bois encercler les lieux. Elle allongea le pas. Elle s'en rapprochait lorsqu'un groupe de personnes s'entraînant au tir à l'arc l'obligea à ralentir. Elle les contournait, quand une voix l'interpela.

Elle se retourna, et tomba nez à nez avec un petit bout de femme à la peau noire, aux cheveux bouclés de même couleur et striés de bleu. C'était Pilenn.

— Alors, ça y est ? lança la jeune femme. On m'avait prévenue que tu sortais aujourd'hui, je comptais passer te chercher pour te faire visiter la cité, mais tu m'as devancée on dirait. Regarde-toi, tu ne boites presque plus ! Dis-moi, maintenant que tu me vois à la lumière du jour, je dois te paraître un peu différente, non ? Tu me trouves comment ?

— Euh... tu es...

— Je plaisantais ! rigola-t-elle. J'adore les questions qui mettent les gens mal à l'aise. Mais dis-moi, où est-ce que tu te rendais ? Tu devais être pressée, tu n'as même pas mis de chaussures !

Aluna hésita à lui dire la vérité. Elle repensa ensuite à toute l'aide que lui avait apportée Pilenn ces dernières semaines et décida d'être honnête.

— Je cherchais la sortie, avoua-t-elle. Je sais que je vais devoir rester encore un peu, mais il faut que je me prépare. Je veux... non, je vais devoir m'en aller très vite, il faut que je rentre pour retrouver quelqu'un. Je suis partie si longtemps qu'il doit se faire un sang d'encre. Tu as été d'une grande aide jusque-là, et tu connais sûrement la région sur le bout des doigts, alors... est-ce que tu pourrais m'aider ?

— Tu veux retrouver le prince de Goran, c'est ça ?

Aluna resta bouche bée. L'instant de surprise passé, elle réalisa que Pilenn en savait beaucoup sur elle. Elle avait dû être renseignée par l'homme qui l'avait traînée dans ce trou noir, sans doute un rebelle lui aussi. Mais si Elena s'était alliée à eux pour la tuer, pourquoi l'avaient-ils soignée ? Elle devait en savoir plus.

— Pilenn, je vais avoir besoin d'explications. Qu'est-ce qui se passe exactement ? Comment je suis arrivée ici ? Comment tu sais toutes ces choses sur moi ? Qu'est-ce que je fais là ?

— Tu sauras tout, promis, temporisa son interlocutrice. Il est prévu que tu rencontres quelqu'un aujourd'hui qui t'expliquera tout. Le rendez-vous n'a lieu qu'en fin de matinée, alors que dirais-tu de manger un peu d'abord ? Je t'expliquerai ce que je sais pendant le repas, tu apprendras le reste par la suite.

Aluna acquiesça et suivit la rebelle. Elle voulait retourner au château, mais d'une part, elle se doutait qu'on ne la laisserait pas partir aussi facilement, d'autre part, il y avait trop de questions en suspens.

Elles arrivèrent devant une grande tente et y entrèrent. L'endroit était bondé, une gigantesque table capable d'accueillir cinquante personnes en occupait tout le long. Un buffet se tenait à côté, et la taille de la queue leur signifia qu'elles devraient attendre un moment. Elles s'armèrent de patience. Aluna réalisa pendant ce temps que sa douleur à la cuisse s'estompait. Lorsque son tour arriva, un cuisinier barbu et potelé lui proposa une ration de poulet et de petits pois, qu'elle accepta sans rechigner. Elle avait faim.

Les deux femmes remplirent une cruche d'eau et cherchèrent une place. La table ayant été prise d'assaut, elles se résignèrent à s'installer dans un coin de la pièce avec deux tabourets. Pilenn commença ses explications tout en mangeant :

— Tu dois d'abord savoir que j'en sais peu et depuis pas longtemps. On ne me dit pas tout ici, on m'en dit juste assez pour remplir mon rôle.

Aluna lui fit signe de continuer en mordant dans son poulet. Il était meilleur qu'il en avait l'air.

— Bien. Beaucoup de choses te seront révélées aujourd'hui, des choses perturbantes et même injustes. Tu vas aussi rencontrer quelqu'un que tu... qui t'as fait du mal dans le passé. Tu seras probablement très surprise de le voir. Quoi qu'il en soit, tu ne devras pas paniquer, d'accord ? Rappelle-toi que je suis ton amie, que tu peux compter sur moi. Vraiment.

— Tu ne pourrais pas être plus claire ? Je suppose que rien ne vous obligeait à me soigner. Du coup, oui je te fais confiance, mais tout ça ne répond pas à mes questions.

Pilenn fixa longtemps son assiette, avant de lâcher :

— OK, je vais t'en dire plus. On m'a demandé d'attendre, mais je pense que je vais faire une petite entorse au règlement. Promets-moi juste de garder ton calme.

Aluna acquiesça machinalement.

— OK, soupira Pilenn. Tu as été amenée ici il y a près de deux mois maintenant, tu as voyagé dans plusieurs trous noirs qui avaient été créés exceptionnellement pour un projet tenu top secret. Quoi qu'il en soit, l'homme qui t'a ramenée ici s'appelle Teremis et c'est lui qui a ordonné qu'on te soigne et qu'on s'occupe de toi.

Aluna avala de travers. Elle toussa, but un peu d'eau, puis demanda :

— Pour... pourquoi aurait-il fait ça ? Il a tenté de me tuer !

— Pas exactement. C'est ta sœur qui a tenté de te tuer, lui t'a sauvée. Tu verras, tu comprendras tout bientôt. Retiens juste que tu dois rester calme, ne pas l'attaquer ou faire usage de ta magie.

— Tu es aussi au courant de ça alors... souffla Aluna, sans pour autant être surprise. Comment tu sais tout ça ?

— Je sais juste que ton pouvoir est unique et dangereux. C'est mon chef qui m'en a informée et je crois qu'il le sait par Teremis.

Aluna réfléchit. Si cet homme en savait autant sur elle, il aurait dû savoir qu'un poignard n'aurait pas été suffisant pour la tuer, pas en l'absence du Neutron du moins. Peut-être la voulait-il vivante depuis le début ? Pourquoi aurait-il eu besoin de s'allier à Elena dans ce cas ? Aluna se creusa la tête sans comprendre.

— Ce Teremis… pour donner des ordres à ton chef, je suppose qu'il est haut placé dans la hiérarchie rebelle ?

— Je te propose de lui laisser le reste des explications. Il m'en voudra de l'en avoir privé sinon. Je le connais très peu, mais de ce qu'on m'en a dit, il aime les longs discours.

Elle allait donc rencontrer l'homme qui avait aidé sa sœur à l'assassiner. Aluna sentit la magie se réveiller en elle. Le flux étant faible, elle arriva à l'enrayer assez facilement. Elle avait besoin de réponses à ses questions, pas d'un carnage.

— Je sais que je t'en demande beaucoup, reprit son amie, mais il faut vraiment que tu suives mes conseils. C'est aussi pour ton bien. Sois patiente, s'il te plaît.

Aluna termina son plat aussi calmement qu'elle le put. Elle quitta ensuite la tente, et talonna son amie jusqu'à une petite maison au toit carré, à peine plus basse que celles des alentours. Un homme en gardait l'entrée. Après que Pilenn lui ait communiqué une sorte de code, il se décala pour les laisser passer. Pilenn demanda alors à Aluna de rester à l'extérieur le temps qu'elle annonce leur arrivée. La jeune femme s'exécuta et attendit le retour de son amie, quelques minutes plus tard.

— C'est bon, nous allons pouvoir entrer. On est même en avance. Tu es prête ?

— Plus que jamais.

Elles s'invitèrent à l'intérieur. Le contact de la paille sous ses pieds irrita tout de suite Aluna – le sol était entièrement recouvert de foin. Devant elles étaient assis face à face un homme et un Mini-As. Aluna ne pouvait voir leurs visages à cause de la pénombre qui régnait dans la pièce. La seule fenêtre avait été recouverte par un épais voilage. Le Mini-As avait un masex actif à sa ceinture et les mains autour des tempes de l'homme, qui ne disait rien.

Pilenn s'assit à même le sol. Aluna l'imita. C'est alors que celui qu'elle attendait de questionner se mit à parler, seul.

~

Elena profitait des bienfaits d'un bon bain parfumé. C'était une belle journée. Willan avait annulé ses fiançailles et n'avait depuis manqué aucune occasion de lui prouver son amour. Il la vénérait presque, et elle adorait ça. Ce n'était qu'une question de temps avant qu'il ne la prenne pour femme. Tout se déroulait pour le mieux... ou presque. La méfiance du capitaine de la garde à son égard l'inquiétait un peu. Heureusement, il n'avait aucune preuve contre elle, et vu que Xerox était mort avec sa mère, elle ne craignait pas qu'il le retrouve. À moins d'un imprévu, elle ne courait aucun risque. Elle adorait sa nouvelle vie.

Elle repensa au fait que tout ceci ne constituait à l'origine qu'une mission. Sa sœur ne lui avait pas seulement fait don de sa position de future reine, mais aussi d'un homme charmant. Elena esquissa un sourire satisfait, puis plongea la tête dans son bain. Un bruit l'en extirpa presque aussitôt. Elle scruta les alentours, aux aguets. Rien. Elle remit la tête sous l'eau, mais entendit de nouveau la voix, plus distinctement cette fois. Quelqu'un l'appelait.

Devinant qu'il ne pouvait s'agir que de Teremis, Elena quitta la baignoire, enroula une serviette autour d'elle et se dirigea vers le miroir. Ce ne fut pas son image qu'elle vit dans la glace, mais celle de Teremis. Ses mêmes petits yeux la fixaient et ses cheveux gras retombaient en partie sur le devant de son visage trop carré. Il n'était pas bel homme, mais sa position chez les rebelles faisait de lui le meilleur des alliés.

— Vous êtes en avance, annonça-t-elle d'emblée. Je prenais mon bain.

— Je vois, ça ne sera pas long. Qu'avez-vous de nouveau depuis la dernière fois ?

— Pas grand-chose. Je n'ai rien pu tirer sur la taille de l'armée. C'est encore trop tôt, j'en saurai peut-être plus si je deviens reine. Pour l'armement, rien ne change, son fournisseur est le même. Il n'a fait aucune commande spéciale et n'en prévoit pas à mon avis. Quant aux rebelles, c'est un pacifiste, alors je pense qu'il ne veut rien décider. À propos de Gurof, son sort sera décidé après le couronnement, mais je ne vois pas comment il échapperait à la pendaison.

— Bien. À dans quinze lunes, même endroit, même heure.

L'image dans le miroir se flouta, puis disparut. Elena poussa un soupir d'exaspération, mécontente d'avoir dû quitter son bain, puis se rendit dans la pièce d'à côté. Elle s'y sécha et s'apprêtait à se vêtir lorsqu'elle entendit quelqu'un taper à la porte. Sûrement le prince, pensa-t-elle en enfilant sa plus belle robe.

~

Aluna n'en crut pas ses oreilles. Teremis venait de parler à Elena, alors qu'ils se trouvaient à des kilomètres de Goran ! Déconcertée, elle interrogea Pilenn, qui lui expliqua brièvement le principe de la projection astrale : cette magie permettait de se projeter dans un miroir, à condition d'y avoir déjà été présent. Il pouvait aussi apparaître à travers d'autres surfaces réfléchissantes – verre, métal poli ou eau calme. De ces explications, Aluna déduisit qu'Elena se trouvait au château. L'envie de se jeter sur Teremis pour l'interroger la traversa, mais elle se retint. Pilenn lui avait promis des réponses ; elle devait garder son calme.

Mais lorsque l'homme se tourna enfin vers elle, tout vacilla. Les images revinrent – sa sœur tentant de la tuer, Teremis la traînant dans ce gouffre tandis qu'elle se vidait de son sang. La colère la submergea, brûlante, incontrôlable. Dans sa tête, la voix du monstre de feu rugit.

« Laisse-toi aller... »

Aluna se força à l'ignorer ; si elle l'entendait hors des champs de meris imaginaires, cela signifiait qu'il tentait de prendre le contrôle. Et vu que se venger ne ferait qu'éloigner les explications dont elle avait besoin, elle essaya, au prix d'un effort monumental, de se maîtriser. De plus, qui savait ce que le monstre ferait à Pilenn si elle le laissait prendre le dessus ? Aluna serra les poings et réussit, elle ignorait comment, à canaliser son pouvoir. Elle se concentra tellement qu'elle eut l'impression que son corps s'était figé.

L'homme remarqua son regard noir, demanda au Mini-As derrière lui de s'en aller, et prit enfin la parole :

— Mademoiselle Aluna, je tiens tout d'abord à m'excuser de tout ce qui s'est passé. Mais j'ai une explication pour tout ceci, vous allez comprendre. Pilenn a dû vous prévenir qu'on ne vous voulait aucun mal.

Aluna ne répondit pas, se retenant de le frapper. L'homme reprit avec une assurance qui l'énerva encore plus :

— Hmm bien, alors voilà, je m'appelle Teremis, et Elena est une de mes recrues.

La jeune femme n'essaya même pas d'analyser l'information qu'il venait de lui donner. Elle voulait juste qu'il aille au bout de ses explications. Si elle devait ouvrir la bouche avant, elle serait capable de cracher du feu, littéralement.

— Nous avons une opération en cours au château, continua son interlocuteur face à son impassibilité, opération dont votre sœur est la clé maîtresse. Il y a quelques mois de cela, elle cherchait un homme de main pour organiser votre... assassinat, quelqu'un qui l'aiderait à s'introduire au château. Au même moment, nous avions une opération en cours, une dans laquelle son plan s'immisçait parfaitement. Elle payait une grosse somme pour ce coup de main et avait en plus un avantage capital pour notre cause, sa ressemblance avec vous. Pourquoi était-ce un avantage, me direz-vous ? Eh bien, parce que nous connaissions vos liens avec le prince de Goran. Nous avons donc accepté de l'aider, à condition qu'elle saisisse toute occasion de vous remplacer. Nous avions évidemment pensé à vous pour cette mission, mais le désir de vengeance et la détermination de votre sœur faisait d'elle une meilleure candidate pour... servir d'espionne auprès de la famille royale.

Aluna hoqueta de surprise. Teremis ne s'arrêta pas :

— Elena nous fournit des informations cruciales sur les projets du roi, une chose essentielle pour nous. Si je ne l'avais pas aidée, elle ne l'aurait pas fait non plus. C'est d'ailleurs pour cette raison qu'elle ne doit absolument pas savoir que vous êtes encore en vie. Cela mettrait en péril toute notre opération.

— Teremis, vous devriez peut-être lui dire... intervint Pilenn.

— Pilenn, je m'en occupe, l'interrompit-il.

Aluna fronça les sourcils. Teremis insinuait qu'elle ne pouvait plus retourner à son ancienne vie. Et il le disait aussi simplement que s'il lui avait annoncé que le soleil était au zénith.

— Quel est le but réel de cette opération ? interrogea finalement Aluna en essayant de contrôler les tremblements dans sa voix. Qu'est-ce qui vous a autorisé à voler ma vie ?

Il y eut un silence, durant lequel les deux rebelles se concertèrent du regard.

— Répondez-moi ! s'impatienta Aluna.

— Cette opération avait pour but d'assassiner le roi William de Goran, déclara enfin Teremis.

CHAPITRE 17

Aluna resta sans voix, sa colère s'atténuant.

— Vous avez tué le roi ? bredouilla-t-elle. Co... comment avez-vous fait ?

— Oui, nous l'avons fait, et je n'ai pas à vous révéler comment.

La colère de la jeune femme refit instantanément surface.

— Vous n'avez pas à le faire ? hurla-t-elle. Vous vous moquez de moi ? Vous avez essayé de me tuer, vous me racontez que vous avez tué le roi sans rien m'expliquer d'autre et vous espérez que je reste calme ?

— Écoutez, je comprends votre colère, mais il m'est impossible de vous révéler certaines informations.

— Je m'en fiche royalement ! Répondez-moi, ou je ne réponds plus de rien !

La menace ébranla légèrement la confiance de Teremis, qui eut un sursaut de recul.

— Eh bien... je peux vous dire que nous l'avons empoisonné, révéla-t-il finalement.

— Empoisonné ? Comment ? Vous vous êtes aussi servis d'un portail ?

— Non, ce n'est pas aussi simple. Les murs des appartements royaux sont protégés par de l'orquinite, un métal unique qui bloque les flux magiques.

— Et pas ceux du prince ? s'étonna Aluna.

— À notre connaissance, il y a deux appartements princiers. L'un l'est entièrement, l'autre ne l'est qu'en partie. Je suppose qu'ils n'ont pas pu terminer la couverture par manque du fameux métal qui ma foi est très rare, on n'en trouve plus depuis près de vingt ans. Enfin, c'est juste une théorie. Quoi qu'il en soit, l'endroit où nous vous avons trouvée n'était pas entièrement truffé d'orquinite. Il y avait une petite faille et nous l'avons exploitée.

Le cerveau d'Aluna tournait à plein régime.

— Je suppose que tout s'est fait le jour où Elena m'a poignardée. Vous avez dû planifier tout ça pendant longtemps, mettre la vie de plusieurs druides en danger pour créer autant de portails… mais pourquoi ? Je croyais que vous n'en aviez qu'après le Régisseur ?

— Nous le devions, affirma-t-il. Le roi allait nous attaquer, nous avons agi en prévention.

— Comment pouviez-vous en être sûrs ?

— Nous tenons nos informations de source sûre, et il m'est, je vous l'assure, réellement impossible de vous les dévoiler.

— Et quel est votre plan maintenant ? le défia Aluna du regard. Espionner Willan jusqu'à ce qu'il devienne lui aussi une menace ?

Il secoua la tête.

— Non. Compte tenu des informations que nous divulgue Elena, il ne l'est pas.

— Mais alors pourquoi devrais-je attendre ici ? S'il n'est pas une menace, arrêtez cette stupide opération et laissez-moi retourner au château !

— Impossible ! tonna Teremis. Arrêter ou non cette opération ne dépend ni de vous ni de moi. Seul notre chef a ce pouvoir.

— Alors, je veux le voir ! hurla Aluna qui sentait la colère l'envahir de nouveau.

— Monsieur, je crois que vous devriez tout lui dire, intervint Pilenn, qui craignait que l'attitude dédaigneuse de Teremis n'envenime davantage la situation. Elle a le droit de savoir.

— Je… De quel droit tu… ? grogna Teremis en lui jetant un regard noir.

Aluna ne lui laissa pas le temps de finir. Elle agrippa le col de Teremis et leva son poing déjà enflammé. Elle mourrait d'envie de le frapper, le broyer, le brûler vif...

« Oui, c'est ça... »

La voix du monstre devenait trop réelle. Elle essaya de se maîtriser, mais le visage apeuré de Teremis ne fit qu'accroitre sa colère.

— Écoute, Aluna ! s'interposa Pilenn en lui secouant l'épaule. Je ne sais pas tout, mais je t'assure que tu ne peux ni voir le chef ni retourner à Goran, dans ton propre intérêt !

— Je vais tout vous dire ! s'empressa d'ajouter Teremis. Mais avant, lâchez-moi, je vous en prie. Je... je vais vraiment tout vous dire. Vous pourrez me poser toutes vos questions et j'y répondrai.

Les trémolos dans sa voix ramenèrent Aluna à la réalité ; elle perdait le contrôle. Elle n'avait pas consciemment invoqué la magie. Elle lâcha le col de Teremis, et se força à respirer plus lentement. Les flammes disparaissaient au fur et à mesure qu'elle se calmait. Le mouvement de recul de Pilenn lui révéla qu'elle ignorait jusque-là la nature de son pouvoir.

— Je... quelle surprise ! reprit Teremis. On m'avait prévenu, mais c'est quelque chose en vrai. La magie de feu sans masex, c'est bien ça ?

— Vous êtes un peu trop bien informé, renchérit Aluna. Comment vous savez ça ?

— Des informateurs qui ont assisté à votre exécution à Cristallia et à... ce qui a suivi.

— Je vois, reprit la jeune femme d'une voix atone. Quoi qu'il en soit, revenons à l'opération. Expliquez-vous ou faites-moi voir votre chef. Choisissez vite. J'ai beaucoup de mal à contrôler ma magie lorsque je perds mon calme.

Aluna n'avait pas eu l'intention de paraître menaçante, mais ses propos jetèrent une certaine tension dans la tente.

— J'y viens, balbutia l'homme en se massant le cou. Pilenn a raison, vous ne pouvez pas retourner au château. Que pensez-vous qu'il arrivera si vous y retournez ? Oubliez notre opération.

Aluna fronça les sourcils.

— Je ne vois pas où vous voulez en venir. Qu'est-ce que je pourrais perdre que je n'ai déjà perdu ?

— Vous avez encore quelqu'un d'important à perdre, en réalité. Que pensez-vous qu'il arrivera si vous retournez au château pour vous débarrasser de votre sœur ? Que se passera-t-il lorsqu'on vous découvrira ?

Aluna ne mit pas longtemps à comprendre. Si les châtelains la voyaient, ils découvriraient sa gémellité, ce qui forcerait Willan à l'exécuter. S'il décidait de la protéger — et sa loyauté l'en rendait capable —, il se condamnerait lui-même et exposerait tout Goran à la colère du Régisseur. La jeune femme baissa les yeux en comprenant les conséquences du plan mené par les rebelles. La vie qu'elle s'était imaginée avec Willan n'existerait jamais. Elena avait pris sa place, et Willan n'y voyait probablement que du feu. Une fois de plus, sa sœur l'avait remplacée et elle avait tout perdu.

— Vous comprenez ? insista Teremis en voyant son désarroi. Le prince pourrait être tué, tout Goran pourrait être mis en danger. Vous conviendrez que le jeu n'en vaut pas la chandelle.

Aluna n'écoutait plus. Elle analysait toutes les informations qu'elle avait reçues en essayant de ne pas exploser. Elle voulait revoir Willan, mais… comment ? Elle jura entre ses dents. Elle cogita de longues minutes, avant qu'une idée ne germe dans son esprit.

— On pourrait faire l'opération inverse, proposa-t-elle soudain. Je pourrais remplacer Elena comme elle l'a fait pour moi, sans que personne ne soit au courant. Je vous serai utile ! Je peux faire autant, voire mieux qu'Elena.

— Ce n'est malheureusement pas possible, répondit Teremis en secouant la tête. Cette opération nous a coûté beaucoup de ressources et nos seuls druides encore capables d'exercer ne sont soit pas assez puissants, soit sur d'autres sites ou d'autres missions. En mobiliser une trentaine pour recréer des passages pour Goran est inenvisageable avant très longtemps. Ceux qui ont participé à la dernière opération sont encore en récupération, c'est pour vous dire.

« Menteur »

— Pourquoi je vous croirais ? interrogea Aluna en s'efforçant d'ignorer la voix du monstre.

— Vous devez savoir que la magie a un prix. Je peux vous faire visiter nos camps de repos, si vous voulez voir les dégâts causés par cette opération. Nos druides sont pour la grande majorité affaiblis depuis des semaines. Certains se sont remis depuis peu, d'autres essaient encore de recouvrer leurs anciennes facultés, on soupçonne même le plus faible d'entre eux de sombrer peu à peu dans la folie. Quoi qu'il en soit, ce n'est pas le genre d'opération qu'on monte en un claquement de doigts. Il faut des mois, voire des années de préparation.

— Des années? hoqueta Aluna. Je ne peux pas attendre aussi longtemps!

— Ceci n'est... commença Teremis.

— Ne peut-on pas parler au chef pour que l'opération inverse soit planifiée dès que possible, quel que soit le délai? l'interrompit Pilenn.

Teremis lui lança un regard noir avant de répondre :

— Je peux en effet transmettre le message au chef, tenter de le persuader du bien-fondé de ce... plan. Mais vous devez prendre conscience qu'il s'agit d'espionner le futur roi. Compte tenu de vos relations, vous en sentez-vous capable?

— Parfaitement, s'entendit-elle répondre. Tout est question de motivation.

— Très bien, je transmettrai. Si le chef approuve, il vous le fera savoir d'une façon ou d'une autre. En attendant, Pilenn est responsable de votre séjour ici, n'hésitez pas à la solliciter.

Il se leva. Aluna l'arrêta avec une dernière question :

— Pourquoi m'avez-vous soignée? Si votre plan était bien celui que vous m'avez annoncé, pourquoi ne pas m'avoir laissé mourir comme le voulait Elena?

— J'ai reçu l'ordre de vous conduire ici et de vous garder en vie, avoua-t-il, l'air perplexe. Pour maintenir l'illusion, je devais cependant fournir un vrai poison à Elena afin qu'elle ne se rende compte de rien. Je lui en ai fourni un suffisamment rare et puissant pour qu'elle le croie infaillible, mais que nous savions soigner ici. Je n'en sais pas plus, l'ordre vient de notre chef.

— Votre chef a donc besoin de moi ici. Vous ne pensez pas qu'il désapprouvera mon plan dans ce cas?

— Je ne sais pas, mais je ferai tout pour que vous ayez vos réponses rapidement. Puis-je m'en aller à présent?

Aluna opina du chef, autorisant Teremis à quitter la pièce.

Pilenn entama tout de suite une discussion, à laquelle Aluna ne prêta pas attention. Elle repensait à tout ce qu'elle venait d'apprendre. Elle avait fait l'effort de rester calme jusque-là, mais elle sentait qu'elle perdait pied. L'idée de devoir attendre des années avant de retrouver Willan la déprimait. Elle espérait tellement le revoir, même de loin! Elle avait besoin de cela pour accepter l'injustice de la situation. Et il n'y avait qu'un moyen pour réaliser son souhait : se servir de la projection astrale, comme Teremis.

Elle se tourna vers Pilenn qui parlait toujours d'un sujet inconnu et l'interrompit :

— Je dois le voir. J'ai besoin que l'un de vos druides me projette au château.

Pilenn ouvrit la bouche, la referma, puis bégaya :

— Teremis ne l'autorisera jamais !

— C'est pour ça que je te le demande à toi. Tu sais que je ne ferai rien d'irréfléchi, je tiens trop à Willan pour ça.

— Je m'en doute, mais ça reste risqué. Et s'il te voyait ? Tu mettrais en péril toute l'opération.

— Pas si je me projette dans la vitre d'une fenêtre. Le soleil est au zénith, il ne verra pas grand-chose avec les rayons.

— Ça reste risqué ! Tu ne...

— Pilenn, l'arrêta Aluna, tu m'as demandé de rester calme et je l'ai été. Tu ne crois pas que j'ai mérité cette faveur ? J'aurais pu...

Elle ne termina pas sa phrase. Elle voulait dire qu'elle aurait pu se venger de Teremis et de tous les rebelles pour lui avoir volé sa vie sans permission. Elle y avait pensé, le monstre qui l'habitait aussi, mais elle ne tenait pas à effrayer son amie en le lui avouant. Pour l'instant, elle devait se focaliser sur sa requête.

— Je sais, admit son amie. Je... très bien, attends-moi ici.

Pilenn quitta la pièce à son tour. Aluna ne sut pas combien de temps elle resta seule ; il lui sembla qu'elle cogita des heures durant. Elle aurait voulu tous les ignorer et prendre la route pour Goran, mais ce serait stupide... et suicidaire. Lorsque Pilenn revint s'asseoir en face d'elle, elle en était toujours au même point.

— Pas de druide, avoua son amie en pointant le nouveau masex à sa ceinture, alors je vais m'en occuper personnellement pour ne pas que ça se sache. Mon frère m'a appris à me servir de ce masex, mais je ne le maîtrise pas, alors ça risque d'être mouvementé.

— Merci.

— Une dernière chose à propos de ton pouvoir. Il vaudrait mieux que tu ne t'en serves pas en public, ça pourrait en effrayer plus d'un. Les gens sont habitués à la magie ici, mais personne ne s'est encore jamais servi du masex feu à ma connaissance. Je sais que tu ne contrôles pas tout, alors raison de plus pour te contenir au maximum, tu veux ? Ça pourrait être dangereux.

— C'est promis, je ne m'en servirai plus.

« Menteuse »

Aluna adressa un sourire crispé à Pilenn, priant pour qu'elle soit la seule à avoir entendu le monstre. La réaction de son amie la soulagea. Celle-ci lui rendit son sourire, posa ensuite les mains sur les tempes d'Aluna et prit une grande inspiration. Aluna ferma les yeux. Au bout d'une longue minute, elle se sentit décoller. Son esprit s'éleva lentement dans les airs et elle s'émerveilla en voyant son corps resté au sol. La voix de Pilenn l'interpela aussitôt :

— *Pense à l'endroit où tu veux te rendre, vite !*

Elle s'exécuta. Elle s'imagina dans les moindres détails la pièce dans laquelle elle avait rencontré Willan. Une force la propulsa aussitôt dans les airs. Elle fonça au gré du vent et à travers les paysages d'Iriah, à une vitesse telle qu'elle ne voyait rien de tangible alentour. En un battement de cils, elle ralentit. Le château se dessina devant elle une seconde avant qu'elle se retrouve projetée contre ses murs. La jeune femme se heurta d'abord à la pierre. Elle s'étonna de ne ressentir aucune douleur, puis se rappela ce que Teremis lui avait dit à propos de l'orquinite. Elle devait se trouver du mauvais côté du palais. Elle redessina la pièce qu'elle visait dans sa tête et se retrouva à contourner, puis traverser les murs du bâtiment. Elle se protégea le visage d'instinct, mais pénétra cette fois l'obstacle avec aisance. Elle atterrit dans un espace confiné, depuis lequel elle découvrit la salle de bains du prince… vide.

— *Vite, Aluna…*

La voix faiblissante de Pilenn n'augurait rien de bon. Elle dessina rapidement les contours de la fenêtre dans son esprit ; elle suivit aussitôt. Depuis la surface vitrée, elle découvrit ses cibles, assises sur le lit, en pleine discussion. Willan se trouvait face à elle, mais son visage était caché par la tête d'Elena. Elle l'entendait bien par contre :

— Alu… enfin Elena, comme tu le sais, je vais être couronné dans peu de temps et il est préférable de présenter la future reine. Il y a quelque temps, ç'aurait été Amélia, mais vu les circonstances…

— Est-ce une façon maladroite de me demander ma main ? plaisanta Elena.

Il eut un mouvement de recul.

— À vrai dire... presque. J'ai juste une question. Je voudrais que tu me confirmes une dernière fois que tu m'as bien dit la vérité sur toute la ligne.

— Tu doutes de moi ? minauda Elena.

— Non. Lorsque j'ai découvert que tu avais caché ton histoire depuis ton réveil, j'ai eu peur de m'être trompé à ton propos. Je sais que nous en avons déjà discuté, mais j'ai vraiment besoin que tu me rassures, sur ça et aussi sur le fait que tu auras les épaules pour supporter le poids de la royauté. Je sais que ce ne sera pas facile, mais il faudra essayer. Est-ce que tu me comprends ?

— Oui, je comprends. Je te le redis, je ne te cache rien et j'apprendrai à être une bonne reine. Je veux être à tes côtés, Willan, je ferai tous les sacrifices nécessaires pour ça.

Willan se leva, ce qui permit à Aluna d'enfin voir son visage, puis s'agenouilla devant sa sœur :

— Dans ce cas, accepterais-tu de devenir ma femme ?

Aluna aurait préféré mourir plutôt qu'entendre ça. Sa jumelle se jeta dans les bras de Willan et l'embrassa fougueusement. Écœurée, déçue, abandonnée, elle grimaça de dégoût. Au même moment, elle fut arrachée à la fenêtre pour brutalement retourner à son point de départ. Le choc s'avéra douloureux, mais moins que celui de la scène à laquelle elle venait d'assister. Elle se trouvait de nouveau dans la paille, aux côtés de Pilenn qui haletait.

— Alors, tu... l'as vu ? interrogea son amie.

Elle acquiesça.

— Comment va-t-il ? Tu es rassurée maintenant ?

— J'aimerais... sortir prendre l'air, juste un instant.

— Ne t'éloigne pas trop, l'avertit Pilenn après un moment d'hésitation. Tu ne connais pas la cité, tu pourrais te perdre.

— Merci, je te revaudrai ça.

Aluna s'en alla sans autre forme de procès. Elle marcha sans but, heurtant quelques personnes au passage. L'image des corps enlacés de Willan et d'Elena la hantait. Des larmes ne tardèrent pas à lui monter aux yeux. Elle les retint en se promettant d'être plus forte, d'aller de l'avant. Sa vie d'avant était finie ; il n'y avait plus de retour en arrière possible. Elle avait perdu contre Elena, Willan l'avait remplacée. Cette pensée brisa la digue qui retenait ses pleurs; elle les laissa couler librement sur ses joues. Elle continua à avancer sans prêter attention au brouhaha qui l'entourait, attirant de temps à autre le regard d'un enfant curieux. Elle erra longtemps, repassant souvent aux mêmes endroits, jusqu'à ce qu'il fasse nuit noire. Elle était épuisée, mais ressentait le besoin de marcher pour oublier sa peine.

Au bout d'un moment, elle réalisa qu'elle ne reconnaissait plus rien autour d'elle. Des torches illuminaient déjà la devanture des maisons et les rues étaient désertes. Persuadée qu'elle pourrait retrouver la tente où elle avait été soignée, elle continua à tourner en rond jusqu'à ce qu'un bruit attire son attention – celui des vagues qui se jetaient contre les rochers à intervalles réguliers. Elle le reconnut grâce aux nombreuses descriptions que lui en avait faites sa mère. Ils étaient donc près de la mer ! Aluna n'avait jamais vu l'immensité d'eau salée et avait soudainement très envie de l'admirer sous les reflets de la lune. Le chant des vagues la consolerait. Peut-être même qu'elle y plongerait un instant ? Voire pour toujours ? Si cela permettait d'arrêter la souffrance qu'était sa vie...

Sur cette dernière pensée, Aluna se décida à prendre la direction de la mer. Au bout de quelques minutes, le mur qui entourait la cité l'empêcha de poursuivre. Elle longea l'obstacle jusqu'à trouver une grande porte, gardée par deux hommes qui buvaient gaiement.

— Excusez-moi ? La mer est bien de l'autre côté de ce mur ? leur demanda-t-elle.

— Et alors ? rebondit un des gardes, sa bouteille en main. Qu'est-ce que tu veux ?

— J'aimerais m'y rendre, je peux passer ?

Le premier éclata de rire, tandis que son second demeura impassible. Contrairement à son acolyte, il n'était pas du tout ivre :

— Tu as une autorisation de ton chef ?

— Je ne crois pas avoir de chef, mais c'est Pilenn qui s'occupe de moi.

— Eh ben si elle l'autorise, on te laissera passer.

— Très bien, capitula Aluna.

Ne connaissant pas la maison de l'intéressée, elle demanda son chemin. Elle doutait que Pilenn l'autorise à s'en aller, mais elle n'avait pas le choix. Après tout, elle l'avait aidée à revoir Willan. Elle devait tenter le coup.

En approchant de la plage, Aluna prit conscience de l'absurdité de la situation. Elle dépendait de Pilenn pour franchir une porte qu'elle aurait pu réduire en cendres d'un simple geste. Elle obéissait alors qu'elle avait le pouvoir de contraindre. Elle se voulait raisonnable, douce... impuissante, en gros. Pourquoi continuait-elle à suivre ceux qui lui faisaient du mal ? Pourquoi ne pouvait-elle pas aller où bon lui semblait ? Toute sa vie, elle s'était pliée. Enfant, on l'avait enfermée dans une cave, adolescente, elle avait été l'esclave d'un druide fou. Elle portait en elle un monstre, s'était offerte en sacrifice à Cristallia, avait tout perdu – y compris son unique amour. Et pour quoi ? La paix, sauver des vies, protéger les autres. Mais qui la protégeait, elle ?

Mon existence est un désastre...

« Et c'est de leur faute... Le Régisseur, Xerox, Elena, tout est de leur faute ! Venge-toi ! »

Non...

« SI ! Arrête de pleurnicher et OBÉIS-MOI !!! »

La voix du monstre était si rageuse que sa tête se mit instantanément à chauffer. On aurait dit qu'un incendie s'était allumé en elle et qu'elle allait imploser. Elle essaya de contenir la magie, mais ce fut peine perdue. Elle haletait, transpirait à grosses gouttes. Des flammes apparurent au bout de ses doigts sans qu'elle les ait appelées. Toutes ses tentatives pour arrêter le phénomène se révélèrent vaines. Elle perdait le contrôle... Elle devait s'enfuir avant de causer des dégâts.

Elle courut vers la sortie. Dans son élan, elle bouscula quelqu'un. Elle mit quelques secondes à la reconnaître. *Pilenn.*

— Aluna ? Je te cherchais partout ! Enfin, je t'ai...

— Je dois sortir d'ici ! la coupa-t-elle.

— On en a déjà parlé, n'essaie pas de...

— Tu ne m'écoutes pas, hurla Aluna en lui montrant ses doigts au bout desquels des flammes dansaient. Je t'ai fait une promesse, alors je dois sortir d'ici ou je ne réponds plus de rien ! Si tu ne me laisses pas sortir, je vais tout détruire !

Pilenn regarda les mains d'Aluna qui s'enveloppaient peu à peu d'une épaisse couche de flammes. Elle s'élança vers la sortie. Aluna lui emboîta le pas. En chemin, elle essaya tant bien que mal de dompter le pouvoir qui l'envahissait, mais toutes ses tentatives s'avérèrent vaines ; elle continuait d'entendre le monstre lui susurrer qu'Elena devait mourir.

Plus sa voix se faisait pressante, moins elle contrôlait la rage qui l'habitait.

« Il faut la tuer... les tuer tous... »

— Laissez-la sortir ! s'écria Pilenn avec autorité.

Elles se tenaient devant les deux gardes qu'Aluna avait vus un peu plus tôt. Le premier hésita une seconde avant de sortir son trousseau de clés, le second fixait ses mains d'un air effrayé.

Aluna l'ignora. Dès que la grande porte fut ouverte, elle s'élança sans un regard en arrière vers l'étendue d'eau dont les vagues frappaient les rochers au loin. Elle courut sans relâche, incapable de s'arrêter avant d'avoir noyé les flammes qui la rongeaient. Le monstre ne capitulait pas non plus, et Aluna n'eut bientôt plus la force de lutter. Elle finit par se laisser bercer par sa voix qu'elle commençait à trouver apaisante.

« Elle doit mourir... ! »

Dès qu'elle aperçut la plage, elle accéléra en constatant que ses pieds chauffaient le sable à leur tour. Elle pénétra dans l'eau, qui s'étendait à l'infini. Les flammes qui la recouvraient s'éteignirent, sa colère s'atténua. Elle continua d'avancer et, ne sachant pas nager, s'arrêta d'instinct lorsque l'eau lui arriva à la taille. Elle essaya alors d'apprécier le calme autour d'elle.

La voix du monstre ne lui laissa aucune échappatoire. Il continua à lui susurrer qu'Elena devait à tout prix mourir. Aluna se boucha les oreilles. Rien n'y fit. Il était dans sa tête, son âme ; impossible de s'en débarrasser. Tandis qu'elle se débattait, le souvenir de Willan embrassant Elena s'imposa brutalement à son esprit ; la rage la submergea.

Elle doit mourir !

« Oui, c'est ça... »

Sa tête chauffa davantage, le feu descendit vers ses mains. Aluna les tendit et libéra la magie, qui déchira l'air sur des kilomètres. Un autre jet de flammes la quitta pour foncer sur la surface de la mer pendant de longues secondes. Vidée du restant de ses forces, la jeune femme se laissa choir dans l'eau. Elle ferma les yeux pour apprécier le silence et se laissa bercer par les vagues. Elle ne savait pas nager... mais elle avait besoin de dormir.

CHAPITRE 18

Aluna passa une nuit sans rêves. Il faisait jour lorsqu'elle se réveilla sur la plage. Elle se redressa lentement. Les rayons de soleil illuminaient la surface de la mer qui était d'un magnifique bleu azur. Elle fixa l'immensité tout en réfléchissant. Elle avait survécu… une nouvelle fois. La veille, elle s'en serait plainte. Plus maintenant. Elle avait trouvé une raison de vivre : tuer Elena, prendre sa place avec de la chance. L'idée ne lui semblait plus saugrenue. Elle s'était montrée faible, et les conséquences avaient été irrémédiables. Elle se vengerait.

Aluna effleura la cicatrice sur son ventre, puis se recoucha dans le sable. Elle ferma les paupières. Elle était en paix avec elle-même. Elle n'avait plus aucune raison de s'apitoyer. Elle continuerait à vivre en attendant l'opportunité d'une rencontre avec sa sœur. Ensuite, elle saurait quoi faire.

— Bien reposée ?

Aluna ouvrit les yeux et se retrouva face à un très grand jeune homme à la peau bleue. Ses cheveux, aussi noirs que la nuit, étaient si longs qu'ils atteignaient sa hanche. Aluna sursauta, puis s'éloigna par réflexe.

— Qui… qui es-tu ? demanda-t-elle en se persuadant qu'il ne pouvait s'agir d'un Orgade.

— Je suis désolé, s'excusa l'intéressé. Je ne voulais pas t'effrayer.

Il sortit un pagne de sa baluche, l'étala sur le sable et y posa les moules qu'il portait dans ses grands bras. Aluna n'en croyait pas ses yeux. Elle se trouvait bien en face d'un Orgade, tout en étant à des lieues de la rivière sacrée.

— Tu n'as pas répondu à ma question, qui es-tu ? insista-t-elle.

— Valel, répondit-il en scrutant ses moules.

— Que fais-tu si loin de la rivière ? Je veux dire, tu es un Orgade !

Il leva les yeux vers elle.

— C'est une longue histoire, Aluna. Et si on s'asseyait ? Je te raconterai tout.

Il connaissait son nom. Décidément, tout le monde en savait trop sur elle en ce moment. Elle obéit, sans se détendre pour autant.

Il lui tendit la main ; elle la lui serra brièvement. L'adolescent lui adressa un grand sourire, avant de s'expliquer :

— J'étais perdu en mer hier lorsque j'ai vu une vague de flammes déchirer l'air. Je n'avais jamais vu ça, alors je l'ai suivie en espérant trouver la terre ferme… ou quelqu'un. J'ai fini par trouver ton corps au milieu des vagues. Je me suis dépêché de te sortir de l'eau et te ramener sur la plage.

Tout s'expliquait. La chance n'y était pour rien, cet Orgade l'avait sauvée des vagues. Et dire qu'elle avait eu peur de lui…

— Merci de m'avoir sauvée, souffla-t-elle en relâchant ses épaules. Désolée de m'être… méfiée de toi.

— Oh, ça ? C'est normal, on ne se connaît pas encore ! s'exclama-t-il. Par contre, je me demandais… ce feu venait de toi ? J'ai entendu dire que tu t'étais servie d'un pouvoir inconnu pour te libérer à Cristallia, alors en te voyant à la source des flammes, je me suis dit que… peut-être… mais je peux me tromper !

L'incident de la rivière… Voilà d'où il la connaissait.

— Le feu venait bien de moi, confirma-t-elle. Mais dis-moi, je suis si connue que ça dans la rivière ?

— Évidemment ! Mais ton nom n'a pas été rendu public. Il faut être un minimum curieux pour ça.

— Tu fais partie de ces curieux, alors. Pourquoi tu t'intéresses à moi ?

— Eh bien… parce que je t'ai vue tomber dans la rivière.

Aluna écarquilla les yeux.

— Je... j'ai prié l'Orgade Sang et la Déesse aux mille noms pour que tu survives! balbutia aussitôt Valel. Et Khaz m'a dit que la reine t'aurait retrouvée sans moi, alors j'y suis pour rien en vrai! Je ne voulais vraiment pas...

La jeune femme ignora le passage sur l'Orgade Sang et la Déesse, et se concentra sur le reste.

— Je pensais qu'il y avait une sorte de mécanisme magique pour détecter toute violation de la loi, et que c'était comme ça que votre reine avait su. Je me suis trompée?

— Il existe bien un truc magique, mais personne ne le connaît vraiment. La reine a un outil auquel tout le monde prête un nom différent, qui permet de détecter toute présence à la surface de la rivière, les nôtres y compris. Ce soir-là, l'outil vous a senti, toi et ton sauveur, mais il m'a senti moi aussi, alors que personne n'était censé être de sortie à cette heure. J'ai un ami qui a menti pour m'éviter d'être puni. Il a dit que je m'étais perdu et qu'en voyant des soldats, j'étais rentré en hâte. A priori, ce qu'il a dit n'a rien changé, mais... la vérité c'est que je n'en sais rien.

Aluna observa l'Orgade, qui évitait son regard à présent. Il semblait s'en vouloir pour quelque chose qui n'était pourtant pas de son fait.

— Ne t'inquiète pas, tu n'as rien fait de mal., le rassura-t-elle. Ce n'est pas ta faute si je suis tombée dans la rivière, et je pense comme ton ami que son intervention n'a rien changé. Mais tu dis qu'il a menti, qu'est-ce que tu as vu en réalité? Qu'est-ce que vous ne leur avez pas dit?

— Khaz n'a rien dit à propos de l'ombre sur l'eau, par exemple. Il n'y croyait pas, mais je sais ce que j'ai vu.

— Une ombre sur l'eau? hoqueta Aluna. Je ne comprends pas.

— Elle est apparue après votre départ, à toi et à celui qui t'a sauvé. Elle flottait sur l'eau comme un mirage, c'était assez étrange.

Aluna pensa aussitôt à la projection astrale. Quelqu'un d'autre l'avait-il vue cette nuit-là?

— Peux-tu me le décrire?

— Hmm il faisait nuit et il me faisait dos, mais je pense que c'était un homme, grand pour un humain et pas épais. C'est tout.

Cette vague description n'aidait pas Aluna, mais c'était mieux que rien. Elle remercia l'Orgade, qui enchaîna avec une question :

— Dis-moi, j'ai entendu dire que tu avais survécu grâce à ton pouvoir. Tu as fait fondre la glace alors ? On dit que tu as arrêté une armée et que la reine de Cristallia t'a libérée après ça. C'est vrai ?

— Hmm oui c'est en partie vrai, concéda-t-elle en essayant de ne pas penser à tous ceux qu'elle avait dû tuer.

Elle réalisait que se servir de la magie contre Elena pourrait se retourner contre des innocents. Elle devrait peut-être apprendre à ne compter que sur elle.

— Comment tu fais ? reprit Valel. J'ai entendu dire qu'il faut porter des masex pour utiliser la magie. Pourquoi tu es différente ?

— Je suis un peu... particulière. Je contrôle une chimère, en quelque sorte.

— Une chimère ? Comme l'invincible dragon à trois queues ?

Aluna ne put s'empêcher de rire. Siruth avait terrassé la créature lors de son voyage pour Cristallia. Même si en tant que chimère, elle ressuscitait quelque temps après une défaite, elle n'était pas invincible.

— Oui, on peut dire ça.

— Comment c'est possible ? Il y en a d'autres comme toi ?

Aluna repensa à Xerox. Il lui arrivait de s'absenter. Elle espérait qu'il n'avait utilisé personne d'autre pour ses tests.

— Je ne sais pas, j'espère que non...

Valel ouvrait la bouche, quand elle l'arrêta d'un geste.

— Mon histoire est assez longue et j'aimerais la garder pour moi, si tu veux bien. Après tout, je ne te connais pas vraiment.

— Je comprends, lâcha-t-il d'une voix brisée. Nous avons tous un passé.

Aluna lut entre les lignes. Il avait lui aussi le droit à ses secrets. Ils restèrent un moment à contempler l'océan. La jeune femme employa ce temps à peser ses options. Elle ne pouvait retourner au château sans mettre la vie de Willan et de Beth en danger. Résider à Goran n'était pas plus envisageable au vu de sa ressemblance avec la future reine. Partir à la recherche de Siruth demeurait tout aussi exclu pour la même raison. Elle devait rester dans l'ombre, ou au seul endroit qui autorisait son existence, la cité. L'idée ne l'enchantait pas, mais elle n'avait pas le choix pour l'instant. De plus, les rebelles semblaient tenir à sa présence, ce qui l'intriguait, mais impliquait aussi qu'ils avaient besoin d'elle. Si elle se comportait comme il fallait, ils lui donneraient peut-être l'opportunité de remplacer Elena. Elle soupira. Pour atteindre son but sans s'abandonner au monstre, elle devait apprendre à contrôler sa magie ou trouver sa propre force. Elle n'y arriverait qu'à Fatidia.

Décidée, elle informa Valel de son départ, puis se leva.

— Tu ne t'étonnes pas qu'un Orgade mâle se trouve seul dans cette partie de l'océan ? lança soudain Valel.

— Je me suis posé la question, mais tu m'as dit que tu t'étais perdu, non ? Et puis, il y a des tas de choses que je ne sais pas, l'histoire de ton peuple en fait partie. Quand on y pense, rien ne devrait m'étonner à votre sujet.

— Tu as raison, souffla-t-il en baissant la tête. Après tout, peut-être qu'il en existe quelque part par ici, des Orgades libres...

Elle fronça les sourcils.

— Libres ? s'étonna-t-elle. Valel, je dois vraiment y aller. Tu vas pouvoir retrouver ton chemin jusque chez toi ? Ta famille doit s'inquiéter.

— Je... je n'en ai plus, avoua-t-il, le regard au loin. Mon frère est mort.

Aluna accueillit sa déclaration en silence. Elle ignorait quoi répondre. Il était seul. Elle avait envie de le consoler, de lui proposer de venir avec elle, mais les rebelles ne l'accepteraient sans doute pas à Fatidia. C'était un Orgade, après tout. Et il avait de toute façon besoin d'eau pour vivre. Elle s'accroupit et lui toucha affectueusement l'épaule :

— Je suis vraiment désolée, pour ton frère. Mais je vais devoir partir quand même. Ça va aller ?

— Je sais, je comprends.

— J'essaierai de passer te voir si tu décides de rester dans le coin.

Il acquiesça, puis l'observa tandis qu'elle s'éloignait.

Après un dernier signe de main, Aluna lui tourna le dos pour retourner au campement rebelle comme elle l'avait promis à Pilenn. Il ne lui fallut pas marcher longtemps pour rencontrer les murs de Fatidia. Elle frappa à la porte par laquelle elle s'était échappée la veille, déclina son identité et pénétra dans la cité. Elle continua machinalement jusqu'à la maison de Pilenn. De nombreux regards surpris l'accueillirent, Pilenn et son frère en faisaient partie.

— Lun est de retour ! s'exclama-t-il en premier.

— Aluna ? s'étonna Pilenn.

— Alors, elle est revenue ? appuya leur chef, un homme grand, massif d'épaules, et au crâne rasé.

— Oui, je suis revenue, répondit-elle. Désolée pour hier.

— C'est oublié, dit son amie en s'approchant d'elle. Ça va mieux ?

Elle acquiesça en souriant malgré elle. Dire qu'elle avait pensé que les rebelles étaient des barbares. Ils la retenaient peut-être en otage, mais ils se comportaient plus humainement qu'un certain membre de sa famille.

— Tant mieux, je suis soulagée ! reprit Pilenn.

— J'aimerais manger et me reposer, c'est possible ?

— Oui bien sûr, suis-moi.

Aluna suivit son amie dans la pièce commune où le petit-déjeuner avait été servi depuis plus d'une heure. Elle s'empara de restes de pain et d'œufs brouillés qu'elle engloutit rapidement. Lorsqu'elle fut repue, Pilenn la conduisit dans sa nouvelle chambre. La jeune femme la trouva sobrement décorée, avec deux rangées de lits superposés et une petite armoire comme seuls meubles.

Aluna songea aux événements récents. Elle réalisait qu'il n'y avait qu'une raison pour laquelle les rebelles pourraient avoir besoin d'elle : son pouvoir. Cela faisait d'elle un « otage de luxe », qui pouvait sans doute se permettre certaines exigences.

— Je sais que tu ne sais pas grand-chose, mais je vais te dire ce que je pense, annonça-t-elle en se tournant vers Pilenn. Je pense que vous en avez après mon pouvoir. C'est l'unique raison pour laquelle vous m'avez sauvée. Vous m'avez ensuite raconté vos plans pour jouer sur ma corde sensible et m'éviter de faire une bêtise. C'est réussi. Seulement, vu la situation, je pense que je peux me permettre deux requêtes.

Pilenn ne la contredit pas ; elle demanda simplement :

— Lesquelles ?

— Je veux avoir le droit de sortir, sans surveillance et en tout temps. J'aimerais pouvoir aller sur la plage de temps en temps, ça me détend. Ensuite, j'aimerais avoir accès à tout ce qui pourrait m'être utile pour devenir plus forte et maîtriser mon pouvoir. Que ce soit des formations, des entraînements, des livres, tout.

— Rien que ça ? plaisanta la rebelle.

— Je ne suis pas très exigeante comme personne, répondit-elle sur le même ton amusé.

— D'accord. Je parlerai à Bezer pour les sorties, même si je te fais personnellement confiance là-dessus. Pour le reste, ce ne devrait pas être un problème, tant que tu ne brûles pas notre camp lors d'un exercice!

— J'y penserai, promis, conclut-elle en s'allongeant sur un des lits. Merci pour ton aide, je vais enfin pouvoir me concentrer sur la suite.

Sa sœur avait intérêt à profiter des prochains mois.

~

Le jour du couronnement était arrivé. Willan allait devenir roi, et Elena, sa femme. Enfin! Même si l'idée de monter sur le trône ne l'enchantait guère, savoir qu'elle serait à ses côtés lui faisait oublier ses appréhensions. Il se leva, adressa quelques signes de main à la foule de Goraniens déchaînés, puis se rassit sur son siège.

La cérémonie avait été organisée et minutée. Malgré ses quelques doutes, il se réjouissait de constater que le chancelier avait fait de l'excellent travail. Il y avait tant de monde que Willan ne voyait pas la fin de la marée humaine. Le cortège royal était également à la mesure de l'occasion. Une dizaine de calèches avançaient au rythme de la foule, toutes peintes en vert, à l'exception de celle de Willan qui se démarquait par sa façade rouge et noir.

Le son des trompettes se mêlait aux cris, ce qui réchauffa le cœur de Willan. Il sourit face à ce spectacle. Il n'avait jamais voulu être roi, pourtant voir tous ces visages joyeux l'émouvait. Il se sentait aimé et chanceux. Ils s'étaient déplacés pour lui... et Elena.

Il se tourna vers elle; elle aussi saluait les Goraniens. Elle portait la robe rouge qu'il lui avait offerte à leur retour de Cristallia, sa chevelure était tirée en une magnifique queue de cheval et ses yeux brillaient de fierté. Elle semblait à l'aise dans son nouveau rôle, bien loin de la jeune femme peu confiante qu'il avait rencontrée. Depuis qu'elle savait que le monstre ne ferait plus partie de sa vie, elle prenait des couleurs. Il s'en réjouissait pour elle.

Elena se tourna vers lui en souriant. Il lui rendit la pareille. Lorsque la calèche dépassa les remparts du château, l'horizon restait noire de monde; la foule s'étendait sans doute jusqu'au fond des jardins. Le véhicule traversa toute l'enceinte, s'arrêta juste avant les vergers. Kenton, qui les suivait au trot, passa devant, puis les invita à descendre.

En s'exécutant, Elena trébucha à la première marche. Willan l'empêcha de tomber de justesse. Elle le remerciait lorsqu'il remarqua le collier en or autour de son cou. Il fronça les sourcils en constatant qu'il ne l'avait jamais vue porter l'émeraude de sa défunte mère. Avant qu'il ne puisse lui poser la question, un tonnerre d'applaudissements éclata. Des sifflements suivirent. Certains criaient des bénédictions de longévité à la future reine, d'autres exigeaient un baiser du couple.

Willan se tourna vers son peuple, la main levée et le sourire aux lèvres. Les Goraniens avaient bien accueilli Elena. Il avait craint qu'on la rejette à cause de ses origines modestes ou du fait qu'elle vienne après Amélia, mais à part quelques protestations isolées à Basroc, Willan n'avait rien perçu de tel. En moins de quatre semaines, Aradir avait réussi à la faire accepter du peuple. Le chancelier avait non seulement respecté les délais qu'il lui avait imposés, mais avait en plus tout organisé en honorant leurs traditions. Durant ce mois où il n'avait pas eu le droit de se trouver dans la même pièce que la future mariée, Willan avait observé les allées et venues d'Aradir et d'Elena dans les villes avoisinantes. Elle avait fait le tour de Goran, accompagnée du chancelier et de ses dames de compagnie. Willan ignorait ce qui avait été fait pour séduire la population, mais il ne pouvait qu'attester de l'efficacité du programme.

Elena descendit les marches plus lentement cette fois. Willan la suivit en silence, rejoignant Kenton qui avait déjà mis pied à terre. Ce dernier revêtait exceptionnellement sa tenue d'apparat, un ensemble bleu brodé de fils dorés au niveau des épaulettes, une ceinture large, ainsi qu'une paire de bottes en cuir noir dissimulée sous son pantalon. Le capitaine avait même porté un couvre-chef, qu'il trouvait d'ordinaire trop voyant. Willan se plaça derrière lui et se cala sur ses pas cadencés par le son des trompettes, jusqu'à atteindre le tapis rouge qui délimitait l'espace aménagé dans les jardins pour la cérémonie.

Au bout du chemin fleuri avaient été installés deux sièges royaux. Aradir, Larzac, et une douzaine de druides l'attendaient. Celui qui l'introniserait se trouvait aussi parmi eux. Il s'agissait d'Ernion, le druide suprême ainsi que l'un des rares humains à avoir obtenu, à la suite d'une formation à Wizz, le prestigieux grade souvent détenu par les Mini-As. L'individu de petite taille dont la barbe blanche tombait plus bas que son ventre possédait un pouvoir psychique à la hauteur de son titre. En tant que tel, il avait deux principales attributions : diriger Wizz, l'unique école formant les futurs druides, et présider le conseil des rois qui réunissait les souverains d'Iriah tous les quatre ans.

Lorsqu'il arriva devant le trône, Willan attendit que Kenton se retire avant de poser un genou à terre. Ernion entama un long discours sur l'honneur et le poids des responsabilités, puis reçut de la main d'Aradir la couronne et l'épée royale. D'un geste cérémoniel, il leva la lame au-dessus de Willan, qui prononça son serment, puis planta l'épée dans le sol avant de poser la couronne sur sa tête. Le son des trompettes éclata aussitôt, accompagné des acclamations de la foule.

Willan se redressa, manquant faire tomber sa toge, qu'il rattrapa de justesse. Il salua l'assistance, réalisant déjà le poids de son nouveau rôle.

Larzac s'approcha ensuite et s'agenouilla à sa droite. C'était le signe qu'en tant que druide royal, il serait le pilier magique de son souverain. Il resta immobile jusqu'au retentissement des trompettes, effectua une révérence, puis s'éclipsa derrière le trône.

Le son d'une harpe annonça le début du mariage. Willan inspira profondément avant de se tourner vers l'entrée des jardins. Un groupe de femmes avançait vers eux. Elles étaient sept, toutes vêtues de rouge, positionnées de façon à encercler sa promise. Elena les avait récemment choisies en fonction de leur utilité : une tisseuse, une costumière, une herboriste, une coiffeuse, une experte en maquillage et une scribe. La dernière était une férue de littérature, comme Elena. Elles formaient ainsi un groupe qui l'assisterait dans ses besoins journaliers.

Willan chercha Elena au milieu de ses futures dames de compagnie. Elles l'encadraient si bien qu'il n'aperçut que le voile rouge qui lui couvrait la tête. Au fur et à mesure qu'elles approchaient, le jeune homme sentit la nervosité s'emparer de lui. Elena allait bientôt se retrouver face à lui et lui jurer fidélité pour la vie. Son cœur manqua un battement; il se força à respirer plus lentement. Il se persuadait que tout irait pour le mieux, quand le groupe s'écarta pour laisser paraître Elena.

Willan la contempla dans toute sa splendeur. La robe rouge mettait en valeur sa peau sombre, le voile recouvrant son visage n'enlevant rien à son charme. Lorsqu'il lui sembla qu'elle lui adressait un clin d'œil, il se détendit enfin et se tourna vers Ernion.

Ce dernier avait dans les mains une coupe en or contenant du merisard, boisson obtenue en fermentant le jus de meris durant des mois, voire des années. Il la tendit au couple qui, accompagné des encouragements du public, avala une gorgée à tour de rôle. Sur les instructions du grand druide, Willan retira ensuite le voile d'Elena, l'admira un instant, puis l'embrassa. La foule poussa des hurlements de joie en lançant des haricots rouges dans les airs. Ernion posa une seconde couronne sur la tête d'Elena et déclara :

— Vous êtes maintenant souverain et souveraine de Goran. Veuillez procéder à l'ouverture des cadeaux et à la marche royale.

Ses paroles entraînèrent de nouvelles acclamations. Willan s'amusa à penser que les Goraniens devaient avoir la gorge et les paumes meurtries à force de crier et d'applaudir. Tandis que les trompettes chantaient de nouveau, le couple s'assit sur le trône pour l'ouverture des cadeaux. La tradition voulait qu'ils reçoivent des objets symboliques de chaque ville ou village du continent, et qu'à chaque fois, ils tapent des mains pour indiquer qu'ils les acceptaient. La cérémonie se prolongea ainsi de trois heures supplémentaires, temps nécessaire à l'ouverture d'une centaine de présents et à la marche symbolique qui les mena au point le plus haut du château d'où ils saluèrent les Goraniens. Enfin, ils se retirèrent pour se préparer au long banquet qui les tiendraient éveillés jusqu'au petit matin.

CHAPITRE 19

Il faisait nuit noire lorsque Willan retira sa toge. Il tombait de fatigue. Cela faisait près de deux semaines que le couronnement avait eu lieu et il revenait d'un des nombreux conseils qui s'étaient tenus depuis. Il n'avait pas eu une seconde à lui depuis le banquet. Il avait officiellement pris connaissance de la pénurie de blé dans le nord de Basroc, de l'insécurité grandissante à Minabis et des enlèvements inexpliqués autour du port de Borad. Il avait déjà eu vent de ces problèmes, mais le rappel se révélait nécessaire.

Willan soupira devant l'étendue du travail qui l'attendait. Son nouveau rôle pesait sur ses épaules. Chacun de ses choix pouvait détériorer son image auprès du peuple. L'absence de Gouthor et de trois des neuf représentants de la ville de Basroc au banquet de mariage fut d'ailleurs un amer rappel de cette réalité.

Il s'était trompé en pensant que le voyage d'Elena avait apaisé les cœurs des Basrociens. Aucun élu du peuple n'avait décliné son invitation, à l'exception de ceux du quartier d'Amélia. Les autres convives étaient principalement des nobles, les dames de compagnie d'Elena, les membres du conseil, les druides, des officiers, quelques soldats méritants et de rares proches – sa tante, en revanche, n'avait peut-être pas reçu la lettre... ou avait simplement choisi de l'ignorer. Les familles gouvernantes de Firania et de Thundez, ainsi que la reine Errynaël et sa fille, avaient toutes été conviées; seuls la princesse Symel, le messager Aktras, le prince Alec et son épouse firent le déplacement. Même Siruth avait été absent; il s'excusa en envoyant un présent inattendu : un livre ancien, *L'Odyssée des pierres magiques*, relatant les aventures des pionniers ayant découvert les premiers masex. Willan connaissait cette histoire grâce à Larzac, mais n'avait jamais eu entre les mains un exemplaire papier. L'ouvrage devait valoir une fortune. Il adressa une lettre de remerciement à Siruth et, toute jalousie dissipée, se réjouit de l'intérêt sincère qu'Elena porta au cadeau.

Il ne s'était par contre pas étonné de l'absence des Firaniens. Le souverain du continent nordique n'avait fait le déplacement à Goran que pour les quelques conseils qui y avaient eu lieu. Malgré leurs bonnes relations, le roi Brenos semblait ne pas apprécier leur climat tempéré. Toutefois, les nombreux absents ne réussirent pas à gâcher le banquet, qui s'était malgré tout déroulé dans la joie et l'allégresse.

Willan étouffa un bâillement en repensant à cette nuit qui l'avait éprouvé. Il retira sa couronne, la posa sur la table et jeta un rapide coup d'œil à Elena qui était allongée sur leur lit.

— Tu viens te coucher? lui souffla-t-elle.

— Dans une minute.

— Je t'attends.

Willan fixa sa couronne. Pour lui, elle symbolisait le poids de ses nouvelles responsabilités. Il voyait en elle des années de règne, de souffrance et de solitude. Il la reposait, quand il remarqua quelque chose dessus : un étrange éclat. En y regardant de plus près, il nota qu'une des pierres précieuses encastrées brillait davantage que ses voisines. Il la tâta. Il saisit ensuite l'objet, le rapprocha d'une torche pour mieux voir. Un rubis surplombait les autres de quelques millimètres. Il semblait y avoir été incrusté en dernier. Willan tenta de la retirer. Rien. Il réessaya en y mettant plus de force. L'objet se détacha brusquement, tomba et roula sous la bibliothèque. Willan s'approcha du grand meuble, promena sa main en dessous et le saisit presque du premier coup. Il retourna sous la torche et découvrit enfin sa trouvaille : une bague!

Le bijou lui semblait étrangement familier... Il ne lui fallut pas longtemps pour en deviner la nature : la clé qui menait au bureau de son père! Jamais il n'aurait imaginé la trouver là, au cœur des ornements de la couronne. Willan se tourna aussitôt vers sa femme pour lui annoncer la bonne nouvelle :

— Elena ! J'ai trouvé la clé des bureaux de mon père !

— Hmm... qu'est-ce que... quoi ? Vraiment ? bredouilla-t-elle en se redressant.

— Non, non, reste couchée. Je vais juste y jeter un coup d'œil. Tu peux t'endormir, je te rejoins plus tard.

— Très bien, capitula-t-elle en s'emmitouflant de nouveau dans les draps.

Willan observa la grande bibliothèque qui cachait l'entrée de la pièce secrète. Il se remémora comment il avait vu ce dernier actionner le mécanisme, puis chercha le livre en question. Il mit un peu de temps à le reconnaître ; il le retira de l'étagère et le repositionna un peu plus loin. Dès que l'ouvrage combla le vide, deux rangées de livres se déplacèrent silencieusement, dégageant un espace au milieu. Une porte sans poignée s'y trouvait. Un creux épousant la forme de sa bague faisait office de serrure. Willan posa le bijou, et le passage s'entrouvrit. Il vérifia d'un coup d'œil qu'Elena dormait, saisit une torche, et s'engouffra dans le couloir obscur.

Willan avança précautionneusement jusqu'à atteindre une autre porte qu'il poussa. Il découvrit ainsi la fameuse pièce : avec ses murs de pierre, son bureau en bois et ses deux fauteuils, elle était petite, mais confortable. Willan accrocha sa torche, puis inspecta l'endroit. Il espérait y trouver la clé d'accès à la salle d'invocation de la chimère royale ; elle aussi manquait à l'appel depuis le décès de son père.

Willan ouvrit un premier tiroir. Vide. Il essaya un second sans plus de succès, puis un troisième, dans lequel il découvrit un livre volumineux ainsi que de nombreux documents. Il les posa sur la table et les étudia. Son père y avait annoté des chiffres qui se ressemblaient tous. Il n'y comprenait rien.

Il éloigna les documents et ouvrit le livre. En parcourant les premières pages, il devina qu'il s'agissait d'une sorte de journal. Son père y annotait des événements importants, avec parfois des détails personnels. Les premières dates remontaient au décès de sa mère. Willan feuilleta le livre en sens inverse pour en lire directement une des plus récentes entrées :

« L'an 1056, Automne. Les rebelles : ces gens ne se rendent pas compte des risques auxquels ils nous exposent tous. Je vais mettre fin à leur mouvement avant que le Régisseur ne choisisse de réagir. Mon alliance avec Gouthor devrait me permettre d'armer mes soldats sans limites, et personne ne se doute que j'ai autant d'hommes à ma solde, compte tenu de ma défaite contre Cristallia. Si je réussis, Goran ne sera plus exposé aux représailles et je pourrais vraiment dire que nous sommes en paix. Je dois réussir. »

Il recula de quelques pages :

« L'an 1056, Printemps. C'est confirmé et vérifié, toutes les rumeurs étaient vraies. Les rebelles ont formé une nation au nord-ouest, appelée Fatidia. Ils ont fait fi de la monarchie. Se rendent-ils compte des conséquences de leurs actions égoïstes ? »

Il feuilleta le journal dans l'autre sens ; un passage attira son attention :

« L'an 1054, Printemps. J'avais tort. Près de quatre ans que dure cette guerre. Suis-je un bon roi ? Tout ceci n'est-il pas ma punition pour avoir trahi mon épouse ? J'en suis sûre maintenant, Nal est innocente… Pas moi. »

Nal ? Qui était-ce ? Pourquoi son père disait-il avoir trahi sa mère ? Willan tourna les pages avec impatience :

« L'an 1053, Début de l'hiver. Willan est revenu au château avec un corps, celui de Philédor. C'est une triste nouvelle, mais je lui ai dit que ce n'était rien. Quel genre de père suis-je devenu ? Depuis la mort de Wilfred, je n'arrive plus à communiquer avec mon fils. J'ai essayé quelques fois, mais je crois que ce n'est pas suffisant. Il est si… »

La phrase était incomplète. Willan ne pouvait pas s'arrêter là, il devait en savoir plus. Il avait l'impression de découvrir un autre homme. Le journal était épais de près d'un millier de pages, mais il décida de l'éplucher sans se soucier du temps que ça lui prendrait. Il oublia la clé de la salle d'invocation et se vautra dans le fauteuil pour poursuivre sa lecture.

~

De l'autre côté de la pièce, Elena rêvait qu'Aluna s'était infiltrée dans sa chambre avec un poignard. Au moment où la lame s'abattait sur elle, elle se réveilla en sursaut. Elle haletait. Elle quitta le lit en hâte, saisit une carafe pleine sur la commode et se servit un verre d'eau. Sa soif étanchée, elle retrouva ses esprits. Elle n'avait aucune raison de la craindre : Aluna était faible, morte de surcroît.

Elle voulut se recoucher, quand elle constata que Willan n'était pas à ses côtés. Elle se souvint qu'il avait trouvé la clé du bureau secret de son père. Il devait encore y être. Elena ferma les yeux, mais le sommeil la fuyait. Après avoir compté en vain plus d'un millier de brebis imaginaires, elle quitta le lit en poussant un juron. Elle allait rejoindre Willan ; ça lui changerait les idées. Elle s'empara d'une torche et se dirigea vers l'étrange porte sans poignée restée entrouverte. Elle traversa un couloir étroit au bout duquel brillait une faible lumière. Lorsqu'elle déboucha dans la pièce secrète, elle tomba sur Willan, en pleine lecture. Il était si concentré qu'il ne cilla pas à son arrivée. Elena franchit la distance qui les séparait et posa une main sur son épaule. Il sursauta.

— Elena ? Que... qu'est-ce que tu fais là ?

— Désolée, je ne voulais pas te faire peur. J'ai vu la porte et... Tu viens te coucher ?

— Pas tout de suite, si tu veux bien. J'ai encore du travail.

Elena jeta un coup d'œil aux documents éparpillés sur la table. Ils révélaient des croquis et des chiffres auxquels elle ne comprenait rien.

— Qu'est-ce que c'est ? demanda-t-elle.

— Des documents qu'avait rédigés mon père.

— À propos des rebelles ?

Willan la jaugea avant de répondre, un sourire en coin :

— Je ne t'aurais jamais crue intéressée par ces sujets.

— Tout ce qui touche à ta vie m'intéresse, répliqua-t-elle sur le même ton.

Les lèvres de Willan s'étirèrent davantage.

— Tout ce que j'y ai appris, c'est que la cité rebelle s'appelle Fatidia et qu'il y en a probablement d'autres. Rien d'important, tu vois ? Tu devrais arrêter d'y penser et t'occuper de sujets plus amusants.

— C'est ce que tu me dis depuis qu'on est mariés, se plaignit-elle en faisant la moue. Tu ne veux pas que je participe aux conseils et tu veux en plus qu'on ne parle jamais des problèmes du royaume ?

— Tu sais bien qu'il ne s'agit pas de moi, mais du conseil, lâcha Willan en fixant subitement le cou d'Elena.

Cette dernière le remarqua et décida d'en jouer. Elle s'assit sur les genoux de son époux :

— Que dirais-tu de t'arrêter pour me rejoindre dans le lit ? Je suis ta femme maintenant, j'ai des droits.

— J'adorerais ça... laissa-t-il échapper sans quitter son décolleté des yeux.

— Alors, viens ! insista-t-elle en l'embrassant dans le cou.

Willan la laissa faire, puis demanda :

— Pourquoi ne mets-tu jamais le pendentif que je t'ai offert ?

Elena se figea. Un pendentif... sûrement un bijou qu'il avait offert à Aluna. Elle se remémora la scène de son meurtre ; l'image de l'émeraude s'imposa à elle. Elle se mordit les lèvres. Vu son objectif premier, elle n'y avait pas prêté attention. Comment expliquer qu'elle ne l'avait pas sans paraître suspecte ? Elle devait tenter une diversion.

Elle s'empara de ses lèvres. Quoiqu'un peu surpris, Willan répondit à son baiser. Lorsqu'elle se détacha de lui, il lâcha :

— Tu me surprends de plus en plus.

— J'aime te faire plaisir, lui susurra-t-elle.

— Tu ne m'as toujours pas répondu cela dit, la taquina-t-il. Je croyais que tu aimais bien ce pendentif.

— C'est le cas, lui assura Elena en l'embrassant de nouveau.

Willan l'arrêta d'une main, le visage soudain grave.

— Alors, pourquoi tu ne le mets jamais ?

Elena se creusa les méninges. Il s'avérait plus têtu que prévu.

— Simplement parce qu'il est dans une boîte à bijoux que je garde en lieu sûr. Je sais quelle importance ce pendentif a pour toi, alors j'ai préféré le sceller. Je ne voudrais pas le perdre. Dis, tu es sûr de vouloir rester ici ? ajouta-t-elle en passant la main dans ses cheveux.

— Je crois que tu as raison, je suis resté trop longtemps le nez dans ces documents. Allons-nous coucher.

Willan prit Elena dans ses bras en tentant d'oublier tout ce qu'il venait d'apprendre. Vu l'état de leurs finances, le plan de son père n'était pas saugrenu. Cependant, il essaierait d'agir autrement. Il savait déjà que les rebelles refuseraient sa proposition de participation aux taxes, alors il les surveillerait de l'intérieur et paierait à leur place tant qu'il le pourrait. Dès que leur espion aurait infiltré leur organisation, il suggèrerait à leur chef une entrevue afin de trouver une solution pacifique avant que le Régisseur ne s'en mêle. Il était temps qu'il applique son propre conseil.

— À quoi penses-tu ?

La voix d'Elena le tira de ses pensées. Blottie contre lui, elle le fixait depuis déjà quelques secondes. Devait-il lui parler de ses projets ? À quoi bon ? Ce n'était pas le moment de discuter politique, de toute façon.

— À toi, lui répondit-il avant de la poser délicatement sur le grand lit.

Elena l'attira à elle en souriant. Willan se laissa faire, appréciant les joies de la vie maritale. Il n'avait plus à s'inquiéter de quoi que ce soit ; ce moment leur appartenait.

CHAPITRE 20

Aluna s'entraîna d'arrache-pied. Convaincue que forger son corps l'aiderait à canaliser son pouvoir, elle s'invita à tous les cours possibles : tir à l'arc, maniement de l'épée, combat rapproché et magie.

Près de trois mois de réveils aux aurores, de combats et de persévérance avaient contribué à renforcer ses muscles longtemps restés endormis. Même si la force physique n'était pas son point fort, elle avait amélioré sa vitesse, sa réactivité, sa concentration et sa combativité. Elle n'avait plus peur d'attaquer, elle le voulait. Elle pensait à Elena avant chaque combat, et cela lui donnait la motivation nécessaire pour se donner entièrement. Les combats d'armes étaient peu à peu devenus des parties de plaisir, non pas parce qu'elle se fortifiait, mais parce qu'elle savait retourner l'avantage d'un adversaire contre lui. Elle avait appris à aller à l'essentiel, à ne plus perdre de temps. Elle savait qu'un coup à la tempe mettait beaucoup de monde à terre, qu'un coup dans l'entrejambe aplatissait un homme.

Elle avait décidé de ne pas se servir de magie pendant ses entraînements. Elle contenait sa rage au strict minimum, allait jusqu'à oublier sa nature pendant quelques minutes. Le monstre lui avait bien joué des tours une fois ou deux, mais il n'avait encore jamais repris le contrôle. À son plus grand ravissement. Car elle savait que s'il le décidait, il le pourrait. Il était plus fort.

Elle avait donc, en plus des cours de magie durant lesquels elle n'apprenait pas grand-chose, poursuivi les exercices de méditation que lui avaient préconisés Larzac. Elle progressait, mais pas assez pour utiliser la magie avec sérénité et sans maux de crâne.

Tout ce programme ne l'avait pas aidé à se faire des amis. Elle s'entraînait la journée, méditait le soir au lieu de participer aux beuveries. Deux fois par semaine environ, elle s'éclipsait de la cité pour retrouver Valel sur la plage; ensemble, ils partageaient de rares moments d'insouciance. Elle l'appréciait de plus en plus, sans doute à cause de son optimisme à toute épreuve et sa joie de vivre contagieuse. Elle faisait toutefois attention à ne pas s'attacher plus que nécessaire. Elle s'en irait un jour, et l'adolescent se retrouverait de nouveau seul. Après la perte de son frère, elle espérait que cela ne le déprimerait pas davantage.

Avec lui, elle découvrait de nouvelles choses. Il lui avait appris à nager, même si elle n'était pas douée. Elle avait tellement peur de se noyer qu'elle se débattait plus qu'autre chose. Résultat, elle s'épuisait avant même de ne plus avoir pied. Elle n'avait pas abandonné pour autant. Tous ses essais l'avaient rendue meilleure, mais pas assez selon les critères de l'Orgade. Elle arrivait tout juste à nager une dizaine de minutes. Au-delà, elle n'avait plus de force.

Valel lui avait également fait découvrir de nouveaux aliments : des fruits de mer et du poisson. Les rebelles, malgré leur proximité avec l'océan, n'en servaient que peu à table. Elle adorait ces moments, d'autant qu'il lui rappelait vaguement sa petite sœur. Le temps d'une après-midi, elle oubliait tout et devenait une jeune fille ordinaire.

Lorsqu'elle revenait de la plage, il faisait souvent noir; elle fonçait directement dans sa chambre pour ne pas avoir à inventer une excuse sur son absence à la table commune. Elle se resservait parfois pour éviter les regards, mais aussi pour s'assurer de prendre du poids, son coma l'ayant beaucoup amaigrie.

Dans la cité, elle ne partageait son temps qu'avec Pilenn. Les deux femmes discutaient souvent, mais sans jamais aborder leur passé respectif. Pilenn disait n'avoir rien à raconter, tandis qu'Aluna se focalisait sur l'avenir. Elle avait un objectif à atteindre et voulait s'y tenir, malgré les tentatives de son amie pour la persuader de rejoindre leur cause. Elle l'envoyait alors balader et revenait souvent sur des sujets plus intéressants, comme l'entraînement collectif de parades qui aurait lieu le jour même.

— Alors t'es prête, Aluna? lança Pilenn. Il y aura des colosses aujourd'hui. Le chef a précisé qu'on peut éviter si on ne se sent pas de taille.

— Je suis prête. Et puis, si je me blesse, Orrïn s'occupera de moi, non?

— Ne t'avise pas d'épuiser mon frère à cause de tes conneries, d'accord? Jusque-là, tu as réussi à t'en passer, mais avec tous les risques que tu prends, tu ne tarderas pas à te faire très mal, crois-moi. Et j'interdirai à Orrïn de te soigner!

— Tu n'oserais pas, sourit-elle en terminant son poulet.

— Tente-moi, la défia Pilenn en se levant. Tu as vraiment un gros appétit, je ne sais pas comment tu fais. Ça doit être ton troisième plat de la matinée.

— J'ai du poids à prendre, fit remarquer Aluna en se levant à son tour. On y va?

Les deux amies firent leur vaisselle, se préparèrent et se mirent en route.

Elles se rendirent au centre de la cité, près de la grande tour métallique. Elles tombèrent sur des volontaires de toutes sortes : des jeunes, des adultes, des minces, des gros, des musclés, des têtes d'ange et des balafrés. La plupart suivaient au moins une discipline par lune, les plus téméraires, plusieurs, quel que soit le temps qu'il faisait. Aluna se rappelait être sortie un jour de canicule pour s'exercer et n'avoir trouvé que trois personnes sur place. Cet entraînement lui avait appris à utiliser les éléments à son avantage. Elle avait perdu la majorité des combats, mais avait gagné en expérience. Depuis, elle savait par exemple que les rayons de soleil pouvaient aveugler.

Pilenn donna un coup de coude à Aluna pour lui signaler l'arrivée de celui qui superviserait les échanges. C'était un homme d'une trentaine d'années, de taille moyenne, sculpté dans du muscle et aussi rapide que l'éclair. Aluna ne connaissait pas son nom, tout le monde l'appelait Le maître.

Il se plaça au milieu du groupe, puis prit la parole :

— Aujourd'hui, nous allons travailler les parades. Les meilleurs m'affronteront. Celui qui arrivera à me toucher aura à boire pour toute la nuit !

Sa déclaration fut accueillie par des acclamations. Aluna se fichait de sa seconde offre, mais affronter Le maître était inespéré. Il refusait toujours de participer aux entraînements et n'intervenait que pour montrer certains mouvements.

— Allez, dispersez-vous. Inscrivez-vous tous auprès de la jeune fille que vous voyez là-bas et j'appellerai vos noms un à un.

Tout le monde obéit. Moins d'une heure plus tard, les trente-deux participants étaient répertoriés. Ils formèrent ensuite deux lignes selon l'ordre dans lequel on les appellerait.

Aluna se retrouva face à une femme à l'apparence redoutable. Elle-même se trouvait grande avec son mètre soixante-dix, mais son adversaire la dépassait d'au moins une tête et était deux fois plus large. Elle avait les bras et les muscles d'un homme. Aluna faisait piètre figure à côté, ce dont l'autre se réjouissait déjà.

— Très bien, hurla Le maître. Nous allons commencer par le bas de la file.

Aluna était à six places de là.

— La file de droite recevra une arme de façon aléatoire, continua-t-il. Ceux de gauche devront les désarmer en moins d'une minute. Autrement, votre adversaire gagne le droit de continuer et pas vous. Il vous faut gagner au moins trois combats pour espérer me faire face, c'est clair ?

Tout le monde acquiesça.

— C'est parti.

Le premier combat dura plus d'une minute. Celui de la file de droite gagna ; le perdant se retira de sa ligne.

Un jeune homme d'à peine quatorze ans emporta le second défi en désarmant son adversaire en moins de trente secondes. Tout le monde l'applaudit, Aluna y compris. Elle le connaissait pour l'avoir souvent vu aux entraînements. Il s'appelait Truss ; il était rapide.

Les quatre autres combats n'eurent rien d'exceptionnel. Au tour d'Aluna, deux personnes de la file de gauche avaient gagné contre quatre à droite.

Son adversaire reçut une épée non affutée. Elle lui adressa un sourire de suffisance auquel Aluna ne prêta pas attention. Elle se mit plutôt en position. Le maître annonça le début de l'affrontement.

Aluna n'attendit pas que la femme brandisse son épée. Elle se précipita sur elle et lança un coup de pied en direction de la main qui tenait l'arme. Sa botte frappa la garde, l'arracha des doigts de son adversaire et la projeta sur le côté. Aluna percuta la femme de tout son poids, passa une jambe autour des siennes, puis la poussa au sol en accompagnant la chute. Quand elle la plaqua à terre, elle sentit ses poumons se vider. Elle ramena ensuite ses mains en arrière et les immobilisa.

Elle n'entendit alors plus ni halètement ni gémissement. Rien que le silence. Il n'y avait même pas un souffle de vent. Il faisait chaud, à tel point que la magie faillit refaire surface. Elle prit de grandes bouffées d'air pour la contenir et relâcha la femme avant de se redresser.

— Rapide, annonça Le maître. Pas mal, au suivant.

Aluna aida son adversaire à se lever, avant de se remettre en position.

Au bout du premier tour, il ne restait plus que seize personnes. Pilenn avait gagné son affrontement en gardant son arme plus d'une minute et se tenait dans la file de gauche pour la suite. Aluna dut aussi changer de file et se battre avec un stylet. Elle resta dans la course, mais Pilenn perdit son combat. Ils n'étaient plus que huit.

Le troisième tour s'avéra coriace. Aluna dut désarmer l'adolescent de quatorze ans qu'elle avait admiré au début. Ce ne fut pas évident. Elle y parvint toutefois au bout de presque une minute en rusant. Elle s'arrangea pour être à contre-jour, attendit l'instant où le soleil éblouit son adversaire pour lui faire un croche-pied et récupérer sa dague.

Les affrontements continuèrent ainsi jusqu'au cinquième tour. Ils n'étaient plus que deux; Aluna faisait face à Tarik, un homme qu'elle redoutait depuis longtemps. Il était fort, rapide, précis : sans doute le plus dangereux de tous. Aluna l'avait affronté à deux reprises et avait perdu à chaque fois. Le maître leur annonça que, cette fois, ils devraient se battre sans arme et sans limites de temps. Il voulait offrir un peu d'animation aux participants et en profiter pour leur montrer différentes techniques de combat.

Aluna se mit en position. Son adversaire attaqua à toute vitesse. Aluna para le coup de pied avec un autre, évita des crochets, esquiva des directs et n'absorba que très peu de coups avec ses hanches, ses jambes ou ses bras. Il n'y avait pas de faux-semblants, pas de mouvements inutiles. Tout n'était question que de rapidité.

Au milieu du brouillard de coups, Aluna comprit qu'elle risquait de perdre. Son adversaire était indéniablement meilleur, aussi bien en force, en vitesse, qu'en tactique. Pourtant, elle devait essayer de tourner la situation à son avantage, ou au moins prolonger le combat.

Elle décrocha une rafale de coups rapides et légers. Aucun d'eux n'était capable de la faire gagner, mais ils pouvaient épuiser son adversaire ou l'empêcher d'ajuster ses attaques. Aluna accéléra de plus en plus. Tarik déviait tout, mais commençait à haleter. Elle aussi fatiguait, mais elle ne lâcha pas.

Elle économisa son souffle autant que possible. Elle envoyait des coups légers et rapides pour que son adversaire reste vigilant et s'épuise. Ils continuèrent ainsi à parer, éviter, chercher une faille. Aluna avait de plus en plus chaud. Tarik aussi, si elle en croyait les énormes gouttes de sueur qui perlaient sur son front. Seulement, la chaleur présentait un désavantage plus grand pour elle : la magie refaisait surface. Elle se manifestait souvent en situation de déséquilibre ou d'excès : lorsqu'elle avait trop chaud, froid, ou qu'elle était triste ou en colère. Elle se contrôlait donc en permanence ; en cet instant, réguler sa température devenait urgent. Mais comment ? Aluna réfléchit, mais ne trouva aucune solution.

Ses mouvements ralentirent malgré elle. Tarik en profita. Elle essaya d'éviter sans trop se dépenser. Elle ne réussit pas ; la magie afflua encore plus vite. Elle fit un pas en arrière, afin de prendre une grande bouffée d'air. Son adversaire remarqua son hésitation et lança son poing, qu'elle esquiva au dernier moment. Il lui balança alors son genou dans l'estomac. Aluna l'encaissa de plein fouet. Elle eut l'impression d'avoir été percutée par un cheval tant le choc était violent. Les abdominaux qu'elle s'était forcée à forger ne servirent à rien ; elle cracha du sang et Tarik revint à la charge. Il enchaîna des coups de poing dans le ventre et termina avec un uppercut qui l'envoya deux mètres plus loin. Elle heurta violemment le sol et perdit connaissance.

~

Aluna se revoyait dans sa cave, elle avait sept ans et lisait une histoire que sa mère lui racontait souvent. C'était celle d'une jeune esclave qui travaillait sur un bateau de pirates et qui finissait par être délivrée par un prince courageux. Elle adorait cette histoire, car les deux protagonistes vivaient ensuite ensemble pour le restant de leurs jours. Elle la lisait à longueur de journée pour combler l'ennui.

Sa «chambre» n'ayant pas de fenêtre, elle ne connaissait pas l'effet du soleil sur sa peau ou ce que faisaient les gens dehors. Elle ne les entendait même pas. Elle s'amusait parfois à faire les voix de son livre de contes, mais elle finissait par s'en lasser. Elle se coiffait sans cesse, s'entraînait à coudre et espérait une visite. C'était souvent à l'heure du dîner que son attente prenait fin. Elle passait près d'une heure avec sa mère et en appréciait chaque minute. Elle se disait à l'époque que, plus tard, elle voudrait devenir comme elle : rencontrer l'amour et fonder une famille.

Elle avait échoué.

Aluna cligna des yeux. Le visage juvénile d'Orrïn, un grand sourire aux lèvres et des mèches blondes lui tombant sur le front la fixait. Pour le Mini-As, ça ne signifiait rien de spécial. Il était toujours d'excellente humeur.

— J'ai dormi longtemps ? demanda-t-elle sans bouger.

Elle avait encore mal au ventre et à la mâchoire.

— Longtemps, il fait nuit, annonça le Mini-As. Lun, faut faire 'ttention.

— Je sais, merci, Orrïn, souffla-t-elle en se redressant enfin. Ça va aller, je crois.

Elle étudia les alentours. Ils se trouvaient dans leur chambre commune.

— Dis-moi, qui a gagné ? interrogea-t-elle.

Le Mini-As pencha la tête sur le côté, l'air de dire que la question ne se posait pas.

— Évidemment, reprit-elle. Le maître a gagné. Tu fais quoi ici, sinon ?

Quand il lui montra le masex brillant à sa ceinture, elle comprit qu'il l'avait soignée.

— Lun, tu fais plus le feu ? demanda subitement l'enfant. C'est dangereux, les coups !

— Parce que c'est tout aussi dangereux, répondit-elle en rigolant. J'ai été aux cours de magie, mais je n'ai rien appris de nouveau. Je médite, j'apprends à contrôler, à respirer aussi, mais je ne crois pas que ce soit assez. La magie est toujours plus forte que moi. J'ai fait du mal à beaucoup de gens à cause de ça, tu sais. J'aimerais éviter que ça se reproduise.

Le Mini-As leva les yeux au ciel :

— Lun pense trop, il faut respirer. Bien respirer.

— C'est exactement ce que je fais quand je médite, soupira-t-elle.

— Tu es triste, il faut sourire !

Le garçon toucha un de ses masex, sourit et prit une grande inspiration. Au moment d'expirer, ses mains se nimbèrent de lumière. Il recommença avec l'autre pierre et obtint le même résultat.

— Simple, non ? dit-il. Inspire, souffle, et toc !

— Oui, mais ma magie est différente, elle est...

Elle s'interrompit en saisissant ce qu'Orrïn essayait de lui dire. Il ne s'agissait pas juste, comme Larzac lui avait enseigné, de mieux se concentrer, se contrôler ou respirer. Il fallait aussi rythmer la magie avec son corps, tel un souffle.

— Faut sourire, Lun, faut plus être triste, ajouta l'enfant. Pierre déteste les gens tristes.

— Tu penses que je n'arrive pas à contrôler parce que j'ai trop de choses en tête, que je pense trop ? traduisit-elle.

— Oui !

Aluna ne put s'empêcher de sourire. Malgré son langage particulier, Orrïn était attachant... et doué. Elle n'y avait jamais songé, mais peut-être devrait-elle apprendre de lui. Elle ne se sentait pas encore capable d'appliquer ses conseils à la lettre, mais elle essaierait.

— Merci, Orrïn. Tes conseils sont précieux. J'essaierai de les appliquer et si j'ai besoin d'aide, je t'appelle, d'accord ?

— Oui !

Le garçon lui serra la main avec joie, avant de se ruer hors de la pièce. Aluna s'installa en tailleur pour méditer. Elle essaya de vider son esprit, ne plus penser à son enfance, son admiration pour sa mère, Xerox, Willan, Elena... Autant dire que ce fut impossible.

Elle tenta plutôt de rythmer sa respiration sur la source de sa magie. Lorsqu'elle la perçut dans son estomac, au lieu de vouloir la faire grandir, elle inspira et expira sans contrainte, juste pour la sentir dans l'air. Elle continua ainsi pendant quelques minutes. Au bout d'un moment, ses doigts se mirent à chauffer. Elle n'entendait pourtant pas le monstre, n'avait ni chaud ni froid et ne pensait pas à Elena. Elle n'eut pas besoin d'ouvrir les yeux pour savoir qu'elle était sur la bonne voie.

CHAPITRE 21

Aluna scruta les environs. Elle était de nouveau dans cette étrange pièce aux côtés de Siruth. Elle n'avait pourtant pas refait ce rêve depuis des mois, à tel point qu'elle l'avait presque oublié. Elle fixa le visage endormi de Siruth, curieuse de savoir si elle pourrait interagir avec lui. Elle décida d'essayer. Elle lui tapotait la joue lorsqu'elle entendit des cris d'enfants.

Interloquée, elle se leva et remarqua un berceau en face du lit. En bois et peint dans un mélange d'or et d'argent, il semblait irréel. Aluna s'en approcha. Elle retint un cri de surprise en découvrant à l'intérieur deux bébés pleurant à chaudes larmes. Elle hésita, puis les berça à tour de rôle pour les calmer. Son intervention ne réussit qu'à les faire hurler davantage.

— Qu'est-ce que c'est que ce raffut ?

Elle se retourna; Siruth s'étirait dans le lit. Elle avait la réponse à sa question, elle pouvait lui parler.

— Vous ne les entendez pas ? Ces bébés pleurent sans arrêt ! lui expliqua-t-elle. J'ai essayé de les faire taire, mais je n'ai pas l'air très douée pour ça.

Siruth fronça les sourcils et la rejoignit. Son visage se figea à la vue des enfants.

— Je ne les attendais pas si tôt...

— Vous y comprenez quelque chose, alors ? Vous les connaissez ?

— Pas encore, mais c'est le signe que ça ne devrait plus tarder. Et ça ne présage rien de bon, croyez-moi.

— Euh… Vous ne pourriez pas être plus clair ?

Il toucha l'un des bébés, qui arrêta aussitôt de pleurer. Aluna l'observait, pensive. Siruth apparaissait et disparaissait de son esprit comme bon lui semblait, et quand ils échangeaient, il sortait des phrases dont lui seul comprenait le sens. L'exaspération commença à la gagner.

— Est-ce que vous allez enfin me dire ce qui se passe ? s'agaça-t-elle.

— À vrai dire, je n'en ai nullement l'intention, avoua-t-il en s'éloignant. Pas encore.

— Vous allez parler, oui ? exigea-t-elle en le menaçant du regard. Pourquoi est-ce que je vous vois tout le temps en rêve ? Qui sont ces enfants ? J'en ai marre de jouer aux devinettes !

— Je vois que vous avez changé, répondit-il en souriant. Vous êtes plus déterminée. Que s'est-il passé ?

— Ça ne vous concerne absolument pas. Répondez-moi, je commence à perdre patience.

Le prince haussa les épaules.

— Je vais me répéter, je n'ai pas toutes les réponses, mais dès que j'aurai rencontré Ignos, vous en saurez plus.

— Ignos ? Qui est-ce ?

Siruth éclata de rire avant de reprendre, un air de suffisance sur le visage :

— Bien sûr, vous ne savez pas. Ne soyez pas pressée, nous lui parlerons en temps voulu. L'impatience est un vilain défaut, vous savez.

L'arrogance de son interlocuteur énerva tant Aluna, qu'elle fit naître une flamme dans sa main.

— Vous n'allez vraiment rien me dire ? le menaça-t-elle. Vous croyez que je n'oserais pas, peut-être ?

— Oh ! Vous me menacez maintenant ? se moqua son interlocuteur. Ça ne vous ressemble pas.

Aluna voulut rétorquer, mais se sentit faiblir. Le feu dans sa main baissa d'intensité, jusqu'à disparaître complètement. Elle rappela la magie, sans succès. Elle ne pouvait même plus bouger.

— Nous en reparlerons une autre fois, si vous le voulez bien, reprit Siruth en se dirigeant vers le berceau.

La jeune femme voulut répondre; aucun son ne sortit de sa bouche. Au lieu de ça, le décor se mit à se disloquer. Enragée que Siruth s'en tire encore sans explications, elle se débattit. Cela s'avéra vain. Elle fut bientôt emportée par les ténèbres qui s'étaient créées en dessous d'elle, les cris des deux enfants résonnant en écho dans son esprit.

~

— Lun ? Lun ! Lun ! Luuuuunnnnn !!!!!

En se réveillant, Aluna découvrit le visage d'Orrïn à moins d'un bras du sien. Elle sursauta.

— C'est l'heure, Lun ! reprit le garçon. I'faut récolter les zombeb !

— Juste un instant, dit-elle en se frottant les yeux. Ça va, je me prépare.

Les zombeb étaient des petits fruits jaunes à la chair sucrée et collante, qui poussaient exclusivement à Thundez et qui avaient un incroyable pouvoir rassasiant. Orrïn et Pilenn lui en avaient parlé sans cesse, excités parce qu'ils avaient été choisis pour participer à cette grande récolte. Ils avaient insisté pour qu'elle vienne avec eux; après un mois d'entraînement supplémentaire, elle avait accepté pour se changer les idées. Les conseils d'Orrïn l'avaient beaucoup aidée. Elle appelait la magie avec plus de facilité et la contrôlait mieux, même si l'exercice n'avait rien d'aisé. Son point faible restait l'énergie. Elle s'épuisait rapidement. Elle n'utilisait donc son pouvoir qu'avec parcimonie.

La jeune femme congédia le Mini-As, puis se rendit dans la pièce qui leur servait de salle de bains. Un petit tonneau, une baignoire et un miroir l'y attendaient. Elle se débarbouilla en fixant la glace. Ses efforts pour reprendre du poids avaient payé. Elle avait presque retrouvé son ancienne apparence, condition indispensable pour remplacer Elena, de même que trouver un moyen de masquer sa cicatrice. Elle caressa machinalement son ventre, récupéra une tunique, une jupe amazone et des bottes en cuir dans la pièce d'à côté, se déshabilla, puis se glissa dans la baignoire. La fraîcheur de l'eau revigora. Elle avait repris l'habitude des bains froids et des réveils aux aurores; ses quelques semaines au château ne pouvaient pas lui faire oublier les pratiques de toute une vie.

Aluna songea à Xerox. Elle se remémora toutes les années de soumission qu'elle avait passées à son domicile, puis orienta ses pensées vers

Siruth, qui habitait ses nuits depuis presque toujours. Elle cogita sur le rêve étrange qu'elle venait de faire. Il lui avait annoncé un mauvais présage, parlé d'un certain Ignos, et s'en était allé comme un voleur. Aluna jura, et après quelques minutes à chercher vainement un sens au message du mystérieux Hybride, sortit du bain. Elle s'essuya, s'habilla, quitta enfin la chambre.

Elle longea les murs comme à son habitude. Une vingtaine de personnes vivaient avec eux, une norme dans la cité. Cela ne l'avait pas aidée à socialiser davantage. Elle ne sortait de sa bulle que pour s'enquérir de l'état de sa requête auprès du chef de Pilenn, Teremis n'ayant pas daigné se montrer de nouveau. Bezer l'avait ainsi informée que sa demande avait bien été reçue. Il avait récemment ajouté que les prochains mois seraient décisifs. Elle se doutait qu'il essayait de gagner du temps, mais n'insista pas. Elle savait que pour atteindre son but, la patience serait une vertu aussi indispensable que la détermination.

À l'extérieur, elle n'eut pas besoin de chercher avant de tomber sur Pilenn, sa baluche en main :

— Super ! Tu es là. J'ai tout ce qu'il faut. Comme prévu, des masex, des herbes, de quoi se changer et manger, un arc et des couteaux pour la récolte. J'ai même pensé à prendre de la viande fumée pour toi, je sais que tu adores ça. On peut y aller, si tu es prête.

— Et mon arme ? Tu as pu la récupérer ?

Elle se tapa le front.

— Oh si ! Je suis bête, j'oubliais. Suis-moi, je l'ai laissée dans la charrette.

Aluna suivit Pilenn, l'esprit tourné vers leur mission. Elles se rendaient au sud-ouest de l'île, dans les plaines de Ladra, riches en plants de zombeb. Les rebelles s'y approvisionnaient massivement en prévision de la saison des tonnerres, une période entre l'été et l'automne goranien où la foudre s'abattait sans répit sur le continent.

Aluna avait d'abord été estomaquée d'apprendre qu'il pleuvrait des éclairs pendant trois mois. Selon Pilenn, Thundez était préparé à cette menace naturelle depuis des siècles. Dans trois semaines environ, la cité se recouvrirait d'un dôme protecteur, et ils devraient y rester enfermés jusqu'à la fin de la saison.

Son amie lui avait expliqué que chaque région habitée du continent possédait son propre dôme, fruit d'une technologie mystérieuse conçue jadis par les Anciens Ogres, fondateurs des premières lignées royales de Thundez. Ce savoir s'était éteint avec eux, lorsque la conquête de l'île entraîna leur quasi-extermination. Les colons, confrontés au danger, interrogèrent puis torturèrent les rares Ogres survivants, sans jamais percer leur secret. Privée de réponses, la communauté des druides de Wizz tenta à son tour de reproduire la technologie, en vain. Au fil des siècles, les dômes de Thundez rejoignirent la longue liste des mystères insolubles, aux côtés du tunnel creusé dans la rivière sacrée.

Celui de Fatidia avait été conçu dans les mêmes conditions, en lieu et place d'une ancienne cité tombée dans l'oubli, la *Ville Noire*. On prétendait à certains endroits que ses habitants avaient été exterminés par une étrange magie, à d'autres qu'ils s'étaient tous entretués durant une saison des tonnerres un peu trop longue. Cette histoire avait valu aux ruines d'être effacées de la carte et craintes du peu de gens qui les connaissait. Beaucoup la racontaient pour effrayer les voyageurs curieux, et cela fonctionnait; personne n'osait jamais s'aventurer dans cette zone.

Le chef des rebelles avait choisi l'emplacement de la cité en connaissance de cause. Ils avaient donc pu s'installer sur l'île sans danger et élargir ainsi leur influence à un nouvel État. Certains supposaient que leur existence était connue du roi de Thundez, qui les ignorait au profit de sujets plus pressants, d'autres assuraient que leur localisation demeurait secrète pour l'instant. Aluna ne savait pas laquelle de ces affirmations était juste. Elle n'en avait d'ailleurs que faire; ce n'était pas son combat.

Les deux femmes rejoignirent la sortie est. Trois chevaux, dont deux attelés à une imposante charrette, les y attendaient. Pilenn monta à l'avant, et se saisit d'un objet enveloppé dans un tissu épais qu'elle remit à Aluna. Cette dernière retira l'emballage et découvrit avec joie l'arme qu'elle avait commandée au forgeron local. Elle était exactement comme elle l'avait exigé : deux lames courbes, similaires à des pinces de scorpion en acier, les tranchants en bordure extérieure, une poignée d'épée de cour. Ravie, elle rebaptisa l'arme « Persée », en souvenir de celle que lui avait offerte Larzac au château de Goran. Elle la mania avec entrain. Elle se revoyait dans la salle d'entraînement du druide grognon, Willan à ses côtés. Elle décrivit un arc de cercle, para une attaque, puis une autre, osa un coup d'estoc. Elle se sentait si bien ! Malheureusement, le sentiment s'envola tout aussi vite qu'il était apparu. Sa bonne humeur disparu, son visage se ferma, et elle rangea machinalement son nouveau bien.

En observant les alentours, elle s'étonna que l'endroit soit presque désert. Elle était sur le point de s'en inquiéter auprès de son amie lorsqu'Orrïn les rejoignit en courant. Il sautait littéralement de joie.

— Nous sommes les seuls à partir ? demanda-t-elle finalement.

— Nous sommes sept groupes de trois, expliqua Pilenn. Les autres sont partis tôt ce matin. On n'a pas réussi à te réveiller, tu dormais trop profondément.

Aluna rougit de honte.

— Désolée.

— Ne t'inquiète pas, ce n'est rien, la rassura Pilenn. Tu étais morte de fatigue. Pas étonnant quand on voit à quel point tu te donnes dans tous tes entraînements. Allez, il est temps d'y aller.

Aluna monta aussitôt en selle et caressa l'encolure de sa jument, qu'elle avait baptisée « Flèche ». Les nombreux cours qu'elle avait suivis l'avaient rapprochée de l'animal, qui ne l'appréciait guère au départ. Les semaines passant, elles avaient fini par devenir complices, au point où Aluna ne se voyait pas chevaucher une autre bête.

La jeune femme jeta un coup d'œil distrait au ciel. Il faisait beau, mais le peu de personnes autour d'eux n'y prêtait aucune attention. Ils étaient pour la plupart occupés à charger des tonneaux ici et là, se préparant minutieusement aux trois mois de cloisonnement qui les attendait. Dans ce remue-ménage, Aluna remarqua que certains répétaient les mêmes opérations en direction de la tour principale, le seul bâtiment en fer de la cité. Aluna n'y avait jamais mis les pieds, pas plus que ses deux amis. L'accès était réservé aux membres les plus haut placés de l'organisation rebelle, ce qui les excluait d'office, Bezer y compris.

Aluna restait curieuse de savoir ce qu'ils y chargeaient : sans doute pas de la nourriture, vu que celle-ci allait dans les garde-mangers, d'autant que ces tonneaux-là paraissaient très lourds. Une vingtaine de soldats à l'entrée contrôlaient d'ailleurs leur poids avant de les autoriser à pénétrer dans la tour.

— Tu viens, Aluna ?

La voix de Pilenn la sortit de sa contemplation. La jeune femme se tourna vers son amie, serra la bride de sa monture et partit au trot, la charrette à ses côtés. Ils atteignirent les murs assez rapidement, et après quelques vérifications de routine, quittèrent la cité en se dirigeant vers le sud.

Quelques minutes plus tard, le petit groupe s'étonna d'apercevoir deux étalons en approche. Ils se mirent en garde. Heureusement, ceux qui apparurent devant eux n'étaient autres que Le maître et Bezer, le chef de Pilenn.

— Vous voilà, leur annonça-t-il d'emblée. Changement de plans, nous venons avec vous.

Aluna jeta un coup d'œil inquiet aux nouveaux arrivants. Leur présence ne la rassurait pas. Pourquoi le combattant rebelle le plus aguerri les accompagnait-il pour une simple récolte de zombeb ?

— Je sais ce que vous vous dîtes, les devança Bezer. Et vous avez raison. Le grand chef vous a assigné une nouvelle mission plus importante à l'est, au temple de Tari'al. Vous continuerez ensuite vers les plaines de Ladra. En attendant, nous n'avons pas une seconde à perdre, je vous donnerai tous les détails en chemin. Suivez-moi.

« Tari'al ? Hmm… intéressant… »

Aluna se figea. Elle se demandait quel genre de mission le chef des rebelles lui-même pouvait leur avoir assignée, sans compter que le nom du temple avait fait réagir le monstre en elle. D'un geste, le maître lui signifia de les suivre. Elle se décida enfin à s'engager dans ce voyage qui ne l'enchantait plus. Lorsque la cité ne fut plus qu'un point à l'horizon, ils déviérent vers l'est. Elle réalisa, en entendant le rire de la créature en elle, qu'elle ne pouvait plus faire marche arrière.

CHAPITRE 22

Il faisait chaud. Cela ne faisait que quelques heures que le petit groupe avait quitté la cité et la déshydratation les menaçait déjà. Pilenn avait proposé de s'arrêter pour se désaltérer, mais Bezer avait été catégorique : pas de halte jusqu'à nouvel ordre. Ils continuèrent donc leur périple la gorge sèche, en direction d'un temple dont personne n'avait osé reparler depuis. Le silence était pesant, mais Aluna refusait de le briser. Elle avait trop soif pour gaspiller sa salive. Elle ne voyait que sable et rochers, ce qui ne la rassurait pas sur le moment de leur prochaine halte. Elle patienta.

Au bout de ce qui lui sembla être trois bonnes heures, ils gravirent une butte et tombèrent sur un lac entouré de verdure. Le soleil était à son zénith. Ses rayons frappaient le cours d'eau, le faisant briller de mille feux. Derrière se trouvait une immense colline dont la surface rocailleuse rendait la traversée difficile. Aluna constata que Pilenn peinait à reprendre son souffle. Gravir la butte avec la charrette lui avait demandé beaucoup d'effort sous cette chaleur. Elle jeta un coup d'œil à leurs deux meneurs, qui n'avaient ni regardé en arrière ni marqué d'arrêt. Ils les avaient devancés depuis plus d'une heure et maintenaient leur avance sans se soucier d'eux. Leur indifférence agaçait Aluna, qui encouragea son amie avant de continuer au trot.

Contourner le lac s'avéra plus agréable. L'humidité et la végétation rendaient l'air doux, chargé d'un mélange de senteurs aux notes d'agrumes, de menthe et de miel. Quand ils atteignirent le côté opposé du cours d'eau, Bezer ordonna enfin une halte. Ils s'installèrent dans l'herbe, les chevaux s'abreuvèrent, et Le maître décida de pêcher pour ne pas gaspiller leurs provisions. Les autres attendirent les explications de leur chef de groupe en se désaltérant. Ce dernier ne se fit pas prier.

— Je vais aller droit au but, nous avons une mission de taille, commença-t-il. Le grand chef veut qu'on lui rapporte un certain masex, qui serait caché quelque part dans le temple Tari'al. Pour ceux qui ne le connaissent pas, il s'agit d'un ancien temple Ogre qui a été abandonné durant la conquête de l'île. Il y a deux difficultés dans cette mission. D'abord, l'édifice se trouve au centre de quatre montagnes particulièrement hautes, ensuite il est protégé par une chimère gardienne dont on ne sait pas grand-chose à part qu'elle n'est pas commode. Des questions ?

Aluna n'attendit pas pour se manifester.

— Pourquoi nous ? Pourquoi maintenant ? Ce masex doit dormir là-bas depuis des siècles, pour peu qu'il existe.

— Bonnes questions. Ce masex est une légende, il est peut-être même unique. Notre chef n'a découvert son possible emplacement qu'il y a quelques mois. Deux équipes y ont déjà été envoyées, elles ne sont jamais revenues. Ça explique sans doute pourquoi certains d'entre nous ont été choisis, ajouta-t-il en jetant un coup d'œil au maître qui pêchait toujours en silence, puis à Aluna. Pour le reste, je n'ai pas plus d'informations que vous.

Aluna frissonna. Elle entendait encore le rire du monstre à la mention du temple. Ajouté à cela les explications de Bezer, elle avait de réelles raisons de s'inquiéter.

— On en a pour combien de temps ? demanda Pilenn en caressant les cheveux de son frère qui s'était endormi cinq minutes plus tôt.

— Nous avons cette colline à gravir, puis une forêt à traverser avant d'atteindre les fameuses montagnes qui encadrent le temple. D'après mes estimations, nous devrions avoir atteint le temple dans moins de deux lunes, ce qui vous laisse presque deux semaines à notre retour pour la récolte.

— Elle tient toujours ? s'étonna-t-elle. Cette mission n'est-elle pas plus importante ?

— Si, mais elle est secrète, reprit-il. Si vous ne fournissez pas votre dû de zombeb, tout le monde posera des questions, le chef veut éviter ça.

Pilenn acquiesça en silence, même si l'inquiétude se peignait sur son visage. Aluna se contenta de poser une question qui lui brûlait les lèvres.

— Pourquoi pensez-vous qu'on réussira là où les autres ont échoué ? D'autant que d'expérience, les chimères gardiennes ne m'aiment pas. On court droit vers une confrontation.

Bezer fronça les sourcils.

— Je n'ai pas tout compris, mais rien ne me fait penser qu'on réussira. On réussit ou on meurt, c'est aussi simple que ça. Sur ce, je vous propose qu'on mange et qu'on remplisse nos gourdes. On cachera ensuite la carriole avant de repartir, elle ne fera que nous ralentir pour la suite.

Pilenn voulut protester, mais choisit finalement d'obéir. Avec l'aide d'Aluna, elle cacha la charrette dans un bosquet. Elle profita de ce moment d'intimité pour parler de ses craintes à son amie.

— Cette mission a l'air super dangereuse, non ? Je ne comprends pas pourquoi ils mêlent Orrïn à ça !

— C'est un excellent druide, Pilenn...

— D'accord, mais c'est un enfant ! s'emporta-t-elle. Et c'est mon frère ! Tu accepterais que ton petit frère risque sa vie comme ça, toi ? Pour un truc dont on ne sait rien en plus ?

Aluna comprenait les sentiments de son amie. S'il avait été question de Beth — et pourtant, elles ne vivaient plus ensemble depuis des années —, elle l'aurait enfermée à quadruple tour dans un endroit sûr.

— Je comprends, mais on n'a pas le choix, répondit-elle. Si ça peut te rassurer, je te donne ma parole que je m'occuperai de lui si quelque chose tourne mal. Tu n'es pas seule, je le protègerai aussi, d'accord ?

Pilenn accepta sa proposition. En retournant auprès des autres, elles trouvèrent Le maître en train de cuire les poissons qu'il avait pêchés. Ils mangèrent en silence, puis rangèrent le reste de leurs provisions avant de repartir. Orrïn ne sachant pas chevaucher seul, Pilenn monta avec lui et accrocha la longe du second cheval au sien. Bezer avait proposé de l'abandonner aussi, mais cette fois la jeune femme avait rétorqué qu'ils en auraient besoin pour la récolte et que rien ne garantissait qu'il ne se ferait pas attaquer par un animal sauvage. L'argument fit mouche, et ils repartirent au trot.

~

Le reste de la journée défila lentement. La colline étant impraticable, ils héritèrent tous d'un horrible mal de dos à l'approche du crépuscule. L'horizon prenait une teinte sombre lorsqu'ils franchirent une crête et aperçurent en contrebas une forêt au feuillage dense et jaunie.

La descente s'effectua plus sereinement. Dès qu'ils atteignirent leur objectif, une halte s'imposa. La nuit était encore jeune, mais Bezer argumenta que ces bois, qui n'apparaissaient étrangement pas sur leur carte, regorgeaient de dangereuses créatures nocturnes qu'il valait mieux éviter. Il ajouta qu'ils partiraient dès l'aube.

Ils installèrent leur camp. Ils mangèrent, étanchèrent leur soif et s'organisèrent pour les tours de garde. Bezer commença, puis ce fut Le maître et enfin Aluna, qui se réveilla de nouveau avec sa dernière vision de Siruth en tête. La nuit froide lui donna envie d'allumer un feu. Elle résista, se lovant dans sa couverture en laine en tendant l'oreille. Heureusement, aucun animal sauvage n'approcha. Dès que l'air se réchauffa un peu, elle réveilla le groupe et ils purent reprendre leur périple.

Lorsqu'ils pénétrèrent dans la forêt, elle réalisa soudain qu'elle n'avait pas à risquer sa vie pour un masex ou pour un «chef» dont elle ne savait rien.

— Sans vouloir être brutale, lança-t-elle à Berez, pourquoi devrais-je obéir à cet ordre? Je pourrais bien ne pas revenir vivante de cette mission. Vous m'aviez dit que les prochains mois seraient décisifs pour moi, pas mortels.

— Je me doutais que tu poserais la question, répondit Bezer sans la regarder. Le chef m'a prévenu que si nous réussissions cette mission, ta requête serait acceptée à la fin de la saison des tonnerres. Il a déjà un plan.

— Oh.

Aluna se sentit revigorée par cette information. Elle le croyait, d'autant que, connaissant son pouvoir, le chef des rebelles ne prendrait sûrement pas le risque de la mener en bateau. Sourire aux lèvres, elle s'écarta de Bezer. Rien ne vint perturber sa bonne humeur, pas même les étranges piaillements qu'ils se mirent à entendre au bout d'une heure. Elle rassura plutôt son amie, qui n'avait pas déridé depuis leur dernière halte, puis ferma la marche.

— C'est comment l'nom de la forêt ? demanda Orrïn, qui terminait enfin sa nuit.

Il s'était rendormi à leur départ du camp. Pilenn leur avait alors expliqué que son frère était capable de roupiller en toutes circonstances. Rien ne semblait l'atteindre.

— La forêt oubliée, je crois, expliqua Bezer. Je ne sais pas grand-chose dessus, sauf qu'il nous faudra bien la journée pour la traverser, alors restez sur vos gardes.

Le Mini-As proposa aussitôt de chanter. Au regard foudroyant que lui lança leur chef, il se mura dans un silence boudeur.

Le groupe continua d'avancer, aux aguets. Aluna crut à plusieurs reprises apercevoir de grandes ombres au-dessus d'eux. Elle prévint ses compagnons, mais après le passage tranquille d'immenses oiseaux blancs, ils se détendirent. Bientôt, le feuillage devint plus dense et les rayons de soleil se firent de plus en plus rares. Ils avaient perdu la notion du temps lorsqu'ils arrivèrent devant une petite rivière. Bezer s'y engagea le premier par précaution. Une fois au milieu, il signifia au reste du groupe de suivre. À peine eurent-ils avancé de quelques pas que de grands tentacules noirs sortir de l'eau.

— Un moooonstre ! hurla Orrïn.

Une vingtaine de ces appendices, desquels se dégageait ce qui ressemblait à de l'acide, attaquèrent l'étalon de leur guide. On aurait dit qu'ils appartenaient à une pieuvre géante. La créature avait déjà emprisonné le genou du cheval, qui hennissait de douleur tout en s'agitant. Bezer attaqua la bête. Les coups d'épée fusaient lorsque Le maître hurla au reste du groupe de faire demi-tour. Tandis qu'ils lui obéissaient, il quitta la rivière en un éclair, dégaina son arc et fit pleuvoir des flèches sur leur cible.

Aluna analysa la scène. L'épée de Bezer tranchait les appendices du monstre comme du beurre, Le maître et Pilenn ne manquaient aucun de leurs tirs, mais chaque tentacule coupé laissait place à un nouveau. Vu qu'elle n'était pas douée pour viser, lancer une boule de feu sur la pieuvre pouvait également s'avérer fatal pour l'étalon. Sans lui, Bezer tomberait à l'eau et n'aurait aucune chance. Orrïn proposa d'utiliser son masex de glace pour figer leur ennemi, mais elle l'en empêcha. S'il gelait le cours d'eau, l'animal serait tout aussi perdu.

— Cette sale bestiole se régénère! hurla Bezer, sans cesser de se battre. Utilisez la magie!

La situation empirait. Le cheval s'enfonçait de plus en plus dans la rivière, qui virait au rouge sang. Aluna enrageait de ne rien pouvoir faire lorsque Pilenn reposa son arc. Elle sortit un carquois neuf de sa baluche qu'elle vida par terre. Aluna découvrit des projectiles atypiques, en métal, avec un renforcement à l'avant qui pouvait contenir un combustible. Son amie lui en lançant une, en déclarant :

— Ce sont des flèches spéciales, inflammables et solides, que j'ai fait concevoir lorsque j'ai vu que tu avais du mal à viser juste. Je me suis dit que je pouvais te servir d'archer pour des tirs enflammés.

Aluna félicita son amie de cette initiative. Elles allieraient ainsi leurs forces avec efficacité.

Tandis que Pilenn expliquait aux autres leur plan, Aluna se concentra sur sa magie. Ils se calquèrent aussitôt sur le rythme d'Aluna, qui se révéla plutôt lente. La jeune femme se forçait à calmer les battements de son cœur, à ne pas aller trop vite pour ne laisser aucune place au monstre. Lorsqu'elle atteignit enfin un rythme acceptable, la petite bande entama une chorégraphie efficace : Orrïn encourageait, Aluna enflammait les flèches, Pilenn et Le maître les décochaient.

Un des tentacules s'embrasa. La créature poussa un cri assourdissant et relâcha légèrement son emprise sur sa cible. Le groupe continua avec d'autant plus d'ardeur; peu à peu, le destrier de Bezer parvint à reculer. Il n'en était qu'à un bras lorsqu'il s'effondra. Ses genoux avaient cédé, la peau attaquée presque jusqu'à l'os. Bezer tomba à l'eau, et se rua vers la berge. La pieuvre géante se saisit aussitôt de son destrier, qui hennit de douleur. Le groupe continua de la harceler, mais malgré ses nombreuses brûlures, elle n'abandonna pas sa prise. Dans un dernier cri, elle s'enfonça dans la rivière devenue rouge pourpre.

La bande recula d'instinct quand la créature eut disparu.

— Qu'est-ce que c'était? s'enquit Orrïn.

— Si seulement je le savais... grogna Bezer en se redressant. Je lui ferais bien bouffer ses tentacules à cette bestiole! Dire qu'elle se nourrit de mon destrier en ce moment même!

Il frappa le sol de son poing. Son corps tremblait de toutes parts. L'animal avait sans doute été un fidèle compagnon de route.

— Désolé, mais on n'a pas le temps de le pleurer, annonça Le maître.

On doit s'en aller. Qui sait ce qui nous attend si on reste près de cette rivière maudite. Il vaut mieux qu'on ne mange ou ne boive rien qui vienne de cette forêt désormais.

— Tu as raison, approuva Bezer en se levant.

Il se tourna vers Pilenn et saisit la bride de son second cheval.

— Ce n'est pas vraiment un destrier, mais je le prends. Faudra qu'on fasse tous attention à nos montures, désormais. Si on en perd une de plus, on est fichus.

Il adressa des remerciements muets à Aluna, puis se mit en selle et donna l'ordre de partir. Le maître observa la jeune femme avant d'obéir. Le groupe contourna ainsi la dangereuse rivière vers l'amont.

Le détour les conduisit à un sentier sinueux qu'ils empruntèrent avec appréhension. Une étrange lueur brillait au bout. Ils continuèrent sans s'arrêter, la main sur leurs armes. Ils finirent par entrer dans le halo de lumière et découvrirent quelque chose d'inattendu. Ils se trouvaient au milieu d'une clairière entourée d'arbres au feuillage multicolore : on aurait dit de l'or, des pierres précieuses, voire du cristal par endroits. Le décor brillait de mille feux sous le peu de lumière qui filtrait à travers les frondaisons, dévoilant une vision presque onirique.

— C'est joli ! s'exclama Orrïn.

— Surtout, ne touchez à rien ! ordonna Bezer en essayant de cacher son émerveillement. On ne connaît rien de cette forêt et après ce qui vient de...

Avant qu'il ne termine sa phrase, le Mini-As avait déjà arraché une des feuilles d'un arbre et l'agitait fièrement :

— Et de une !

— Orrïn ! le gronda Pilenn en lui tapant la main. Faut que tu arrêtes d'en faire qu'à ta tête, le chef a dit qu'on n'y touche pas !

Bezer ne perdit pas de temps à s'énerver. Il observa les environs d'un œil inquiet, la main sur son épée. Ne voyant aucune menace venir, il finit par se détendre :

— Tout va bien, on peut con...

Une pluie de cris d'oiseaux l'interrompit. Ils étaient si perçants qu'ils crurent devenir sourds ; ils se bouchèrent aussitôt les oreilles.

Des centaines de grands volatiles blancs traversèrent le feuillage comme des boules de feu. L'un d'eux s'abattit sur la barrière magique qu'Orrïn eut le réflexe de créer. En s'écrasant, le corps de l'animal dégagea de l'acide fumant.

Les rebelles n'attendirent pas de comprendre ce qui se passait avant de s'enfuir. Les chevaux filèrent ventre à terre, sans savoir exactement où ils allaient. Bezer essaya de coordonner l'équipe en hurlant la direction à prendre. Ils le suivirent d'aussi près qu'ils le purent, Orrïn utilisant sa barrière magique pour protéger le groupe de cette étrange attaque. Aluna aidait en brûlant quelques oiseaux, mais la vitesse de sa monture rendait la tâche difficile. Elle allait si vite que les arbres se brouillaient autour d'elle. Lorsque l'un d'eux s'approcha un peu trop, la jument devint le vent incarné. Son galop était une coulée si fluide que la jeune femme aurait juré que ses sabots ne touchaient plus le sol. Elle dépassa le groupe en un rien de temps. Aluna essaya de ralentir, mais Flèche n'obéit pas. Elle continua droit devant, jusqu'à ce que leurs assaillants soient loin derrière.

— Flèche, arrête !

La jument n'écoutait plus. Elle fonça jusqu'à ce qu'elle rencontre un obstacle de troncs d'arbres. Aluna tira sur les rênes. Sa monture se cabra brusquement et elle fut projetée en arrière. Elle atterrit sur le dos. L'obscurité brouilla sa vue un instant, mais les hennissements persistants de son cheval la forcèrent à se relever. Ses vêtements étaient couverts de terre, elle avait mal partout et avait perdu le groupe. Elle jura entre ses dents, s'épousseta, puis se tourna vers Flèche.

Elle comprit alors ce qui l'effrayait. Elles étaient encerclées par des ombres géantes. Et elles n'avaient pas l'air amicales.

Extrait d'un vieux parchemin

L'an 0, 53e lune – Aube de la nouvelle ère :

« Me voilà face à une nouvelle épreuve : me séparer de ma pierre. Au moment de la laisser, elle s'est mise à briller étrangement, comme si elle me suppliait de ne pas l'abandonner. Les montagnes de glace qui m'entourent me paralysent. Est-ce cette peur qu'a ressentie Psamuthis en s'enfuyant ? La peur de perdre sa moitié, de ne plus exister ? Mais je l'ai tout de même fait, pour Alvel. Si nos actes peuvent donner une chance aux générations futures, alors il n'y a aucune raison d'hésiter. »

CHAPITRE 23

Larzac dévisagea Ernion avec sérieux. Il avait beaucoup évolué depuis son poste de professeur de magie à Wizz. En vingt-cinq ans, il avait réussi à se hisser dans les plus hautes sphères de la hiérarchie pour finalement porter le titre de druide suprême, l'être le plus respecté de tout Iriah. S'il s'était déplacé jusqu'à ses appartements, ce n'était donc certainement pas pour discuter du bon vieux temps.

— Alors ton petit protégé est devenu roi, commença le vieux druide. Tu penses qu'il fera l'affaire ? Je le trouve un peu naïf.

— Il est jeune. Laisse-lui du temps, il apprendra vite.

— J'espère bien ! Bref, je ne suis pas là pour bavarder, je suis là pour le Neutron.

Sa requête était prévisible et compréhensible. Larzac avait fait appel à lui pour obtenir la pierre en urgence; il devait la lui rendre à présent. Pourtant Larzac ne pouvait s'en séparer, pas encore.

— Pourrais-je la garder encore un peu ? Elle a eu un effet très inhabituel sur le sujet en question.

— La nouvelle reine, hein ? Hmm… très bien, je te la laisse encore un an, reprit-il en jouant de son bâton. J'ai confiance en toi. Mais ce délai passé, je veux que la pierre soit à Wizz. Ça te laisse très largement le temps de l'étudier. En cas d'imprévu, tu devras aussi me la rendre immédiatement.

— Merci.

— Pas de quoi, mais tu n'as pas entendu ma dernière condition, je crois. Il faudra que tu me la ramènes en mains propres.

Larzac aurait dû s'en douter, son ancien professeur essayait depuis longtemps de l'obliger à fouler de nouveau le sol de son royaume natal. Le Mini-As n'avait aucune envie de retourner à Firania — et encore moins à Wizz —, mais il avait besoin de la pierre.

— Tu ne perds rien pour attendre, Ernion, capitula-t-il.

Il haussa le ton, pour que la suite s'imprègne bien dans l'esprit de son interlocuteur :

— Je te la ramènerai, mais ne t'attends pas à ce que je reste une seule lune de plus ! Je te rends la pierre et je retourne aussitôt à Goran.

— C'est équitable, rétorqua le druide suprême en retenant avec peine un sourire victorieux.

Il prit ensuite la direction de la sortie.

— Professeur ! l'arrêta Larzac. Vu que tu sais tout sur tout, tu dois avoir ton idée sur ce Xerox. Sais-tu qui il est ? Nous l'avons cherché des mois durant, mais il semble s'être volatilisé dans la nature.

— Son nom ne me dit rien, mais j'en saurai plus en rentrant à Wizz. Ne rien savoir sur quelqu'un d'aussi doué n'est pas rassurant. Qui sait ce qu'il est capable de faire ?

— En fait, je pense que le pouvoir qu'il a donné à Aluna n'était qu'un test. Le fait qu'elle soit redevenue normale le suppose en tout cas. Son pouvoir était peut-être voué à être temporaire, et dans ce cas le Neutron n'y était strictement pour rien. Ou peut-être que la pierre a agi sur des sphères inconnues de sa magie. Mais si ma théorie est juste, on devrait s'inquiéter de son véritable but.

Le druide suprême se caressa la barbe.

— Oui, on devrait peut-être s'inquiéter, mais quand on y pense, ce ne sera pas le premier druide avec des intentions douteuses. Nous avons déjà eu plusieurs cas par le passé, dont un étudiant particulièrement doué qui a monté un réseau de brigands grâce à la magie. Nous l'avons traqué sans jamais le retrouver. Sur le principe, c'est un individu à appréhender de toute urgence, mais il n'a ni causé de guerre ni formulé de menace significative qui suggère qu'il doive être exécuté sur-le-champ. Ce que j'essaie de te dire, c'est que ce Xerox est peut-être inoffensif, surtout si ces « tests » ne sont pas concluants. Si on devait recenser tous les fous potentiellement dangereux, on ne s'en sortirait pas.

Larzac dut admettre qu'il avait raison. Pourtant, quelque chose dans cette histoire le tracassait.

— Peut-être, mais ça fait beaucoup de mystères en peu de temps, tu ne trouves pas ? N'oublie pas l'attaque des créatures magiques à Cristallia.

— Oui, ça… Je me suis penché sur la question. Je n'ai rien trouvé de plus que toi et je pense qu'à ce stade, il faut remonter dans les écrits de l'Ancienne ère. Je sais que beaucoup d'entre eux ont été bannis et éparpillés dans le monde par les premiers ministères de la magie. Tu n'es pas censé le savoir, vieil élève, mais je me demande si les commanditaires de l'attaque du Fort ne pourraient pas en avoir découvert certains.

— Possible… et effrayant. Merci pour l'information, on en reparle.

Ernion se détourna de son ancien élève, fier de ce qu'il était devenu. Il n'avait plus rien à voir avec le jeune druide prétentieux qu'il avait longtemps entraîné. Ces souvenirs le ramenèrent des années en arrière, à une époque pleine d'insouciance qui lui semblait bien loin désormais.

INTERLUDE 3

« OÙ SONT NOS DIEUX, QUAND ON A BESOIN D'EUX ? »

Pendant ce temps, du côté des Terres Sacrées…

~

Tamehla serra le couffin contre elle. Ses petits-enfants y dormaient paisiblement. Amenith avait donné naissance à deux magnifiques bébés, au bout de presque deux lunes de souffrance. Elle avait survécu, mais avait perdu tellement de sang qu'elle gardait le lit depuis des mois. En attendant qu'elle aille mieux, Tamehla l'avait remplacée dans son rôle de mère. Elle s'interrogeait toutefois sur la justesse de la prédiction de Panadil sur l'arrivée des jumeaux. Et quand leur souverain demanda à voir ses arrière-petits-enfants, elle prit peur. Et s'il leur voulait du mal ?

La vieille femme pénétra dans les appartements royaux, la boule au ventre. Elle dut cligner plusieurs fois des yeux pour s'habituer à la pénombre. Un grand lit se tenait au fond, tandis que quelques meubles de rangement longeaient les murs. Les rideaux tirés et l'absence de torche renforçaient le sentiment d'oppression. La pièce était sobre et petite, comparée au bureau où le roi recevait habituellement ses visites.

Deux hommes étaient assis de part et d'autre de l'imposant lit où était allongé le monarque. Tamehla dut se rapprocher pour les reconnaître. À gauche se tenait Heridil, à droite le prieur chargé d'étudier les textes divins, de réaliser les prières du roi, ainsi que de diffuser les messages relevant du sacré sur les terres saintes. Tamehla s'arrêta à distance respectable des trois personnages, puis s'inclina.

— Vous m'avez fait quérir, Votre Majesté.

— Comment vont mes arrière-petits-enfants ? demanda-t-il entre deux quintes de toux.

— Ils se portent très bien, contrairement à leur mère, répondit-elle en s'interrogeant sur l'état du roi.

— Ce qu'on m'a dit est donc vrai, son état ne s'est pas amélioré depuis l'accouchement ?

— L'accouchement a été double, Votre Majesté, et prématuré. Sans compter qu'elle a eu une grossesse très difficile. Mais le médecin est confiant, elle devrait aller mieux dans les lunes à venir.

— Je vois, souffla-t-il d'une voix rauque. Rapprochez-vous, que je les voie.

Tamehla hésita, la crainte lui nouant les entrailles. Mais que pouvait-elle faire ? S'enfuir avec ses petits enfants dans les bras ? Et puis, il y avait des témoins — même s'il était possible qu'ils soient tous de mèche — et le roi semblait malade. S'il faisait quoi que ce soit d'étrange, elle récupérerait sa descendance et partirait en courant. Peu importait les conséquences.

Elle posa le couffin aux côtés du monarque, avant de s'éloigner respectueusement. Ce dernier invita son fils à ouvrir les rideaux pour qu'il puisse mieux voir. Heridil s'exécuta. Le roi avait les traits tirés, les lèvres sèches et les paupières à moitié closes. Son teint d'une pâleur extrême, sa peau flasque, ainsi que les cernes autour de ses yeux donnaient l'impression qu'il avait déjà un pied dans la tombe. Tamehla ne l'avait pas vu d'aussi près depuis de longues années. Le temps ne l'avait pas épargné.

— Ils sont parfaits, laissa échapper le souverain en effleurant le visage des bébés endormis. Comment s'appellent-ils ?

— Elle, Orlin, et lui, Irvin, les présenta-t-elle.

Il fronça les sourcils.

— Un garçon et une fille ? De faux jumeaux ?

— Oui, Votre Majesté, répondit Tamehla qui ne comprenait pas son désarroi. Que... quelle importance ?

— Aucune, balaya-t-il en repoussant le berceau. Vous transmettrez mes félicitations à leur mère.

La rudesse du roi surprit Tamehla. Elle eut besoin d'une seconde avant de reprendre le couffin. Elle s'en approchait lorsque les bébés, pourtant endormis une minute plus tôt, se mirent à pleurer. Leurs cris stridents donnaient envie de s'enfuir en courant.

— Reprenez-les, vite! ordonna le monarque.

— Tout de suite! s'exécuta la vieille femme.

Elle les récupéra avec hâte et s'éloigna du lit tout en les berçant nerveusement. En vain. Ils pleuraient un peu plus à chacun de ses mouvements. Leurs sanglots firent écho à une quinte de toux qui saisit le roi au même instant. Ce dernier s'attrapa la poitrine en grimaçant de douleur.

— Faites-les taire, enfin! hurla-t-il.

Les cris s'empirèrent aussitôt. Les bébés ne semblaient pas vouloir se plier à ses exigences, bien au contraire.

— Excusez-les, je... je vais m'en aller, balbutia Tamehla qui ne savait pas quoi faire pour les calmer.

— Je...

Le roi ne put finir sa phrase. Une autre quinte de toux le saisit, plus violente que la première. Son prieur se rapprocha de lui, fit quelques signes au-dessus de sa tête et prononça un flot de paroles incompréhensibles qui avaient sans doute pour but de le soulager. En vain.

— Faites... quérir... mon... mon médecin! supplia le roi en se tordant de douleur.

— O... oui! répondit Tamehla en jetant un coup d'œil à Heridil.

L'intéressé n'avait ni parlé ni bougé depuis son arrivée. Son stoïcisme la choquait. Comment pouvait-il rester de marbre alors que son père souffrait? Il avait beau être le frère de Panadil, il n'avait pas sa bonté. Ses yeux effrayants donnaient l'impression qu'ils pouvaient vous embraser dans la seconde. Ils avaient été amis, pourtant. Du temps où Panadil vivait au château, ils discutaient parfois de longues heures durant. Ils avaient également partagé la même passion pour l'étude des textes sacrés. Seulement, depuis que le premier prince avait disparu et qu'elle avait refusé de devenir sa femme, Heridil avait pris ses distances. Les quelques tentatives d'approche de Tamehla s'étaient soldées par un échec. Il l'avait soit ignorée, soit traitée avec dédain. Elle avait fini par comprendre qu'ils ne faisaient plus partie du même monde.

Tamehla courut chercher de l'aide. Ce faisant, le roi s'agrippa la poitrine en poussant des gémissements terrifiants. Elle ne put s'empêcher de s'arrêter pour regarder. Le souverain se débattit durant quelques secondes avant de se figer, les yeux écarquillés. Les pleurs avaient cessé au même moment, comme pour conclure l'agonie. Tamehla réalisa alors l'énormité de la situation : le roi était mort.

— Il est... mort ? lâcha-t-elle, sans réel doute.

— En effet, lança Heridil sans bouger sa chaise.

— Que... que va-t-il se passer maintenant ? s'enquit-elle.

— C'est simple, je suis le nouveau roi, rétorqua Heridil d'un ton glacial. Mon père n'était plus tout jeune, les pleins pouvoirs m'ont déjà été transmis il y a longtemps.

Il se tourna vers le prieur, qui tremblait comme une feuille. Il le rappela à l'ordre d'une voix autoritaire. Ce dernier se figea aussitôt, acquiesça, puis ferma les yeux du roi. Il exécuta ensuite une prière inconnue, utilisant de nouveau des formules dont lui seul avait le secret. La silhouette menaçante d'Heridil surgit alors de l'ombre et s'approcha d'elle. Il la jaugea un instant, puis lâcha :

— Je m'occuperai de toi et de ta... progéniture en temps voulu.

Il quitta la salle. Tamehla regarda le corps inerte de l'ancien roi, puis la porte que venait de franchir le nouveau. Une ère s'achevait ainsi, et la nouvelle n'annonçait rien de bon.

CHAPITRE 24

Aluna s'approcha de Flèche avec prudence. Les ombres n'avaient pas bougé, mais leurs yeux rouges brillaient de rage. Elle en comptait une dizaine, qui faisait aisément le double de sa taille. À cette distance, on aurait presque dit des esprits, comme ceux de la forêt sacrée. Cette fois, Siruth ne serait pas là pour les faire disparaître.

Aluna toucha l'encolure de Flèche pour la rassurer. Elle s'étonnait d'ailleurs que la jument ne se soit pas enfuie, surtout après sa réaction face à l'attaque des oiseaux. Elle montait discrètement en selle, quand un des esprits poussa un cri strident. Aluna se hâta. Elle était à peine assise que Flèche repartit au galop.

Les créatures convergeant dans leur direction en hurlant, Aluna prépara une boule de feu. Elles arrivaient de partout. Lorsqu'elles furent suffisamment proches, Aluna réalisa... qu'il s'agissait de jeunes Ogres, des enfants ! Ils portaient des armures rouillées et, surtout, se ressemblaient tous. Ils avaient le même visage, le même gabarit, le même cri strident. Aluna hésita à lancer son attaque. Ils paraissaient si jeunes, si vivants ! Si ce n'étaient la bave qui dégoulinait de leurs bouches et leurs yeux flamboyants de rage, elle aurait juré qu'ils ne s'agissaient pas d'esprits, mais de vrais Ogres.

Prise d'un doute, elle essaya d'éviter l'affrontement. Elle leur hurla de s'arrêter. En vain. Elle dut lancer les hostilités. Le feu s'empara des arbres en un clin d'œil. Les Ogres ne s'enfuirent pas; ils bravèrent les flammes pour la poursuivre. L'un d'eux se transforma rapidement en torche, mais ne s'arrêta pas pour autant. Il continua à courir, ses acolytes ne s'en souciant pas davantage. Seule leur chasse semblait compter. Alors qu'Aluna sautait par-dessus des buissons enflammés, ils fonçaient dedans sans conscience du danger. Beaucoup se brûlaient, certains succombèrent, tandis que deux d'entre eux réussirent à la rattraper sans une égratignure.

Elle dégaina son arme. Elle planta sa lame dans le premier, et eut l'impression de transpercer de la chair. Le choc la figea un instant, avant qu'elle dût se défendre de nouveau. Elle décrivit un arc de cercle avec Percée pour trancher le torse de son assaillant. Il tomba, et elle accéléra. En jetant un coup d'œil en arrière, elle vit les corps de ceux qu'elle venait d'allonger se relever lentement. Elle écarquilla les yeux, puis se souvint de ce que Willan lui avait raconté à propos des soldats qui avaient attaqué Cristallia. Il lui avait dit qu'ils paraissaient — à tort — composés de chair, et n'étaient sensibles qu'à la magie ou au feu. Heureusement, elle était capable des deux.

Elle continua à galoper tout en essayant de se concentrer sur la source de son pouvoir. Paniquer ne ferait que donner plus de place au monstre. Elle prépara un projectile magique, qu'elle lança sur ses poursuivants qui se rapprochaient dangereusement. Deux Ogres s'effondrèrent en hurlant. Les autres continuèrent leur traque à une vitesse étonnante.

La jeune femme fonçait vers un sentier étroit lorsque le ciel gronda. De fines gouttelettes lui tombèrent dessus. Derrière, l'incendie causé par sa première attaque prenait de l'ampleur. La fumée qui s'en dégageait se répandait vite; elle aurait bientôt du mal à respirer.

D'autres grondements transformèrent la pluie en averse. Aluna jura. Le sol devenait boueux et Flèche peinait à maintenir le rythme. Ses poursuivants approchaient. Elle accéléra autant que possible. La végétation étant de moins en moins dense, elle espérait tomber sur une clairière d'où elle pourrait changer de direction et les tromper. En attendant, elle les ralentirait avec un peu de magie. Elle se retourna, mais la pluie sur son visage lui brouillait la vue. Elle ne percevait que des silhouettes qui se rapprochaient rapidement. Trop rapidement. Elle lança une boule de feu à l'aveugle, avant de se focaliser de nouveau sur sa fuite.

Elle atteignait enfin une clairière quand la foudre crépita. Elle réalisa alors qu'elle n'entendait plus les pas lourds des Ogres. Elle jeta un regard furtif en arrière. Ils avaient couru se réfugier sous les arbres, comme s'ils craignaient les éclairs. C'était le moment de les distancer !

Elle se souvint des indications de Bezer pour sortir de la forêt et bifurqua vers le nord-est. Elle espérait juste qu'aucun obstacle ne se mettrait en travers de sa route.

~

Le groupe de Bezer galopa pendant des heures pour fuir les oiseaux géants. Les volatiles les pourchassèrent sur des kilomètres, Orrïn les protégeant du mieux qu'il le pouvait. Ils étaient au bord de l'épuisement lorsque le ciel gronda et qu'une pluie diluvienne s'abattit sur la forêt oubliée. Ils maudirent la nature, persuadés que les éléments jouaient en faveur de leurs poursuivants qui ne seraient pas gênés par la boue. Ils furent surpris de voir qu'au premier crépitement du tonnerre, les oiseaux s'enfuirent.

Soulagés, ils continuèrent à galoper. Au bout de plusieurs minutes de silence, ils ralentirent la cadence avant de finalement s'arrêter. Cette pause fut la bienvenue. Les chevaux étaient éreintés ; eux aussi haletaient à en perdre leurs poumons. Ils sortirent leurs gourdes et étanchèrent leur soif tout en restant vigilants. La forêt pouvait encore leur réserver des surprises.

Pilenn fut la première à mentionner le sujet qui les tracassait tous :

— Qu'est-ce qu'on fait pour Aluna ?

Bezer mit plusieurs secondes à répondre :

— Elle est importante, notre chef me tuerait si elle mourait ici. Mais on ne peut pas partir à sa recherche, on n'en a pas le temps. On va espérer qu'elle trouvera la sortie.

La jeune femme acquiesça à contrecœur. Leur chef avait raison, ils n'avaient aucun moyen de retrouver Aluna dans cette forêt. Il n'y avait plus qu'à espérer qu'elle les rejoindrait en suivant le nord-est.

— Nous repartons dans cinq minutes, annonça Bezer. Cette forêt aura notre peau si on reste immobile.

Ils acquiescèrent tous à contrecœur. Après un encas composé de pain et de viande séchée, ils repartirent au trot. La nuit les trouva en route. Le feuillage moins dense permettait à la lune d'éclairer le chemin, mais cela ne les rassurait pas. Ils ne savaient rien de cette forêt, excepté qu'il ne fallait pas la traverser de nuit. Malheureusement, les circonstances les condamnaient à braver cet interdit. Si les dangers qu'ils avaient affrontés jusque-là n'étaient que du menu fretin, ils avaient du souci à se faire pour la suite.

Ils résistaient tous à l'appel du sommeil lorsqu'ils contournèrent un marais aux eaux vertes. Aucun d'eux ne s'en approcha. La longue queue noire qui perça la surface au moment de leur passage leur donna raison. Ils continuèrent toujours vers le nord-est, en direction de la sortie qu'ils commençaient à désespérer de voir.

La nuit était bien avancée, l'averse, plus qu'un vieux souvenir. L'air était humide et des grincements de chauve-souris résonnaient à travers les frondaisons. Ils dégainèrent leurs armes, progressant avec prudence.

Au détour d'un sentier, Pilenn brisa une branche. Le bruit déclencha la folie des volatiles nocturnes, qui se jetèrent sur eux dans un ballet effrayant. Le maître prit la tête du groupe et repoussa les créatures de sa lame. Orrïn voulut aider, mais ses compagnons de voyage lui ordonnèrent de préserver sa magie pour la suite. Il opta alors pour le lancer de cailloux, qu'il gardait habituellement dans sa baluche pour jouer. Les autres dégainèrent leurs épées. Même Pilenn dut en prendre une, le tir à l'arc s'avérant inefficace dans cette situation.

Ensemble, ils en abattirent beaucoup, mais durent se résoudre à repartir au galop pour ne pas ployer sous le nombre. Ils foncèrent aussi vite que possible. Les volatiles les suivirent de près et Orrïn ne put résister à l'envie d'utiliser son masex de glace. Cette fois, il n'attendit pas l'approbation des autres. Dans un unique effort, il cristallisa la lignée de chauves-souris sur une dizaine de mètres. Beaucoup de celles qui suivaient s'écrasèrent contre le bloc de glace, ce qui donna de l'avance au groupe.

Les étalons galopèrent avec la force du désespoir pendant près d'une heure. Le monde chavirait autour d'eux, en un kaléidoscope d'arbres et de frondaisons, de cailloux et de boue. Puis, ils finirent par atteindre les limites de la forêt. Le chemin devint une piste, plus large et mieux dégagée. Ils l'empruntèrent sans ralentir.

Lorsqu'ils l'eurent dépassée, ils se retournèrent et virent qu'ils avaient distancé leurs poursuivantes. Ils poussèrent tous un soupir de soulagement. Ils ne risquaient plus rien; la forêt oubliée était derrière eux.

Loin devant se trouvaient les quatre montagnes qu'ils recherchaient, disposées en cercle. Elles étaient si hautes qu'ils en voyaient à peine le sommet. Au pied de la plus proche se nichait une grotte. Ils empruntèrent le chemin rocailleux qui y menait, soulagés d'être enfin hors de danger. Néanmoins, en étudiant les environs, leur sentiment de triomphe disparut. Aluna n'était pas là.

~

Il ne restait de l'averse que quelques occasionnelles gouttes de pluie et une brise qui glaçait le sang d'Aluna. La nuit était de plus en plus froide, son souffle formait un nuage blanc devant sa bouche. Trempée, elle aurait tout donné pour plonger dans un bain chaud.

Le sentier était étroit, le feuillage un peu moins dense, mais elle ne voyait aucun signe des limites de la forêt. La lune et les étoiles l'aidaient à se repérer, mais plus le temps passait, plus elle se demandait si elle ne s'était pas perdue. Elle suivait le nord-est depuis une éternité. Seuls le grincement des chauves-souris, le hululement des hiboux et d'autres animaux inconnus accompagnaient sa route. Flèche, apaisée depuis leur fuite face aux Ogres, trotta près de deux heures avant d'accélérer à nouveau. Elles parcoururent encore quelques kilomètres, jusqu'à ce que la jument s'immobilise brusquement en hennissant de douleur.

— Qu'est-ce qu'il y a? demanda Aluna en lui caressant l'encolure. Fatiguée?

La bête hennit de plus belle. Quelque chose clochait. Elle mit pied à terre pour examiner la situation : Flèche avait les sabots pris dans de grosses lianes. Elle dégaina son couteau et la libéra de sa prison végétale en quelques minutes. Elle s'autorisa ensuite quelques secondes de répit avant de remonter en selle.

Elle s'apprêtait à repartir lorsqu'elle entendit un hurlement caractéristique des loups. Un rapide coup d'œil aux alentours lui indiqua qu'une petite meute se cachait derrière les arbres. Ils étaient à moins de vingt pas. La bave qui dégoulinait de leurs gueules lui rappela les étranges Ogres qui l'avaient attaquée; encore des créatures propres à cet endroit maudit… Et cette fois-ci, la foudre ne l'aiderait sûrement pas.

— Pas encore…

Elle n'avait pas la force de lutter. Elle pouvait lancer une ou deux boules de feu, après quoi il lui serait difficile de contenir le monstre. Quant au combat rapproché, autant dire qu'elle n'avait rien mangé ou bu depuis des heures et qu'elle ne faisait pas confiance à ses muscles endoloris.

Elle partit au galop sans attendre son reste. Les « loups » suivirent. Ils étaient si rapides qu'ils les rattrapèrent au bout de quelques minutes. Aluna poussa Flèche dans ses retranchements, tout en sachant qu'elle ne tiendrait pas longtemps à cette allure. Elle devait ralentir leurs poursuivants, puis les distancer. Lorsque l'un d'eux la rattrapa dangereusement, elle prit le risque d'utiliser son feu contre lui. Il s'écroula en gémissant de douleur.

Le reste de la meute fonça davantage. Aluna savait qu'elle ne pourrait les vaincre avec sa magie. Elle sentait déjà l'esprit du monstre lui susurrer de se laisser aller. Elle se concentra pour créer une dernière boule de feu, qu'elle lança sur un arbre. Elle espérait que les flammes se répandraient vite et ralentiraient ses poursuivants en les étouffant ou en leur brouillant la vue.

Elle obtient presque l'effet escompté. Le feu se propagea et de la fumée s'éleva dans les airs. Elle entendit un gémissement lointain : un des loups s'était effondré. Un second suivit quelques secondes plus tard. Les derniers prirent le parti de la vitesse pour échapper au gaz meurtrier.

Seule une partie de la meute réussit à tenir la cadence et à le distancer. Ils la traquèrent avec encore plus de rage. L'un d'eux s'approcha même suffisamment pour effrayer Aluna. À court d'énergie, elle dégaina son arme. Le canidé bondit pour la mordre; elle lui trancha le cou d'un mouvement circulaire.

Un autre revint à la charge. Il sauta depuis la gauche; Aluna dut se baisser pour le toucher au ventre. Il retomba au sol en gémissant. Un troisième loup bondit de nulle part. Tout se déroula si vite qu'il l'atteignit au bras avant qu'elle n'ait pu faire quoi que ce soit. La jeune femme hurla de douleur, se débattant pour se débarrasser de lui. Elle ne parvint qu'à perdre l'équilibre et tomber à la renverse, la bête toujours sur elle.

Flèche s'arrêta en constatant la situation de sa cavalière.

— Va-t'en ! lui ordonna Aluna.

En voyant les loups se rapprocher d'elle, la jument repartit au galop. L'un d'eux continua à la poursuivre, tandis que les trois autres restèrent pour s'occuper d'Aluna. Au même moment, elle réussit à blesser celui qui était accroché à son bras. Il lâcha prise, puis recula en clopinant. Elle soufflait à peine lorsque les deux derniers bondirent sur elle. Elle hurla.

CHAPITRE 25

Aluna eut tout juste le temps de se protéger le visage avec son arme. Les deux loups se jetèrent sur son autre bras, tandis que le dernier cherchait un angle d'attaque en grognant. La douleur lui traversa le corps; elle hurla à en perdre la voix. Elle enfonça ses lames dans le ventre d'un des canidés, trop occupé à la mordre pour se défendre. Il s'effondra en gémissant. Le second la lâcha aussitôt et recula jusqu'à rejoindre son frère blessé. À deux, ils la toisèrent comme seul un prédateur sur le point de manger sa proie le faisait.

«Besoin d'aide?»

Fiche-moi la paix!

«Ha ha ha, rira bien qui rira le dernier!»

Aluna se concentra. Ils n'étaient que deux, dont un qui clopinait. Elle pouvait s'en débarrasser, elle n'avait pas besoin de magie pour ça. Elle se redressa péniblement et se mit en garde. Au vu du sang qu'elle perdait, elle ne pouvait se permettre une autre blessure. Son prochain assaut devait être fatal.

Les loups bondirent sur elle. Elle évita la première attaque en se baissant, la deuxième d'un bond sur le côté. Dès qu'ils retombèrent sur leurs pattes, les animaux enragés chargèrent de nouveau. Elle esquiva un coup de griffe, décrivit un arc de cercle avec son arme. Touché de plein fouet, un des loups mourut sur le coup. Des crocs se refermèrent ensuite sur sa jambe. Elle hurla et planta furieusement sa lame dans le dos du dernier animal. Il s'affala dans son sang en poussant un gémissement plaintif.

Aluna se traîna jusqu'à l'arbre derrière elle. Trois ou quatre pas l'en séparaient. Elle s'y adossa et évalua ses blessures. Celle de son bras gauche était profonde. Elle ne s'en sortirait pas sans soins. Heureusement, elle avait gardé une poignée d'herbes médicinales dans sa poche. Sa gourde étant restée sur la selle de Flèche, elle dut se passer d'eau. Elle mâcha les plantes pour les humecter et les roula sur ses cuisses avant de les appliquer sur ses bras. Elle laissa poser quelques minutes, puis recouvrit le tout d'un pansement de fortune – les manches de sa tunique. Sa blessure à la jambe étant moins profonde, elle opta pour un bandage simple, avec uniquement du tissu tiré de sa jupe amazone. De toute façon, elle n'avait plus d'herbes.

Elle regarda autour d'elle. La nuit touchait presque à sa fin ; l'aube commençait à dorer l'horizon. Qui savait ce qui l'attendait encore jusqu'à la sortie de cette forêt maudite ? Elle espérait que Flèche alerterait les autres, mais elle ne pouvait pas compter dessus. Dans ces bois, rester sur place équivalait à mourir. Elle se leva au prix d'un grand effort.

Elle marcha durant ce qui lui sembla être une éternité. Lorsqu'elle atteignit un petit marais, l'aube striait l'horizon d'orange, de bleu et de jaune. Son bras gauche saignait un peu moins, mais le bandage était déjà rouge sang. Elle déchira encore plus sa jupe pour renforcer l'épaisseur du pansement. Elle se remit en route la seconde d'après.

Elle avait soif, mais se força à continuer, boitant, blessée et essoufflée. Plus elle avançait, plus sa vue se brouillait. Seuls les piaillements des oiseaux qui se réveillaient ainsi que la volonté de s'en sortir la maintenaient debout. Elle avait froid, même si marcher sur ce sol boueux la réchauffait un peu. Bientôt, chaque pas devint une épreuve. Ses yeux se fermaient malgré elle, le chemin se floutait, ses jambes s'alourdissaient et les cris des volatiles se transformaient en une cacophonie macabre. Elle continua. Le feuillage était de moins en moins dense, le sentier s'ouvrait sur une route plus large. *Plus que deux ou trois jets de flèches*, se convainquit-elle.

Alors qu'une lumière apparaissait au bout du chemin, sa jambe devint atrocement lourde. Elle ne s'arrêta pas pour autant. Elle avança, pas après pas, sans flancher. Elle était sûre de pouvoir y arriver. Elle déchanta lorsqu'elle fit un faux pas et que son corps se pencha en avant.

Elle s'effondra sans pouvoir l'empêcher. Elle essaya de se lever. Elle ne réussit même pas à bouger un bras, elle n'avait plus de force. Elle fixa la lumière, son salut, jusqu'à ce qu'un millier de petits points noirs l'enveloppent complètement.

~

— Besoin d'aide ?

Siruth avait la main tendue. Aluna la saisit sans réfléchir. Il l'aida à se lever et la dévisagea :

— Ça va ? Vous avez l'air contrariée.

— J'étais dans la forêt… je me suis évanouie et…

Elle toucha ses membres, n'y vit aucune trace de ses blessures, et comprit : elle rêvait.

— Comment je peux rêver de vous dans un moment pareil ? grogna-t-elle. Je suis en danger de mort !

Siruth se revêtit de son habituel sourire suffisant.

— Peut-être que c'est justement parce que vous avez besoin de mon aide. Vous m'avez appelé, pas consciemment bien sûr, mais j'ai entendu votre appel. En quoi puis-je vous aider ?

Aluna hésita à lui parler de sa mission, des rebelles, puis décida de ne pas le faire. Elle ne savait pas grand-chose de Siruth, elle ne pouvait pas lui faire confiance.

— Je me suis juste perdue en forêt, dit-elle. Et je suis blessée.

— Mon conseil ? Vous devriez…

Mais Aluna ne lui prêtait plus attention. Elle venait de réaliser que le mur derrière lui était translucide… et qu'il y avait des gens de l'autre côté ! Elle se sentait attirée vers eux, comme si elle avait toujours appartenu à leur monde, comme si…

— Aluna ? la secoua Siruth.

Elle sortit de sa contemplation et regarda le mystérieux Hybride.

— Que regardez-vous ? demanda-t-il, les sourcils froncés. Vous aviez l'air hypnotisée, j'ai cru que vous alliez foncer droit dans ce mur. Je sais que nous ne sommes pas dans la réalité, mais quand même…

— Vous ne les voyez pas ? s'étonna-t-elle. Il y a des gens et…

Elle se focalisa de nouveau sur l'obstacle transparent. Elle voulait y aller, elle le devait. Elle repoussa Siruth et s'en approcha pour le toucher, rien qu'une seconde. Elle ne s'attendait pas à voir les gens qui se cachaient derrière disparaître les uns après les autres. Elle continua. Bientôt, il n'en resta que deux. Un inconnu, et… sa mère !

Aluna se figea. Rosa se trouvait là, à seulement quelques pas, en pleine lecture. Interpelée par l'homme à ses côtés, elle leva la tête en direction de sa fille. Ses yeux s'arrondirent, elle ouvrit la bouche, se la couvrit d'une main, puis s'enfuit en courant.

— Maman ! appela Aluna en se ruant vers elle.

Elle fut arrêtée dans son élan… par Siruth. *Évidemment.* Elle ne bougeait plus, comme souvent en sa présence. Il vint se placer devant elle, le regard dur.

— Laissez-moi y aller ! hurla-t-elle en essayant vainement de se déplacer. C'est ma mère ! Je…

— Écoutez-moi, bon sang ! s'emporta-t-il à son tour.

La surprise pétrifia Aluna. C'était la première fois qu'elle l'entendait crier… ou fissurer sa façade de calme permanent. Les mots qu'il prononça ensuite s'imprimèrent donc facilement dans son esprit :

— Bien, vous êtes calmée. Je crois que je sais ce qui vous arrive et je ne peux pas vous laisser faire…

Il se racla la gorge, avant de continuer :

— J'ai entendu dire que lorsqu'on est entre la vie et la mort, il peut arriver qu'on ait un aperçu de l'au-delà. En gros, si vous passez ce mur, vous êtes morte. Pour de bon.

Le message de Siruth était limpide. Pourtant, à la seconde où il arrêta de parler, sa mise en garde vola en éclats et l'attention d'Aluna se reporta sur le fameux mur, le portail vers l'au-delà. Elle fixait l'homme qui se tenait près de sa mère avant qu'elle ne s'enfuie. Pouvait-il être son père ? Elle n'avait aucun souvenir de lui, mais ce n'était pas impossible. Il la regardait d'un air curieux, comme si…

— Qui êtes-vous ? l'entendit-elle dire.

… Il ne la connaissait pas. Elle avait changé en quinze ans, mais ce ne pouvait pas être son père. Lui aurait su du premier coup d'œil. Ou du moins, il aurait deviné. Sa mère lui avait souvent dit qu'elle lui ressemblait beaucoup.

— Aluna, la fille de Rosa ! répondit-elle en ignorant les tentatives de Siruth pour attirer son attention.

Il la poussait en arrière, alors qu'elle se sentait irrémédiablement portée vers l'avant. Il n'y avait que le fameux mur dans son champ de vision. Rien d'autre ne comptait.

— Pourquoi est-ce que vous me voyez? reprit l'inconnu. Je ne connais pas de Rosa... je ne comprends pas. Je devrais... avoir un lien avec vous pour que vous arriviez à me voir. Je devrais vous connaître. C'est la règle!

— Dites-moi qui vous êtes! Peut-être que moi, je saurais.

— Je m'appelle Pana...

Elle n'entendit pas le reste. Une force inconnue la projeta en arrière. Elle heurta le mur, cligna des paupières, et observa Siruth qui la secouait de toutes ses forces.

— Réveillez-vous, bon sang! s'écria-t-il. Vous étiez si près du mur, j'ai pensé que... Par toutes les chimères, vous êtes inconsciente! Qu'est-ce que vous avez vu de si captivant là-dedans, hein? Vous voulez mourir, c'est ça?

Comme elle ne répondait pas, il arrêta de la secouer et se contenta de lui tenir fermement les bras. Il transpirait, ses mains tremblaient. Aluna n'avait jamais vu Siruth dans cet état.

— Vous ne devez pas mourir! reprit-il. Il faut vous en aller tout de suite. Réveillez-vous! Immédiatement!

Une boule de lumière apparut dans le dos du prince. En un clin d'œil, il avait disparu. Aluna cligna des yeux. Une autre lueur l'éblouit aussitôt. Elle s'estompa, le temps pour la jeune femme de voir qu'elle se trouvait plus ni dans la forêt ni dans son rêve, mais dans ce qui ressemblait à une grotte. La lumière se raviva, laissa progressivement place au visage d'Orrïn, avant de disparaître de nouveau. Cette fois, ce fut Pilenn qui apparut en face d'elle :

— Tu m'entends Aluna? Tu m'entends?

La jeune femme fit oui de la tête. Elle n'avait pas la force de parler. La douleur dans ses membres était insupportable, son corps vidé de toutes ses forces et sa gorge sèche. Elle ne se sentait pas bien du tout.

— Super, continua son amie. Attends, je t'apporte de l'eau.

Elle revint avec une gourde et l'aida à boire. Aluna voulut demander comment elle était arrivée là, mais les mots ne sortirent pas.

— Ne bouge pas, n'essaie pas de parler. Je m'occupe de toi.

Pilenn posa un tissu mouillé sur son front avant de disparaître de son champ de vision. Bientôt, toute la grotte s'effaça et l'obscurité l'emporta de nouveau.

~

À son réveil, Aluna se sentait mieux. Revigorée, même. Elle repensa à son «contact» avec le royaume des morts. Elle avait survécu, grâce à Siruth. Cela l'exaspérait, mais il fallait bien avouer qu'il lui avait sauvé la vie. Elle était tellement obnubilée par sa mère, qu'elle avait ignoré les risques encourus en franchissant la barrière transparente. Elle sourit. Il valait mieux oublier cet épisode. Comme à chaque fois qu'elle voyait Siruth, elle ne gagnait que des questions sans réponses. Et elle ne comptait pas se compliquer la vie avec lui.

Elle se redressa et constata qu'elle n'avait gardé aucune trace des morsures de loup. Près d'elle, Orrïn dormait paisiblement. Il n'y avait personne d'autre dans la grotte. Une gourde pleine et des baies bordaient sa couche improvisée. Elle mangea et but sans retenue. Elle se leva ensuite, puis sortit à pas lents.

Elle repéra Pilenn, Le maître et Bezer qui discutaient un peu plus loin, tandis que les chevaux se reposaient à l'ombre. Flèche se trouvait parmi eux. Aluna se retint de sauter de joie. Elle avait réussi! Elle avait alerté les autres, qui étaient ensuite partis à sa recherche. Sa jument venait de gagner un traitement spécial à leur retour à la cité.

Elle s'approcha du groupe. Dès que Pilenn la vit, elle lui sauta dessus. Lorsqu'elle s'éloigna enfin, elle la harcela de questions :

— Je suis tellement contente que tu ailles mieux! Ta jambe, ton bras? Tu as faim? Tu as soif? Tu veux quelque chose? N'importe quoi, dis-moi!

— Ça va, sourit Aluna. Si j'avais su qu'il suffisait de frôler la mort pour gagner autant d'attention, je l'aurais fait depuis longtemps.

Pilenn lui rendit son sourire.

— Content que ça aille mieux, intervint Bezer. Heureusement que ta jument a galopé jusqu'à nous, autrement l'issue aurait pu être dramatique.

Aluna les remercia tous de l'avoir sauvée. La conversation vira ensuite sur un sujet un peu moins joyeux :

— Nous devons partir, annonça Le maître. Nous sommes ici depuis trop longtemps, mais le petit est crevé parce qu'il a utilisé le masex soin sur toi. On ne peut pas le laisser là, mais on ne peut pas non plus attendre ici une lune de plus.

— Je suis restée inconsciente combien de temps ? s'étonna Aluna.

— Une lune et demie, répondit Le maître. Nous étions là avant toi, alors ça fait presque deux lunes que nous sommes coincés au pied de ces montagnes. On perd trop de temps.

— Quoi qu'il en soit, elle est réveillée maintenant, reprit Bezer. Je propose qu'on attende jusqu'à ce soir, mais après nous escaladons les montagnes, avec ou sans le gamin.

Il n'attendit pas leur approbation et fit demi-tour en direction des chevaux. Aluna s'écarta des autres pour le suivre, une question sur les lèvres :

— Vous ne savez vraiment rien de cette forêt ?

— Personne ne sait rien de cette forêt, on doit être les premiers à l'avoir traversée depuis des décennies, voire plus. Elle fait partie des endroits oubliés depuis la colonisation de l'île. Pourquoi ?

— Parce que j'ai été attaquée par des Ogres, ou leurs esprits, difficile à dire.

Bezer ne parut pas surpris.

— De ce que m'en a dit notre chef, répondit-il, certains Ogres se seraient servis de la forêt comme d'une barrière pour empêcher leurs ennemis d'atteindre le temple. Ça explique peut-être cette attaque, mais c'est impossible à vérifier. Je n'en sais pas plus.

La discussion s'arrêta là. Aluna alla retrouver Pilenn, qui vérifiait les équipements et les provisions.

— On a enfin traversé cette forêt maudite, hein ? lui lança son amie. Et dire que ce n'est pas fini ! On ne sait pas ce qui nous attend au-dessus de cette montagne.

Aluna regarda la montagne derrière eux ; sa hauteur l'impressionna. Ils en auraient pour au moins une demi-journée d'escalade. Ils devraient également laisser leurs chevaux en bas.

— C'est sacrément haut... et abrupt, lâcha-t-elle. Tu penses qu'on peut monter de nuit comme Bezer le propose ?

— Je l'espère. On va s'attacher les uns aux autres pour réduire les risques de chute. Je n'ai pas envie de mourir écrasée comme une crêpe !

Aluna se rappela le jour où Irma lui avait montré une assiette de ces galettes, en lui promettant de lui apprendre la recette plus tard. Même si elle n'en avait jamais mangé, elle pouffa en comprenant l'allusion.

— D'ailleurs, ça me fait penser que je n'ai pas mangé de crêpes depuis des lustres, reprit son amie. Ma mère en faisait des très bonnes ! J'en rêve !

— Je n'en ai jamais mangé, ajouta Aluna. Mais j'adorerais ça.

Pilenn écarquilla les yeux avant de s'esclaffer à son tour :

— Jamais ? Il faut vraiment qu'on refasse ton éducation ! Où est-ce que tu as grandi ? Dans une cave ?

Le visage d'Aluna s'assombrit. Son amie se couvrit aussitôt la bouche d'horreur.

— Oh, vraiment désolée ! Tu es jumelle... Hmm écoute, je te fais une promesse dans ce cas. Je t'en ferai pour célébrer la fin de notre combat contre le Régisseur. Ça t'obligera à rester vivante jusque-là. Ça te va ?

La jeune femme sourit.

— Oh oui. Et vu que tu me fais attendre, elles ont intérêt à être bonnes !

Les deux amies rigolèrent, puis discutèrent encore quelques minutes. Pilenn se replongea ensuite dans les vérifications de leurs équipements tandis qu'Aluna s'occupait de Flèche. Elle passa beaucoup de temps avec elle, parce qu'elle lui avait manqué, mais aussi pour la remercier de ses efforts dans la forêt. Elle s'appliqua à affuter son arme qui avait heureusement été sauvée, mangea un des lapins que Le maître avait tué durant l'après-midi, puis se reposa jusqu'au soir.

Elle rêva encore de Siruth et se réveilla en sursaut. Elle fut alors ravie de constater qu'Orrïn était sur pieds, et même en excellente forme vu qu'il dansait autour de Pilenn en chantonnant. Elle se prépara en attendant le moment du départ.

~

Il faisait nuit noire quand Bezer annonça qu'ils se remettaient en route. Ils attachèrent leurs montures à des arbres près de la grotte, pour qu'elles puissent s'y réfugier en cas de pluie. Chacun vérifia ses affaires une dernière fois, puis l'escalade commença.

Ils grimpèrent pendant plus d'une heure. Le maître était le plus avancé, malgré le fait qu'il portait Orrïn qui n'avait pas la force nécessaire pour cette ascension. Ce dernier avait d'ailleurs fini par se rendormir.

Bezer les talonnait sans grande difficulté. Aluna et Pilenn peinaient à suivre la cadence. Elles haletaient depuis un long moment et priaient pour atteindre leur objectif au plus vite.

Les hommes avançant vite, elles durent redoubler d'efforts pour les garder dans leur champ de vision. L'aube les rattrapa en route. Ils n'en voyaient toujours pas le bout, mais Le maître estima qu'ils avaient parcouru les trois quarts du chemin. Encouragés par cette perspective, ils ne s'arrêtèrent pour reprendre leur souffle qu'en milieu de matinée. Ils repartirent ensuite de plus belle, et lorsque le soleil fut presque à son zénith, Le maître disparut de leur champ de vision. Il avait réussi.

Bezer accéléra en grognant. La corde qui les reliait était suffisamment longue pour creuser encore plus l'écart, mais Aluna et Pilenn refusèrent de se laisser distancer davantage. Elles suivirent leur chef à la trace et, au prix d'un grand effort, arrivèrent elles aussi au sommet.

Les deux femmes s'affalèrent au sol. Elles haletaient à en perdre leurs poumons. Elles demeurèrent immobiles un long moment, sans prêter attention à la discussion qui animait le reste du groupe, au point d'avoir réveillé Orrïn. Lorsqu'elles se levèrent, elles constatèrent avec stupéfaction ce qui perturbait leurs amis. Ce qu'ils avaient pris pour une montagne n'en était pas une, mais un grand plateau. Il n'y avait aucun temple à l'horizon.

CHAPITRE 26

Elena avait cru que tous ses soucis s'envoleraient en montant sur le trône. Elle s'était vite rendu compte de son erreur.

Willan était constamment absorbé par ses nouvelles responsabilités, ses déplacements et la lecture du journal de son père, tandis qu'elle essayait de combler son ennui. Elle avait fini par décider d'utiliser son temps à bon escient pour en apprendre autant que possible sur l'organisation du château et les rouages du système monarchique. Ainsi, elle redonnerait confiance au conseil, qui l'autoriserait peut-être à prendre part à leurs réunions.

Elle avait commencé en se plongeant dans les livres. Elle ne s'était pas isolée pour autant et avait occupé une partie de ses journées à visiter le palais et se rapprocher des anciennes connaissances d'Aluna. Elle renforçait ainsi sa couverture tout en s'informant sur la vie de château et la politique. Poser des questions avait toujours été un moyen d'apprentissage sous-estimé.

Larzac fut le premier de sa liste. Il appréciait beaucoup Aluna et se montra plus bavard que prévu. Il lui en dévoila énormément sur l'histoire du royaume et des successions, étayant ainsi ce qu'elle en avait lu.

Approcher Kenton se solda par un échec. Il s'obstinait à ne lui adresser la parole que par politesse. Elle finit par lui demander la raison de sa méfiance et il lui répondit simplement que trop de mystères planaient autour d'elle. Elle trouva amusant qu'Aluna se soit pour une fois fait un ennemi et commença à considérer le capitaine avec autant d'admiration que de vigilance.

Irma s'avéra être une véritable mine d'informations, même si elle ramenait toujours la conversation à la cuisine. Elle renseigna beaucoup Elena, sur Willan, mais aussi sur les usages et protocoles des souverains. À sa grande surprise, les apprentis, en plus d'être de vraies commères, admiraient Aluna. Elle prit donc soin de retenir leurs noms – non par sympathie, mais parce qu'ils pourraient lui servir un jour.

Quant à ses dames de compagnie, la plupart ne lui étaient d'aucune utilité, sinon pour colporter les rumeurs de la noblesse. Elle avait fini par en préférer deux : Ariale, experte en littérature, l'aidait à sélectionner ses lectures; Rolga, herboriste, faisait office de seconde main. Elena l'envoyait régulièrement en quête d'objets ou d'informations. Elle l'avait choisie pour sa discrétion — à tel point qu'elle en oubliait parfois sa présence — et n'avait jamais eu à s'en plaindre. Cette fois encore, elle lui avait confié une mission délicate : trouver une émeraude semblable à celle offerte par son mari. Il la lui avait réclamée à trois reprises, et même si elle avait réussi jusqu'ici à détourner son attention, elle savait qu'un jour, elle n'aurait plus d'échappatoire.

Rolga lui proposa très vite une pierre qui ne la satisfit pas. Face à ce premier échec, Elena la renvoya en quête en contenant sa frustration.

Après son départ, la jeune reine fit son rapport habituel aux rebelles, puis décida de se distraire. Son double rôle l'épuisait et elle espérait que l'emploi du temps chargé de Willan lui ferait oublier l'émeraude un petit moment. Ariale lui proposa d'assister à une pièce de théâtre qui faisait fureur à Firania. Selon elle, le groupe était talentueux et distrayait la cour royale du continent nordique depuis plusieurs mois. Elena accepta.

La troupe arriva quelques semaines plus tard et commença sa représentation dans le grand hall des arts. Ils jouaient depuis une demi-heure lorsque Rolga pénétra dans la salle par la porte arrière. En voyant sa reine absorbée, elle attendit sagement la fin de la pièce.

Celle-ci contait l'histoire d'un homme, amant secret de l'épouse de son frère volage, guettant le moment de fuir avec elle. À l'approche du dénouement, Elena demeura figée devant la confrontation des deux frères, surprise d'être si captivée. Le choc du public se mêla au sien lorsque le mari, emporté par la colère, poignarda son cadet. La femme accourut sur scène et se donna la mort pour le rejoindre dans l'au-delà. Le rideau tomba aussitôt, suivi d'une salve d'applaudissements.

Elena attendit que les acteurs viennent la saluer pour leur témoigner sa satisfaction. La troupe, ravie, la remercia et proposa de revenir jouer une nouvelle pièce dans cinq semaines. Elle accepta, puis quitta la salle en compagnie de ses dames. Rolga, marchant à ses côtés, lui montra discrètement une petite boîte à bijoux. Elena devina que l'émeraude s'y trouvait et lui fit signe d'attendre. Les rumeurs circulaient vite dans le palais. L'herboriste comprit et rejoignit les autres. Le cortège regagna les appartements royaux, dépassa les gardes, puis s'installa autour de la grande table. Ariale prit la parole la première.

— Votre Majesté, qu'avez-vous pensé du spectacle ?

— Je l'ai trouvé excellent. Ils reviendront le mois prochain avec une autre pièce, mais en attendant, où vais-je trouver un groupe aussi talentueux pour me divertir ?

Sa costumière proposa de renouveler sa garde-robe, mais Elena la fit taire d'un geste. Elle n'avait aucune envie de frivolités pour l'instant. Elle renvoya toutes ses dames de compagnie, excepté ses deux favorites. L'une avait peut-être son émeraude, l'autre était supportable.

Dès qu'elles furent seules, Elena ordonna :

— Rolga, montrez-moi cette pierre.

L'herboriste sortit la boîte à bijoux de sa veste sans un mot, l'ouvrit et la posa en face d'Elena. Cette dernière saisit la pierre, la scruta attentivement à la lumière du soleil, puis lâcha :

— Ce n'est pas la bonne.

— Non, Votre Majesté ? hoqueta Rolga. J'ai pourtant fait toutes les boutiques de...

— Ce n'est pas suffisant, il faut chercher plus loin. Cette pierre brille beaucoup trop. Celle que je cherche est plus terne.

En réalité, Elena n'était sûre de rien. Elle se basait sur le souvenir qu'elle avait du bijou sur Aluna et sur l'unique tableau de la reine qui était accroché dans le couloir donnant sur leurs appartements. Après la mort de son père, Willan l'avait remis à sa place. Cela lui procurait un repère supplémentaire, mais rien ne vaudrait l'œil expert de Willan. Seulement, elle ne pouvait décemment pas lui demander son avis...

— Cherchez encore, insista-t-elle. Mais si cela vous épuise, peut-être devrais-je demander à quelqu'un d'autre ?

— Non, Votre Majesté ! Je trouverai.

— Voilà qui est mieux, vous pouvez disposer.

Les deux femmes se retirèrent poliment.

Elena s'allongea sur le lit en soupirant. Elle se demandait quoi faire de plus pour réussir à embrasser pleinement son rôle. Elle se sentait prête à intégrer la gestion du royaume. Elle ne voulait pas être une de ces reines qui ne faisaient que se polir les ongles, mais le conseil ne l'entendait pas de cette oreille. Son passé soulevait encore des doutes. Dans un sens, elle les comprenait, mais dans un autre, elle enrageait d'être confinée dans ce rôle de midinette du dimanche.

— Elena ! l'interpela Willan.

Elle se leva en sursaut. Elle ne l'avait pas entendu entrer.

— Que fais-tu ici toute seule ? reprit-il. Tu n'es pas avec tes ombres, en train de lire ou de te balader ?

La jeune femme laissa son regard se perdre discrètement sur les doigts de son mari. Pas de bague. Elle avait songé à s'en emparer pour pénétrer dans le bureau de Willan et feuilleter ce journal dans lequel il se plongeait si souvent. Seulement, son mari la cachait, et de toute façon, la lui « emprunter » restait risqué. Si quelque chose tournait mal, elle ne pourrait pas se justifier.

— Je les ai congédiées à l'instant et je n'ai aucune envie de lire aujourd'hui, lui répondit-elle finalement.

— Je vois. Tu n'as rien de prévu alors ?

— Rien du tout... soupira-t-elle. Willan, je sais que je reviens sur le sujet, mais on ne peut vraiment rien faire pour les conseils ? Je suis reine, je veux participer aux décisions ! Je veux savoir ce qui se passe dans le royaume autrement que par mes ombres comme tu dis. Je devrais me montrer digne de ma nouvelle position et tu le sais ! N'y a-t-il vraiment rien que tu puisses faire ? Tu es le roi, après tout !

— Elena, tu sais que j'aimerais te l'accorder, mais je ne peux pas, dit-il avec lassitude. On en a déjà parlé des dizaines de fois, ce n'est pas que je ne te fais pas confiance, mais je ne peux rien faire tant que cette histoire avec ton beau-père n'est pas tirée au clair. Je suis peut-être roi, mais je ne suis pas seul à gérer ce royaume.

Elle voulut réagir, mais se retint pour éviter une énième dispute.

— Je comprends, capitula-t-elle.

— Écoute, si tu cherches à te rendre utile, j'ai quelque chose. Tu dois savoir que la grande moisson aura bientôt lieu ?

Bien sûr qu'elle le savait. Chaque année à cette même période, la pousse des meris était prolifique, et le château autorisait exceptionnellement leur récolte ininterrompue pendant trois lunes. Les Goraniens se déplaçaient en grand nombre dans la vallée de l'ombre pour y participer. C'était une occasion unique de nourrir gratuitement leur famille ou de s'enrichir de quelques pièces en revendant plus tard le fruit de leur labeur. Aucune limitation d'âge, de statut ou d'origine n'existait. Il s'agissait de loin de la plus grande récolte de tout le continent, et elle commençait dans deux lunes.

Elena connaissait parfaitement cet événement. C'était la veille d'une telle célébration qu'Arthur Sachs lui avait fait croiser le chemin d'un homme qui avait changé le cours de son existence...

— Elena ?

— Oui ? s'entendit-elle dire sans réfléchir.

— À quoi penses-tu ? Tu as l'air ailleurs.

— À... à rien. Je pensais à une de ces anciennes moissons, c'est tout. Tu disais ?

— Je disais que la récolte débute bientôt et qu'ensuite, une grande célébration aura lieu à Minabis. Vu que tu es originaire de Minabis, j'ai suggéré au conseil que tu pourrais t'y rendre. Il y aura du monde, beaucoup de gens à saluer et des discours à n'en plus finir, mais tu m'as l'air plus volontaire que jamais.

Elena sourit en son for intérieur. Il s'agissait d'un excellent moyen de rentrer dans les faveurs du conseil et des Goraniens. Elle ne pouvait rêver mieux. Elle allait enfin se comporter comme une reine. Fini les manuels, place à la pratique. De plus, un peu d'air frais lui ferait le plus grand bien.

— Tu as eu raison de m'en parler, confirma-t-elle. J'irai.

— Parfait, sourit son mari. Les Goraniens ont de la chance de t'avoir comme reine. Têtue, mais dévouée.

— Je sais, le taquina-t-elle. Je pars quand et pour combien de temps ?

— Au plus tôt. Ce soir même ou demain matin, pour environ une semaine. Neilarus s'occupera de te constituer une escorte. Il est probablement en ce moment même dans les écuries à s'occuper de sa monture. Je peux le faire convoquer si tu veux.

— Non, j'irai moi-même. J'ai besoin de me dégourdir les jambes.

Sans plus attendre, elle embrassa son mari et s'éclipsa pour préparer son voyage.

CHAPITRE 27

— Qu'est-ce que c'est que ça ? Où est le temple ?

Pilenn venait de hurler avec tout ce qui lui restait de souffle. Bezer était blême, Le maître scrutait les alentours à la recherche d'un indice ou d'un mécanisme, Orrïn chantait — ou plutôt massacrait une chanson dont lui seul comprenait les paroles —, tandis qu'Aluna se retenait de lui sauter dessus pour le faire taire. Le Mini-As avait la délicatesse d'un dragon dans un temple de cristal.

— Vous avez dit qu'il y aurait un temple ici ! insista Pilenn. Où est-il ? Nous avons traversé une forêt maudite et escaladé ce plateau pour rien ?

— Patience, lui intima Bezer en se massant les tempes. Il y a sûrement une explication. Le sommet s'étend sur au moins un kilomètre, nous pouvons continuer à pied.

— Sans savoir où on va ?

— Oui, sans savoir, appuya-t-il en lui jetant un regard noir. C'est ça, obéir aux ordres !

Pilenn baissa les yeux. Elle avait dépassé les bornes. Elle attendit donc que son chef reprenne :

— Maintenant que tu es calmée, regroupe tout le monde et dis-leur qu'on continue à pied. Le temple est sûrement droit devant ou caché derrière un passage. On mange, on boit et on repart. Allez !

Pilenn acquiesça et réunit le reste du groupe pour leur répéter la décision de Bezer. Ils profitèrent de cette petite halte pour se restaurer, avant de se remettre en route.

Le sommet du plateau était aride et rocailleux. Le vent montagneux les accompagnait dans leur périple, faisant frissonner certains et amusant d'autres. Le maître inspectait les alentours comme un chien dressé, Orrïn chantonnait en sautillant, Bezer avançait sans un mot, tandis qu'Aluna et Pilenn fermaient la marche en discutant. Les deux amies cherchaient aussi des indications d'un passage quelconque. Elles ne trouvèrent rien d'inhabituel, le sol demeurant uniforme. Depuis quelques minutes toutefois, elles apercevaient trois autres plateaux encadrer le paysage au loin. Il y en avait un de chaque côté, de sorte qu'à quatre, ils formaient un carré.

— Ça va ? demanda Aluna. Tu n'as jamais parlé à Bezer comme ça...

— Oui, ça va, ne t'en fais pas. C'est juste que... je me demande s'il n'essaie pas de nous tuer. On avance à l'aveugle, sans compter qu'on parle de peut-être affronter une chimère gardienne. Je sais que les chances sont faibles, mais bon... Je ne suis pas sûre que celui qui nous a choisis pour cette mission en mesure le danger et la difficulté.

— Oh ! Tu doutes de votre chef suprême maintenant ? plaisanta Aluna.

— Non, non ! Certainement pas ! C'est juste que c'est un peu effrayant. D'ailleurs, tu disais que les chimères ne t'aimaient pas, je crois, qu'est-ce que tu voulais dire ?

— Une chose que tu ne sais pas sur moi, finalement ! En fait, je me suis déjà retrouvée face à une chimère gardienne et elle ne cherchait qu'à me tuer. Ma magie l'avait attirée, alors pour ton souhait de passer inaperçus... je pense que tu peux l'oublier, d'autant que...

— On y est !

Au cri du maître, les jeunes femmes coururent le rejoindre. Le chemin s'arrêtait là où il se tenait. Les quatre plateaux formaient un carré, enserrant en leur centre une petite vallée cloisonnée. Étrangement, elle s'avérait moins profonde que les plateaux étaient hauts ; on aurait dit qu'il ne s'agissait que d'un bloc dont le cœur avait été creusé. La pente qui y descendait paraissait abrupte et rocailleuse.

— C'est sacrément raide… fit remarquer Pilenn qui avait l'impression de se tenir au-dessus du cœur d'un volcan inactif. Comment on est censés descendre ?

Bezer étudia les bords du plateau avec attention. Au bout de plusieurs va-et-vient, il annonça :

— Aucun passage secret. Quelqu'un a une idée pour descendre sans se rompre le cou ?

— J'en ai une, proposa aussitôt Aluna.

Ils la regardèrent tous avec attention.

— On ne peut pas descendre comme on est monté, on se tuerait, expliqua-t-elle. Seule la magie peut nous aider. La mienne est inutile pour une telle descente, mais celle d'Orrïn ne l'est pas. De mémoire, il a un masex de glace alors il peut nous créer un passage. Il lui suffirait de geler la pente et nous glisserions dessus jusqu'en bas.

— C'est qu'un gamin et on parle d'un très long chemin de glace, intervint Le maître. Il pourra le faire ?

Orrïn sourit de toutes ses dents :

— Pierre m'aime bien.

— On irait incroyablement vite… précisa Pilenn. On pourrait se tuer en arrivant en bas. Et puis, comment on remonte ensuite ?

— Je ne sais pas, répondit Aluna. Mon plan n'est pas infaillible, mais je n'ai rien d'autre sous la manche et je suis assez pressée d'en finir avec cette mission. D'autres idées ?

Le silence qui suivit constitua une réponse suffisante.

— Alors, on est partis ! conclut Bezer en retirant sa chemise.

Surpris au premier abord, le groupe finit par comprendre ses intentions lorsqu'il l'attacha autour de sa taille. Il comptait s'en servir comme support pour la descente. Le maître fit de même, suscitant le regard admiratif de Pilenn. Son torse parfait ne la laissait pas indifférente. Elle opta pour un vêtement de rechange ; Aluna et Orrïn l'imitèrent.

Ils se regroupèrent ensuite autour du Mini-As qui, comme s'il n'était pas sur le point d'utiliser une grande quantité d'énergie, s'était assis au bord du précipice et préparait son tour de magie en fredonnant. Au bout de cinq longues minutes, il se tut enfin et tendit les mains. De l'eau en jaillit, se déversant sur toute la pente. Il la laissa couler un moment, puis ferma le poing : la cascade se cristallisa peu à peu. Le chemin devint alors blanc, froid, magnifique. Les rayons du soleil sur la glissade givrée donnaient à l'ensemble un côté apaisant. Tout d'un coup, le reste du voyage ne paraissait plus aussi effrayant.

Aluna se jeta la première sur la rivière de glace. Son cri de panique mourut après la première centaine de mètres. Pilenn fit de même après que son frère se soit accroché à son dos. Les deux hommes fermèrent la glissade.

La descente dura plus longtemps que souhaité. Seul Orrïn sembla apprécier cet aspect du voyage. Le cœur d'Aluna était sur le point de quitter sa poitrine lorsqu'elle approcha du sol à grande vitesse. La glace formait une courbe relevée en bout de course, ce qui freina un peu son allure avant qu'elle ne soit propulsée dans les airs. Elle décrivit un petit arc de cercle et retomba en hurlant. Heureusement, elle atterrit sur du sable. Le choc s'avéra douloureux, mais elle n'hérita que d'une égratignure au bras. Elle se releva lentement, et contempla ses amis la rejoindre de façon moins catastrophique : Orrïn avait ajusté la trajectoire de la glace juste à temps. Aluna ne put s'empêcher de penser que le garçon utilisait trop souvent ses pouvoirs. Le Mini-As lui donna raison en lui proposant presque aussitôt de soigner son bras. Elle déclina son offre, et il fit demi-tour en haussant les épaules.

Le sol était sablonneux et l'air, poussiéreux. Ils se tenaient au centre du plateau géant, mais il n'y avait toujours aucune trace du temple. En dehors de quelques rochers, l'endroit était désert. Pourtant, personne n'osa dire tout haut ce qu'ils pensaient tout bas. Que faire, à présent ?

L'expression fermée de Bezer ne laissait aucune place au doute : ils chercheraient, quitte à mourir en essayant. Ils s'y attelèrent sans un mot. Ils scrutèrent vainement le sol, avant de s'attaquer aux contours du plateau. Au bout de ce qui leur sembla durer une éternité, Pilenn s'écria :

— J'ai quelque chose !

Tout le groupe se rapprocha d'elle. Elle leur indiqua les gravures qu'elle avait trouvées. Ils se rendirent vite compte que le texte était illisible. La majorité des signes leur était inconnus, et leur agencement n'avait pas davantage de sens.

— Je ne comprends pas, commenta Aluna en fronçant les sourcils. Je croyais que nous parlions tous la même langue.

— Nous parlons tous la même langue, expliqua Bezer en soupirant. Ça, c'est de l'Ancien, le langage de nos ancêtres. Le seul que je connais qui puisse nous traduire ce texte est notre chef lui-même. Ce coup-ci, on est coincés.

Sa phrase acheva de décourager le petit groupe. Ils se mirent à réfléchir à une solution, mais le cœur n'y était plus. Sans ce message, ils ignoraient comment trouver l'accès au temple, ou même remonter la pente qu'ils venaient tout juste de descendre. Les visages s'assombrirent, leurs épaules s'affaissèrent. Seule Pilenn semblait toujours dans son état normal. Elle les regarda à tour de rôle, hésita et finit par dire :

— Je vais vous dire un truc qui nous permettra peut-être de nous en sortir, mais il vous faudra tous jurer de ne jamais en parler.

Bezer fronça les sourcils et lui répondit d'une voix autoritaire :

— Je suis ton chef. Je ne jurerai rien du tout.

Pilenn haussa les épaules :

— Dans ce cas, faites comme si je n'avais rien dit.

Le visage de Bezer se durcit. Il n'aimait pas l'audace de sa subordonnée. Il lui aurait fait savoir, si Aluna et Le maître n'étaient pas intervenus :

— Je le jure, dit l'une.

— Moi également, renchérit l'autre.

Puis, en se tournant vers Bezer, il ajouta :

— On est coincés. Si elle peut nous aider à réussir cette mission, je suis prêt à jurer n'importe quoi. Et à m'y tenir.

La mâchoire du chef de groupe se crispa, mais il savait que son compagnon avait raison. Il céda malgré lui.

— Je le jure également, grogna-t-il en fixant Pilenn. Et je tiens toutes mes promesses.

— J'jure aussi ! s'exclama Orrïn sur des tons chantants.

L'intervention enjouée du Mini-As arracha un sourire à sa sœur, qui lui ébouriffa la chevelure avant de continuer :

— Eh bien, puisque vous êtes des personnes de parole, je crois qu'il est temps que je vous avoue quelque chose.

Elle attendit quelques secondes, avant de confier :

— Je sais lire l'Ancien.

L'annonce les laissa tous sans voix.

— Bien sûr, c'est écrit en Haut-Ancien alors je ne comprends pas tout, reprit-elle, mais je peux en lire une partie.

— Du Haut-Ancien ? répéta Le maître.

— Oui, c'est une variante plus soutenue et plus ancienne que l'Ancien lui-même. Je n'en comprends que quelques mots et expressions. Maîtriser le Haut-Ancien demande un engagement tel que très peu de gens y arrivent.

Bezer l'observa avec méfiance :

— Très peu de gens parlent l'Ancien. Où as-tu appris à le parler ? Ça ne s'apprend nulle part ! C'est une connaissance si fermée que seuls les druides d'un certain niveau peuvent y accéder ! Qu'est-ce que tu nous caches ? Comment ça se fait que je ne sache pas ça ? Explique-toi !

— Je ne cache rien, se justifia l'intéressée. Il s'agit simplement d'un savoir vénéré par les gens de mon village depuis presque toujours, même s'il se perd de plus en plus. C'est aussi un secret, raison pour laquelle je vous ai tous fait promettre de ne pas en parler.

Son explication rassura un peu Bezer, qui se tut. Pilenn indiqua les gravures :

— Je crois que c'est écrit *« Le temple n'accueille que les authentiques, ceux qui de leur bras, soulèveront la trappe »*. Enfin, j'ai déduit une bonne partie des mots à partir du sens d'autres. J'espère ne pas m'être trompée.

Ils se regardèrent sans comprendre. Seul Le maître ouvrit la bouche :

— J'ai vu une sorte de fissure dans le sol tout à l'heure ! J'ai mis du temps à la remarquer, car elle était couverte de sable. Je n'y ai pas prêté attention parce que je ne voyais pas le lien avec le temple, mais maintenant que tu nous lis ça, je me dis qu'il s'agit peut-être d'une entrée, d'une trappe qui mènerait à un temple souterrain.

— Trop fort ! applaudit Orrïn, avant de se rendre compte que personne ne l'imitait.

— Montre-moi, ordonna Bezer à son acolyte. Les filles, marquez tous les endroits où vous voyez une fissure. Essayons de trouver cette trappe.

— Et Orrïn ? demanda le Mini-As avec de grands yeux dégoûtés.

— Toi, tu restes ici et tu ne fais rien, ce sera déjà ça. Et puis, il faut que quelqu'un ait une vue sur nous tous, au cas où.

Le garçon obéit, même si la moue sur son visage laissait entendre qu'il n'en avait aucune envie. Le reste du groupe chercha à reconstituer la forme de la trappe. Le maître comprit rapidement que la fissure qu'il avait remarquée se prolongeait ; Pilenn et Aluna confirmèrent sa déduction en découvrant la fin du demi-cercle un peu plus loin. Il s'agissait bien d'une trappe, qui faisait aisément la taille de trois hommes mis les uns sur les autres. Ils l'examinèrent de long en large, et jugèrent qu'elle était trop lourde pour être soulevée. C'était sans doute accessible pour un Ogre, mais pas pour eux. Ils se rassemblèrent de nouveau, plus perdus que jamais.

— OK, cette fois-ci, on est bien coincés, annonça Bezer. Comment on peut soulever ce truc ? Toute suggestion est bonne à prendre.

« J'ai quelque chose à dire, moi... »

Aluna sursauta en entendant le monstre. Bezer lui demanda si tout allait bien, ce qu'elle confirma en se focalisant sur la résolution de leur problème. Seulement, celui qui partageait son corps n'en avait pas fini :

« Tu fais la sourde oreille maintenant ? Tu ne veux pas savoir ce que j'ai à dire ? »

La jeune femme l'ignora de nouveau.

« Je t'aurais prévenue... Tss, je vais m'amuser autrement, alors. »

Sa voix était si glaciale qu'Aluna eut l'impression qu'elle gèlerait sur place. Une effrayante énergie magique l'enveloppa ensuite. Elle sentait la présence du monstre auprès d'elle, ainsi que celle d'un autre être tout aussi menaçant. Sans qu'elle comprenne pourquoi, ses mains devinrent moites, sa bouche s'assécha, son esprit se vida. Elle lâcha sans le vouloir :

— Il faut qu'on parte...

Le reste du groupe la dévisagea avec surprise.

— Qu'est-ce que tu racontes ? demanda Bezer. On a encore besoin de...

— Écartez-vous ! s'écria-t-elle en sentant la menace magique approcher à grande vitesse.

Avant que quiconque ne bouge, il y eut un choc indescriptible. Le sol trembla, un bruit sourd retentit, un nuage de poussière de sable se souleva et projeta le groupe à plus d'une dizaine de mètres.

Le voile d'obscurité qui recouvrit la vue d'Aluna se leva au bout de quelques secondes. Elle se redressa aussitôt ; une patte géante s'abattait sur elle à toute vitesse. Elle plongea sur le côté et esquiva le coup de justesse. En se relevant, elle découvrit une créature encore plus grande que le dragon à trois queues. Elle ressemblait à un fourmilier géant, avec des griffes particulièrement longues et aiguisées.

La chimère gardienne !

Aluna chercha le reste du groupe des yeux. Le nuage de poussière se dissipait lentement. Pour l'instant, elle n'apercevait que Le maître, qui se relevait quelques pas plus loin. Il avait encore sa baluche et ses armes. Les autres étaient hors de vue. Elle n'avait pas le choix. Elle devait s'occuper de la chimère elle-même.

Elle se concentra pour attaquer, mais la créature la devança. Aluna esquiva in extremis. Elle essaya de reprendre là où elle s'était arrêtée, mais elle n'était pas assez rapide. À chacune de ses tentatives, elle devait éviter un coup. Le maître le constata et décida de lui faire gagner du temps. Il planta son épée dans le pied de leur adversaire, qui lui jeta un regard curieux. Comme si elle avait senti une chatouille.

Aluna profita de la diversion. Ses doigts s'enflammèrent au bout de quelques secondes et elle déversa sa magie sur la chimère. Cette dernière recula d'un pas en encaissant le coup. Une partie des poils de la poitrine calcinés, elle chargea sa principale cible. Le maître, qui s'était depuis repositionné, s'interposa avec son énorme bouclier. Le métal absorba le coup, mais n'y survécut pas. La protection se scinda en deux. Le maître ravala sa surprise, et dégaina une seconde épée.

La chimère lança une patte pour se débarrasser de cet obstacle. Le maître ne bougea pas. Consciente qu'il n'avait aucune chance, Aluna le poussa et s'interposa sans réfléchir. Elle réalisa trop tard qu'elle n'avait pas fait appel à sa magie. Des griffes s'abattirent sur elle.

Une barrière de glace la sauva à temps. Le cœur battant, elle reconnut Orrïn au loin, à seulement quelques pas de la chimère. Il s'éloignait lorsque le fourmilier géant se tourna vers lui avec une expression rageuse. La peur au ventre, Aluna s'élança aussi vite qu'elle le put.

— Orrïn, derrière toi ! le prévint-elle. Protège-toi !

Par Maldas, cours, j'ai juré de te protéger ! Pitié, cours !

Son avertissement ne fut d'aucun secours. L'ennemi était déjà sur sa cible.

CHAPITRE 28

Le départ d'Elena laissa Willan songeur. Il s'inquiétait un peu de la tournure que prenaient les événements. Sa femme était dévouée, et il l'appréciait pour ça. Seulement, malgré tout ce qu'elle en disait, elle avait beaucoup changé depuis la perte de ses pouvoirs ; Willan se demandait de plus en plus s'il préférait la nouvelle ou l'ancienne Elena.

Elle buvait de l'alcool à présent, était moins patiente, ne consommait que des mets raffinés, s'imposait davantage, s'intéressait à la politique et avait délaissé l'apprentissage du combat. Il avait imputé ces changements au recouvrement de ses souvenirs, au temps et à son couronnement. Mais il lui semblait qu'elle devenait plus mesquine, moins... compatissante.

Cette impression remontait à quelques mois. Basroc avait connu une pénurie de blé sans précédent. La région avait été frappée par la sécheresse et les récoltes mourraient les unes après les autres. La situation était vite devenue inquiétante. Certains pillaient déjà leurs voisins pour nourrir leurs familles et l'insécurité s'installait peu à peu.

Willan avait réuni le conseil en urgence. Ils décidèrent d'envoyer plusieurs caisses de blé ainsi qu'un druide maîtrisant la magie de l'eau, afin d'aider les cultivateurs à survivre à la sécheresse. Trouver un volontaire s'avéra interminable, chacun des druides présents se jugeant indispensable ailleurs. Larzac mit fin aux tergiversations en sollicitant un de ses contacts de Wizz, qui dépêcha trois élèves accompagnés d'un de leurs professeurs.

Le délai passé, les pluies ne revenaient toujours pas, mais les champs reverdirent grâce à la magie. Willan s'était rendu sur place pour remercier les apprentis druides et rassurer les habitants. Ensuite, il avait pris la route du quartier d'Amélia, qu'il ne trouva pas chez elle. Alors qu'il rejoignait son convoi pour le retour, deux représentants du quartier vinrent à sa rencontre. Ils évoquèrent des affaires urgentes nécessitant son intervention : un boulanger ayant battu un voleur à mort, et une femme dont on avait découvert les jumeaux cachés depuis trois ans.

Willan resta longtemps silencieux. Les visages de Wilfred, de Philédor, et de tous ceux qu'il n'avait pu sauver, traversèrent son esprit. Quelle justice pouvait encore avoir sa place dans un monde pareil ? À mesure qu'il hésitait, il vit la méfiance se peindre sur les traits des deux hommes. Il comprit aussitôt qu'il n'avait pas le choix. Le lendemain, il ordonna l'exécution publique du meurtrier… et de la famille.

Tout avait été organisé de façon sommaire. Il y avait du monde et Willan avait dû prononcer un discours. La scène lui avait rappelé le rêve où Aluna se faisait décapiter au nom du Régisseur. Il aurait voulu prétexter une migraine et s'en aller, mais il n'avait aucun moyen d'échapper à la foule qui l'entourait. Il s'était retenu de hurler en entendant les derniers cris de terreur des quatre condamnés — surtout ceux des deux enfants —, et était resté sur son trône improvisé jusqu'au dispersement de la population. Ensuite seulement, il s'était éloigné pour rendre son déjeuner derrière l'échafaud.

L'épreuve l'avait secoué, l'assassinat de la petite famille en particulier, et cela l'avait conforté dans sa perception de l'injustice des règles du Régisseur. S'il avait pu, il se serait rebellé. Mais il était roi. Il devait assurer la sécurité de son peuple, non les mettre en danger pour protéger une paire de jumeaux. Il lui fallait penser au plus grand nombre.

Il s'était répété cette phrase jusqu'à son retour au palais et n'en avait pas parlé pendant deux lunes entières. Kenton, qui l'avait appris par Alderian, lui avait posé une main amicale sur l'épaule en signe de compassion. Irma lui avait aussitôt préparé ses plats favoris. Quant à Elena, à qui il avait parlé une semaine plus tard, elle lui avait assuré son soutien… juste qu'il avait perçu l'indifférence de son regard. De l'ennui, même. Comme s'il l'avait informé que leur repas serait servi avec un peu de retard. En y repensant, elle aurait réagi avec plus d'intérêt s'il lui avait annoncé cela.

Willan chassa ces souvenirs en se persuadant qu'il y avait sans doute une explication à cela. C'était toujours la même femme qu'il avait rencontrée l'année d'avant et qui avait choisi de mourir pour préserver la paix, la même dont il était tombé amoureux au fil des épreuves et qu'il avait juré de soutenir éternellement.

À moitié convaincu, Willan se dirigea vers son nouveau bureau, avec l'intention de se replonger dans le journal de son père. Pris par les conseils et ses engagements, il n'avait pas eu le temps d'avancer autant qu'il le souhaitait. Il comptait donc consacrer les prochaines heures à sa lecture.

Il sortit sa bague, qu'il gardait en permanence accrochée au pendentif à son cou, et l'utilisa pour se rendre dans la pièce secrète. Il s'installa confortablement, saisit le journal ainsi qu'une plume, puis poursuivit ses notes. Il mettait en avant les dates et événements importants dont il aurait besoin pour reconstituer le puzzle de la vie de son père. Il reprit là où il s'était arrêté :

« L'an 1049, Toute fin de l'hiver. Le sceau royal a disparu de la chambre forte. Je ne peux l'annoncer, c'est trop grave. Mais je connais la responsable. Je ne l'aurais pas crue capable d'une telle chose, mais c'est la seule qui a pu s'approcher d'assez près pour me le voler. Nal, pourquoi avoir agi de la sorte ? »

Willan fronça les sourcils. Après avoir lu un passage semblable quelques semaines auparavant, il avait cherché et trouvé la clé de la salle d'invocation dans une fente murale du bureau. Il avait ensuite fait de même avec le sceau royal, qu'il dénicha bien à sa place, dans la chambre forte du palais. Il poursuivit :

« L'an 1050, Début du printemps. Avec l'accord de ce bon vieux Brenos, je vais pouvoir me rendre à Cristallia sans mettre en péril nos relations. Il approuve ma décision et m'a même incité à aller jusqu'au bout en me facilitant la traversée de l'Alendril. Et moi qui doutais encore

de la marche à suivre! Il n'aime peut-être pas venir à Goran, mais j'ai l'autorisation de passer par ses terres et ça me suffit largement.»

Le souverain de Firania avait donc incité son père à se battre? Curieux, il continua :

«L'an 1050, Plein milieu du printemps. La guerre est déclenchée. Sans ma chimère, puis-je seulement gagner? Mon honneur et celui de mon royaume sont en jeu.»

«L'an 1050, Début de l'été. Cette guerre ne devrait pas durer longtemps. Après l'attaque que j'ai lancée, Cristallia s'agenouillera devant nous. Enfin, j'obtiendrai peut-être réparation.»

Willan sourit. Son père se trompait sur l'issue de ce combat. Il dévora les pages suivantes, jusqu'à s'arrêter sur un passage :

«L'an 1052, Début de l'automne. Wilfred me manque. Tant d'années sont passées et pourtant je pense toujours à lui. Je pense à tout ce qu'il a manqué, ce royaume qu'il a laissé, son frère qu'il a abandonné. Parfois je me dis que, s'il était encore là, notre famille serait encore soudée, Willan serait peut-être... plus heureux? Est-ce ce jour que nous avons tous été maudits? Est-ce ce jour que j'ai perdu le contrôle de ma vie... de notre vie?»

Le cœur de Willan se serra en lisant ce passage sur son frère et lui. Il poursuivit :

«L'an 1052, Début de l'hiver. Ma conscience me rappelle à l'ordre. Les Dieux existent donc vraiment? Pour avoir péché contre ma femme, je subis leur sentence. Peut-être que Nal avait raison au fond, peut-être ne suis-je qu'un homme brisé, abruti par le pouvoir. Peut-être suis-je incapable de vivre avec ma peine. Après tout, ne suis-je pas celui qui a été infidèle à Allys alors qu'elle était mourante? Ne suis-je pas celui qui n'a pas réussi à s'occuper de sa propre famille? Celui qui a cherché le réconfort ailleurs à la mort de son premier fils? Mon peuple me fait confiance, mais ils ne connaissent pas l'homme derrière, ils ne savent rien de toutes les

erreurs que j'ai commises. J'espère que les Dieux, s'ils existent, entendront mes regrets. »

Le sang de Willan se glaça. Son père avait eu une maîtresse. Ces derniers mois, il avait exploré ses écrits et découvert, à sa grande surprise, un homme aimant mais maladroit. Les passages le concernant étaient empreints de tristesse et de remords. Pourtant, ce qu'il venait d'apprendre le perturbait. Le roi l'avait regretté, certes, mais il avait abandonné sa femme sur son lit de mort. Willan revoyait sa mère, appelant désespérément son époux dans ses derniers instants, et comprenait enfin son absence. Il l'avait cru accaparé par les affaires du royaume, alors qu'en vérité, son père goûtait à la chaleur d'une autre. Au moment même où ils avaient le plus besoin de lui.

Willan se leva et abattit son poing contre le mur. Puis un autre. Et encore un. La douleur ne vint qu'après, quand le sang commença à tacher sa peau. Le tic-tac de la pendule le ramena ensuite à la réalité : son entrevue avec le trésorier approchait. Un soupir lui échappa. Il se laissa retomber sur sa chaise, les épaules lourdes, et saisit une plume. Les mots jaillirent d'eux-mêmes, noircissant le papier et allégeant son cœur. Il comprenait désormais ce qui avait poussé son père à écrire. Peut-être qu'ainsi, il comblerait l'étrange vide qui envahissait peu à peu sa vie. Était-ce donc cela qu'être roi ?

CHAPITRE 29

Aluna cligna des yeux. La scène lui paraissait étrangement familière. Elle était dans une sorte de monde parallèle, mais avec la chimère gardienne du temple. Elle ne savait pas ce qui était advenu d'Orrïn ni comment elle était arrivée là.

— *Qui es-tu ?*

Assise en face d'elle, la créature la fixait de ses yeux jaunes.

— Où sont mes amis ? répondit-elle à la place.

— *Tu n'as pas répondu à ma question. Qui es-tu ? Tu n'es pas le feu jumeau, tu es faible.*

Aluna encaissa l'insulte en réalisant que la chimère n'avait pas parlé. Sa voix avait résonné dans sa tête. C'était familier… et perturbant.

— Je te dirai qui je suis lorsque j'aurai vu mes amis ! Où sont-ils ?

La chimère plissa les yeux, leva un sourcil, puis soupira.

L'instant d'après, elles étaient de retour au centre du plateau. Le nuage de poussière avait disparu et le reste du groupe les encerclait. Dès qu'ils virent la chimère, ils se remirent en garde en hurlant à Aluna de s'éloigner.

— *Inutile, je veux parler à la fille. Me battre ne m'intéresse pas.*

Sa voix résonna dans toutes les têtes. Pourtant, seuls Pilenn et Orrïn se détendirent. Les deux hommes restèrent en position. Bezer hurla en les voyant baisser leurs gardes :

— Eh, vous faites quoi les gamins ? Et puis, c'était quoi cette voix ? J'ai rien compris à ce qu'elle a dit !

— C'est du Haut-Ancien ! expliqua Pilenn. Je n'ai pas tout compris, mais elle ne nous veut pas de mal ! Baissez vos armes !

Les deux hommes froncèrent les sourcils, échangèrent un regard inquiet et finirent par obéir. Ils se rapprochèrent ensuite, une question sur les lèvres :

— Orrïn et Aluna parlent le Haut-Ancien alors ?

— J'sens l'pierre, elle est forte, mais gentille, rétorqua le Mini-As. J'ai rien compris.

Ils se tournèrent alors vers Aluna.

— Euh... non, je ne parle ni l'Ancien ni le Haut-Ancien, mais je comprends ce qu'elle me dit comme si elle parlait notre langue. Je ne sais pas pourquoi.

— *La fille a un lien, elle a l'essence du feu jumeau, elle nous comprend. Je veux parler avec elle, seul. Vous, restez ici.*

Après que Pilenn eut traduit le peu qu'elle avait compris, ils acquiescèrent. La chimère et son interlocutrice forcée disparurent alors derrière ce qui leur sembla être une bulle magique.

— *Je suis la gardienne de ce temple, Tari'al. Tes amis sont vivants alors parle. Toi, petite fille, qui es-tu ? Pourquoi as-tu l'essence du feu jumeau ?*

— Je m'appelle Aluna, je ne sais pas ce qu'est le feu jumeau, mais j'ai une chimère qui vit en moi, c'est sûrement elle que vous sentez. Et a priori, vous ne devez pas beaucoup l'aimer.

La créature magique plissa ses yeux jaunes :

— *Personne n'aime le feu jumeau, il a toujours été trop orgueilleux. Il détruit tout ce qu'il veut. Comment as-tu réussi à l'emprisonner ? Son pouvoir est diminué.*

Aluna fronça les sourcils. Elle n'avait pas pensé une seconde que le monstre en elle avait un nom, surtout un comme « le feu jumeau ». Ce n'était pas très commun.

— Longue histoire... dit-elle en s'asseyant à son tour. En gros, un druide l'a emprisonné dans mon corps et son pouvoir est contenu grâce à ça. S'il se débarrassait de moi, il ferait ce qu'il voudrait. D'ailleurs, pourquoi vous parlez le Haut-Ancien ? Je suppose que je vous comprends à cause du... feu jumeau ?

— *Personne ne m'a réveillé depuis plus d'un millénaire, je parle la langue que je parle depuis toujours.*

Tari'al parut réfléchir avant de reprendre :

— *Dis-moi, gardienne du feu jumeau, que fais-tu ici si ce n'est pas pour détruire le temple ?*

— Nous cherchons une pierre magique qui serait enfermée quelque part dans le temple et qui devrait nous aider à combattre un tyran.

La chimère leva la tête vers le ciel, ferma les yeux, prit une grande inspiration, puis lui répondit :

— *Tu es une sœur gardienne, et une fois que j'isole l'essence du feu jumeau, je sens que je peux te faire confiance. Je n'ai que faire de cette pierre, je te laisserai la prendre.*

La surprise laissa Aluna sans voix.

— Je ne sais pas quoi dire...

— *Une question : comme tu as pu le voir, je n'ai pas beaucoup voyagé dans votre monde récemment. Qu'est-il advenu du reste des Ogres ?*

Aluna lui raconta ce qu'elle savait : leur peuple avait été traqué, et les rares survivants avaient migré vers le continent nordique pour y vivre cachés. Tari'al sembla peinée par cette nouvelle. Son visage arborait une expression triste et coupable, quand elle expliqua :

— *La dernière fois que j'ai été dans votre monde, il ne restait pas beaucoup d'Ogres adultes. Les enfants avaient été réunis dans le temple pour survivre. Parmi eux se trouvait le jeune prince du royaume du sud. Il avait peur que l'ennemi réussisse à atteindre le temple et que je sois obligée de me battre. Les Ogres me vénéraient, ils faisaient tout pour ne pas me mêler à leurs histoires, ils ont même donné mon nom à ce temple. Malgré mon désaccord, le prince passa un pacte avec un homme au pouvoir étrange, dans l'espoir de protéger les survivants. Le prince étant le seul d'entre eux à savoir se battre, l'homme utilisa sa magie pour lui créer des doubles qui selon lui étaient presque invincibles. Ils partirent au combat presque aussitôt. Je n'ai jamais entendu l'ennemi franchir les premiers niveaux de la forêt empoisonnée, mais je n'ai pas vu le prince revenir non plus. Les enfants sont restés ici des années, peut-être plus, mais j'ai été enfermée ensuite et je n'ai jamais su ce qu'il était advenu d'eux.*

Aluna pensa aussitôt aux Ogres qui l'avaient attaquée : des copies parfaites. Si elle en croyait l'histoire de Tari'al, il devait s'agir des doubles du prince ogre de l'époque. Ils étaient sans doute restés dans la forêt à attendre un ennemi qui ne s'était jamais montré. Ou peut-être l'avaient-ils vaincu ? Difficile à dire. Dans tous les cas, ce mystérieux Ancien était à l'origine de ces « doubles ». Il pouvait donc créer une armée comme celle qui avait attaqué Cristallia. Elle frissonna. Une telle magie pouvait renverser le cours d'une bataille. Cristallia aurait d'ailleurs eu du mal à s'en sortir s'ils n'avaient pas connu le point faible de leurs ennemis à temps. Le plus effrayant résidait dans le fait que, depuis la condamnation de la magie, ce pouvoir était contenu dans un masex, une simple pierre. Et que quelqu'un s'en servait pour tuer. Restait à savoir qui, pourquoi il s'était attaqué au royaume de glace, et s'il allait recommencer.

— J'en suis désolée, répondit-elle en chassant cette idée. Mais peu importe ce qui a pu leur arriver à l'époque, ils sont forcément morts aujourd'hui. Cette histoire remonte à plus de mille ans.

La jeune femme choisit de ne pas parler de sa rencontre dans la forêt pour ne pas attrister davantage la chimère. L'existence de ces « créatures » enragées prouvait que l'ennemi n'avait peut-être jamais atteint le temple, mais le savoir ne serait qu'une maigre consolation pour Tari'al. Aucun des enfants ogres de l'époque n'avait survécu assez longtemps pour en témoigner. D'une façon ou d'une autre, ils avaient tous péri.

— *Merci, gardienne du feu.*

Le visage de Tari'al se ferma, et elle se leva.

La seconde d'après, elles avaient quitté leur monde parallèle et retrouvé les autres dans le creux du plateau géant. Aucun d'eux ne bougea en constatant leur retour. Ils attendirent que la chimère prenne la parole, toujours s'adressant à Aluna :

— *Il y a une sortie dans le temple, suis l'ouest jusqu'au grand escalier. Je t'ouvre le passage, mais je te surveillerai désormais. La frontière entre votre monde et le nôtre sera mince tant que tu le voudras.*

Sur ces paroles incompréhensibles, Tari'al ordonna au groupe de s'écarter, dégagea le sable qui recouvrait la trappe d'un souffle, puis la souleva d'une main, comme si elle ne pesait rien. Un passage sombre se dessina au milieu, dévoilant les premières marches d'un immense escalier. Aluna remercia la chimère du regard, puis s'y aventura la première. Le reste du groupe suivit. Une obscurité presque totale les enveloppa, ce qui ne les rassura pas. Le bruit de la trappe qui se refermait acheva de faire paniquer Pilenn :

— Elle nous a enfermés !

Aluna créa une petite flamme dans sa paume. Elle constata ainsi que tout le groupe s'était agglutiné autour d'elle. Dès qu'ils virent la lumière, ils s'éloignèrent un peu.

— Du calme, annonça-t-elle pour rassurer son amie. Elle m'a révélé qu'il y avait une autre sortie, il nous suffit juste de la trouver. Tu n'avais pas compris cette partie ?

— Euh non, je n'avais pas compris ça du tout... Sinon, que t'a-t-elle révélé d'autre ? Vous avez parlé de quoi ? D'ailleurs, je croyais que les chimères te détestaient !

— C'est le cas, c'est juste que celle-ci a fini par comprendre que je n'étais pas un monstre, juste son hôte. On y va ? On parlera du reste plus tard, on n'a pas de temps à perdre. Je ne pourrai pas maintenir cette flamme toute la journée.

Ils commencèrent leur descente méthodique. Chaque marche était si haute qu'avancer demandait une attention de tous les instants. Le passage les menait loin, à une distance qu'ils n'auraient pas imaginée possible. Les Ogres avaient dû creuser longtemps pour construire ce passage !

Ils descendaient depuis plus d'une heure lorsqu'ils atteignirent enfin le sol. Jusque-là, aucun piège ne les avait interrompus. Aluna chercha un moyen de maintenir son feu magique. Elle préférait conserver son énergie pour parer un éventuel danger. Elle finit par trouver une torche presque aussi haute qu'elle. Le maître l'aida à la décrocher du mur, puis proposa de la porter. La lumière se répandit un peu plus autour du petit groupe.

Ils traversèrent un long couloir dont les parois étaient décorées de fresques et de symboles Anciens. Pilenn essaya de lire chacune des inscriptions, tracées dans un Haut-Ancien si impeccable qu'elle n'y comprenait pas grand-chose. Seuls les dessins leur indiquèrent qu'un mouvement migratoire des Ogres les avait divisés en trois groupes : un royaume nordique construit sous terre, un au sud dont les habitants vivaient dans les montagnes ou les plateaux, et un au centre qui prospérait au niveau du sol. Ils aperçurent aussi des images de sacrifices rituels, de Tari'al, et d'affrontements au corps-à-corps. Au-delà, tout leur resta inconnu.

Ils arrivèrent, épuisés, à leur première intersection. Pilenn réussit à lire une partie de l'inscription sur la roche qui séparait les deux chemins; elle proposa celui de droite en argumentant qu'une sorte de trésor s'y trouvait. Le groupe suivit sans débat.

La route s'écartait au fur et à mesure qu'ils avançaient. Pilenn remarqua que les textes étaient en langage moins soutenu lorsqu'ils arrivèrent à un carrefour donnant sur quatre autres corridors. Au centre se tenait une immense statue de Tari'al, en dessous de laquelle une stèle et des restes d'objets subsistaient sous un nuage de poussière et de toiles d'araignée.

— Le monstre ! s'exclama Orrïn, dont la voix résonna en écho dans le temple.

— Chuut ! Je lis ! lui intima sa sœur en étudiant un nouveau texte.

Le groupe attendit patiemment qu'elle ait achevé son analyse.

— C'est beaucoup plus simple, c'est de l'Ancien, lâcha-t-elle au bout de quelques minutes. C'est comme si les premiers passages avaient été écrits il y a des millénaires alors que ceux-ci pourraient dater du début de la nouvelle ère. Soit ça, soit ça a été écrit par des enfants.

Aluna repensa à sa discussion avec Tari'al. Il pouvait s'agir des enfants qui s'étaient enfermés dans le temple.

— Qu'est-ce que ça dit ?

— C'est là que c'est étrange, je n'ai aucune idée de ce que ça veut dire. C'est écrit : « La salle d'éveil, à vous, Votre Altesse, qui saurez nous retrouver. »

— J'ai ma petite idée, répliqua Aluna. Elle est où, cette salle d'éveil ?

— Il faut que je regarde les autres inscriptions pour le savoir, en espérant que ce ne soit pas du Haut-Ancien, expliqua Pilenn.

La jeune femme scruta les roches devant chacun des quatre chemins, puis revint auprès du groupe :

— Malheureusement, c'est bien du Haut-Ancien. Je n'ai pas compris grand-chose, mais j'ai reconnu le mot « éveil ». Ce devrait être la bonne direction, normalement.

— On y va, proposa Aluna en se dirigeant vers le passage en question.

Bezer lui barra la route.

— Je te rappelle que je suis celui qui donne les ordres ici, assena-t-il. Ensuite, on n'est là que pour la pierre, pourquoi irait-on dans cette salle d'éveil ? Tu dis que tu as ta petite idée ? Eh bien, dis-nous laquelle. Qu'est-ce que tu sais que nous ne savons pas ?

Aluna leur raconta ce que la chimère lui avait appris à propos de la résistance des enfants ogres et conclut que si cette salle avait été le refuge de beaucoup d'entre eux, il n'était pas impossible que le mystérieux Ancien s'y soit enfermé aussi. Si c'était le cas, le masex correspondant à son pouvoir devait y être depuis des siècles.

En réalité, la jeune femme doutait que la pierre s'y trouve, vu que quelqu'un s'en était a priori servie pour attaquer Cristallia. Cependant, elle ne devait écarter aucune piste. Le masex recherché par le chef des rebelles n'était peut-être pas celui auquel elle pensait, sans compter qu'il existait peut-être plusieurs Anciens qui avaient possédé ce pouvoir hors du commun. Dans ce cas, celui utilisé contre Cristallia n'était pas unique et la fameuse pierre se trouvait peut-être encore dans le temple, à portée de pas.

Elle ne confia pas ses doutes au groupe. Sa première analyse suffit à les convaincre, et ils suivirent la piste de la salle d'éveil.

~

Après plusieurs heures à traverser des couloirs, des pièces contenant parfois des statues, des livres moisis dont les pages se déchiraient au moindre contact ou des mètres carrés d'inscriptions en Haut-Ancien, ils finirent par arriver devant une salle sur laquelle Pilenn distingua le mot « Éveil ».

Ils poussèrent la porte avec appréhension et furent aussitôt éblouis. Ils se couvrirent les yeux. L'instant de surprise passé, ils repérèrent des visiols incrustés dans les fentes murales. Il y en avait une bonne vingtaine, plus qu'il n'en avait jamais vu. Au centre se trouvaient plus d'une centaine de lits de fortune trois fois trop grands, ainsi que quelques cadavres. Bezer et Le maître grimpèrent sur les murs, où ils décrochèrent la majorité des visiols, qu'ils répartirent dans leurs baluches. Le groupe put enfin se découvrir les yeux.

L'endroit ressemblait plus à un cimetière qu'autre chose. Des dizaines de squelettes jonchaient le sol; des enfants, à en juger par leur taille. Orrïn sortit avec une moue de dégoût. Les autres explorèrent la pièce avec l'espoir de tomber sur ce qu'ils cherchaient. Ils allaient renoncer lorsque Le maître remarqua que l'un des ossements correspondait à celui d'un homme adulte. Ils spéculèrent longuement sur le fait qu'il s'agisse du fameux Ancien, puis finirent par abandonner. Ils embarquèrent toutefois les visiols restants, puis s'en allèrent.

Ils retrouvèrent Orrïn à l'extérieur, qui s'amusait à faire rouler un grand bâton à bouts arrondis au sol. À côté se trouvait un énorme bol en bois à bords épais. Pilenn comprit qu'il s'agissait d'un pilon et d'un mortier, servant à écraser les aliments nécessaires à la réalisation de certaines recettes. Les habitants de son village en utilisaient souvent pour préparer leurs remèdes ainsi que certains plats traditionnels.

La jeune rebelle obligea son frère à arrêter afin qu'ils continuent leur exploration. Le Mini-As abandonna le pilon à terre en grognant. Pilenn exigea qu'il le remette dans le mortier, convaincu qu'il l'en avait sorti grâce à la magie. L'enfant capitula au bout de longues minutes de débat. Une fois cette tâche terminée, ils mangèrent un peu avant de reprendre leur périple.

Au bout de seulement quelques pas, Orrïn se figea comme un piquet, puis fit demi-tour en courant. Malgré les protestations de Bezer, le groupe se résigna à le suivre. Ils trouvèrent le Mini-As en train d'essayer d'entrer dans le mortier, qui devait bien faire un mètre cinquante de haut. Pilenn l'en écarta juste à temps :

— Tu es fou ? le gronda-t-elle. Qu'est-ce que tu fais ?

— L'pierre est au fond, je l'sens !

Vu le lien singulier qu'avait Orrïn avec la magie, ils le prirent au sérieux. Le maître utilisa le pilon pour déblayer le fond du mortier, qui était couvert de sable. Au bout d'un moment, il repéra un objet brillant au fond ; impossible pourtant de l'en sortir, le récipient s'avérant trop profond.

— Laisse, ordonna Orrïn en s'approchant. J'utilise pierre.

Le maître s'écarta et observa l'enfant transformer le mortier en un bloc de glace. À la demande du Mini-As, il frappa ensuite le récipient, qui vola en éclats. Les cristaux gelés flottèrent un instant au-dessus d'un bel amas de sable. Ils déblayèrent le sol avec empressement et ne tardèrent pas à tomber sur un masex. Tout le monde avait encore la bouche béate d'émerveillement, quand Orrïn s'en saisit pour la fixer à sa ceinture :

— Jolie pierre !

Aluna la lui arracha sans ménagement.

— On ne connaît pas le pouvoir de cette pierre, ce n'est pas à prendre à la légère ! le gronda-t-elle.

— Regarde là-haut ! s'exclama soudain l'enfant. C'est grand !

La jeune femme regarda par réflexe, mais se rendit vite compte qu'elle avait été piégée. Lorsqu'elle reporta son attention sur Orrïn, elle n'avait plus le masex. Il le portait à sa ceinture en souriant. Ni elle ni les autres n'eurent le temps de lui hurler de ne rien faire de stupide que, déjà, un éclat de lumière blanche les éblouit tous. Lorsqu'elle s'estompa, le sol et le plafond étaient couverts de glace à perte de vue. La surface du temple avait été changée en celle d'un lac gelé. On apercevait même des stalactites à l'entrée de certains passages. La magie d'Orrïn avait atteint des proportions inhumaines. Le groupe en resta bouche bée. Bezer fut le premier à glisser maladroitement jusqu'au Mini-As pour lui reprendre le masex :

— Inconscient ! Tu nous rends la marche encore plus difficile !

— Vu ? Vu ? Vu ? C'est puissant ! s'exclama le Mini-As sans prêter attention aux reproches de son chef.

— C'est une sorte… d'amplificateur de magie ? s'exprima enfin Aluna. Il n'aurait pas pu faire ça tout seul et aussi vite !

Elle réalisait également qu'ils n'étaient pas venus chercher le masex du mystérieux Ancien, mais un autre tout aussi redoutable.

— Ce pourrait être une arme puissante ! s'extasia à son tour Pilenn. Je n'en ai jamais entendu parler… Waouh, vous pensez que c'est avec ça qu'on va détrôner le régisseur ?

— Peut-être, peut-être pas, grommela Bezer en rangeant la pierre dans sa baluche. C'est au chef de décider. Où est la sortie, Aluna ?

La jeune femme leur expliqua les instructions de la chimère.

Après s'être organisés pour avancer sur le nouveau sol gelé du temple, ils se dirigèrent vers la sortie. Ils marchèrent durant des heures, sans notion du jour ou de la nuit, et ne s'arrêtèrent que pour boire et détendre leurs muscles endoloris. En repartant, ils constatèrent que le chemin givré s'achevait enfin. Ils allongèrent le pas. Ils s'interdirent de prendre une nouvelle pause et continuèrent jusqu'à ce qu'au détour d'un couloir, ils tombent sur un immense escalier. Ils grimpèrent durant ce qui leur sembla être un quart d'heure. La montée s'avéra moins longue que leur descente dans le temple, mais leurs cuisses brûlaient lorsqu'ils atteignirent le sommet des marches.

Une trappe bloquait la sortie. Orrïn voulut la geler, mais les regards noirs que lui lancèrent ses compagnons de voyage l'en dissuadèrent. Ils optèrent plutôt pour la force de leurs bras. La trappe n'était pas aussi grande que celle qui les avait conduits dans le temple. À quatre, ils réussirent à la pousser suffisamment pour que l'air s'y engouffre. Ils insistèrent. Au bout de nombreux efforts, ils parvinrent à l'ouvrir complètement. Ils se hissèrent à l'extérieur à tour de rôle.

Ils s'étonnèrent alors d'atterrir dans une grotte familière : l'abri où ils s'étaient réfugiés avant leur escalade de la montagne, sans doute un point d'escapade pour les enfants ogres de l'époque.

La lune était ronde, le ciel parsemé d'étoiles, la brise rafraichissait l'air. Bezer ordonna aussitôt une halte. Ils s'installèrent, mangèrent sans retenue, puis s'endormirent à tour de rôle. Cette nuit fut, pour chacun d'entre eux, la plus calme et la plus reposante depuis leur départ de la cité rebelle.

Le lendemain matin, ils récupérèrent leurs chevaux et s'engagèrent dans la forêt dont il connaissait maintenant le nom, en sachant qu'une fois de l'autre côté, ils devraient se séparer afin de reprendre leurs missions respectives. En attendant, quel que soit le plan du chef des rebelles, il pourrait se poursuivre : ils avaient la pierre.

CHAPITRE 30

La traversée de la forêt empoisonnée s'avéra plus courte qu'à l'aller. Les voyageurs avaient mis un point d'honneur à ne rien toucher, à ne faire aucun bruit et à ne surtout pas se séparer. Ils avaient ensuite récupéré la charrette là où ils l'avaient laissée et y avaient attelé le cheval qu'utilisait Bezer. Ce dernier était monté avec Le maître pour le reste du trajet.

Ils voyageaient ensemble depuis une semaine lorsqu'ils durent se séparer; leur première mission tenait toujours. Bezer les remercia promptement de leur aide, puis, accompagné de son acolyte, s'en retourna à la cité.

Les trois amis continuèrent en direction des plaines de Ladra, leur destination initiale. Ce détour les avait épuisés au point où tout leur engouement pour la récolte avait disparu. Le voyage leur parut donc d'une longueur sans fin. Au bout de plusieurs heures, ils bifurquèrent à l'est pour s'approcher de la mer et profiter de sa brise. Ils parcoururent des kilomètres ainsi, traversèrent quelques monticules, ainsi que des collines de sable.

La première nuit, ils dormirent dans une grotte. Le lendemain, ils atteignirent leur destination en fin de journée. Les plaines du sud de l'île s'étendaient à perte de vue, de même que les champs de zombeb. Pilenn proposa de commencer la récolte, mais ses deux compagnons lui opposèrent la nécessité de se reposer avant. Elle suggéra alors de s'allonger sur la plage, mais Aluna argumenta que le village de Ladra se trouvait à moins de vingt minutes. Après un long débat, Pilenn finit par capituler et suivit ses amis.

La nuit était tombée depuis un moment lorsqu'ils arrivèrent à Ladra. Le village semblait endormi, aussi atteignirent-ils la place centrale sans attirer l'attention. Pilenn y arrêta la charrette et aida son frère à en descendre. Elle mena ensuite les chevaux vers une aire de repos située à l'est. Le silence semblait imperturbable. Elle savait que ça ne durerait pas.

— Pourquoi tu ne voulais pas qu'on s'arrête ? lui demanda Aluna après avoir attaché son cheval à un arbre. Tu devrais être ravie, c'est ton village natal.

Pilenn voulut répondre, mais s'arrêta en sentant des regards se poser sur eux. Un attroupement de villageois les encerclait peu à peu.

— À cause de ça, dit-elle en indiquant la foule du menton.

— Tu les connais tous ? demanda Aluna en leur jetant un coup d'œil.

— Pas tous.

Quelques visages familiers se dessinaient dans le fond, mais il était peu probable que l'un d'eux la reconnaisse. Elle avait trop changé depuis son départ, il y avait près de huit ans. Pourtant, si elle ne les rassurait pas sur son origine, ils ne leur accorderaient pas l'hospitalité. Les Ladrains étaient extrêmement méfiants avec les étrangers. Leur position géographique, près des champs de zombeb et éloignée du château, faisait d'eux des victimes régulières de pillages. D'ailleurs, une vingtaine d'individus avançaient déjà vers eux, fourche en main.

— Qui êtes-vous ?

Pilenn s'approcha et répondit dans son dialecte natal, l'équivalent de l'Ancien. Les villageois baissèrent aussitôt leurs armes. L'attroupement se divisa ; un vieil homme voûté par le poids des années apparut au milieu. S'aidant de son bâton, il rejoignit Pilenn, qui le dépassait d'une bonne tête, et lui demanda son nom. Lorsqu'elle lui répondit dans le même dialecte, il haussa les sourcils, puis se figea. Il resta ainsi de longues secondes, durant lesquelles personne n'osa bouger ou parler. Ses yeux s'embuèrent ensuite de larmes et, contre toute attente, il prit Pilenn dans ses bras.

— Pilenn, c'est bien toi ?

— Oui, vieux chef, c'est bien moi.

L'émotion nouait la gorge de Pilenn. Elle n'avait pas revu le chef du village depuis son départ.

— Tu as osé revenir, alors ? lança une voix familière dans la foule.

Pilenn se sépara du vieil homme. Il s'agissait de son frère, celui qui l'avait bannie de Ladra. Elle bomba le torse pour l'affronter, alors que son cœur menaçait de sortir de sa poitrine. Son crâne était toujours aussi impeccablement rasé, tandis que ses petits yeux, plein de reproches, la fixaient. Elle soutint son regard, consciente qu'elle ne devait pas lui céder.

— Oui, je suis revenue, répondit-elle.

— Qu'est-ce que tu fais là ?

— Je ne suis là que pour la nuit. On doit récolter des zombeb, on repart ensuite.

— Et le chef a accepté ?

— Pilenn est chez elle, intervint l'intéressé. Je ne l'ai jamais bannie. Elle reste.

Le jeune homme grogna quelque chose, puis s'éloigna d'un pas lourd. La respiration de Pilenn retrouva aussitôt un rythme plus régulier. Elle se tourna vers le chef, une question sur les lèvres.

— Mon enfant, l'interrompit-il. Tu n'as pas besoin de demander l'hospitalité, tu es ici chez toi.

Il s'adressa alors à l'attroupement de Ladrains :

— Nous allons faire un grand feu de camp et accueillir Pilenn comme il se doit !

Des cris de joie suivirent sa déclaration. Les villageois n'accueillant que peu de voyageurs, ils se réjouissaient de cette occasion. Le temps des préparatifs, le chef invita les trois amis dans sa case, qui se distinguait des autres par son immense toit triangulaire.

Après une longue discussion entre Pilenn et le vieil homme, ils sortirent s'installer autour des feux de camp à l'extérieur. Les Ladrains s'étaient appliqués à créer une ambiance de fête avec musique, danse et nourriture à souhait. Aluna regarda la place avec émerveillement. Elle se sentait dans son élément, entourée d'autant de flammes. Elle se sépara très vite de ses amis pour s'installer autour d'un feu solitaire et apprécier le paysage.

Des danseurs s'approchèrent. L'un d'eux l'invita à les rejoindre ; elle accepta. Ne connaissant aucun pas, elle les imita. Elle finit par se laisser aller au rythme et bougea comme jamais auparavant. Au bout de quelques minutes, elle dut s'arrêter pour reprendre son souffle. Elle quitta le groupe, avala des grillades d'aubergines, récupéra une couverture pour se protéger de la brise, puis s'éclipsa de la petite fête pour se réfugier sur la plage.

Elle admira l'océan qui luisait d'un bleu strié de reflets argentés. Elle trempa ensuite ses pieds dans l'eau, tout en contemplant l'horizon. Elle était perdue dans le mouvement des vagues lorsqu'elle sentit une présence derrière elle. Elle se retourna en sursaut et tomba nez à nez avec une grande silhouette familière.

— Tu vas arrêter de me faire des frayeurs pareilles ? souffla-t-elle en reconnaissant Valel.

— Désolé, fit l'adolescent en se grattant la tête.

— Qu'est-ce que tu fais ici ? reprit-elle. Tu m'as suivie ?

— Tu m'as dit que tu allais dans les plaines du sud. Je n'avais pas prévu de venir, mais je m'ennuyais trop, alors j'ai nagé dans cette direction jusqu'à tomber sur ce village. Je suis sorti de l'eau en voyant du feu. Je ne pensais pas tomber sur toi.

— Il ne t'en faut pas beaucoup pour faire des kilomètres à la nage, dis-moi ! Mais tu devrais être plus discret, tu aurais pu effrayer ces pauvres villageois. Les Orgades ne courent pas exactement les rues par ici.

Valel lui adressa son plus grand sourire.

— Je me doutais que tu dirais quelque chose dans ce genre. Tu es toujours très maternelle, mais je t'assure que je sais ce que je fais. Ne t'inquiète pas.

— C'est pour ça que tu ne veux pas rentrer chez toi ? Parce que tu sais ce que tu fais ? Je t'apprécie beaucoup, mais tu ne pourras pas me suivre éternellement, d'autant plus que la saison des tonnerres va bientôt commencer. Ça va devenir dangereux de rester autour de l'île. Je t'en avais déjà parlé le mois dernier, tu t'en souviens ?

— Je me souviens. Je vais trouver une solution, ne t'inquiète pas.

— Ça ne répond pas à mon autre question, ajouta-t-elle en s'asseyant sur le sable.

Valel l'imita.

— Je te l'ai déjà dit plusieurs fois, mon frère était ma seule famille. Il est mort... alors je n'ai aucune raison de rentrer.

— Je sais, mais tu dois bien avoir d'autres parents dans la rivière. Des oncles, tantes, cousins, des amis, des proches ! Et même si tu n'as personne, tu seras forcément plus heureux auprès des tiens qu'ici.

— Je... je préfère vivre sur terre, se justifia-t-il en baissant les yeux. Je peux y arriver si je fais attention. La mer est proche, et même si j'étais coincé en ville, il y aurait un moyen. Je sais que vous avez des cuvettes remplies d'eau dans vos maisons, je peux m'en servir pour m'hydrater.

L'adolescent marquait un point, mais Aluna devinait qu'il y avait autre chose. Il cherchait des excuses. Que ferait-il s'il manquait d'eau, s'il y avait une longue sécheresse ? Elle devait en savoir plus, pour son propre bien.

— Valel, je crois surtout que tu as une autre raison de rester, insista-t-elle. Sois honnête avec moi, s'il te plaît.

— Tu veux vraiment savoir, hein ?

Elle acquiesça.

— Eh bien... j'ai tué ma maîtresse, avoua-t-il sans préambule.

Les yeux d'Aluna s'arrondirent de surprise.

— C'est une longue histoire ! Je veux bien te la raconter si tu promets de ne pas me juger ! Je... je me sens déjà assez mal comme ça.

Aluna opina du chef. Elle s'étonna de découvrir le mode de vie des Orgades, l'injustice que subissaient les mâles, ce qu'avait commis l'adolescent dans un moment de colère. Cependant, il avait ses raisons. Si elle-même avait l'occasion de se venger de Xerox, elle le ferait. Elle ne l'aurait pas compris six mois plus tôt, mais les choses avaient changé ; elle avait changé.

— Ça t'arrive de penser à ce que tu as fait ? demanda-t-elle quand il eut terminé son récit.

— Tout le temps, soupira-t-il. Et toi ? Tu n'as pas peur de moi ?

Elle secoua la tête.

— Tu veux savoir le pire ? continua-t-il. Je ne suis pas certain de regretter mon acte. Bien sûr, j'aurais préféré que les choses se passent différemment. Après tout, si je m'étais contrôlé, peut-être que je pourrais encore vivre parmi les miens au lieu d'être en fuite... mais je n'aurais pas pu continuer à voir Dame Yuudi se pavaner alors qu'elle avait tué mon frère. Ç'aurait été trop... injuste.

— Tu veux dire qu'elle s'en serait sortie après ça ?

— Oh ça, oui ! C'est une femelle, elles s'en sortent toujours.

Sur cette dernière déclaration, Aluna ne put s'empêcher de trouver des similitudes entre la maîtresse de Valel et Elena. Sa sœur semblait aussi avoir un laissez-passer pour lui faire du mal. Et elle était censée l'accepter. En y songeant, son estomac se noua et ses yeux la piquèrent. Elle se leva aussitôt avec l'intention de s'isoler.

— Tu pars déjà ? demanda Valel en l'imitant.

— Oui, je dois dormir pour être en forme demain.

— Très bien, je… je comprends.

Elle faisait demi-tour lorsque son ami l'arrêta d'une main. Elle fit volte-face et, contre toute attente, il l'enlaça. La surprise l'empêcha de bouger, mais dès qu'elle eut repris ses esprits, elle le repoussa.

— Qu'est-ce qui te prend ? s'écria-t-elle.

— Désolé, je pensais que tu avais besoin de réconfort… bégaya-t-il. Tu avais l'air si triste ! Je voulais juste être là pour toi, c'est… c'est mal ?

— Je n'ai pas besoin d'un serviteur, d'accord ? hurla-t-elle, les lèvres tremblantes et le regard embué.

— Tu pleures ? s'étonna Valel en reculant, les bras en l'air. Pardon, je m'excuse, je ne voulais pas…

Elle l'abandonna sans écouter la suite. Elle ne voulait pas de sa pitié, elle souhaitait juste faire tomber le masque un instant. Ses souvenirs la submergeaient. Sa mère, son enfance, Xerox, Elena, Willan, tout. Elle se réfugia dans la case qui leur avait été assignée et pleura à chaudes larmes.

Des paysans, des gens appauvris par la guerre, Elena ne voyait que ça. Elle avait l'impression que toute la misère de Goran avait envahi la vallée de l'ombre. Pourtant, elle s'y plaisait, assise sur son trône et portée d'allée en allée, à chaque fois accueillie par des salutations chaleureuses ou des sifflements. Savoir qu'elle était meilleure qu'eux la ravissait.

— Êtes-vous à votre aise, Votre Majesté ?

— Ça va, répondit-elle à Neilarus. Peut-on s'arrêter un instant ?

— Bien sûr, dit-il en ordonnant aux porteurs du trône de changer de direction.

L'escorte bifurqua vers le seul point de la vallée où nul, excepté les membres du convoi royal, n'avait le droit de s'aventurer sans autorisation durant la moisson. Il leur servait d'aire de repos depuis leur arrivée l'avant-veille. Elena avait occupé son temps à accorder des audiences et à écouter les espoirs des participants à la récolte. Certains étaient venus pour la féliciter de son mariage, d'autres pour mentionner le poids des taxes sur leur commerce, mais la plupart se réjouissaient de la perspective d'un enrichissement imminent. Elena connaissait ce sentiment. Plus jeune, elle avait maintes fois espéré devenir riche et puissante. Elle pensait alors qu'habiter les quartiers aisés de Minabis serait la consécration… Et Arthur Sachs avait été ce changement.

Elena balaya les alentours du regard pour ne plus songer à son beau-père. La vallée était noire de monde, les épis de meris foisonnaient à perte de vue et quelques arbres servaient de zones d'ombre. Le plus grand d'entre d'eux se tenait au milieu de leur aire de repos. Ils y avaient garé leur convoi, deux carrosses et des chevaux, et y revenaient régulièrement pour organiser des audiences, se poser ou se nourrir.

Le front brûlant, Elena espérait qu'ils y arriveraient vite. Le voile censé la protéger du soleil se révélait trop fin. Le sol meuble de la vallée compliquait également la tâche des porteurs de son trône, qui penchait occasionnellement sur le côté. Elle devait faire des efforts supplémentaires pour se tenir droite et ne pas basculer. Elle avait plusieurs fois signalé aux porteurs de faire plus attention, en vain.

— Faites attention, je vous prie ! s'écria-t-elle en sentant son siège pencher.

— Pardonnez-leur, Votre Majesté, s'excusa Neilarus avant de réprimander les marcheurs.

Elena se redressa et s'abima de nouveau dans la contemplation du paysage. Au milieu du défilé d'arbres, d'épis et de roturiers, elle repéra une silhouette svelte qui se déplaçait avec souplesse entre les plantations de meris. L'individu surplombait les autres d'une bonne tête et possédait une carrure qui lui semblait familière. Elena sentit son cœur battre à tout rompre dans sa poitrine. Elle ne voyait pas son visage, mais elle savait qu'il s'agissait du même homme. Son aura, son assurance, cet instinct animal… tout concordait.

— Posez-moi immédiatement ! ordonna-t-elle.

— Que… que dites-vous ? interrogea Neilarus avant d'ordonner l'arrêt. Nous ne sommes pas encore arrivés.

— J'ai dit « posez-moi » ! menaça Elena en constatant que sa cible s'éloignait de plus en plus.

Voyant que l'officier hésitait, elle sauta par-dessus le siège royal. Les quelques mètres qui la séparaient du sol lui valurent une bonne projection de terre sur sa robe. Mais elle s'en fichait.

Elle ignora les appels de Neilarus et s'élança à la poursuite de l'homme qui s'éloignait. Elle se faufila dans les allées aussi vite qu'elle le pouvait, bousculant au passage quelques paysans surpris. Elle courait depuis quelques minutes lorsqu'elle perdit sa trace. Elle regarda désespérément autour d'elle, puis poussa un soupir d'agacement en réalisant qu'il avait bel et bien disparu.

Elle remarqua par contre que tout le monde la fixait curieusement. Elena se rendit alors compte de la stupidité de son acte. Elle était reine ; ses faits et gestes ne passaient pas inaperçus. Elle songea à prétendre qu'il s'agissait d'un fugitif connu, mais cela créerait une panique inutile. Elle décida donc de ne rien dire en espérant que cet écart soit vite oublié.

— Que vous arrive-t-il, Votre Majesté ?

Neilarus la rejoignait déjà avec cinq hommes armés.

Elle ignora sa question, releva fièrement la tête et prit la direction de l'aire de repos à pied. Le lieutenant lui emboîta le pas :

— Ma Reine, quelque chose vous tourmente ? Qu'avez-vous vu ? Peut-être puis-je apporter mon aide ?

— Ce n'est rien de grave, j'ai cru reconnaître quelqu'un.

— Voulez-vous que j'envoie des hommes à la recherche de cette connaissance ?

Elena pesa l'offre. Elle n'avait que neuf ans lorsqu'elle l'avait rencontré et ne l'avait plus jamais recroisé depuis. Elle avait savoir qu'il s'agissait du même homme, elle ne pourrait pas le décrire avec précision. Il avait dû changer en neuf ans, sans compter qu'elle ne connaissait que son prénom. Elena sentit la rage l'envahir. Elle les détestait tous : lui, Arthur, Aluna, le Régisseur ! Sa vengeance n'était pas terminée. Ils paieraient, tous.

— Ce ne sera pas nécessaire, prétendit-elle. Je vous le signalerai si je l'aperçois. Restez sur vos gardes.

— Très bien. Voulez-vous qu'on vous porte ?

Elle secoua la tête ; elle allait plus vite à pied.

Ils marchèrent jusqu'à l'aire de repos où l'attendaient son carrosse, une chaise longue protégée de deux ombrelles ainsi que de la nourriture. Le grand arbre juste derrière apportait à l'ensemble une touche de sérénité. Aidée par deux de ses dames de compagnie, Elena s'installa à l'ombre, s'empara d'une coupe de vin et se mit à observer les allées et venues. Elle allait y tremper les lèvres lorsque Rolga se présenta devant elle, courbée en deux :

— Votre Majesté, puis-je... ?

— Je vous écoute.

— J'ai trouvé ce que vous cherchiez. Cette fois-ci, c'est la bonne.

— Vous en êtes sûre ?

— J'en suis certaine. Elle est exactement comme vous l'avez demandé.

Elena lui demanda de laisser la boîte près d'elle, congédia Rolga, puis se désaltéra enfin. Le goût du vin dans sa gorge lui fit oublier un instant l'horreur qu'elle avait vécue neuf années auparavant. Elle tendit sa coupe pour qu'on la lui remplisse de nouveau. C'était la seule façon d'empêcher les larmes de trouver leur chemin jusqu'à ses yeux. Pleurer ne résoudrait rien ; son innocence lui avait été volée et rien ne la lui rendrait.

CHAPITRE 31

Les zombeb avaient collé à la peau d'Aluna durant toute la récolte. Elle en avait tellement cueilli et mangé qu'elle ne sentait plus ses doigts. Il leur fallut presque deux lunes pour remplir la charrette. Le second soir, ils avaient mal partout quand ils avaient quitté les plaines avec leur butin. Ils s'étaient réfugiés dans une grotte située face à la mer, un endroit parfait pour passer la nuit.

Ils installèrent leurs chevaux et la charrette à portée de vue, puis allumèrent un feu. Orrïn ne tarda pas à s'effondrer, suivi de près par Pilenn. Aluna rangea le reste de leurs affaires, puis s'assit face à l'océan. Elle repensait à sa réaction stupide envers Valel. Elle s'en voulait. Il devait errer seul en mer à présent, par sa faute.

— À quoi penses-tu ? lui lança Pilenn en réajustant sa couverture.

— Rien, mentit Aluna qui avait gardé l'existence de l'Orgade secrète. Mais, dis-moi, que s'est-il passé entre toi et ton frère ?

— Je… rien du tout, répliqua son amie. Bonne nuit.

Aluna sourit. Elle avait volontairement éludé le sujet en sachant que Pilenn en ferait autant. Elle contempla l'océan un long moment puis, se rappelant que son amie lui avait assuré la veille qu'ils ne risquaient rien à cette période, décida de se reposer aussi. Elle jeta un dernier coup d'œil au chargement et aux bêtes, avant de s'endormir à son tour.

~

Lorsqu'elle se réveilla, tout était flou. Elle se sentait comme durant sa convalescence, incapable de distinguer les formes. Elle entendait des hommes parler, mais ne comprenait pas ce qu'ils se disaient. Elle ne percevait qu'ombres et lumières. Le sable mouillé en dessous d'elle révélait néanmoins qu'ils se trouvaient sur la plage et non dans la grotte où ils s'étaient assoupis. Restait trois questions : comment avait-elle été traînée jusque-là, par qui, et pourquoi ?

Elle essaya de se lever, mais le nœud qui retenait ses pieds l'en empêcha. En voulant se servir de ses mains, elle rencontra le même obstacle. Elle invoqua son pouvoir, sans plus de succès. Elle ne captait aucune chaleur en elle, pas l'ombre d'une étincelle.

— Aluna !

Quelqu'un l'appelait ! La jeune femme chercha désespérément à se redresser, mais les liens autour de ses pieds étaient trop serrés. Elle leva les yeux, repéra une silhouette à une vingtaine de mètres. Petite, fine, elle se trouvait dans la même position qu'elle : probablement Pilenn.

— Que... que se passe-t-il ? réussit-elle à dire au prix d'un grand effort.

Avant d'obtenir une réponse, une grande main recouvrit sa bouche et son nez. Une mixture à l'odeur familière pénétra ses narines. Aluna se débattit pour ne plus inhaler la drogue, mais la poigne de l'inconnu était ferme. Les ombres autour d'elle se mirent à tournoyer ; sa vision ne tarda pas à se noircir.

~

Pilenn regarda Aluna sombrer, son pouvoir avec elle. Elle se retrouvait seule pour les sortir de ce mauvais pas. Sans arme ni masex, la tâche s'avèrerait ardue. Si cet homme n'avait pas remarqué Aluna, elle aurait pu...

— À quoi tu penses, toi ? lui lança-t-il.

Pilenn leva les yeux. Une cicatrice lui zébrait la joue. Le tatouage sur son épaule, un tigre aux dents acérées, indiquait qu'il faisait partie des Eraffleurs, un groupe de voleurs sans scrupule qui sévissaient à Thundez depuis des années. Entre autres, ils pillaient les maisons isolées et les récoltes, surtout avant la saison des tonnerres. Le moment était idéal, les habitants de l'île s'affairant pour accumuler le maximum de provisions avant le grand cloisonnement. Pilenn se reprocha de ne pas l'avoir anticipé. Si elle y avait pensé plus tôt, ils seraient retournés à Ladra pour la nuit. Elle avait tellement voulu éviter son frère qu'elle avait ignoré cette possibilité. Tout était de sa faute.

— Alors, tu vas répondre ? reprit l'homme de son même ton dédaigneux.

Il se baissa, lui prit le menton dans les mains et la fixa. Pilenn soutint son regard pour lui montrer qu'elle n'avait pas peur. Ils n'avaient l'avantage que parce qu'ils détenaient leurs armes. Ils auraient une tout autre discussion s'ils les leur rendaient.

— Alors, ma jolie ? Tu es muette maintenant ? Je t'ai entendu appeler ton amie pourtant.

Il lui lâcha le menton et dégaina la dague accrochée à sa ceinture. Le cœur de Pilenn s'emballa. Avait-il l'intention de la tuer ?

À sa grande surprise, il tourna les talons pour se diriger vers Aluna. Il empoigna son crâne à pleine main, puis posa la lame tranchante sur son cou.

— Hmm... Aluna, c'est ça ? Je ne voudrais pas qu'il lui arrive malheur...

— Ne la touchez pas ! s'écria Pilenn en se débattant.

— Tu parles maintenant ?

— Si vous lui faites du mal, je vous jure que...

Le brigand lâcha Aluna en éclatant de rire.

— Ta copine ne m'intéresse pas, expliqua-t-il en revenant vers elle et en la menaçant de sa dague.

— Alors, que voulez-vous ? cracha Pilenn. Prenez notre récolte et allez-vous-en !

— Elle a raison, reprit un de ses acolytes en sortant l'avant-dernier sac de zombeb de la charrette. On a presque fini, on devrait y aller. À quoi tu joues, Azed ?

— Laisse-le s'amuser un peu, Melan ! s'exclamèrent deux autres brigands.

Ils étaient six, dont quatre qui transféraient leur butin à l'arrière de leurs chevaux, et un qui surveillait. Seul cet Azed semblait se désintéresser du pillage.

— Ouais, fiche-moi la paix, toi ! hurla-t-il en retour. Pour une fois que j'en trouve une qui me plaît !

Ses amis s'esclaffèrent.

— Allez au diable ! J'ai encore le droit de m'intéresser à une fille.

— Et tu penses que c'est réciproque ? se moqua l'homme qui répondait au nom de Melan. Non, mais tu as vu ta tête !

Azed se rua sur son acolyte et lui assena un coup de poing retentissant. Les deux hommes se chamaillèrent un moment, jusqu'à ce qu'un troisième vienne les séparer. Sa voix autoritaire laissait supposer qu'il était leur chef :

— Arrêtez, vous deux ! Azed n'a qu'à faire ce qu'il veut de la fille, on s'en fiche. N'est-ce pas, Melan ?

L'intéressé la fixa, l'air de réfléchir, puis fit brusquement demi-tour pour vérifier que leur butin était bien accroché. Azed revint alors vers elle en souriant. Il lui saisit le menton et pointa la dague en face de son œil :

— On est tranquille, maintenant. Tu vas voir...

Pilenn lui cracha sa répulsion au visage. Sa réaction arracha un rire étouffé à ses amis. Azed ne le prit pas sur le même ton.

— Tu l'auras voulu ! grogna-t-il en la soulevant avec force, la lame contre son cou.

— Arrêtez ! supplia-t-elle.

— Et qui viendra te sauver, hein ? Je t'ai offert une chance et tu ne l'as pas saisie. Tant pis pour toi.

Pilenn ferma les paupières. Elle allait mourir là, sans avoir obtenu le pardon de son frère de sang, sans avoir mené son combat jusqu'au bout. Elle ne verrait jamais à quoi ressemblerait le monde sans le Régisseur. Son parcours s'achevait. Des larmes coulaient sur ses joues, quand la lame se pressa davantage sur sa gorge. C'était la fin...

Elle entendit alors comme un coup de poing, puis elle tomba au sol. D'autres bruits lui parvinrent, accompagnés de cris étouffés. On aurait dit qu'un combat avait lieu dans son dos. La jeune femme se redressa tant bien que mal, puis tourna sur elle-même pour voir ce qui se passait.

Le corps d'Azed gisait à côté, assommé. Plus loin, un homme se battait à mains nues contre le reste de la bande. Il était très grand et, malgré la noirceur de la nuit, elle repéra sa peau bleue... Un Orgade !

Pilenn fronça les sourcils. Elle n'avait jamais pensé voir un jour une de ces créatures, censées vivre recluses dans la rivière sacrée. Il n'y avait a priori aucune raison pour que l'une d'entre elles se trouve sur les plages de l'océan de lumière. Cela dit, cet Orgade leur prêtait main-forte et elle devait en profiter. Elle prit la dague d'Azed entre ses dents, puis rampa en direction d'Aluna. L'Orgade ne tiendrait pas longtemps face à cinq Eraffleurs.

Alors qu'elle se rapprochait de son objectif, elle vit son sauveur s'effondrer, le visage en sang. Il se releva cependant, décidé à ne pas se laisser faire.

Pilenn continua à avancer en profitant de la cohue. Elle n'était qu'à quelques pas d'Aluna quand une lumière l'aveugla. Elle se retourna et vit que l'un des brigands faisait appel au pouvoir d'un masex. Certains Eraffleurs faisaient partie des dix pour cent de la population qui utilisaient la magie. Elle avait entendu dire que leur chef avait autrefois été renvoyé de l'école des druides pour avoir échoué aux tests psychologiques. Rien d'étonnant lorsqu'on voyait l'usage qu'il faisait aujourd'hui de son savoir.

Les quatre Eraffleurs restants l'imitèrent. De leurs masex s'échappèrent cinq créatures ressemblant à des loups, mais aussi grandes que des hommes. Elles avaient la peau jaunie par endroits, de larges oreilles, des crocs si longs qu'ils dépassaient de leurs gueules, des griffes acérées et un regard noir comme la nuit.

Pilenn accéléra. Si les chimères se jetaient sur le jeune Orgade, il n'aurait aucune chance. Elle atteignit le corps d'Aluna en quelques secondes. Elle utilisa la dague pour lui couper les liens des mains et des pieds, puis lui tapota la joue avec le manche pour la réveiller. Aluna ne bougea pas. Pilenn insista.

Les gémissements du jeune Orgade lui causèrent des sueurs froides. Derrière elle, une des chimères venait de lui déchirer le torse. L'Orgade s'effondra dans son sang en hurlant. Quatre des cinq brigands savourèrent leur victoire en racontant des plaisanteries autour de son corps. Pilenn balaya nerveusement les alentours du regard à la recherche du cinquième homme.

— C'est moi que tu cherches ?

Elle leva les yeux; le dernier Eraffleur lui adressait un sourire narquois. Au comble du désespoir, elle continua d'essayer de réveiller

Aluna. Le brigand éclata de rire, avant de lui reprendre la dague de la bouche.

— Debout, Aluna ! hurla-t-elle. Debout !

— Elle t'entend pas, rétorqua l'homme.

— Aluna, je t'en prie, réveille-toi ! persista Pilenn.

— Et tu penses qu'elle fera quoi en se réveillant, petite idiote ? Tout ce que tu vas causer en la réveillant, c'est sa perte.

— C'est ce qu'on verra, grogna Pilenn sans s'arrêter.

C'est alors qu'elle crut voir un des sourcils de son amie bouger. Dans un regain d'espoir, elle voulut l'appeler de nouveau, mais l'homme lui couvrit la bouche d'une main. Il la fit décoller du sol et lança à ses acolytes :

— Il avait raison, Azed, elle est plutôt jolie !

Le groupe s'esclaffa, à l'exception de Melan qui partit seul en direction des chevaux. Le corps de l'Orgade gisait toujours en dessous d'une des chimères. Cette fois, tout était vraiment fini.

CHAPITRE 32

Tout se bousculait dans la tête d'Aluna. Qu'est-ce qui était réel et qu'est-ce qui ne l'était pas ? Le monstre de feu se tenait sur sa droite, une vision de Pilenn aux mains d'un brigand en face. Elle courait vers son amie, sans jamais l'atteindre.

— Qu'est-ce que tu m'as fait ? cracha-t-elle au monstre. Pourquoi je ne peux pas la rejoindre ?

— Je n'ai rien fait.

— Alors, qu'est-ce que je fais ici ? Je devrais être là-bas, à défendre mes amis !

— Peut-être, mais tu t'y prends mal. As-tu pensé à ce que tu feras lorsque tu seras en face de ces brigands ?

— Qu'est-ce que c'est censé vouloir dire ? Je les mettrai hors d'état de nuire, c'est tout.

Le monstre sourit et Aluna comprit aussitôt. Il lui demandait si elle les tuerait. Voulait-il qu'elle le fasse ?

— Je te prêterai un peu de mon pouvoir dans ce cas, annonça-t-il simplement.

— Je n'ai jamais dit que je voulais les tuer, précisa-t-elle. Je veux juste les éloigner de mes amis. Et je n'ai pas besoin de toi, je sais me battre. Je peux m'en sortir seule.

— Si tu le dis, sourit de nouveau le monstre avant de disparaître, son monde avec lui.

Tout devint alors ténèbres, excepté la vision de Pilenn. Aluna courut vers son amie et, cette fois, la rejoignit rapidement. Elle ouvrit les yeux.

Ses membres n'étaient plus liés. Elle se redressa. Bien qu'elle se sente encore vaseuse, elle repéra immédiatement Pilenn qui se débattait contre la poigne d'un brigand. Un second homme était inconscient au sol, tandis que trois autres discutaient en ignorant les cinq créatures chimériques près d'eux. L'une d'elles avait les griffes plantées dans le torse d'un individu de grande taille. Aluna eut besoin de quelques secondes pour réaliser qu'il s'agissait d'un Orgade... Valel !

Ses mains devinrent moites, le temps s'arrêta, son cœur cogna dans sa poitrine. Elle ignorait ce que Valel faisait là, mais il saignait, peut-être même était-il... Elle n'osa pas penser à la suite. L'Orgade n'était qu'un adolescent, un ami. Elle aurait dû le protéger. Au lieu de ça, elle l'avait rejeté. En colère contre elle-même, elle rassembla ses forces et se leva en titubant. Les drogues agissaient toujours, mais elle devait se bouger.

L'un des brigands arrêta de rigoler en la remarquant :

— Eh, l'autre s'est réveillée !

Celui qui tenait Pilenn se retourna et la fixa d'un air curieux. Le visage de son amie s'illumina, mais aucun son ne sortit de sa bouche. L'homme la lâcha brutalement, puis s'approcha, le poignard en évidence :

— C'est donc toi, Aluna ? Qu'est-ce qu'on va faire de toi, dis-moi ?

La jeune femme se concentra sur la source de son pouvoir. Elle sentit la chaleur se diffuser lentement en elle, depuis son nombril jusqu'à ses poings. Elle avait le contrôle pour l'instant. Elle jeta un coup d'œil inquiet à Valel. En voyant qu'il ne bougeait pas, elle lâcha plus qu'elle ne demanda :

— Il est... mort ?

Le brigand parut déconcerté. Il promena son regard à la ronde, constata qu'elle parlait de Valel, et s'esclaffa :

— Lui ? Ce grand morveux n'a eu que ce qu'il méritait ! Il est aussi mort que mort, ça je peux te le dire !

Le flux de chaleur en elle s'accéléra aussitôt. Elle le sentit parcourir ses veines de manière incontrôlée, jusqu'à trouver le chemin qui menait à toutes les parcelles de son corps. Il circulait trop vite. Aluna tenta de le maîtriser, en vain. La colère qui l'emplissait était trop grande. Valel était mort !

« Impardonnable, c'est tout simplement impardonnable... »

Le monstre avait raison.

— Impardonnable, laissa-t-elle échapper.

— Quoi ?

Le brigand n'en dit pas plus. Aluna bondit sur lui et l'assomma de coups. Ses cours de combat ne servaient plus à rien, elle n'était que force brute. L'homme se débattit et essaya de la poignarder. Plus rapide, elle enflamma son poing avant de lui frapper le visage avec. Il lâcha son couteau en hurlant, se roula dans le sable mouillé et continua jusqu'à l'océan. Après quoi, on ne l'entendit plus.

Aluna se retourna et toisa les autres brigands. Elle lut de la peur dans leurs yeux. Cela la stimula davantage. Elle fonça vers eux.

L'un d'eux ordonna aux chimères de l'attaquer. Aluna évita les premiers assauts, enflamma ses mains, se baissa et saisit deux pattes à la volée. Une bête retomba sur le dos en hurlant. Ses acolytes revinrent à la charge en grognant. Aluna esquiva une attaque d'un bond, une autre en reculant, mais la faiblesse dans ses jambes finit par la trahir et elle s'effondra sur le sable.

Elle remarqua alors que les brigands s'échappaient sur leurs chevaux. Elle hurla à Pilenn de les arrêter et lança sans réfléchir une boule de feu dans leur direction. Elle n'eut pas le temps d'en voir l'impact. De longues griffes s'enfoncèrent dans son bras. Elle retint un cri de douleur, saisit la bête responsable par la patte et la grilla avec toute la force de sa rage. La magie s'échappa trop rapidement. Impossible d'en arrêter le flux. Lorsque la carcasse retomba au sol, les autres bondissaient sur elle. Elle s'entoura d'un cercle de flammes pour se protéger, puis se redressa en hâte.

Ses adversaires l'encadrèrent. Elle haletait. Elle avait utilisé trop de magie sous le coup de la colère. Si elle en puisait davantage, elle pourrait donner l'avantage au monstre. De sa maigre expérience, elle savait qu'il lui restait de quoi lancer une ou deux attaques, pas plus. Ce n'était pas assez.

Aluna hésitait à s'abandonner à sa chimère, lorsqu'un des prédateurs essaya de franchir la barrière de feu. Elle recula d'instinct et fut touchée dans le dos par une autre bête. La douleur la plia en deux. Elle dut prendre sur elle pour ne pas s'effondrer. Sans aide, elle perdrait la partie. Elle entendait d'ailleurs son rire sadique, comme s'il avait toujours su qu'elle aurait besoin de lui.

Elle se ressaisit en se remémorant les événements de Cristallia. Elle ne pouvait pas le laisser gagner. Elle se défendrait, jusqu'au bout.

Elle replongea dans le combat. Elle évita les coups de plus en plus rapprochés des bêtes tout en réfléchissant. Au bout de plusieurs assauts, elles étaient si près que leurs griffes s'entrechoquaient parfois. Aluna sauta sur l'occasion. Elle s'affala volontairement au sol. Les bêtes se jetèrent sur elle sans réfléchir. Elle se redressa à la dernière minute, se glissa en dessous d'elles. Incapable d'interrompre leur élan, deux des chimères se déchirèrent le visage. La troisième cherchait toujours un angle d'attaque.

Aluna prépara sa dernière boule de feu. Lorsqu'elle fut suffisamment imposante, elle la lança. Prisonnières du brasier, les bêtes se débattirent en hurlant.

Aluna sourit malgré elle devant ce spectacle. Ensuite seulement, son corps se pencha en avant. Des griffes lui déchiraient le dos. Elle devina que sa première victime avait survécu. Elle n'avait plus d'énergie, plus de magie, plus aucun moyen de contre-attaquer. Elle tomba, incapable de se relever.

Alors qu'elle croyait que tout était perdu, la voix du monstre s'intensifia.

« Ils doivent payer, c'est impardonnable ! »

Elle se souvint des brigands qui s'enfuyaient ; elle regarda dans leur direction. Elle comprit au corps calciné qui jonchait le sol qu'elle avait privé l'un d'eux de sa monture, tandis que Pilenn, qui s'était entre-temps détachée, avait réussi à en toucher un autre d'une flèche dans le dos. Elle ne parvint pas à en voir davantage. Ses yeux la brûlaient.

« Ils doivent payer, laisse-toi aller... »

Le monstre réclamait son corps. Elle lutta. Du feu naquit dans ses paumes sans qu'elle l'ait appelé. Elle essaya de le faire disparaître, mais un nouvel assaut l'obligea à contre-attaquer. La créature esquiva et planta ses crocs dans sa main. Aluna ne sentit rien. Elle la dégagea d'un geste vif et se jeta sur la chimère avec la soif de tuer. Elle enchaîna plusieurs coups dont elle n'aurait su expliquer la violence, la voix revigorante du monstre la berçant à chacun d'eux. Son pouvoir débordait; elle perdait le contrôle.

« Oui, c'est ça... »

Elle ignorait à quel moment la bête rendit l'âme. Elle réalisa simplement que le corps en dessous d'elle était inerte, méconnaissable. Et qu'elle avait apprécié lui ôter la vie.

Aluna se redressa, effrayée. Elle avait perçu la présence du monstre, sa force, sa magie enivrante. Comme s'il faisait partie d'elle. Elle paniqua, quand Pilenn l'appela. Elle n'entendit pas ce que son amie disait, la voix dans sa tête surplombait tout.

« Ils doivent payer, le petit est mort, encore un effort... »

Une nouvelle fois, Aluna sentit la puissance du monstre l'envahir brutalement. La seconde d'après, elle fonçait en direction du brigand qu'elle avait privé de son cheval. Il essayait de s'enfuir à pied. Elle le pourchassa, comblant la distance qui les séparait en un temps record. Son corps ne lui appartenait plus, elle volait presque. Elle se jeta sur lui, le frappa avec une force surhumaine. Le sang qui s'échappait de son visage ne l'arrêta pas, au contraire. Son poing s'enflamma et continua son œuvre macabre. Elle aurait voulu s'interrompre, mais son corps ne lui appartenait plus. Elle eut l'impression de rêver lorsqu'elle entendit la voix de Pilenn au loin :

— Arrête Aluna ! J'ai récupéré deux sacs de zombeb et des armes. Il a eu son compte, ça suffit !

Elle continua à frapper. Il lui semblait qu'elle observait la scène depuis les étoiles. Était-elle cette personne enragée et avide de vengeance ? Était-ce réellement ce qu'elle devenait ?

— Aluna, arrête ! insista Pilenn qui s'était rapprochée.

Aluna sentit la main de son amie se poser sur son épaule, mais le contact brûlant la dissuada de l'y garder. Pilenn insista; elle la propulsa d'un simple geste.

Une autre voix s'éleva dans les airs :

— Arr... arrête !

Elle eut l'impression de recevoir une douche froide. Elle ne sut comment, elle réussit à reprendre peu à peu le contrôle de ses mains, puis de son corps. Elle se retourna pour vérifier qu'elle ne rêvait pas. Valel était toujours allongé sur le sable, mais son bras bougeait. Un lourd poids quitta sa poitrine.

Sa respiration retrouva un rythme normal; la colère qui l'animait se dissipa progressivement. Elle se força à rester immobile pour s'assurer d'avoir repris le contrôle de son corps. Le test s'avéra concluant. Elle constata par contre que ses blessures étaient bien réelles. La douleur faillit lui arracher un hurlement. Elle rejoignit Valel en titubant. Elle se rendit alors compte de la gravité de son état. Il avait reçu de nombreux coups de griffe, du sang s'écoulait lentement de sa poitrine. Les battements de son cœur s'accélérèrent.

— Tu... tu vas bien ? interrogea-t-elle.

— Ou... oui je... crois, je... vois... trou... ble...

— Je vais m'occuper de toi ! Ne bouge plus, d'accord ?

Elle essaya de le soulever. Elle ne réussit même pas à le faire se redresser. Toute la force empruntée au monstre avait disparu. Elle appela Pilenn à l'aide; celle-ci l'ignora, tout en installant son frère endormi à l'arrière de la charrette. Aluna se doutait qu'elle lui en voulait de l'avoir frappée, mais il y avait plus urgent. Si elle ne trouvait pas le moyen d'arrêter l'hémorragie, Valel mourrait. Elle insista jusqu'à ce que son amie daigne lui jeter un regard noir. Elle approcha ensuite avec prudence et évalua malgré elle l'étendue des blessures de l'Orgade.

— Ton ami sera mort avant qu'on atteigne Fatidia, annonça-t-elle.

Aluna se figea.

— Et Orrïn ? persista-t-elle. On pourrait se servir de sa magie, non ?

— Tu crois que je ne le sais pas, ça ? s'écria son amie. Les brigands se sont enfuis avec nos masex ! Celui que j'ai réussi à toucher n'en avait pas sur lui. Tu l'aurais remarqué si tu n'étais pas trop occupée à massacrer un homme déjà mort !

Aluna reçut la pique. Elle comprenait l'attitude de Pilenn, mais elle avait besoin d'aide pour sauver Valel.

— Aide-moi à le charger à l'arrière de la charrette, supplia-t-elle. S'il te plaît.

Pilenn hésita, puis se dirigea vers la charrette. Aluna maintint la pression sur la plaie en attendant son retour. Son amie ne tarda pas à revenir avec un petit pot en terre. Elle intima à Aluna de s'écarter, ouvrit le bocal et en sortit une épaisse mixture verte qu'elle appliqua sur le torse de Valel.

— J'avais pris un peu de cette pommade cicatrisante sur moi au cas où, expliqua-t-elle. Heureusement, les brigands ne s'y sont pas intéressés.

Ça l'aidera à tenir quelques heures, peut-être une journée, mais je ne sais pas s'il vivra jusqu'à la cité.

— Dépêchons-nous dans ce cas.

— Attends, je devrais te soigner aussi. Tu es blessée.

— Je vais bien, je t'assure.

— Non, je n'ai aucune envie que tes plaies s'infectent ou que tu te vides de ton sang en chemin. Je ne veux pas être seule responsable d'Orrïn et de… comment il s'appelle déjà ?

— Valel.

— Et de Valel. Allez, approche.

Aluna lui présenta son dos. Lorsque Pilenn y appliqua la pommade, sa peau brûla. Elle retint un cri, avant de tendre ses bras. Dès que ses blessures furent traitées et bandées, elles portèrent, ensemble, Valel jusqu'à l'arrière de la charrette. Elles réussirent, au bout d'un effort conséquent, à le hisser et à l'attacher solidement à la paroi avec une corde. Aluna se rua ensuite vers sa monture.

— Prends-les avec toi, l'arrêta Pilenn en lui tendant les deux sacs de zombeb qu'elle avait réussi à sauver du pillage.

— Pourquoi ne pas les laisser là ? Ils ne feront que m'alourdir.

— On ne peut pas rentrer bredouilles. C'est la règle. Ça peut te paraître stupide, mais c'est comme ça. Il faut bien qu'on survive pendant la saison.

— Mais…

Un grondement l'interrompit. Les deux femmes levèrent les yeux au ciel, où des zébrures blanches se formaient.

— Qu'est-ce qui se passe ? s'inquiéta Aluna.

— La… la saison, balbutia Pilenn. Elle va bientôt commencer.

— Quoi ? Je croyais qu'on avait encore une semaine !

— Je… je croyais, je ne sais pas, bredouilla-t-elle en la regardant enfin. Écoute, prends au moins un des sacs et filons au plus vite !

Aluna hissa un sac sur sa jument. Elle l'enfourcha et la lança au trot, à la suite de la charrette qui venait de démarrer. Elle jeta un dernier coup d'œil au champ de bataille, au reste du brasier, au sang sur le sable. Elle essuya ses mains souillées sur sa jupe. Elle ne devait plus y penser, Valel était sa priorité.

Son cœur se serra malgré tout. Elle avait laissé le monstre prendre le dessus ; il avait « fusionné » avec elle. À chacun des pas de son cheval, elle revivait la scène, image par image. Elle avait apprécié tuer. Elle n'avait plus l'excuse de ne pas s'en souvenir. Elle avait vu, agi, ressenti. Elle était un assassin à présent.

Les rayons du soleil qui se levaient à l'horizon l'obligèrent à se protéger le visage d'une main. Elle jeta un coup d'œil à Valel, qui avait fermé les paupières. Le cœur battant, elle accéléra dans sa direction.

— Eh, Valel, toujours là ? s'inquiéta-t-elle.

— Tou... jours, dit-il.

— Bien, reprit-elle, soulagée. Tout ira bien, tu verras.

— Mer... ci.

— C'est normal, on est amis.

L'adolescent sourit. Il se réjouissait d'avoir une amie aussi précieuse. Après leur discussion à Ladra, il avait pensé qu'elle ne lui adresserait plus la parole, et voilà qu'elle avait tout oublié. Son frère l'aurait appréciée. Il l'aurait même adorée.

Valel s'imagina à Puydor, à bord du coque-bille de Khasek. Son ami devait terriblement lui en vouloir de ce qui s'était passé. Il devait même le détester. Après tout, qui savait ce qui lui avait été raconté ? Personne n'oserait préciser que son frère était maltraité. Il serait perçu comme un assassin sans scrupule, voire accusé du double meurtre. Valel soupira. Il ne pourrait jamais rentrer chez lui. Cela l'attristait, mais il se réjouissait de ne plus être seul. Et s'il ne survivait pas jusqu'à la cité, il serait heureux de rejoindre son frère dans le paradis de la Déesse aux mille noms. Ou ailleurs.

CHAPITRE 33

Ils dévalèrent les pistes de sable rouge de jour comme de nuit. Le lendemain soir, la cité se rapprochait, mais Aluna avait toutes les raisons de s'inquiéter. Valel avait sombré dans l'inconscience depuis près d'une heure et les efforts d'Orrïn pour le réveiller avaient été inutiles. Le temps leur était compté, le grondement du tonnerre le leur rappelait constamment. Quelques éclairs avaient déjà commencé à s'abattre sur l'île de façon épisodique.

— On y est presque ! s'écria Pilenn.

Les murs de Fatidia se dessinaient à l'horizon. Aluna accéléra. Plus elles avançaient, plus elle distinguait le dôme transparent qui quittait le sol et s'élevait peu à peu pour recouvrir la cité. Elles n'avaient plus beaucoup de temps.

Aluna jeta un regard alarmé à son amie et poussa sa jument dans ses retranchements.

Le grondement du tonnerre lui arracha un sursaut. Une lumière blanche et menaçante se formait dans le ciel. Aluna fonça vers la cité avec la force du désespoir. Les deux femmes arrivaient à proximité des murs de Fatidia lorsque l'éclair frappa ailleurs. Elles n'eurent pas le temps de s'en réjouir. Le dôme était remonté de près d'un demi-mètre et plus personne ne gardait les portes d'entrée. Sans lâcher les rênes, Pilenn siffla de toutes ses forces pour avertir de leur arrivée.

Sans réponse, elle insista jusqu'à ce qu'un grincement se fasse entendre dans l'enceinte de Fatidia. Une des grandes portes s'entrebâilla pour laisser paraître deux gardes. En les voyant arriver au galop, ils les ouvrirent complètement avant de disparaître derrière, sans doute pour prévenir les autres.

Cette précaution ne changeait rien. Le recouvrement ne s'arrêterait pas. Une fois commencé, il était impossible de l'interrompre. Aluna savait donc qu'elles n'avaient qu'une voie d'entrée. Elle sauta par-dessus la barrière. Pilenn suivit malgré le poids de la charrette. Les chevaux réussirent à passer, mais les roues se heurtèrent aux parois inférieures du dôme. Leurs efforts pour avancer restèrent vains.

Aluna courut les aider avant qu'ils ne soient projetés dans les airs ou pire, coincés à l'extérieur. Elle rejoignit le véhicule en quelques secondes et essaya de le faire basculer par-dessus la barrière. Sa force ne suffit pas. Elle grimpa sur la structure en bois pour récupérer leurs amis. Pilenn abandonna les rênes, puis demanda de l'aide. À trois, puis à quatre, ils réussirent à sauver Orrïn et Valel avant que le dôme ne brise les liens entre la charrette et les chevaux.

Les gardes de l'entrée se dépêchèrent de refermer la porte, plus par réflexe que par nécessité. Aluna se tourna vers Valel, mais un homme s'interposa, le visage rouge de panique.

— Vous êtes inconscientes ? s'affola-t-il. Nous avons attendu si longtemps avant de... Vous avez failli tous nous tuer !

— Je...

Un grondement sourd l'interrompit. La foudre frappa la grande tour métallique qui trônait au milieu de la cité. Le dôme étant encore à hauteur des portes, elle comprenait mieux l'inquiétude du garde. Leur retard avait réellement mis les rebelles en danger.

— Ce n'est pas de sa faute, affirma Pilenn en s'approchant. C'est la mienne.

— OK, le début de la saison a un peu d'avance, mais vous auriez dû être là depuis au moins quatre lunes ! s'énerva l'homme. Tu te rends compte des dégâts que peut causer la foudre en quinze minutes ?

Il s'agissait du temps nécessaire pour recouvrir toute la cité. La saison venant de commencer, la foudre frappait à intervalles longs, mais ce temps suffisait largement à détruire quelques habitations et tuer des dizaines de personnes.

— Je sais, reprit Pilenn. Je suis désolée, vraiment. Je peux tout expliquer.

— Je peux ? les interrompit Aluna, impatiente de soigner Valel.

— Vas-y, autorisa son amie en lui cédant le passage.

Aluna se rua vers l'adolescent qui gisait au sol, toujours inconscient. L'un des gardes qui avaient aidé à le sortir de la charrette le fixait, muet de surprise. La présence de l'Orgade risquait de soulever de nombreuses questions. Elle ignora le problème et demanda à Orrïn d'aller chercher des bras pour transporter son ami. En attendant le retour du Mini-As, elle essaya de déplacer Valel, mais ne réussit à le bouger que de quelques pas. Elle abandonna vite.

Un homme approcha, les yeux écarquillés et la bouche ouverte. Aluna le supplia de l'aider, sans résultat. Il en fut de même avec les trois curieux suivants. Au bout d'un moment, une énorme ombre au sol attira son attention. Elle leva les yeux et vit le dôme couvrir de plus en plus l'ouest de la cité. Elle remarqua ensuite qu'une autre lumière blanche se formait dans le ciel. Elle hurla de toutes ses forces pour prévenir du danger.

Tous ceux alentour coururent se réfugier dans les maisons les plus proches. Aluna n'eut pas le courage de laisser le corps de Valel sans protection et, sans réfléchir, le recouvrit du sien. Elle trembla en entendant la foudre frapper. Elle constata ensuite avec soulagement qu'elle avait été épargnée. Autour d'elle, tout semblait intact. Les rebelles regardèrent le ciel pour s'assurer que le danger s'était éloigné avant de quitter leurs refuges. Pilenn fit de même, puis rejoignit son amie au pas de course.

— Tu n'as rien ? Tu aurais dû te mettre à l'abri !

— Non, ça va, merci, répondit Aluna en cherchant le point d'impact.

Elle balaya les alentours du regard sans rien remarquer, jusqu'à s'arrêter sur la tour métallique, qui restait elle-même. Aluna se demanda si la foudre l'avait frappée, puis réalisa que cela n'avait aucune importance. Ils étaient saufs, c'était l'essentiel.

— On le porte à l'intérieur ? proposa Pilenn. C'est dangereux de rester là.

— Oui !

Pilenn agrippa les pieds de l'Orgade, Aluna le saisit par les épaules.

Elles réussirent tant bien que mal à le déplacer de quelques mètres, sous les regards interrogateurs de plusieurs rebelles.

— Qui… Qu'est-ce que c'est ? balbutia un garde.

— Plus tard, répondit Pilenn sans se laisser distraire.

Il l'arrêta d'une main :

— Tu sais bien qu'il faut une autorisation pour laisser entrer un étranger ici !

— Et où est-ce qu'on va le laisser ? Dehors ? s'énerva-t-elle.

Aluna regarda son amie avec surprise. Elle avait pensé que le sort de l'Orgade lui était indifférent. Elle s'était trompée.

Le garde capitula et s'écarta pour les laisser passer. Orrïn ne tarda pas à les rejoindre avec deux hommes. Pilenn échangea aussitôt sa place avec eux :

— Portez-le chez moi, leur ordonna-t-elle. Je dois aller régler quelques détails.

— Ça ? s'étonnèrent-ils en voyant la peau bleue de Valel.

— Oui, ça ! affirma Pilenn. Vous pourrez vous en plaindre à Bezer si vous voulez. J'en assume l'entière responsabilité.

— Très… très bien, acquiesça l'un d'eux en se saisissant des pieds de l'Orgade.

— Tout de même, qu'est-ce que c'est ? Un Orgade ? reprit le second en remplaçant Aluna.

— Exactement, confirma Pilenn. Et toi, Orrïn, va chercher de quoi t'occuper de lui.

L'enfant acquiesça et partit en courant. Pilenn fit demi-tour. Elle devait s'occuper des zombeb, ou du moins ce qu'il en restait. Elle ne leur serait d'aucune utilité pour sauver l'Orgade, de toute façon. Elle chercha le sac autour de la monture d'Aluna, et le trouva plusieurs mètres plus loin. Elle s'en emparait lorsqu'un bruit sourd attira son attention. Elle leva les yeux. La foudre frappa le dôme, qui recouvrait maintenant toute la cité. Ils étaient hors de danger. Elle tira leur butin jusqu'à une maison située à deux minutes de marche de l'entrée. Un homme un peu rondelet attendait devant, le nez plongé dans un petit carnet.

— Voici mon chargement, l'interpela-t-elle. Comme promis.

Il leva les yeux vers elle.

— Je me doutais que tu viendrais, après tout le raffut que vous avez fait ! Eh, tu me parleras de cet Orgade que tu as fait entrer ici… reprit-il en jetant un coup d'œil à son chargement. Dis, c'est tout ce que tu as pour moi ?

— Est-ce que ça va suffire ?

— C'est très peu. On va voir ça, suis-moi à l'intérieur.

La jeune femme s'exécuta et remarqua vite les nombreux autres sacs entassés dans le fond de la pièce. Une grande balance se distinguait du reste du décor, qui se résumait à une lanterne accrochée au toit, une chaise adossée à un mur et un important stock de nourriture. L'homme pesa leur récolte, tout en étudiant le contenu de son carnet.

— Ce n'est pas du tout ce qui était prévu.

— Je me doute, grommela la jeune femme. Combien de temps pourra-t-on tenir ?

— Eh bien, poursuivit-il, les précédents groupes ont été assez généreux alors... si tout est bien rationné et correctement distribué... ça devrait être bon. On devrait tenir le temps de la saison.

Pilenn soupira de soulagement.

— Qu'est-ce qui s'est passé ? rebondit-il. Je t'ai connue plus prévoyante.

— Faute à pas de chance. On a été dépouillés par les Eraffleurs, je n'ai pu récupérer qu'un sac.

Le visage de l'homme se figea.

— Les Eraffleurs ? Tu n'as rien ?

— Non, on a été chanceux, lâcha-t-elle sans émotion.

Les souvenirs du combat d'Aluna lui revenaient en mémoire. Elle avait été si sauvage ! Pilenn avait toujours su que son pouvoir était dangereux, mais... pas à ce point. Pas au point d'être méconnaissable, de paraître possédée et de tuer sans retenue. Elle l'avait propulsée comme un vulgaire objet. Pilenn devrait désormais éviter de l'énerver. Par contre, ce qui s'était passé lui donnerait peut-être plus de légitimité pour accéder à un meilleur grade ou obtenir la charge de quelques hommes. Garder Aluna sous contrôle devenait de moins en moins aisé.

— Ça va ? lança le gérant des réserves en la voyant plongée dans ses pensées.

— Ou... oui ! Il faut que j'y aille, on m'attend.

Sans attendre sa réaction, la jeune rebelle sortit de la pièce.

Dehors, la nuit était tombée et la foudre continuait à s'abattre sur le dôme. Seule l'extrémité de la grande tour métallique en dépassait, défiant la nature. Pilenn avait longtemps cherché des informations sur ce qui s'y trouvait, en vain. Elle savait juste qu'il s'agissait de l'une des clés de leur victoire contre le Régisseur. Si son chef accédait à sa demande de montée en grade, elle pourrait peut-être en apprendre davantage sur cet ultime plan. Elle avait hâte.

Elle ne mit pas longtemps à rejoindre leur maison. Elle entra dans la chambre qu'elle partageait avec Orrïn et Aluna, et les trouva assis aux côtés de l'Orgade. Son frère le soignait à l'aide d'un masex.

— Alors ? s'enquit Aluna.

— Encore un peu, Lun, répondit Orrïn, les paupières closes et les mains nimbées de lumière. L'cœur est OK, mais l'blessure est grosse.

— Qui est-ce ? demanda Pilenn en s'installant près du Mini-As.

— Valel, répondit simplement Aluna.

— Ça, j'avais compris. Mais qui est-ce ? D'où vient-il ? Pourquoi nous a-t-il aidés ? Comment vous connaissez-vous ?

— C'est une longue histoire...

Aluna leur raconta comment Valel lui avait sauvé la vie le jour de sa fuite sur la plage. Elle évita de préciser pourquoi il avait dû s'enfuir de la rivière, prétextant qu'il s'était perdu en mer après un deuil familial. Quand elle eut terminé son récit, Pilenn reprit la parole :

— Écoute-moi bien, Aluna, ce que je viens de faire est interdit. Introduire un étranger ici sans autorisation, sans même en avoir parlé à mon supérieur avant ? Tu as vu comment est Bezer, ce n'est vraiment pas la chose à faire si on veut évoluer. Mais sans ton ami, je ne sais pas si nous serions toujours en vie, alors je vais assumer. Je lui dois beaucoup.

— C'est quelqu'un de bien, confirma Aluna avec un léger sourire.

— Fini ! les interrompit Orrïn.

La lumière autour des mains du Mini-As s'estompa peu à peu, jusqu'à disparaître. Aluna constata alors que la plaie s'était refermée. Elle jeta un regard plein de reconnaissance à Orrïn, qui tituba de fatigue.

— Ça va, toi ? l'interrogea Aluna. Il est tiré d'affaire, sinon ?

— Oui, acquiesça le Mini-As avec peine. Deux lunes et il... OK.

— Merci, Orrïn, vraiment. Et désolée de t'avoir imposé ça.

L'enfant s'écroula aussitôt. L'effort qu'il venait de produire semblait trop important pour son petit corps.

— Nous allons dormir avec les autres dans la pièce d'à côté, annonça Pilenn en le hissant sur son dos. Histoire qu'il se repose au calme.

— Encore merci.

— De rien, répondit-elle en se dirigeant vers la sortie.

— Pilenn ! l'arrêta Aluna.

Elle prit une grande inspiration avant de continuer :

— Désolée de t'avoir frappée, je... je ne l'ai pas fait exprès. Je croyais tout contrôler, mais je me trompais. Je suis vraiment désolée.

— Je crois que je comprends, répondit son amie après une seconde d'hésitation. Mais tu devrais t'occuper de ton ami d'abord. On en reparle plus tard si tu veux.

Elle lui adressa un sourire crispé, puis quitta la pièce.

Aluna se tourna vers Valel. D'une pression, elle constata qu'il avait un peu de fièvre. Elle rapporta un seau d'eau froide de la salle de bains. Elle y plongea une serviette, l'essora, la posa sur le front de son ami. Elle remarqua alors qu'elle avait du sang sous les ongles. Dans leur course jusqu'à la cité, elle n'avait pas vraiment eu le temps de prendre un bain. Elle essuya les dernières traces de son crime avec insistance. Elle se sentait sale.

« Ils l'avaient bien cherché... »

Aluna se couvrit les oreilles pour ne plus l'entendre. Le monstre insista.

« Tu n'avais pas le choix... »

Elle n'y croyait pas. Même si ça n'avait duré qu'une seconde, elle avait apprécié tuer. Ses yeux la piquèrent. Elle serra son pendentif avec force pour se contenir. Elle ne l'avait pas quitté depuis le jour où Willan lui avait offert. Elle aimerait tant le revoir, lui parler, le toucher...

Elle fondit en larmes. Deux grands bras l'enveloppèrent presque aussitôt. Réticente au début, elle se laissa bientôt aller à l'étreinte de Valel. Elle avait tant de choses à pleurer ! Elle reprochait à sa mère de l'avoir abandonnée, à Xerox de l'avoir utilisée, à Elena de l'avoir arrachée au seul amour qu'elle ait connu, au Régisseur de l'empêcher d'avoir une vie normale, à elle-même de ne pas être assez forte pour contrôler le monstre. Elle voulait se venger, mais comment y arriver sans se laisser posséder ? Comment ne pas se perdre dans cet océan de haine ? La réponse l'effrayait trop pour qu'elle s'y attarde. Pour l'instant, elle désirait juste s'abandonner au torrent de larmes qu'elle retenait depuis trop longtemps.

INTERLUDE 4

« NE DÉFIE JAMAIS LES DIEUX, ILS POURRAIENT BIEN TE DÉTRUIRE. »

Pendant ce temps, du côté des Terres Sacrées…

~

Heridil se tenait face à la grande fenêtre de la salle de repos de son défunt père. Après tant d'années à attendre dans son ombre, il avait enfin repris le flambeau. Il était roi. Il s'occuperait de ces Impies… et de Tamehla aussi. Elle avait peut-être gagné la sympathie de son père, mais pas la sienne, plus maintenant. Il l'avait aimée en secret, mais s'était brutalement vu refuser sa main après la disparition de son frère, Panadil. Ensuite, elle avait eu le culot d'installer sa bâtarde au château comme si elle y avait une quelconque place. S'il n'avait pas besoin d'elle encore quelque temps, il l'aurait déjà exclue du palais.

Il esquissa un sourire satisfait. Si son frère avait su que ses petits-enfants seraient aujourd'hui entre ses mains, il se serait certainement pendu dans sa jeunesse. Le destin avait quelque chose d'amusant. Quatre décennies plus tard, ils en étaient au même point.

Heridil se détourna pour ranger des documents. Ce faisant, il vit une ombre approcher de la grande fenêtre. Il l'ouvrit et reconnut l'oiseau de son père, ses ailes dorées brillant sous l'éclat de la lune. En quelques battements, l'animal vint se poser sur son bras, un message accroché à sa patte. Heridil s'en saisit et parcourut son contenu avec attention tout en s'installant dans son nouveau fauteuil. Un large sourire se dessina sur son visage à la fin de sa lecture. Alors, comme ça, certains s'amusaient toujours à le défier ? Le roi de Goran, hein ? Il en ferait un exemple. Il était temps que ces Impies comprennent que leurs beaux jours étaient achevés.

Extrait d'un vieux parchemin

L'an 0, 29ᵉ lune – Aube de la nouvelle ère :

« Chaque génération donnera naissance à deux paires d'héritiers. Ils seront au-dessus de toute loi et de toute magie. Telle est la prophétie qui a été reçue en ce jour par la grande prêtresse. Puisse l'ignorance des Hommes leur permettre de vivre en paix... »

CHAPITRE 34

Les semaines passèrent comme dans un tourbillon pour Beth. Contrairement à ce qu'elle avait imaginé, il faisait bon vivre dans la cité rebelle. Ses journées avaient été remplies d'entraînements et de rencontres. Elle avait appris à se battre à mains nues et avec des armes d'appoint, à monter à cheval, mais aussi à faire un feu, arrêter une hémorragie et fabriquer des remèdes simples. Même si elle n'excellait pas encore dans ce dernier domaine, elle adorait cette science qu'elle trouvait fascinante. Partir de quelques ingrédients et obtenir de quoi guérir ou apaiser l'émerveillait plus que n'importe quelle magie. Elle parcourait d'ailleurs de temps en temps l'un des rares livres de la cité qui traitait des rudiments de la médecine.

Outre cette passion naissante, elle avait rencontré beaucoup de rebelles, grâce aux missions que lui confiait régulièrement Tercan. Beth avait au début eu peur qu'il trahisse sa parole, mais elle avait principalement écrit ou livré du courrier. Elle n'avait pas tout de suite réalisé que le fait d'être lettrée représentait un gros avantage dans la cité. Beaucoup de rebelles étaient des jumeaux issus de quartiers pauvres, qui avaient vécu coupés du monde. Pour eux, l'éducation ne constituait pas une priorité. Ceux qui avaient cette compétence venaient de familles plus aisées, ou avaient rejoint la cause pour des raisons autres que leur gémellité.

Les lettrés servaient de scribes, et à force de s'occuper des communications, finissaient par en savoir trop pour être relayés à des missions banales. La plupart montaient assez vite les échelons. Certains rebelles lui avaient d'ailleurs soufflé qu'avec de la volonté et du travail, elle pourrait devenir importante dans l'organisation. Mais, même si elle aimait bien vivre dans la cité, Beth ne comptait pas y rester. Elle remplissait ses missions, saisissait également toutes les occasions de se rendre à Minabis pour s'enquérir de l'état de son père auprès de Bruce. Jusque-là, elle n'en avait eu qu'une.

Tercan l'y avait envoyée assister deux hommes qui devaient récupérer un paiement. Elle était censée apprendre en les observant. Tout aurait pu se dérouler sans problèmes, mais le débiteur avait résisté et déclenché une bagarre. Les leçons de Beth avaient servi ; elle avait réussi à s'en sortir sans trop de mal. De cette aventure, ils avaient gagné un masex, l'homme n'ayant pas d'autre moyen de régler sa dette. L'adolescente se rappelait avoir contemplé la pierre durant une bonne partie du voyage retour. Lorsque Tercan l'avait récupérée, il leur avait signifié qu'il était très heureux de l'arrangement.

Beth en avait été rassurée. Elle appréciait beaucoup Tercan, qui était devenu son supérieur direct dans la cité. Elle aurait dû être confiée à quelqu'un de moins gradé, mais Tercan l'ayant « trouvée », une exception avait été faite. Contrairement à beaucoup de ses confrères qui se limitaient au rôle de donneurs d'ordres, Tercan était exemplaire. Il ronchonnait souvent, mais il assistait réellement ses recrues. Grâce à lui, Beth ne se sentait plus étrangère à Fatidia et se surprenait même parfois à vouloir y rester. Elle se forçait alors à se rappeler son but, car elle savait qu'il lui fallait être prête à partir à tout moment.

C'était avec cette pensée en tête qu'elle pénétra dans la chambre de Tercan, qui l'avait fait quérir.

— Te voilà enfin, lança-t-il en la voyant. Referme derrière toi.

Beth s'exécuta et s'assit face à lui, impatiente d'entendre ce qu'il avait à lui dire.

— Je vais aller droit au but, annonça-t-il. J'ai des nouvelles de ta sœur. Elle est en vie.

— J'en étais sûre ! s'exclama Beth en se levant de sa chaise, le visage lumineux.

— Rassieds-toi, lui intima Tercan. Tu ne vas pas pouvoir la voir tout de suite.

L'adolescente ravala sa joie et se rassit.

— Pourquoi ?

— Elle est à Thundez. La saison des tonnerres a commencé, alors aucun bateau ne s'y rendra avant au moins trois mois.

Beth avait lu que, durant cette saison à cheval entre leur été et leur automne, la foudre la frappait l'île en continu. Pourtant, danger ou pas, elle devait trouver un moyen de s'y rendre.

— Et si je me servais de portails magiques ? proposa-t-elle.

Tercan fronça les sourcils.

— Je croyais que t'avais peur de la magie ?

— Juste de mal m'en servir et de blesser quelqu'un. C'est différent si quelqu'un d'autre s'en sert pour moi. Et ça vaut le coup si je peux rejoindre ma sœur immédiatement.

— Peut-être, mais c'est impossible, trancha son supérieur. Relier de telles distances est très consommateur en énergie, il faudrait mobiliser plusieurs druides et risquer leur vie pour simplement te mener à ta sœur. N'oublie pas que l'usage intensif de masex peut tuer. Personne n'autorisera un druide à gaspiller sa force magique ainsi, moi y compris.

Beth aurait voulu protester, mais Tercan avait raison.

— D'accord, capitula-t-elle. Je... merci beaucoup de ton aide. Au moins, je sais que ma sœur est vivante.

— J'ai encore une question, rebondit Tercan. Tu penses toujours pouvoir agir maintenant que ton autre sœur est devenue reine ?

Beth avait appris le mariage d'Elena trois mois plus tôt, mais ne s'en inquiétait pas. Le prince avait promis de ne pas exécuter son père tant qu'il n'aurait pas de preuves tangibles ou des aveux, ce qu'il ne risquait pas d'obtenir. Elena pouvait essayer de hâter la question, mais le conseil ne la laisserait pas faire. À moins que...

L'adolescente sentit son cœur manquer un battement. Que ferait-elle si son père se dénonçait pour empêcher une enquête plus approfondie ? S'il pensait la protéger, elle, en évitant d'attirer l'attention sur leurs secrets de famille ? Elle savait, par Bruce, qu'elle avait vu lors de son dernier séjour à Minabis, qu'il se portait bien le mois précédent. Seulement, tant de choses pouvaient se passer en quelques semaines ! Si Arthur avouait, tout serait fichu. Comment s'assurer qu'il ne fasse rien de tel ?

Elle envisagea plusieurs scénarii qui la ramenèrent tous à la même conclusion : si elle essayait de contacter son père, elle élèverait encore plus les soupçons sur leur famille. Elle ne pouvait que lui faire confiance, tout en s'enquérant de son état auprès de Bruce aussi souvent que possible.

— Ce n'est pas un problème, mentit-elle. Tu n'aurais pas d'autres missions pour moi en dehors de la ville, à Minabis par exemple ?

— Tu en redemandes à ce que je vois ! la taquina Tercan. Hmm j'ai bien quelque chose à Minabis, mais je ne crois pas que tu sois prête pour ce genre de missions. Ça se passera dans le quartier malfamé où je t'ai trouvée, ça pourrait être dangereux. Tu t'en sens capable ?

L'adolescente était consciente du danger, mais elle devait prendre des nouvelles de son père. Le savoir en vie la motivait.

— Je peux le faire, affirma-t-elle.

— Je n'ai que deux hommes pour t'y conduire, et sur place, seule une femme te prêtera main-forte. Elle est redoutable, mais je doute que ce soit suffisant.

— Je sais me défendre, insista-t-elle. D'ailleurs, c'est toi qui dis toujours qu'il faut se jeter dans le vide pour savoir voler ! Je t'en prie, je dois retourner à Minabis !

Tercan réfléchit avant de reprendre, le regard menaçant :

— OK, mais je te préviens, tu entendras parler de moi si tu fais quoi que ce soit d'irréfléchi ! Je me doute que tu veux voir ton père, mais si quelqu'un au château devait apprendre que…

— Je n'irai pas au palais. J'ai quelqu'un qui me donne de ses nouvelles.

Les épaules de son supérieur se relâchèrent aussitôt.

— Ça, c'est une bonne nouvelle. Je te confierai un cheval et une petite bourse pour la mission. Tout est clair ?

Elle acquiesça.

— OK, tu peux déguerpir.

L'adolescente s'éclipsa sans autre forme de procès.

Willan tourna dans son lit à la recherche de chaleur humaine. Il laissa traîner sa main sur le côté droit de sa couche… vide. Il se souvint qu'Elena était toujours en déplacement et ouvrit les yeux.

Le soleil était levé depuis longtemps. Rien d'étonnant vu l'heure tardive à laquelle il s'était endormi. Il n'avait pu s'empêcher de lire le journal de son père, jusqu'à en découvrir tous les secrets.

Il savait à présent que celui-ci avait déclenché la dernière guerre pour récupérer le sceau royal, qui avait disparu. Le souverain avait été convaincu — à tort — qu'une certaine Nal l'avait volé, alors même qu'il trompait sa mère avec une femme dont il ne mentionnait pas le nom. Après réflexion, Willan était arrivé à une conclusion simple : Nal était la fameuse maîtresse, et pour que tout ceci ait un quelconque sens, il devait s'agir d'une personne haut placée dans la cour du château de Cristallia – autrement, son père ne se serait pas tourné vers l'État voisin pour demander réparation. Le jeune homme soupçonnait la reine Errynaël elle-même, Nal pouvant être un surnom ou un diminutif.

Willan s'était alors demandé qui, à l'époque, avait pu voler le sceau. Leur voisine étant innocente, l'identité du coupable demeurait un mystère. Seul quelqu'un d'assez proche de lui avait pu s'en emparer pour ensuite le remettre à sa place sans en être inquiété. Mais qui, pourquoi, et surtout comment ?

Willan se massa les tempes. Son crâne le faisait souffrir. Il écarta les draps, enfila une chemise, et se dirigea vers la table située près de l'entrée. Une centaine de lettres s'y entassaient pêle-mêle. Il les fixa un instant, puis détourna les yeux. Il réfléchirait à ces problèmes plus tard. Il voulait réussir à passer une journée sans avoir à prendre de décisions. Juste une.

Un coup à la porte lui rappela que ce n'était pas gagné. Il l'ignora, se rendait plutôt à la fenêtre pour contempler les jardins royaux. Ils étaient particulièrement beaux à cette période de l'année. La tombe de sa mère s'y trouvait. Son père l'avait installée de façon à l'observer depuis ses appartements, sans doute pour se remémorer sa faute. Quel homme brisé avait-il dû être toutes ces années... Willan le plaignait.

Un second coup à la porte le sortit de sa contemplation. Il poussa un juron et s'écria :

— J'ai dit que je ne voulais voir personne !

— C'est que... madame Irma insiste pour vous voir, Votre Majesté, annonça un garde.

Willan l'invita aussitôt à entrer.

— Tu es habillé convenablement ? plaisanta-t-elle depuis le seuil de la porte.

— Très, répondit-il en souriant.

Elle s'approcha et le prit affectueusement dans ses bras. Il répondit à son étreinte, avant de l'inviter à s'asseoir. Ils s'installèrent autour de la petite table.

— Tu viens tôt, dis-moi, entama-t-il.

— L'horloge a déjà sonné dix coups, mon petit. C'est toi qui te lèves tard ! Alors, c'est pour ça que tu te caches depuis deux lunes ? Pour dormir ? Pas pour manger en tout cas, non, mais regarde...

— S'il te plaît, ne t'y mets pas toi aussi ! la coupa-t-il en levant les yeux au ciel. Kenton m'a déjà fait ses remontrances. Je sais, j'ai manqué un conseil et refusé quelques visites, mais je pense avoir le droit à un peu de solitude de temps en temps, non ?

— Qu'est-ce que tu vas chercher ? se défendit Irma en se touchant la poitrine d'un air offusqué. Je ne suis pas là pour te parler de politique ! Non, mais regarde-toi, tu as les joues tellement creuses qu'on dirait un mort !

Willan se les toucha par réflexe. Peut-être qu'Irma avait raison, peut-être qu'il se laissait trop happer par son nouveau rôle. Il n'avait pas beaucoup mangé ces lunes-ci... et voilà qu'il s'emportait pour un rien.

— Raconte-moi tes tourments, mon petit, reprit Irma en lui prenant la main. Je peux peut-être aider.

Willan jeta un coup d'œil aux lettres sur la table, qui lui rappelaient son devoir. Il détestait sa nouvelle fonction.

— Je... je suis désolé de m'être emporté, s'excusa-t-il. Je suis juste fatigué de ce rôle. C'est épuisant.

— Dis-moi tout. Qu'est-ce qu'il y a dans ces lettres par exemple ?

Il soupira.

— Elles viennent des élus du peuple, expliqua-t-il avec amertume. Il y a beaucoup de requêtes différentes, mais beaucoup ne comprennent pas que l'exécution du régicide n'ait pas déjà eu lieu. La question a été éludée à cause d'autres urgences, mais je t'avoue que je n'ai pas envie de l'exécuter. Je pense qu'il a un complice, même si nous n'avons rien trouvé dans ce sens. Le conseil que j'ai manqué hier aurait justement permis de clore ce point qui traîne depuis des mois. Mais ne t'inquiète pas, je vais régler ça dès que je me sentirai d'attaque. Je l'ai déjà accepté.

— Je comprends, mais je suis curieuse... tu ne détestes pas cet homme ? Il a tué ton père tout de même.

— Là n'est pas la question, Irma, éluda-t-il. Je pense juste qu'on passe peut-être à côté de la vérité en le tuant. Mais tu sais quoi ? Arrêtons de parler de ça, ce n'est pas très joyeux. Comment vont tes filles ?

— Elles vont bien, mais n'essaie pas de changer de sujet ! le gronda sa confidente. Je suis là pour toi aujourd'hui, pas l'inverse ! Dis-moi ce qui te tracasse, ce qu'il y a d'autre dans ces lettres. Allez, accouche !

Willan rit de bon cœur, avant de continuer :

— Eh bien, il y a des tas de sujets à gérer ! Je dois par exemple définir un budget pour reconstruire Arabica. Père avait décidé de ne pas le faire, mais Minabis est de plus en plus surpeuplé et les violences ne font que se multiplier. J'aimerais croire que faire revivre Arabica redonnera un certain équilibre, mais je ne sais pas, en réalité… On a tellement de criminels sous les mains, c'est de mal en pis. Et pour ne rien arranger, nous payons les taxes des rebelles, ce qui creuse les caisses. Je savais qu'il n'était pas aisé d'être pacifique, mais par Maldas, je ne me rendais pas compte à quel point !

Aux sourcils froncés d'Irma, Willan eut l'impression d'avoir parlé dans une autre langue. Il s'adossa sur son siège.

— Tu sais quoi ? reprit-il. Oublie ça, Irma. C'est moi qui réfléchis trop. Et je t'ennuie en plus…

— Pas du tout, mon petit, pas du tout ! se justifia-t-elle. Au contraire, je vois que tu mûris et ça me fait plaisir. Je suis peut-être pas qualifiée, mais je peux t'conseiller une chose : prend les problèmes un à un, ne cherche pas à tout régler en même temps. Et si je peux t'aider à quoi que ce soit, n'hésite pas.

Willan la remercia d'un sourire. Il aurait voulu lui parler des autres lettres concernant les enlèvements à Borad, ou encore de celles des habitants de la Tanière — un quartier de condition moyenne de Minabis dont la population avait doublé depuis la destruction d'Arabica — qui se plaignaient de l'insécurité grandissante. Mais cela ne résoudrait rien. Il repensa plutôt au journal et songea qu'elle avait peut-être des précisions à apporter sur la potentielle liaison entre son père et la reine de Cristallia. Elle avait sûrement une meilleure vision que lui sur les événements qui s'étaient déroulés à l'époque.

— À vrai dire, j'aurais besoin de toi pour une chose, annonça-t-il en se penchant vers elle. Saurais-tu si père avait une maîtresse quand mère était malade ? Je sais que les gens parlent en cuisine, peut-être as-tu entendu quelque chose ?

Irma fronça les sourcils, et l'interrogea sur l'origine de ses doutes. Il lui raconta tout sur le journal, en omettant l'affaire du sceau royal et l'identité supposée de la maîtresse de son père.

— Il y a peut-être eu quelque chose, répondit alors la cuisinière. Il y a eu un conseil avec tous les rois un peu avant la guerre. Ton père était tout le temps de mauvaise humeur. J'ai entendu dire qu'il ne dormait pas dans les appartements royaux parce qu'il ne supportait plus d'être dans la même pièce que ta mère. Certains disaient qu'il avait une maîtresse, mais personne ne savait qui. C'est peut-être juste que des rumeurs, je ne sais pas. La maladie avait éloigné tes parents, c'était une période difficile.

Willan déduisit que si ces rumeurs étaient vraies, les amants avaient dû se retrouver durant ce conseil. Le sceau ayant disparu juste après, il avait eu toutes les raisons de penser qu'elle était la coupable. Son cœur se serra. Une part de lui comprenait la réaction de son père, une autre lui en voulait d'avoir abandonné sa mère sur son lit de mort.

— Merci d'être passée, conclut-il. Ça m'a fait beaucoup de bien de te parler, mais... j'ai encore beaucoup à faire si tu veux bien.

Irma l'enlaça pour lui dire au revoir, et prit la direction de la sortie. Elle s'arrêta après quelques pas, puis revint vers lui avec le sourire jusqu'aux oreilles :

— Maintenant que j'y pense, j'ai bien une nouvelle qui te devrait te mettre de bonne humeur !

La cuisinière lui souffla, sur le ton de la confidence :

— Je te le dis juste parce que je sais que tu détestes les surprises, d'accord ? Je crois qu'Elena t'en prépare une pour bientôt. Tu sais, pour l'anniversaire de la mort de ta mère.

Willan fronça les sourcils. Elle reprit :

— Un de mes apprentis a entendu une des ombres d'Elena se plaindre de l'inefficacité d'une autre fille pour trouver une émeraude verte. Comme c'était la pierre préférée de ta mère, j'ai fait le rapprochement.

Willan écarquilla les yeux. Il réalisait qu'il n'avait jamais confié à Irma qu'il avait offert l'émeraude à Elena. Elle ne pouvait donc pas savoir que sa femme n'avait aucune raison d'en acheter une. De même, il n'avait jamais vu Elena la mettre. Il l'avait bien mentionné quelques fois, mais elle avait toujours éludé la question. La seule explication à son comportement, c'était qu'elle l'avait égarée... et qu'elle lui avait menti. Encore.

Le mal de tête de Willan s'amplifia. Il saisit la carafe sur la table, s'en servit un verre d'eau qu'il but d'une traite. Face à la perplexité d'Irma, il essaya de paraître ravi de son annonce.

— Ça va, mon petit ? s'inquiéta sa confidente. Tu m'as l'air livide. Tu as mangé récemment ? C'est ce que je t'ai dit qui te perturbe ?

Il se força à sourire.

— Pas du tout, Irma. Cette nouvelle me ravit, je suis juste très fatigué. Sans compter que je n'ai pas beaucoup mangé récemment.

— Je vais demander à ce qu'on te prépare quelque chose, d'accord ?

Il acquiesça. La responsable des cuisines l'embrassa sur le front, puis le laissa.

Willan retourna admirer les jardins depuis sa fenêtre. Il fixa la tombe de sa mère, sobrement décorée par quatre arches fleuries. Trop accablé par les prémices de la guerre, son père n'avait ni organisé de cérémonie ni transporté le corps dans la forêt sacrée. Il l'avait simplement enterrée là, près des grandes haies des jardins sud. Une stèle au centre des arches indiquait l'emplacement exact de sa dépouille.

Willan ne s'y recueillait presque jamais. Cela lui rappelait de mauvais souvenirs. Il avait toujours préféré entretenir la mémoire de sa mère en chérissant le cadeau qu'elle lui avait offert. Regarder et toucher l'émeraude lui évoquait les meilleurs moments avec la reine. Il y tenait plus que tout au monde. Elena le savait. Alors, pourquoi ne pas lui avoir avoué l'avoir égaré ? Pourquoi lui mentir... encore une fois ? Et surtout, pourquoi avoir tant changé ? Restait-il en elle un peu de la femme dont il était tombé amoureux ? Son sixième sens lui dictait que les réponses à ses questions le décevraient, mais il n'avait plus le choix. Il devait savoir.

CHAPITRE 35

Le lendemain, Willan s'était replongé dans ses obligations et avait convoqué les membres du conseil pour une réunion urgente. Il avait fini par ordonner l'exécution du régicide. Il en avait confié l'organisation au chancelier, qui proposa de tout planifier pour le mois d'après. Ils abordèrent ensuite le sujet des enlèvements de Borad, qui avait suscité beaucoup d'émoi. Ils conclurent que deux des hommes d'Alderian s'y rendraient pour enquêter en secret, tandis qu'un groupe de trente soldats irait renforcer les effectifs de la brigade locale.

Cette solution validée, ils abordèrent la question de la reconstruction d'Arabica. L'insécurité progressait si vite à Minabis que, s'ils ne faisaient rien, la ville imploserait ou sombrerait dans l'anarchie. Le trésorier grogna longtemps, mais un budget fut arrêté à cet effet. Kenton évoqua toutefois la nécessité de sécuriser les alentours à cause de l'implantation des rebelles à l'extrême nord du désert. Cette mention lança un débat houleux : fallait-il les soumettre sur le champ, ou différer l'action ?

Au bout de deux longues heures, Willan proposa quelque chose qui germait dans son esprit depuis un moment. Plutôt que reconstruire Arabica qui rappellerait toujours la perte de la guerre et qui de surcroît se situait près de la cité rebelle, il suggéra de bâtir une nouvelle ville entre

Minabis et le château, qui symboliserait le renouveau et la sécurité, au vu de sa proximité avec le palais.

Willan se réjouit de constater que ses conseillers adoraient l'idée. Le projet prendrait du temps, coûterait de l'argent, mais il valait le coup. Isidace annonça qu'il faudrait augmenter les taxes pour y arriver, et malgré l'impact que cela aurait sur son peuple, Willan approuva sa décision. C'était le prix à payer. Après un long vote, ils choisirent d'appeler la future cité « Novalis », qui, selon les quelques connaissances de Larzac sur le sujet, avait un sens proche de « renouveau » en langage Ancien. Galvanisés par ce projet de grande envergure, les membres du conseil firent des estimations sommaires, redéfinirent le budget, puis les rôles.

Lorsqu'ils eurent fini, l'après-midi touchait déjà à sa fin.

Alors que la salle se vidait, Willan invita Kenton à marcher avec lui jusqu'à ses appartements. Le capitaine de la garde lui avait signalé, avant la réunion, qu'il avait des choses à lui révéler. Il devait l'écouter tant qu'il tenait encore sur ses jambes. Il tombait de fatigue.

— Je vous écoute, qu'aviez-vous à me dire ? commença-t-il. Des nouvelles de notre espion, peut-être ?

— Oui, prince. Il a récemment réussi à infiltrer la cité rebelle. Il doit encore progresser dans leur hiérarchie pour en savoir plus, mais il pense que leur chef ne se trouve pas à Goran.

La nouvelle revigora Willan. Voilà au moins une chose qui se passait comme prévu.

— Excellent ! Et du côté de Cristallia ?

— Eh bien... un des enquêteurs de la reine a proposé une nouvelle théorie. Ils pensent que les soldats magiques n'ont pas apparu comme ils le pensaient dans la forêt royale, mais qu'ils s'y trouvaient depuis des mois, voire des années. Ils disent ne pas avoir assez de preuves pour nous en dire plus pour l'instant.

Willan s'arrêta un instant, cogita sur ce point, puis se remit à marcher.

— Et à propos de la base rebelle ? rebondit-il. Des précisions sur le cimetière de glace ?

— Oui, la reine a finalement engagé une opération spéciale et y a envoyé plusieurs troupes en même temps. Ils étaient particulièrement nombreux. Ça a pris un certain temps, mais ils ont procédé à beaucoup d'arrestations. Ils ne pensent pas avoir arrêté tout le clan, mais ils ont vraisemblablement leur chef. Ils assurent par contre que cet homme n'a rien d'un rebelle, ce ne serait qu'un chasseur véreux qui va sûrement finir ses lunes en prison.

— Je vois. Qu'en est-il des îlots de glace ?

Il s'agissait d'une zone aux conditions climatiques insupportables, inaccessible par la mer à cause des tourbillons marins, des dangereuses montagnes de glace qui l'entouraient, et du monstre légendaire qui y vivait.

— Les Orgades ont abandonné cette piste, poursuivit Kenton. Selon elles, personne n'a pu s'installer sur ces îlots. Même si un bateau arrivait à passer les tourbillons, le monstre l'arrêterait.

— Hmm elles ont sans doute raison, analysa Willan. Par contre, Kenton, je veux que les rebelles soient votre priorité. Il faut suivre notre espion de très près, qu'il se montre efficace. Je vous propose qu'on y envoie en parallèle un messager pour sommer leur chef de se présenter au palais. Même s'il ne s'y trouve pas, ça devrait créer assez de remous pour que certaines langues se délient à notre profit. Et si ça ne fonctionne pas, je suis sûr que les bonnes personnes transmettront le message. Qu'en pensez-vous ?

Le capitaine de la garde le gratifia de l'un de ses rares sourires :

— Je pense que c'est une excellente idée ! Je m'en charge rapidement. Pensez-vous que leur chef se déplacera ? Il est contre le Régisseur après tout, et aussi contre vous, en quelque sorte.

— C'est vrai, mais je pense qu'il enverra au moins un de ses subordonnés ou un messager. Il doit savoir que nous pouvons les détruire et que nous n'en faisons rien parce que nous voulons la paix. Il devrait prendre la bonne décision si nous sommes clairs sur ce point. Enfin, je l'espère.

— Très bien, je m'en occupe.

Ils discutèrent encore quelques minutes, jusqu'à ce qu'ils arrivent devant les appartements royaux. Kenton s'excusa, puis tourna les talons.

Willan s'isola aussitôt et s'allongea sur son lit, pensif. Il espérait rencontrer bientôt un porte-parole des rebelles pour calmer leurs ardeurs avant que le Régisseur ne décide de les exterminer. Il éviterait ainsi un bain de sang inutile. Il réfléchissait aux conséquences fâcheuses d'un éventuel échec lorsque le chant des trompettes lui arracha un sursaut. Elena était de retour.

Il oublia son envie de dormir, et se leva, les mains moites. Une partie de lui avait hâte de la revoir, tandis qu'une autre appréhendait la confrontation. Sa femme ne tarda pas à se montrer, vêtue d'une magnifique robe blanche qui rehaussait son teint. Elle avait une baluche en main, contenant sans doute des souvenirs de son voyage. Willan la salua d'un court baiser.

— Tu m'as manqué ! s'exclama-t-elle, tout sourire.

— Toi aussi, lâcha-t-il sans la quitter des yeux.

— Qu'est-ce qui s'est passé durant mon absence ? lança-t-elle en se détachant de lui pour ranger ses nouvelles babioles dans leur commode.

Willan en profita pour repérer l'émeraude à son cou et l'étudier du regard. Quelqu'un d'autre aurait pu s'y méprendre, mais pas lui. Il en connaissait les moindres détails, comme la petite fissure à son extrémité droite… qui semblait absente, ici.

— Alors ? insista-t-elle face à son silence.

— Rien d'important, répondit-il d'une voix atone.

— Tu ne me demandes pas comment s'est passée la fête ? enchaîna-t-elle.

Il l'aurait bien fait, mais il avait autre chose en tête. Il décida cependant d'y aller en douceur.

— Comment c'était ?

— Grandiose ! s'exclama-t-elle en posant un vase sur la table de chevet. Il y avait un monde fou dans la vallée les premières lunes, puis le convoi s'est déplacé à Minabis où une longue célébration nous attendait. Les habitants étaient très heureux de me voir. Ils m'ont même offert des présents, regarde comme ce vase est beau !

— Je vois, souffla-t-il sans regarder.

— Et ici, des nouvelles au sujet des rebelles ?

Willan ouvrit la bouche, la referma avec la ferme intention d'arrêter ce jeu de dupes. Il alla donc droit au but :

— Dis-moi plutôt pourquoi tu ne m'as pas dit que tu avais perdu le pendentif de ma mère, déclara-t-il.

Il y eut un silence. Elena se figea, tandis que le cœur de Willan battait à tout rompre.

— Qu'est-ce que tu vas inventer ? finit-elle par dire en s'approchant pour qu'il puisse mieux voir le pendentif à son cou. Je le porte en ce moment même.

Il trancha, sans jeter un œil à l'émeraude :

— Ce n'est pas la bonne pierre.

Elle recula d'un pas, le regarda avec effarement, puis argumenta :

— Évidemment que si ! Tu l'as à peine regardé ! Comment peux-tu affirmer que ce n'est pas la bonne ? Tu dois forcément te tromper, c'est celle que tu m'as offerte.

Le mensonge agaça Willan, qui peina à rester courtois.

— Dans ce cas, pourquoi essayais-tu de te procurer une émeraude verte récemment ?

Cette fois, les doigts d'Elena tremblèrent légèrement. Elle continua à vider sa baluche pour les garder occupés.

— Que... je ne comprends pas ce que tu veux dire, balbutia-t-elle sans regarder son époux.

Willan vint se placer en face d'elle pour ajouter d'une voix suppliante :

— Arrête, s'il te plaît... dis-moi juste la vérité, je peux l'entendre.

Son attitude invita Elena à tenter une autre approche. Elle abandonna ce qu'elle faisait, enveloppa ses bras autour de lui, et susurra :

— Willan, tu ne vas pas accorder de crédit à ces bruits de couloirs, enfin... ça fait longtemps que nous faisons chambre à part, tu m'as tellement manqué !

Il la repoussa avant qu'elle ne tente de l'embrasser. La colère qui grondait en lui grandissait de seconde en seconde. Pourquoi mentait-elle ? Pourquoi avait-elle autant changé ? Il la fixa, mais contrairement à leur première rencontre, ses yeux gris ne lui renvoyèrent rien du tout. L'éclat dans son regard avait laissé place à quelque chose de plus obscur.

— Tu mens, affirma-t-il sans l'ombre d'un doute. Je pensais au moins que tu aurais la décence de me dire la vérité sans que j'aie besoin d'insister. J'en ai marre de ces jeux stupides. Je veux tout savoir, maintenant, ou alors tu peux considérer que toi et moi, c'est fini.

Ces mots heurtèrent Elena, qui recula d'un pas. La carte de l'ingénue ne fonctionnait plus. Elle devait donc opter pour ce qui se rapprochait le plus de la vérité.

— Si tu veux tout savoir, confessa-t-elle en baissant les yeux et en se triturant les doigts, j'avais effectivement perdu ton pendentif. Mais je...

Willan n'écouta pas le reste. Il serra les poings pour contenir sa colère, qui explosa tout de même.

— Comment as-tu pu perdre quelque chose d'aussi précieux et me le cacher ? s'écria-t-il, hors de lui. Tu pensais que je ne verrais pas que celui que tu portes est un faux ? Que je ne verrais pas que tu mens ? C'est ça, ta définition du mariage ? Tu vas juste continuer à mentir à chaque fois que ça t'arrange ? D'abord sur ton passé, puis sur ça ?

— Ne ramène pas ça sur le tapis, tu veux ? s'énerva-t-elle en retour. Je croyais que tu m'avais pardonné !

— C'était le cas, mais je t'avais aussi fait promettre de ne plus jamais me mentir ! lui hurla-t-il au visage. Tu as oublié ça aussi ? C'est quoi, ta raison cette fois ? Tu avais peur que je réagisse mal ? Tu sais bien que je t'aime plus que tout et que je t'aurais tout pardonné ! Tu sais que...

Pendant que son mari se défoulait sur elle, Elena sentit ses veines bouillir. Il n'était pas question qu'il lui marche sur les pieds sans qu'elle réagisse. Lui, le sentimental incapable de prendre des décisions graves, il osait la critiquer ? Non, mais, qu'il quitte les nuages et redescende sur Iriah ! Elle résista à l'envie de réagir, mais lorsque Willan mentionna de nouveau son premier mensonge, elle n'en put plus. Elle perdit le contrôle.

— Et toi, tu n'as jamais menti peut-être ? vociféra-t-elle. Tu n'as jamais fait d'erreur ? C'est facile de me juger alors que tu n'es même pas capable d'accepter la moindre décision difficile, de te mouiller pour ton peuple. Tu exécutes une paire de jumeaux et tu perds tes repères ? Un, tu es roi et tu es censé pouvoir gérer ces choses-là, deux, tu ne les connaissais même pas ! Et comme si ce n'était pas suffisant, tu remets ça avec le meurtrier de ton père ! Qu'est-ce que ça dit de toi, monsieur le pacifiste exemplaire ? À croire que tu lui es reconnaissant de ce qu'il a fait !

Willan en resta sans voix. Il n'aurait jamais pensé Elena capable d'exprimer autant de hargne, de cruauté. Voilà qui rallongeait la liste des changements dans sa personnalité. Il essayait de s'y faire, mais là, c'en était trop. Elle devenait manipulatrice, cachotière, amère. Elle s'éloignait de plus en plus de la femme qu'il avait repêchée dans la rivière. Quand est-ce qu'elle avait autant changé ? Pouvait-il encore lui faire confiance ?

— Excuse-moi, implora Elena face à son silence. Je ne voulais pas dire ça, je ne le pensais pas... Je suis vraiment désolée.

— Qu'est-ce que tu me caches d'autre ? rebondit-il calmement, sans relever son excuse. S'il y a autre chose, dis-le-moi. Je veux tout savoir. Maintenant.

— Il n'y a rien d'autre, lui assura-t-elle. Tu me pardonnes ?

— Je ne sais pas... répondit-il sans réfléchir. Pourquoi as-tu autant changé ? Je ne sais plus comment t'aimer !

Une boule naquit dans l'estomac d'Elena, comme si elle avait reçu un coup. Willan lui avait déjà confié qu'elle avait changé sur certains aspects — ce qui était normal vu qu'elle ne pouvait pas copier Aluna sur tous les plans —, mais il n'avait jamais insinué que c'était problématique. Il l'en avait même complimenté par moments. Elle avait donc songé qu'il l'appréciait telle qu'elle était. Une erreur de sa part, visiblement. Il n'y avait toujours de place que pour Aluna.

— J'ai... changé ? bégaya-t-elle pour essayer de rattraper le coup. C'est ça qui te gêne ? Je croyais qu'on en avait parlé...

— Oublie ce que j'ai dit, l'interrompit Willan en se détournant. Je vais sortir.

Il n'avait définitivement plus sommeil, il ne voulait plus discuter ; il désirait juste quitter cette pièce. Ensuite, il s'offrirait une balade à cheval. Pour souffler, pour se détendre.

— Non, parle-moi ! supplia Elena en lui saisissant le bras. Je suis désolée si le retour de mes souvenirs m'a un peu changée. Je peux m'améliorer ! Dis-moi ce que je dois faire !

— Laisse tomber, lâcha son mari en la forçant à lâcher prise. J'ai des choses à faire, toi aussi sûrement. On en reparle plus tard. Je te laisse.

En le regardant partir, Elena se sentit perdre pied. Le dos de son époux devint aussi diffus que la pièce dans laquelle ils se trouvaient. Elle était de retour dans la maison de son enfance, sa mère s'éloignant d'elle pour retrouver Aluna dans la cave. Elle la revit l'ignorer quand elle avait tenté de lui avouer sa détresse, se détourner d'elle pour sauver Aluna. Comme dans ce rêve qu'elle faisait en boucle depuis plusieurs mois. Sa mère lui disait qu'elle avait une dette envers sa jumelle. Et elle s'en allait, sans un regard en arrière. Ses yeux s'embuèrent de larmes, ses lèvres tremblèrent. Elle explosa avant que son mari ne franchisse la porte :

— Alors toi aussi, tu m'abandonnes ? Je ne suis pas assez bien pour toi, hein ? Pourquoi il n'y a qu'elle qui compte ? Pourquoi est-ce que je ne te suffis pas ?

Willan fit volte-face.

— Moi aussi ? Elle ?

Elena se couvrit la bouche de sa main tremblante. Son cœur battait tellement qu'elle craignit qu'il sorte de sa poitrine. Elle réalisait à peine ce qu'elle avait dit. Elle venait peut-être de détruire sa couverture… Elle cogitait à toute allure, quand elle vit le visage de Willan s'assombrir. Elle s'empressa de bredouiller en se triturant les doigts :

— Je suis désolée, je pensais à… je ne voulais pas m'emporter. Je pensais juste à un… une vieille dispute avec ma mère, lorsqu'elle était vivante et qu'elle… ne m'avait pas cru lorsque je lui avais raconté pour Arthur…

Elle n'eut pas besoin de forcer pour pleurer.

— Ça ne me dit pas qui est « elle » ? insista Willan sans la consoler.

Elena improvisa entre deux sanglots.

— Ma… ma petite sœur. Ma mère disait que pour l'équilibre de ma sœur, je devais arrêter de proférer ce genre de mensonges, elle disait que…

Ses larmes redoublèrent, volontairement cette fois. Elle ne connaissait que cette solution pour attendrir son mari.

Pourtant, Willan ne ressentit aucune compassion. Il l'observa sans rien dire, incapable de l'approcher, de la toucher. Il n'arrivait plus à lui accorder sa confiance. Elle avait tant changé qu'il avait parfois l'impression qu'elle différait de celle qu'il avait rencontrée dans la rivière. Comme un parfait sosie. Dans un autre monde, il aurait pensé qu'elles étaient deux : d'abord Aluna, puis Elena. Mais sur Iriah, c'était tout simplement impossible. Willan fronça les sourcils. Non, impossible.

CHAPITRE 36

Le soleil brillait à l'horizon lorsqu'ils s'arrêtèrent devant une modeste taverne jouxtant une petite étable. Le plus grand d'entre eux, Arin, descendit de selle le premier et confia sa monture à un jeune garçon qui s'empressa de saisir aussi celle du second arrivant. Beth mit pied à terre en dernier.

L'établissement avait une devanture attrayante. Des motifs d'oiseaux étaient dessinés sur la porte avec de la craie, et une pancarte rouge indiquant le nom de l'auberge enjolivait le tout. Beth avait hâte d'y entrer. Arin et son second la devancèrent. Elle leur emboîta le pas. À l'intérieur, un doux parfum de fleurs embauma ses narines et une lumière apaisante l'accueillit. La pièce était grande, avait de larges fenêtres, de nombreuses tables et un long comptoir. Les escaliers en bout de salle laissaient deviner qu'il y avait un sous-sol ainsi qu'un second niveau, qu'elle imagina aussi bondé que le premier à cause du bruit qui en provenait.

Le rez-de-chaussée comptait peu de tables vides. Certains buvaient, d'autres mangeaient, jouaient aux cartes ou au torré : la taverne n'avait rien à voir avec celles qu'elle avait visitées jusque-là.

Lorsque le couple au comptoir lui sourit, Beth leur rendit la politesse. Elle s'autorisa un instant à imaginer sa famille à leur place. Son père tiendrait les comptes, Aluna prendrait les commandes et elle ferait le service pendant qu'Elena... ne serait pas là. Ils formeraient une équipe efficace, soudée et heureuse. L'adolescente soupira, consciente que son rêve ne se réaliserait sans doute jamais. Elle se reconcentra sur ses compagnons et constata qu'ils avaient choisi une table au fond de la salle, où se trouvait déjà un homme qui lui présentait son dos. Elle les rejoignit en pressant le pas.

Lorsqu'elle s'assit à son tour, elle dévisagea celle qu'elle avait prise pour un homme. Il s'agissait en réalité d'une femme d'une trentaine d'années, mince, au visage effilé et au teint olivâtre. Elle avait des cheveux blonds, coupés très courts. Elle était habillée comme un soldat, avec une cotte de mailles, des épaulettes carrées, un fourreau plein, et une ceinture magique vide. Beth s'attarda sur ce dernier point, se demandant pourquoi l'inconnue n'y accrochait aucun masex.

— C'est ici qu'on se sépare, annonça Arin en la fixant. Faudra gérer maintenant, on a du travail à Borad.

— Je suppose que vous êtes ma partenaire, alors? demanda Beth à l'inconnue.

La femme ne répondit pas. L'adolescente voulut relancer la conversation lorsque le gérant approcha pour prendre leur commande. Elle opta pour un jus d'orange et deux pains au maïs, l'inconnue pour une bière.

— Bon, je te la confie, Gyrah, rebondit Arin. Prends-en soin, c'est la dernière recrue de Tercan.

La femme acquiesça et les deux hommes quittèrent la pièce. Beth soupira. Elle avait déploré le silence de ses compagnons lors de leur voyage et avait prié pour que sa partenaire de mission soit plus affable. À l'évidence, elle avait nourri de faux espoirs. Heureusement, sa rencontre le matin même avec Bruce l'avait mise de bonne humeur : son père était toujours vivant. Aussi, elle décida de prendre les devants :

— Je connais les détails de la mission par cœur. Je crois...

Elle fut de nouveau interrompue par le gérant qui apportait leur commande. Dès qu'il s'éloigna, elle poursuivit :

— Donc, je...

— Les détails de la mission, la coupa Gyrah.

— Oui, continua-t-elle à voix basse. Nous devons rencontrer une femme qui aurait des informations sur une certaine Jull. Tercan veut qu'on obtienne tout ce qu'on peut sur cette fille. C'est... tout.

Beth plongea les lèvres dans son verre, pensive. La simplicité de la mission l'intriguait, d'autant que Tercan lui avait annoncé que ce pourrait être dangereux. Elle se demandait donc si Gyrah savait des choses qu'elle ignorait.

— Je m'en doutais, dit la femme en finissant sa chope. Vaut mieux partir maintenant si on veut arriver à La Braise avant la tombée de la nuit.

— Très bien, répondit-elle en terminant son encas.

La femme déposa deux pièces sur la table et quitta la taverne sans un regard pour les gérants. Beth pensa toutefois à saluer le couple à l'apparence sympathique en sortant. Elle récupéra son cheval, puis suivit sa nouvelle partenaire sur les routes qui menaient au quartier de La Braise.

Il leur fallut plus d'une heure pour traverser le sud de La Tanière, ce qui donna à Beth le temps de réfléchir. Son esprit s'envola vers Bruce, qu'elle avait vu le matin même, puis vers son père, toujours enfermé mais vivant, vers Aluna qui se trouvait à Thundez, et enfin vers sa mission dont elle ne comprenait pas l'intérêt pour les rebelles. Elle avait posé la question à Gyrah, qui avait opté pour le silence. L'adolescente avait fini par abandonner.

Elles atteignirent les limites de La Tanière, matérialisées par une longue route déserte que peu osaient emprunter. Gyrah s'arrêta devant l'étable la plus proche, la dernière avant des kilomètres. Beth la suivit, consciente que sa partenaire avait raison de ne pas conduire leurs montures dans un quartier où les vols et les tueries étaient monnaie courante. Lorsqu'elles eurent confié leurs bêtes, rempli leur gourde, acheté des fruits, vérifié leur accoutrement et l'emplacement de leur bourse, elles continuèrent à pied. Beth n'attendit pas longtemps avant de tenter d'animer leur parcours :

— Connaissez-vous notre informateur ?

— Non.

— Et cette fille, Jull ?

— Non plus.

— Et Tercan, vous le connaissez bien ? Il a parlé de vous comme si vous étiez amis.

Gyrah la dévisagea un instant :

— Tu es plutôt bavarde.

— Oui, sourit Beth. On me le dit souvent.

— Je connais Tercan. Depuis longtemps.

— Où l'avez-vous connu ? À Fatidia ? Il vous a recrutée chez les rebelles vous aussi ?

La jeune femme rigola de bon cœur, ce qui surprit Beth. Elle n'avait même pas réalisé que sa partenaire en était capable.

— Moi ? Une rebelle ? Elle est bien bonne ! Je suis mercenaire, on me paie pour ce genre de services. Tercan ne fait pas exception.

— Vous n'avez pas peur qu'on vous associe aux rebelles ? Que les gardes royaux en aient après vous ? Que vous soyez recherchée ?

— Ça fait partie du métier.

— Je vois.

Le silence s'installa de nouveau. L'adolescente essaya de relancer la conversation au bout de quelques minutes :

— Alors, vous ne connaissez pas du tout notre contact ? Vous ne savez même pas à quoi elle ressemble ?

— Elle s'appelle Tora, on la trouvera au *Refuge des Sens*.

— C'est ce que Tercan m'a dit aussi. Il a dit que quelqu'un l'aurait entendu parler de Jull et qu'elle allait souvent dans cette taverne. Il a ajouté qu'on pourrait lui délier la langue assez facilement, car elle a un penchant pour le rhum. Vous pensez qu'elle pourra nous aider ?

— Espérons.

L'adolescente soupira :

— Hmm... vous n'êtes pas très bavarde.

— On me l'a souvent dit, se moqua sa partenaire.

Durant le reste du trajet, Beth continua à poser des questions auxquelles Gyrah répondait parfois. Elle réussit cependant, au bout de quatre heures de marche, à délier la langue de la femme qui se mit à parler un peu plus longuement. Beth ne sentit presque pas le temps passer jusqu'à leur arrivée dans la même ruelle qu'elle avait empruntée des mois plus tôt pour se rendre au *Refuge des Sens*, la taverne où elle avait rencontré Tercan.

Cette fois, la rue était animée. Beth ravala sa salive et s'y engagea à la suite de Gyrah. Elles se mêlèrent à la foule tout en restant sur leurs gardes, prêtes à réagir si un voleur essayait de les délester de leur baluche. Elles n'eurent pas à attendre longtemps. Beth ne se rendit compte de la présence du larron que lorsqu'elle vit l'épée de Gyrah le tenir en respect. Les passants s'enfuirent en courant, à l'exception de deux hommes qui dégainèrent des couteaux avant de s'élancer vers Gyrah. Beth ne leur laissa pas le temps d'approcher. Elle déséquilibra le premier avec un coup de pied dans les jambes, puis l'assomma d'un bon coup de poing à la tempe. Elle évita ensuite l'attaque du second brigand avant de viser ses côtes. L'homme tituba et revint à la charge, mais Gyrah l'arrêta en le menaçant de son arme. Il lâcha son couteau en tremblant, puis s'enfuit en courant.

Beth remarqua alors que le mendiant avait lui aussi disparu. Sa partenaire lui expliqua qu'il s'était sauvé dès que le premier de ses acolytes avait été vaincu. Elle continua ensuite son chemin comme si de rien n'était. Beth se garda de faire des commentaires jusqu'à ce qu'elles atteignent la fameuse taverne.

L'endroit empestait. Au brouhaha qui émanait de la double porte, Beth comprit que c'était bondé. Elle fixait encore l'entrée lorsque Gyrah pénétra à l'intérieur. Elle la rejoignit après une seconde d'hésitation. Elle constata au premier coup d'œil que rien n'avait changé. Il y avait toujours autant d'hommes ivres, de serveuses aux mœurs légères et de bière qui coulait à flots, sans oublier la gérante qui surveillait les nouveaux arrivants depuis le comptoir.

Lorsqu'elle regarda dans sa direction, Beth baissa les yeux, de crainte d'être reconnue. Elle avait beau s'être habillée de façon à se fondre dans la masse et avoir sali son visage avec de la suie, elle n'était pas rassurée. Elle se focalisa sur Gyrah, qui se dirigeait vers le comptoir. Elle réalisa en la rejoignant que, contrairement à sa première venue, leur arrivée n'avait suscité aucune réaction. Sa peur s'envola aussitôt. Elle osa alors se tourner vers la personne dont elle évitait depuis le regard. La gérante ne lui prêta aucune attention. Elle conversait déjà avec Gyrah :

— Alors, ma petite, tu me veux quoi cette fois ?

La mercenaire glissa une pièce de cuivre vers son interlocutrice, qui la saisit aussitôt.

— Je cherche une femme, annonça-t-elle. Tora.

— Tu la trouveras pas ici.

— On m'a dit qu'elle venait tous les soirs.

— Pas ce soir.

Gyrah fit glisser une autre pièce d'un air ennuyé. La gérante lui adressa son plus beau sourire :

— Je crois qu'il lui est arrivé quelque chose, je ne l'ai pas vue depuis quatre lunes. Elle vit pas très loin d'ici. Je peux te dire où, mais...

— Depuis quand tu es devenue aussi chère ?

— Les temps sont durs. À toi de voir.

Gyrah donna une dernière pièce en grognant.

— Traverse la ruelle de droite en sortant, continue tout droit jusqu'au carrefour, confia la gérante, dont la langue était devenue bien pendue. Là, tu prends la grande voie à gauche de la vieille fontaine asséchée et tu y seras. Si tu veux mon avis, tu perds ton temps. Elle est déjà morte, ou alors ça n'va pas tarder.

— Tu m'expliques ?

— Elle travaille dans le bordel de Garog. Tora et les autres filles ont l'habitude de venir ici après le service, pour boire et s'amuser un peu, parfois pour récupérer des pourboires en plus. Je suis serviable, tu vois ? Bref, les seules qui ont arrêté de venir ont soit essayé de changer de vie, soit sont tombées sur des clients un peu trop gourmands, ou pire, dérangés. Dans tous les cas, elles finissent dans la fosse commune.

Beth eut un haut-le-cœur en écoutant la femme.

— Je vois, conclut Gyrah. Merci.

— T'as qu'à revenir si tu veux me remercier, la nargua son interlocutrice. Je peux te trouver des hommes pour...

— Ça ira.

La mercenaire se dirigea vers la sortie, suivi de Beth.

— Eh, gamine ! l'interpela alors la gérante. On s'est pas déjà vues quelque part ?

— Non ! répondit-elle promptement.

— Si tu le dis.

La femme n'ajouta rien, mais Beth sut à son sourire narquois qu'elle l'avait reconnue. Elle se rua à l'extérieur sans attendre.

~

La pluie les surprit en chemin ; elles arrivèrent donc en courant devant la maison qu'elles cherchaient. Deux fenêtres cassées et calfeutrées avec d'épais tissus encadraient la porte en bois qui n'était pas en meilleur état. Des dizaines de clous témoignaient de nombreux rafistolages, tandis que la poignée penchait sur le côté. Les murs tenaient encore debout, mais le toit avait visiblement subi des dégâts. On pouvait entendre l'eau goutter à l'intérieur.

Beth sentit un étrange froid lui parcourir l'échine. La mansarde de Tora était dans un état déplorable. Elle réalisait encore plus la chance qu'elle avait eue d'avoir quitté ce quartier dans son enfance. Elle se remémorait le peu qu'elle en avait connu lorsque Gyrah toqua à la porte. Sans réponse, son acolyte insista, appela, cogna, avant de se résigner à entrer sans invitation. La poignée lui résista, aussi essaya-t-elle d'enfoncer la porte. Le bois trembla, mais ne céda pas.

Face à l'échec de sa partenaire, Beth proposa son aide. Gyrah s'écarta, tandis que Beth retirait des épingles de ses cheveux et s'agenouillait. Elle inséra les bouts de fer dans la serrure, les fit tourner habilement dans un sens puis dans l'autre, jusqu'à entendre un déclic. Elle poussa la porte… et rencontra un obstacle. Une commode bloquait l'entrée. Avec l'aide de Gyrah, elles réussirent à la dégager avant de s'inviter prudemment à l'intérieur.

Elles découvrirent un vieux fauteuil, une armoire à moitié pleine ainsi qu'une petite table sur laquelle se trouvait une lanterne. Sur les murs ternes et parsemés de clous pendaient des vêtements. Une grosse marmite traînait au sol, à côté d'un baril qui recueillait l'eau provenant de la fuite au toit. Une porte dans le fond révélait qu'il y avait une seconde pièce.

Gyrah l'ouvrit sans ménagement. Une mer de ténèbres l'accueillit. Beth s'empara de la lanterne et annonça leur arrivée :

— Madame, nous allons entrer, nous ne vous voulons pas de mal.

Sans retour, elle avança, la main sur le stylet qui pendait dans le fourreau à sa hanche. La faible lueur de la lanterne suffit à éclairer la majorité de la pièce. Elles virent ainsi un petit lit vide, des vêtements au sol, et un autre matelas de fortune sur lequel était allongé quelqu'un. Il s'agissait d'une femme dont seule la tête dépassait d'une couverture épaisse. Elle avait les yeux fermés, respirait difficilement et avait le visage en sueur. Beth se précipita à son chevet :

— Madame, est-ce que ça va ? Est-ce que vous m'entendez ?

La femme ne réagit pas. En voyant ses lèvres sèches, Gyrah alla aussitôt chercher de l'eau, tandis que Beth vérifia sa température. Son front était brûlant. L'adolescente décida de réaliser une décoction d'herbes revigorante, espérant qu'elle l'apaiserait. Elle s'éclipsa, balaya la pièce du regard et choisit la commode comme support pour écraser ses plantes. Pendant que Gyrah faisait boire la patiente, elle acheva la première étape de la préparation, puis poursuivit le mélange dans la marmite. Près d'une heure s'écoula, qu'elle passa à ajuster avec soin le dosage. Une fois la décoction prête, elle la versa dans un bol et revint vers la malade. Celle-ci but péniblement, toussa à plusieurs reprises, puis parvint à articuler avec difficulté :

— Suis... prête, peux... m'en... aller.

Gyrah lui redonna de l'eau et annonça :

— Nous ne sommes pas de la garde de Garog. Nous voulons juste vous parler, si vous êtes bien Tora.

La femme les dévisagea à la lueur de la lanterne :

— Qui... qui v's êtes ?

— Nous sommes à la recherche de Jull, annonça Gyrah. J'ai cru comprendre que vous la connaissiez.

La prétendue Tora cligna des yeux, souleva une main pour toucher son front, puis regarda Beth avec curiosité :

— Vous m'donnez quoi ? Je sens...

— Ce sont des herbes médicinales, je vous ai concocté un petit remède.

— Des herbes ! s'exclama-t-elle. Ici ? Où vous trouvez... ?

— Vous n'avez pas répondu, intervint Gyrah. Êtes-vous bien Tora ?

— Suis... Tora.

Elle trouva enfin la force de se redresser, mais se recouvrit tout de même les épaules avec sa couverture.

— Merci, j'avais pas d'quoi payer les herbes. Oh... par Maldas ! Mon...

Elle les regarda avec suspicion :

— Mon enfant, vous... voyez mon enfant ?

Dès que Beth répondit par la négative, Tora essaya de se lever. L'adolescente la retint.

— Vous ne pouvez pas marcher tout de suite, vous devez vous reposer, ou les herbes n'auront servi à rien. Vous pourrez vous lever d'ici quelques heures, c'est promis.

La femme insista, mais Gyrah lui ordonna de leur expliquer ce qui n'allait pas. La mercenaire dut la rassurer une nouvelle fois sur le fait qu'elles ne travaillaient pas pour Garog, avant qu'elle demande :

— Pourquoi vous pensez que j'peux v's aider ?

— Nous avons nos informateurs, précisa la mercenaire.

— Ah ouais ? Qui ça ?

— Personne dont je peux vous révéler le nom.

— Mais alors qui vous... ? Vous voulez quoi à Jull ?

Gyrah s'impatienta et lui tendit une petite poignée de pièces.

— Assez discuté. Si vous nous dîtes ce que vous savez sur elle, c'est à vous. Vous pourriez vous acheter des herbes avec ça.

— Pff... j'vis pas longtemps avec ça...

— Alors nous allons devoir vous laisser, lâcha Gyrah. Pensez à vous reposer et oubliez cette idée idiote d'aller travailler aujourd'hui.

D'un regard entendu, les deux femmes firent mine de s'en aller.

— Vous... vous partez ? les rappela Tora.

— Vous avez des choses à dire ? insista la mercenaire. Car j'ai l'impression qu'on s'est trompées de personne.

— Oui... j'dis tout si vous m'aidez, mais faut plus que ça ! J'essaie pas d'voler, promis. I'faut... seize pièces pour payer quand j'ai pas travaillé.

— Vous devez payer même lorsque vous êtes trop malade pour travailler ? s'étonna Beth.

Tora acquiesça.

— Très bien, intervint Gyrah. Seize pièces de cuivre, pas une de plus. Je vous écoute.

— Vous donnez ça à Garog aussi ? J'peux pas aller et ils ont... ils ont pris ma fille ! confessa-t-elle en retenant ses larmes. Ils sont venus, ils l'ont... pris pour payer, ma petite fille... elle a qu'douze ans !

Beth retint un cri d'indignation.

— On va payer, annonça aussitôt Gyrah. Dites-nous pour Jull.

Leur informatrice réajusta sa couverture avant d'entamer son récit :

— Larel... travaillait dans le bordel de Garog, j'ai vu la première fois là-bas. Mais elle n'a pas toujours fait ça, vous savez ! Elle a été fleuriste avant, mais elle a perdu tout avec les vols. Bref...

— Qui est Larel ? l'interrompit Beth. Quel est son lien avec Jull ?

Tora fronça les sourcils :

— Attendez ! Qui dit que vous allez aider si j'dis tout ? J'vous connais pas. J'veux une garantie, sinon mes filles...

— Vos filles ? répéta Beth.

La peur déforma le visage de la femme.

— Je... non ! Non, une !

L'adolescente comprit aussitôt ce qui poussait Tora à être aussi prudente, hormis le fait qu'elles se trouvaient dans le quartier le plus malfamé de Minabis. Tora avait deux filles, et pour qu'elle choisisse de n'en mentionner qu'une, elles devaient être jumelles.

— Écoutez, vous pouvez nous faire confiance, reprit-elle. Nous allons chercher vos filles et les ramener. Ensuite, vous nous raconterez tout sur Jull. Ça vous va ?

— Non, j'ai une fille ! Une !

— Vous ne vous inquiétez pas qu'on ne vous en ramène vraiment qu'une ? Et l'autre ? À vouloir les protéger, vous allez les perdre toutes les deux, conclut-elle en repensant à sa propre famille. On peut vous aider, et on ne vous demandera que ces renseignements en retour. Nous n'allons pas vous dénoncer, c'est promis.

Tora la regarda d'un air surpris, puis confia :

— Garog sait. J'paie pour mes filles, pour pas qu'il les prend. Chaque nuit c'est deux cuivres pour elles, deux pour la maison, ça fait quatre fois.

— D'où les seize pièces, continua Gyrah.

— Oui, je… je sais pas si…

— On va le faire, assura Beth. Ne vous inquiétez pas, on vous ramènera vos filles.

— Merci ! Merci ! s'exclama Tora. Elles sont Kira et Kali. Pour aller là-bas, vous devez…

— Je sais comment y aller, la coupa Gyrah avant de quitter la pièce en trombe.

Beth rassura la femme d'un sourire, puis suivit sa partenaire à l'extérieur de la mansarde. Cette dernière l'attendait de pied ferme.

— Comment peux-tu promettre ce genre de choses ? l'engueula-t-elle aussitôt. Qui te dit qu'on trouvera ses filles ou que Garog voudra nous les rendre ?

— Mais on ne peut pas laisser faire ça ! Ce sont des gamines !

— Ici, les femmes commencent tôt si elles veulent survivre. C'est comme ça, on ne peut rien y faire.

— Ce n'est pas une raison pour laisser faire ! Nous devons nous…

— Et jusqu'où iras-tu, petite écervelée ? s'énerva sa partenaire. Tu penses pouvoir démanteler le réseau de Garog et sauver toutes ces filles ? Il les fait vivre, elles ont besoin de lui, et quand bien même certaines voudraient arrêter, on ne peut rien faire à deux. Que vas-tu faire s'il ne coopère pas, dis-moi ? Tu vas l'attaquer avec ton pauvre stylet ? Tu ne feras pas long feu !

Beth se mordit la lèvre en réalisant que Gyrah avait raison. Elle s'était avancée trop vite. Elle avait donné sa parole alors qu'elle devrait se résigner à battre en retraite si l'expédition devenait dangereuse. Autrement, il n'y aurait plus personne pour venir au secours de son père, et ça, c'était exclu.

— Je suis désolée, dit-elle. Je ne me rendais pas compte.

— Une chose promise est une chose due, conclut la mercenaire. Nous allons l'aider, mais c'est la dernière fois que tu me fais un coup pareil. Là-bas, laisse-moi gérer et tais-toi, d'accord ?

— D'accord, promit Beth.

Sur ce, elles remirent leurs capuches et prirent la direction du bordel sous la pluie. Gyrah leur servit de guide. Intriguée, Beth ne put s'empêcher de lui demander si elle s'y était déjà rendue. Vu que sa question restait sans réponse, elle se replongea dans un silence coopératif jusqu'à ce qu'elles arrivent à destination.

CHAPITRE 37

La pièce où se tenait Beth pouvait accueillir une dizaine de personnes. Quatre hommes trapus et armés les encerclaient, tandis qu'un cinquième, fluet, leur faisait face. Assis derrière un bureau, il affichait un sourire découvrant des dents légèrement jaunies, sans que cela n'altère sa beauté. Grand, visage fin, yeux en amande et chevelure soignée, il dégageait une élégance presque incongrue en ces lieux. Beth se demandait ce qu'un homme d'allure aussi délicate pouvait bien faire ici, lorsqu'il prit la parole :

— Alors comme ça, vous voulez parler à Garog ?

— Tu feras très bien l'affaire, rétorqua Gyrah. Nous sommes là pour récupérer deux gamines, Kira et Kali, contre seize pièces de cuivre. En tant que second de Garog, tu devrais en avoir le pouvoir.

— Oh… en voilà une sacrée histoire ! Mais que…

Il regarda la mercenaire avec insistance :

— Nous sommes-nous déjà rencontrés, mademoiselle… ?

— Gyrah. Et non, on ne s'est jamais rencontrés.

— Hmm… si tu le dis, répondit-il en haussant les épaules. Bref, revenons à nous. Tu disais ?

Gyrah s'efforça de répéter distinctement.

— Oh… tout ceci a donc un rapport avec la vieille Tora ? reprit l'homme en faisant de grands gestes. Qui vous dit que j'ai les petites ?

— Déjà parce que vous avez deviné qu'il s'agissait des filles de Tora, expliqua Gyrah. Ensuite, parce que sa parole a plus de valeur que la vôtre. Après tout, pourquoi est-ce que je me fierais à un homme qui m'a bandé les yeux pour me mener à son bureau et n'a même pas dit son nom ?

— Oh, je vois ! Rattrapons cette erreur ! Je m'appelle Trorïm.

Il accentua ses propos d'une révérence théâtrale, avant de rajouter :

— Pour les filles, je crois qu'on va avoir un problème. Le contrat avec la Tora précise qu'il faut payer le quintuple de la dette à partir de trois paiements manqués. Ce qui nous amène à... oh, c'est magique, quatre-vingts pièces ! Faudra demander à la vieille de revoir ses cours de calcul, même si tout ça est un peu délaissé par ici. Ah, que c'est déplorable ! Oh... et j'accepte l'argent aussi. Avec le cours actuel, je dirais que ça vous en fera huit jolies petites pièces !

— Je crois plutôt qu'une pièce par nuit et par fille, plus le double pour le loyer font bien quatre pièces par nuit et donc... oh c'est magique, seize pour quatre nuits, le nargua son interlocutrice. Mais on peut le refaire plus lentement si c'est allé trop vite pour toi.

L'une des quatre montagnes de muscles qui les entouraient fit un pas en avant, mais Trorïm l'arrêta d'une main :

— Oh... laisse, laisse, j'aime ça, les femmes qui font de l'esprit ! Bon, pour revenir à notre discussion, reprit-il en fixant Gyrah d'un air sournois. Nous savons tous que des filles de cet âge et dans cette... situation sont très rares et donc très demandées. Le client qui est avec elles en ce moment a d'ailleurs payé plus du double du tarif normal pour les avoir. Pour les récupérer, il faudra payer autant, ce qui nous amène à... vu que tu n'as pas accepté ma précédente proposition... hmm, cent-soixante pièces. Mais comme je disais, j'accepte aussi l'argent.

Beth résista à l'envie d'intervenir. Elle avait hâte de secourir les jumelles qui devaient vivre un véritable enfer. Néanmoins, elles ne possédaient pas la somme annoncée par Trorïm. Elle n'avait que l'équivalent de trente pièces de cuivre et sa partenaire n'en avait sûrement pas davantage.

— Personne ne se baladerait par ici avec tout ça, contra justement Gyrah.

— Eh bien, vous repartirez bredouilles !

— Je ne pars pas sans elles.

— Oh... et que vas-tu faire ? ironisa le second de Garog. Vous espérez quoi avec une épée et un stylet ? Nous battre ? Et quand bien même, comment sortirez-vous d'ici vivantes ? Vous ne savez pas où vous êtes et ce bordel est très bien gardé. Vous n'avez aucune chance, sinon pourquoi penses-tu que je n'ai même pas pris la peine de vous dépouiller ? Allez ! J'attends de voir tes menaces mises à exécution. Vas-y, attaque !

Gyrah se contenta de sourire en retour. L'homme s'impatienta :

— Quoi ? Tu as perdu ta langue ?

Pour toute réponse, elle posa deux pièces de cuivre sur le bureau.

— Voici en gage de ma bonne foi. Les quatorze autres attendent dans ma bourse.

— Intéressant. Qu'est-ce qui m'empêche de te dépouiller maintenant et de te jeter dehors ensuite ?

— Parce que ce sera plus dur qu'il n'y paraît.

L'homme leva un sourcil, comme s'il venait de réaliser quelque chose. Beth n'osa pas bouger. Elle ne voyait pas comment elles auraient gain de cause.

— Oh... je sais ! finit par s'exclamer Trorïm. Tu es Eli...

Il n'acheva pas sa phrase. Gyrah avait déjà pointé son épée vers sa gorge. Les armes des quatre colosses se dirigèrent aussitôt vers la tête de la mercenaire. L'adolescente saisit son stylet, mais arrêta son geste lorsqu'un cinquième homme qu'elle n'avait pas entendu entrer pressa sa lame dans son dos.

— Voyons, voyons, qu'est-ce qui te prend, Eli...

— Je t'interdis de finir cette phrase, ordonna Gyrah en pressant sa lame contre la gorge de Trorïm.

— Je vois, j'ai visé juste.

Gyrah répondit en réitérant sa menace.

— Très bien, la belle, je ne dévoilerai pas ton petit secret. Allez, calmons-nous tous, nous n'allons pas nous entretuer pour si peu, nous sommes plus civilisés que ces gens de la Braise...

Ses hommes ne bougeant pas, il reprit :

— Ou peut-être pas tant que ça... Allez les gars, calmez-vous, je gère. Et toi aussi Gyrah, baisse ton arme. Ne me fais pas regretter de vous avoir laissé entrer comme ça.

— Eux d'abord.

— Très bien, faites, ordonna Trorïm d'un geste las.

Tous s'exécutèrent dans l'instant. Gyrah suivit, avant de reculer de trois pas.

Tout se déroula en silence. Lorsque toutes les armes furent rangées, l'épée de Gyrah et le stylet de Beth confisqués par précaution, l'adolescente observa Troïm se rasseoir derrière son bureau. Elle comprenait maintenant pourquoi il avait, hormis ses dents, une apparence si soignée. Il n'était pas du quartier. Son travail constituait sans doute l'unique raison pour laquelle il se trouvait dans le bordel. Ça et le fait qu'il devait, comme beaucoup d'autres, profiter des services de l'entreprise.

— Ça devient intéressant, reprit le second de Garog. Très bien, ma petite tigresse, je vais te rendre un petit service en souvenir du bon vieux temps.

Il appela l'un de ses sous-fifres et lui chuchota quelque chose à l'oreille. L'homme écarquilla les yeux, acquiesça, puis quitta la salle par la porte située derrière le bureau.

— Je vais te faire voir les petites, annonça Troïm. Tu vois comment je suis coopératif ? Mais comme je l'ai déjà dit, je les arrache à un très bon client qui les avait réservées pour plusieurs séances, alors tu devras payer autant que lui, c'est-à-dire cinquante pièces d'argent.

Beth faillit s'étouffer avec sa salive. Gyrah jeta un regard assassin à leur interlocuteur :

— Tu ne trouves pas ça un peu excessif? Et tu n'avais pas donné ce montant tout à l'heure !

— Je ne parlais que de la séance de ce soir. Et je n'exagère pas une seconde ! On parle de jumelles, chose suffisamment rare pour nos clients, et d'une longue réservation. Et pas la peine de te rappeler que libérer deux filles a un coût ! D'ailleurs, je vais te faire une fleur. Si tu me donnes le quadruple... non, allez le quintuple, je te les libère pour la vie !

— Deux cent cinquante en argent ! s'étrangla Gyrah. Serais-tu devenu fou ?

— Oh... ne crois-tu pas qu'elles les valent ? Réfléchis. Même si tu n'as pas tout maintenant, tu peux revenir. Ses petites pourront ainsi connaître une vie normale... enfin, dans la mesure du possible étant donné leur situation !

Il éclata de rire.

— Ah... mon humour m'impressionnera toujours !

Avant que Gyrah ne puisse réagir, le colosse revint dans la salle avec les jumelles. Petites et maigres, elles avaient de longs cheveux emmêlés qui descendaient plus bas que leurs robes trop courtes. Beth sentit la rage monter en elle en percevant la terreur dans leurs yeux. Il lui tardait de les emmener, même si elle ne voyait pas comment elles pourraient payer la somme exigée.

Elle n'avait pas prévu la réaction de Gyrah, qui sortit un masex de sa baluche et le posa sur la table. La surprise cloua le bec de l'adolescente. Elle ne s'était pas doutée que sa partenaire cachait un tel trésor. Trorïm s'empara de l'objet, les yeux brillants de convoitise :

— Intéressant ! On va pouvoir s'arranger finalement.

Il chuchota un ordre à un de ses subalternes, qui poussa aussitôt les filles dans leur direction. Gyrah les confia à Beth, qui les rassura sans attendre :

— Tout ira bien. Nous sommes là de la part de votre mère, pour vous sauver.

Tout en caressant son nouveau bien, Trorïm l'interrompit en lâchant d'une voix triomphante :

— Je dois avouer qu'un masex est un prix plus qu'acceptable pour ces filles. Je libère même leur mère pour ce prix, elle n'est plus bonne à rien de toute façon et ça me fera des vacances. C'est bon, vous pouvez y aller.

— J'ai ta parole qu'on ne sera pas suivies ? insista Gyrah.

— Pourquoi je ferais ça ? Ce n'est pas comme si ce n'était pas ta maison, ma chère Elini !

— Je t'avais prévenu...

À peine eut-elle achevé sa phrase qu'un poignard caché dans ses bottes vola pour s'abattre sur la main de Trorïm, qui lâcha le masex en hurlant de douleur. Beth n'attendit pas que la stupeur générale s'estompe avant de pousser les jumelles, dégainer sa dague secrète et la planter dans le ventre de l'homme derrière elle. Il tomba à la renverse en gémissant. Les quatre autres gardes du corps de Trorïm se ruèrent sur elles.

Trois épées se dirigeaient vers sa partenaire, une vers elle et les filles. Beth ordonna à ses nouvelles protégées de s'éloigner et lança sa dague ensanglantée dans l'épaule de son assaillant. Il recula en hurlant. Il revint ensuite à la charge en tentant une estocade. Beth l'évita, dégaina le poignard caché sous les pans de sa robe et toisa son adversaire. Lorsqu'il attaqua, elle esquiva, sans prêter attention aux cris enragés de Troïm.

Elle riposta deux fois, mais l'homme ramassa l'épée de son compagnon et para sans difficulté. Il enchaîna les assauts, la forçant à reculer, jusqu'à ce qu'une lame lui entaille le bras. Beth étouffa un cri. L'ennemi revenait déjà à la charge. Elle se baissa juste à temps et, profitant de l'ouverture, planta sa dague dans son épaule blessée. Il s'effondra, rejoignant les deux autres corps à terre.

Gyrah, non loin, affrontait encore deux colosses. Beth se précipita vers l'un d'eux. Il para, riposta lourdement. Elle évita aisément; sa carrure massive rendait ses mouvements prévisibles. Grâce à son agilité, elle le tenait à distance, virevoltant entre ses attaques.

Le combat s'étira : lui frappait sans relâche, elle esquivait, cherchant l'angle parfait. Puis, comprenant son désavantage, l'homme lâcha son épée et lui décocha un violent coup de poing. La surprise la projeta au sol. Des éclats de lumière dansèrent devant ses yeux, ses jambes refusèrent de répondre. Dans un effort désespéré, elle se retourna, juste assez pour voir son adversaire récupérer son arme. L'instinct prit le dessus. Elle ne mourrait pas, pas encore! Elle tentait de se redresser... au moment où la lame s'abattit.

Sûre que c'était la fin, elle s'étonna de la suite : l'homme se figea, poussa un grognement, puis s'écroula dans une gerbe de sang. Elle se redressa. Gyrah rangea son masex, puis aida les jumelles à se mettre debout malgré leurs tremblements. Les cinq colosses étaient à terre, et Troïm avait disparu. Beth regarda sa partenaire d'un air dérouté. Cette dernière s'expliqua :

— Il s'est enfui, ce lâche, s'expliqua-t-elle. J'ai pu récupérer ma pierre avant.

— Pourquoi? On avait un marché, on avait les filles! Qu'est-ce qui t'a pris de vouloir te battre? rétorqua-t-elle en essayant de se lever.

— Je l'avais prévenu, répliqua Gyrah en l'aidant. Et j'en mourrais aussi d'envie... Mais si ça peut te rassurer, il ne nous aurait pas laissé partir.

— Comment allons-nous sortir d'ici maintenant? Tu l'as entendu toi-même, cet endroit est immense et bien gardé! Nous risquons de nous perdre et nous faire tuer en chemin.

— Je connais l'endroit, la rassura-t-elle. Suivez-moi.

Beth rangea ses armes en ignorant la douleur qui la lançait dans le bras. Heureusement, la plaie n'était pas profonde. Elle déchira le bas de sa robe et la banda rapidement avant de se tourner vers sa partenaire. Celle-ci inspectait déjà l'extérieur. À son signal, elles lui emboîtèrent le pas.

Elles se retrouvèrent dans un couloir sombre et étrangement vide. De la musique s'échappait des portes qui le bordaient et une lumière en trahissait le bout. D'un commun accord, les deux combattantes rangèrent leurs armes, dévoilèrent une partie de leur décolleté, raccourcirent leurs tenues et lâchèrent leurs cheveux — du moins Beth le put — pour mieux se fondre dans le décor.

Elles traversèrent le corridor sans encombre. Elles longèrent ensuite plusieurs galeries peu fréquentées, descendirent quelques niveaux avant d'atterrir dans un couloir animé. Que ce soit grâce à la présence des jumelles — que beaucoup connaissaient via leur mère —, ou aux talents d'actrice de Gyrah, elles réussirent à se mêler à la masse des travailleuses. Durant le trajet, Beth résista à l'envie de délivrer les nombreuses adolescentes qu'elles croisèrent ; agrandir leur petit groupe comportait trop de risques.

La horde d'hommes armés qui les attendait dans le corridor suivant lui donna raison. Gyrah réagit vite. Elle en égorgea un par surprise, ce qui déclencha un vent de panique autour d'elles. Les quatre fugitives profitèrent de la cohue pour s'enfuir dans les escaliers les plus proches.

Six hommes les attendaient au niveau d'en dessous. Elles durent se battre un instant, puis se jetèrent dans la première pièce pour tenter une échappée. Elles y trouvèrent un escalier particulièrement étroit qu'elles dévalèrent, avant de tomber sur une petite salle où trois femmes se maquillaient. Son épée pointée vers elles, Gyrah exigea le silence. Elles obéirent en tremblant. La combattante leur chuchota alors quelque chose à l'oreille, qui les calma aussitôt. L'une d'entre elles leur indiqua même une porte, que la mercenaire poussa. Elle souleva chacun des tapis de la pièce jusqu'à trouver une trappe. Elles s'y engouffrèrent sans attendre.

Elles restèrent longtemps dans la cave, jusqu'à ce que les yeux de Beth s'accommodent à l'obscurité. Au bout d'un moment, le vacarme de leurs poursuivants cessa enfin et Beth osa une question :

— Gyrah, sois honnête, tu as déjà travaillé pour Garog ?

— Je ne crois pas que ça te regarde, petite.

— D'accord… sinon, qu'est-ce que tu as dit à ces femmes pour qu'elles nous aident ?

Une des jumelles les interrompit :

— Pourquoi vous faites ça ? Elle est où notre mama ?

— Elle est chez vous, on va vous ramener, les rassura Gyrah. Et toi, Beth, arrête de creuser, je leur ai simplement dit qui j'étais. Et oui, j'ai travaillé ici dans une autre vie. On va pouvoir y aller, vous êtes prêtes ?

Beth acquiesça. Une fois hors de la cave, elles tombèrent sur une femme seule, qui approuva leur fuite d'un signe discret. Guidées par la mercenaire, elles s'enfoncèrent dans le sous-sol, traversant une enfilade de salles avant de s'arrêter dans une pièce ornée de tapisseries. Gyrah les écarta une à une jusqu'à révéler une porte. Beth s'accroupit et crocheta la serrure d'un geste précis. Au bout de l'escalier, une trappe les attendait. Elles la dégagèrent.

La lumière de la lune les accueillit. Le ciel était clair, la pluie avait cessé. Les fugitives émergèrent à l'extérieur, découvrant le bordel derrière elles. En aidant Gyrah à dissimuler la trappe, Beth comprit qu'il s'agissait sans doute d'une issue aménagée par les prostituées. Une question pourtant la rongeait : si ce passage offrait la liberté, pourquoi restaient-elles prisonnières ?

— Seules certaines privilégiées connaissent cette sortie, expliqua Gyrah en notant son désarroi, les anciennes principalement, celles qui ont été acceptées dans un certain « clan ». Elles s'en servent pour s'éclipser de temps en temps, mais elles ne s'enfuient jamais. Il faut bien qu'elles mangent.

— Mais toi, comment le connais-tu ? demanda Beth. Tu n'es pas si âgée pour…

— Ma mère le connaissait. Bref, on doit y aller maintenant. J'ai peur que Troïm ait envoyé des hommes chez Tora.

Les quatre femmes échangèrent un regard chargé d'inquiétude et se mirent en route. Elles étaient à un pâté de maisons de leur destination lorsqu'elles sentirent de la fumée. Elles accélérèrent en craignant que cela vienne de chez Tora. En se rapprochant, elles constatèrent que la mansarde était bien en proie aux flammes. Troïm les avait devancées.

Elles remarquèrent également que personne ne rôdait aux alentours ou ne criait au feu. Il n'y avait même pas un chat dehors. C'était trop calme. Un incendie aurait dû déclencher des hurlements, de la panique, du mouvement. Il n'y avait qu'une explication à cet étrange silence : les voisins avaient peur, les coupables étaient sans doute toujours là, cachés dans les environs. C'était un guet à pan !

Elles réussirent à rattraper les jumelles avant qu'elle ne rejoigne la maison. Gyrah les maîtrisa, puis entraîna le petit groupe dans une ruelle proche. Les orphelines se débattirent en pleurant, mais Gyrah et Beth étouffèrent leurs gémissements. Dans l'immédiat, les libérer signerait leur arrêt de mort. Elles devaient les garder sous contrôle en attendant qu'elles se calment.

Elles les forcèrent ensuite à quitter le quartier, se séparèrent en deux groupes pour ne pas être vues avec des jumelles, puis rejoignirent chacune à leur tour l'étable où elles avaient laissé leurs chevaux. Lorsque Beth récupéra le sien et prit la route, elle s'employa en chemin à consoler Kali dont elle comprenait la peine, tout en se maudissant de ne pas avoir sauvé la seule personne capable de leur donner des informations sur la fameuse Jull. Tercan serait déçu.

CHAPITRE 38

Le retour à Fatidia s'effectua en deux temps. Beth rentra presque une demi-journée avant Gyrah, qui prit volontairement du retard par précaution.

Après avoir mis les jumelles désorientées en sécurité, elles retrouvèrent Tercan et s'excusèrent d'emblée de leur échec. Tercan ne les blâma pas, mais Beth perçut de la déception dans sa voix. Il passa la soirée à boire avec son amie, puis la congédia le lendemain.

Beth s'occupa des jumelles. Il fallut un mois à Kali pour sourire, deux semaines de plus à Kira pour sortir de sa tente. Beth essaya de l'égayer à son tour, mais comprit très vite que son plan échouerait. Kira ne pensait plus qu'à se venger. Elle parlait, mangeait, courait, s'entraînait, mais ne s'émerveillait de rien, jamais. Comme si son corps n'était plus qu'une coquille vide, imperméable aux émotions.

Kali retrouva peu à peu goût à la vie, à sa manière. Elle suivait Beth partout, écoutait ses conseils avec attention et se passionnait pour la médecine. Ravie de cet intérêt partagé, l'adolescente lui transmit tout ce qu'elle savait. Une forme d'amitié naquit entre elles, faite de confidences échangées. Beth évoqua ses sœurs ennemies, sans jamais citer leurs noms pour éviter tout lien avec la souveraine de Goran. Kali, elle, parla de sa mère : de sa tendresse, de sa force, de la façon dont elle veillait sur elles.

Leurs soirées se prolongeaient souvent en discussions, jusqu'à ce que Beth gagne pleinement sa confiance.

Deux mois plus tard, Kali lui avoua avoir menti à Tercan à son arrivée dans la cité. Elle raconta avoir surpris une conversation entre sa mère et une amie : Tora affirmait avoir croisé la mère de Jull, une ancienne fleuriste Ælfe nommée Larel, dans le bordel de Garog. Cette dernière lui avait confié travailler là dans l'espoir de gagner suffisamment pour éloigner sa fille de La Braise. Elle avait à l'époque bon espoir de l'envoyer au château pour qu'elle devienne une servante du roi. Elle mourut avant de réaliser son souhait. Les travailleuses s'unirent alors pour permettre à la petite fille de s'enfuir. Kali n'en avait pas appris davantage.

Beth avait couru l'annoncer à Tercan. Ce dernier avait d'abord été en colère, puis s'était calmé en réalisant que les jumelles devaient à l'époque avoir aussi peur d'eux que de Garog. Il félicita Beth pour son efficacité, mais sa voix enrouée laissait entendre que quelque chose le tracassait. Elle lui demanda alors, sans attente particulière, si elle était autorisée à connaître l'identité de Jull. Contre toute attente, il lui avoua :

— Jull est ma fille. Je la cherche depuis des années. J'étais jeune lorsque j'ai rencontré sa mère, une Ælfe d'une beauté incomparable... Lorsqu'elle est tombée enceinte, je l'ai quittée. Elle ne savait pas que j'avais un jumeau, alors elle ne pouvait pas comprendre que je ne voulais pas d'une vie de paria pour ma fille. Mais au bout de quelques années, j'ai regretté de ne pas lui avoir avoué la vraie raison de ma fuite. J'ai suivi mon frère dans cette rébellion lorsqu'on m'a promis qu'on m'aiderait à les trouver. J'avais déjà des doutes sur le fait que Larel était morte... j'avais eu des indices à ce propos. J'en ai la confirmation maintenant.

Cet aveu attrista Beth. Incapable de trouver les bons mots, elle posa une main compatissante sur son épaule et le laissa, priant pour que la solitude l'aide à digérer son deuil.

En réalité, elle avait elle aussi besoin de s'isoler. Savoir que Jull était si importante la faisait se sentir encore plus coupable. Dès lors, elle se mit à imaginer plusieurs scénarii où elle arrêtait Gyrah à temps et sauvait Tora qui leur révélait où se cachait la fille de Larel. Après deux semaines de cauchemars et de migraines, elle finit par se confier à Tercan, qui la rassura. Il comprenait la réaction de Gyrah et ne lui en voulait pas une seconde. Cette entrevue confirma à Beth que Tercan était une personne de bon cœur. Elle continua de l'aider avec une certaine admiration, jusqu'à ce que son séjour à la cité touche à sa fin.

Trois mois s'étaient écoulés, la saison des tonnerres s'achevait. L'adolescente avait attendu ce jour avec impatience, mais ce fut le cœur serré qu'elle prépara son bagage pour le grand départ. Elle avait annoncé la nouvelle à Kali la veille, et son amie avait fini en larmes. Beth l'avait consolé une bonne partie de la nuit, mais avait dû se résigner à l'abandonner aux premières lueurs de l'aube.

En milieu de matinée, elle était prête. Le trafic marin en direction de Thundez reprenait dans quelques lunes à Borad; elle devait s'y rendre au plus tôt pour embarquer sur le premier bateau.

— Prête?

Beth se retourna. Tercan lui faisait face. Il avait la mine défaite, mais souriait tout de même.

— Quand est-ce que tu es entré?

— À l'instant. Alors, pressée de t'en aller et retrouver ta sœur?

— Je le suis, répondit-elle en lui rendant la politesse.

— Tu es sûre de ne pas vouloir rester défendre notre cause? Les choses risquent de bouger bientôt, tu pourrais nous être utile.

Elle baissa les yeux. Elle savait que Tercan espérait qu'elle reste, mais malgré toute son affection pour lui, elle ne pouvait exaucer ce souhait.

— Désolée... ce... ce n'est pas mon combat.

— Je comprends, j'aurais essayé, soupira-t-il. En tout cas, je te souhaite bien du courage. Je t'aurais bien accompagnée, mais j'ai des affaires à régler ici.

— Ne t'inquiète pas pour ça. Du nouveau sur Jull, sinon?

— Pas plus que la dernière fois. Kali n'en sait pas plus et Kira est trop occupée à vouloir venger sa mère pour être d'une grande aide. Mais j'ai bon espoir d'en faire des combattantes émérites. Elles pourraient aider la rébellion.

— Je comprends. J'espère que tu sais que j'aurais aimé t'aider plus que ça...

Tercan balaya sa tentative d'un geste :

— Je sais, je sais, tu dois aider ton père, je comprends ça. Et t'inquiète pas pour ma fille, je la retrouverai. Je la cherche depuis tellement longtemps que ma patience finira forcément par payer.

Pour toute réponse, l'adolescente le prit affectueusement dans ses bras. Elle n'avait jamais osé le faire jusque-là, mais elle ne le reverrait sans doute plus. Son mentor eut un moment de surprise, puis l'étreignit à son tour.

— Gyrah sera de nouveau ton contact à Borad, souffla-t-il avec tendresse. Elle a des choses à faire sur l'île, alors j'ai pensé que tu aimerais voyager avec quelqu'un que tu connais déjà.

Beth acquiesça.

— Elle t'accompagnera jusqu'à la cité et te fera entrer, continua Tercan. Elle est connue de pas mal de gens là-bas, de mon frère aussi. Écoute-la et ne te laisse pas embarquer dans des histoires qui ne te concernent pas, surtout à Borad! J'ai eu vent de disparitions autour du port, je ne voudrais pas qu'il t'arrive quelque chose.

— Compris. Je ferai attention.

Tercan la regarda, puis recula. Ses yeux s'embuaient.

— Prends soin de toi, petite.

— Toi aussi. Merci pour tout.

Sur ces bonnes paroles, Beth saisit sa baluche et quitta la pièce. Elle descendit les marches d'un pas lourd, traversa la salle commune en bas sans un regard pour la gérante qu'elle avait souvent aidée à faire la vaisselle et le ménage. Si elle s'arrêtait pour lui dire au revoir, elle ne parviendrait pas à s'en aller.

Dehors, elle tomba sur Kali qui avait encore le visage ravagé par les larmes. Du regard, elle semblait la défier de l'abandonner. Beth lui adressa un sourire crispé, l'enlaça brièvement, puis la dépassa en silence. Tout avait été déjà dit. Il n'y avait rien à ajouter, à part un rapide « Bonne chance ».

Le pas lourd, l'adolescente traversa la ruelle qui la séparait de l'étable principale. Elle réalisait, à regret, que cette période de sa vie s'achevait, qu'elle tournait une page. Elle ne les reverrait sans doute plus jamais. C'était presque comme si une part d'elle mourait ici. Elle avait tellement rêvé de retrouver sa sœur qu'elle ne comprenait pas la tristesse qu'elle ressentait. Elle avait parfois eu l'impression que le temps ne s'écoulait plus et que son père croupirait en prison pour l'éternité. Maintenant que son objectif était proche, elle voulait juste se cramponner un peu plus à ces derniers mois.

Elle chassa cette idée et résista à l'envie de se retourner pour saluer Tercan qui la regardait certainement depuis la fenêtre, ou Kali qui devait se retenir de lui hurler de rester. Elle ne pouvait pas flancher. Son père avait besoin d'elle. Elle devait le sauver, réunir sa famille. C'était son unique but. Tout ce qu'elle traversait en chemin n'était qu'une étape, une séquence, une parenthèse. *Ça va aller,* se répéta-t-elle en serrant sa baluche contre sa poitrine. Elle accéléra le pas. Il fallait qu'elle sorte de là au plus vite.

CHAPITRE 39

Aluna poussa un petit cri en sentant la piqûre. Elle suça son index pour empêcher le sang de couler. Elle passa ensuite l'aiguille à travers le tissu. Elle répéta le mouvement une dizaine de fois avant de tirer sur le fil, réaliser un nœud, puis le couper. Elle avait terminé. Satisfaite, elle rejoignit la chambre d'un pas rapide. Elle y trouva Valel et Orrïn en train de jouer aux cartes.

— Tu veux les essayer ? lança-t-elle à l'Orgade.

— Tu as fini ?

— Une promesse est une promesse.

Valel s'empara des vêtements — une chemise rouge, un pantalon noir et une longue cape de même couleur —, avant de se mettre à l'écart pour les essayer. Aluna avait passé une partie des onze dernières semaines à les lui coudre. Elle avait souvent eu à se confectionner des tenues dans sa cave et chez Xerox, mais c'était la première fois qu'elle le faisait pour quelqu'un d'autre.

— Il v' mettre des vêtements comme tout le monde, maintenant ? lui demanda Orrïn.

— Oui, enfin, sourit-elle.

Ils l'avaient très vite adopté. Aluna avait craint que sa présence soit un problème, mais après que Pilenn eut tout expliqué à leur entourage et obtenu l'accord de Teremis, les choses s'étaient faites naturellement.

Quelques enfants lui lançaient encore des regards curieux, mais rien de méchant. Valel était devenu un habitant de Fatidia et pas des moindres. Sa différence, son énergie et sa gentillesse l'avaient rendu assez célèbre dans la cité.

Lors de son intégration, il avait dû rencontrer Teremis, qui en avait profité pour annoncer à Aluna une nouvelle importante. Elle recevrait bientôt la visite du second du chef des rebelles pour discuter de son plan. La jeune femme avait hâte, mais appréhendait également. Ce qu'elle avait entrevu de son pouvoir durant son combat avec les Eraffleurs l'effrayait. Elle avait peur que ses désirs de vengeance ne prennent le pas sur son humanité et sa capacité à contrôler le monstre. Pourtant, elle n'avait pas le choix si elle voulait remplacer Elena.

— Alors, qu'est-ce que tu en penses ?

Aluna regarda l'adolescent de la tête aux pieds. L'ensemble lui allait à merveille.

— Je ne pensais pas les réussir aussi bien, commenta Aluna.

— C'est un vrai homme maintenant ! s'exclama Orrïn. Je vais prévenir Pilenn !

Sans leur laisser le temps de répondre, le Mini-As quitta la pièce en trombe. Aluna secoua la tête :

— Il n'arrête jamais...

— Tout à fait vrai, confirma Valel.

— Au fait, qu'est-ce que tu vas faire maintenant que tu as des vêtements décents ? Tu n'as plus besoin de te balader avec ton vieux drap ou tes sous-vêtements, alors tu viendras ce soir, je suppose ?

Le soir même avait lieu une grande fête pour célébrer la fin prochaine de la saison des tonnerres. Ils avaient été enfermés pendant près de trois mois, temps qu'Aluna avait, sans surprise, consacré à la méditation et aux entraînements. Elle avait gagné en endurance, mais manquait de force, et lorsque ses émotions la trahissaient, de concentration également. Elle arrivait à drainer plus de pouvoir qu'auparavant, à y faire appel plus rapidement et à mieux le contrôler, mais il lui semblait que le monstre pouvait faire d'elle ce qu'il voulait du moment qu'il l'avait décidé. Elle en était venue à se demander si ses efforts n'étaient pas vains. Jouait-il avec elle ? Que ferait-elle s'il cherchait à s'en prendre à des innocents ? Elle se posa longtemps ces questions jusqu'à arriver à la conclusion que seul le Neutron pourrait lui permettre d'avoir une vie normale. Or, la pierre se trouvait au château : une raison de plus d'y retourner.

— Je n'ai plus aucune raison de ne pas venir, répondit Valel. Je porte des vêtements, je suis comme vous maintenant !

— Presque, rectifia Aluna en souriant malgré elle. Tu as toujours la peau bleue et tu as besoin d'eau au quotidien. Heureusement pour toi, nous avions une bonne réserve. Tu serais déjà mort, sinon.

— C'est vrai, mais je vois surtout que tu sais sourire, c'est rare ça ! la taquina-t-il.

Pilenn débarqua dans la pièce avant qu'Aluna ne réagisse. Vêtue d'une petite robe bleue qui allait parfaitement avec ses mèches colorées, elle portait une magnifique couronne des fleurs sur la tête.

— C'est l'heure ! Vous n'êtes pas encore prêts ?

— On s'active ! s'exclamèrent-ils en s'affairant.

Valel vérifia sa tenue sans se soucier de se chausser – le seul point sur lequel il ne souhaitait pas ressembler à un humain pour l'instant. Aluna, elle, saisit une paire de bottes.

— Tu ne vas pas y aller comme ça ! protesta Pilenn.

— Pourquoi pas ? s'insurgea Aluna. C'est toi qui m'as offert ces bottes.

Pilenn leva les mains au ciel.

— Je ne parlais pas de ça, mais de ton pantalon ! Je suis sûre que c'est un outrage à tous les codes de fêtes. Allez, enfile une robe. C'est la seule vraie fête de l'année, tu ne vas pas la gâcher !

— Peut-être, mais je n'en ai pas. Je ne vais quand même pas m'en coudre une dans la minute !

— Attends, je peux peut-être t'aider.

Pilenn se rua vers la commode du fond et ouvrit le premier tiroir. Elle jeta quelques vêtements au sol avant de s'arrêter sur une robe rouge qu'elle lui lança. Aluna la rattrapa au vol, remarquant d'emblée sa ressemblance avec celle que lui avait offerte Willan. Elle la lâcha par réflexe, sous le regard perplexe de Pilenn.

— Tu n'aurais pas autre chose ? demanda-t-elle sans s'expliquer.

— OK, je vais chercher.

Elle dénicha une petite robe verte aux coutures noires. Elle la tendit à Aluna, qui s'éclipsa dans la salle de bains pour l'enfiler. Elle était à sa taille. Aluna se regarda ensuite dans la glace. Le vert de son pendentif épousait parfaitement celui du vêtement. Elle serra l'objet un instant, avant de se rendre compte que sa chevelure rebelle contrastait avec l'élégance de la robe. Elle retira quelques pinces de la poche de sa vieille tunique, réalisa un chignon relevé avec. Elle quitta ensuite son reflet pour rejoindre ses amis dans la pièce d'à côté.

— J'adore ton chignon ! s'exclamèrent aussitôt Valel et Pilenn en l'apercevant.

Aluna les remercia en essayant de masquer son embarras. La rebelle la tira par le bras :

— Bon, tu es ravissante, c'est parfait. Il est temps d'aller chasser !

— Chasser quoi ? s'étonna Aluna en la suivant.

— Mais des hommes, pardi ! Il y en aura des tas ce soir ! Dans le lot, on devrait en trouver des biens bâtis !

Valel lui adressa un sourire moqueur. L'allusion était claire. Ses amis essaieraient encore de lui présenter quelqu'un. Aluna n'avait pas la tête à ça, mais elle s'était pliée aux exigences et envies de Pilenn pour lui faire oublier l'épisode avec les Eraffleurs. Jusque-là, son plan avait plutôt bien fonctionné.

Dehors, tout avait changé pour prendre des airs de fête. Des charrettes décorées circulaient, suivies par des hommes et des femmes qui dansaient au son des fanfares. Des stands étaient installés à tous les coins de rue, proposant nourriture et babioles. Des banderoles de couleurs vives flottaient un peu partout, accrochées négligemment de toit en toit. Des lanternes et des pancartes rouges et vertes ornaient la devanture des maisons. Personne ne prêtait attention aux éclairs qui s'abattaient sur le dôme au-dessus de leurs têtes. Les lumières créées par les impacts de la foudre ainsi que les reflets de la lune semblaient au contraire faire partie du spectacle. Le décor avait quelque chose de magique.

— Alors, vous venez ? lança Pilenn en se dirigeant vers le nord.

— On n'attend pas Orrïn ? s'enquit Aluna en lui emboîtant le pas.

— Il reste avec le chef ce soir, expliqua son amie en essayant de se frayer un passage au milieu de la foule. Il est trop jeune pour passer la soirée avec nous.

— J'ai hâte ! s'exclama Valel.

— Et moi donc ! conclut Pilenn.

Ils marchèrent quelques minutes avant d'entrer dans un bâtiment à la suite de Pilenn. Aluna découvrit une grande taverne bondée, avec deux pistes en son centre. Sur l'une d'elles, une femme dansait au son d'un tambour, tandis que, sur l'autre, un homme défilait à moitié nu face à une audience déchaînée.

Pilenn était dans son élément. Elle s'arrêta pour admirer le torse musclé et sans défaut de l'individu, avant de se rendre au fond de la salle. Ils y trouvèrent une table vide et s'y installèrent. Pilenn appela le serveur, qui accourut aussitôt avec trois bières. Aluna regarda son amie boire, hésita et l'imita. Elle regretta sa décision en découvrant à quel point le breuvage était amer. Valel était sur le point de faire la même chose, quand elle l'arrêta d'un geste. Il valait mieux qu'il n'ait pas ce goût horrible dans la gorge.

— La bière, c'est une question d'habitude, contra Pilenn. Au bout du troisième verre, tu ne sentiras plus rien, crois-moi ! Je suis même sûre que tu apprécieras.

— J'aimerais autant ne pas vérifier, décida Aluna.

Son amie vida le reste de sa chope et reprit :

— Tu peux toujours tenter le spécial de la maison, ça s'appelle la « mer jaune ». C'est un mélange d'alcool, de jus de zombeb et de lait de coco, je crois. Quoi qu'il en soit, c'est super bon !

— Je veux essayer, annonça Valel. Et toi, Aluna ?

La jeune femme hésita, mais finit par appeler le serveur à qui elle transmit sa commande. Ce dernier faisait demi-tour, lorsque le son du tambour s'arrêta. La danse s'achevait, et celle qui se déhanchait jusque-là quittait la piste.

— Et la prochaine danse est pour… s'écria alors une voix puissante.

Pilenn leva aussitôt la main, puis lança à ses amis :

— Je vous laisse, je vais danser !

Elle se rua vers la piste sans attendre son reste. Le public se mit à l'applaudir, tandis que la musique reprenait. Valel regardait Pilenn danser avec émerveillement.

— Elle te plaît ? le taquina Aluna.

— N… non, du tout ! Je suis juste étonné de voir des femmes danser pour des hommes. C'est inhabituel pour moi.

Le serveur revint au même moment avec leurs boissons. La « mer jaune » avait une couleur jaune orangé et sentait fort le zombeb. Aluna plongea ses lèvres dans son verre. Le goût fruité et légèrement âcre lui plut aussitôt. Elle prit une seconde gorgée pour mieux juger. C'était délicieux ! Elle engloutit le tout en quelques secondes.

— C'est très bon, annonça Valel qui finissait également le sien.

Elle acquiesça.

— Je vais danser aussi, tu viens ? proposa-t-il.

— Euh non, je vais rester ici un moment. Je vous rejoins plus tard.

— D'accord.

L'Orgade rejoignit Pilenn sur la piste de danse sous les ovations de la foule. Aluna appela le serveur pour obtenir de la « mer jaune ». Elle en enchaîna trois avant qu'une voix ne l'interpelle :

— Puis-je m'asseoir ?

Un homme se tenait en face d'elle. Il était grand, avait des cheveux bruns et de magnifiques yeux verts... *Willan ?*

Le visage de la jeune femme s'illumina un instant, puis s'éteignit lorsqu'elle réalisa son erreur. Il ne s'agissait que d'une pâle copie de son amoureux. Elle se frotta les paupières. L'alcool alternait-il sa vision ? Quoiqu'il en soit, elle n'eut pas la force de le repousser. Une petite discussion ne pouvait pas lui faire de mal.

— Je vous en prie, lui répondit-elle en sirotant sa boisson.

L'homme prit place et se présenta sans attendre :

— Je m'appelle Emil, et vous ?

— Aluna.

— Et vous êtes toute seule, Aluna ?

— Mes amis... précisa-t-elle en indiquant la piste de danse. Mes amis dansent.

— Vous avez l'air d'apprécier ce que vous buvez.

— C'est bon, vraiment bon... Vous devriez essayer.

— Je vais essayer dans ce cas, approuva-t-il en passant sa commande.

La jeune femme finit son verre, demanda à être resservie, puis observa son interlocuteur. Si ce n'étaient son nez et son sourire, il aurait pu être le frère de Willan. Aluna sentit sa tête s'alourdir. Tout autour d'elle s'illuminait étrangement. Tout devenait plus beau, l'homme aussi.

— Vous êtes... beau, vous savez ? lâcha-t-elle sans réfléchir.

— Merci, rigola Emil. Et vous, je crois que vous avez un peu trop bu.

— Pas du tout !

— Je n'insiste pas, dans ce cas.

Elle eut subitement envie de se laisser aller, de se libérer, de parler.

— Vous êtes venu seul ?

— En voilà une question directe ! Disons que oui.

— C'est-à-dire ? le taquina Aluna, prise d'une audace qu'elle ne se connaissait pas.

Le serveur posa les boissons sur la table, puis s'éclipsa.

— À vrai dire... j'ai perdu quelqu'un, quelqu'un à qui je pense encore parfois, répondit Emil.

— Moi aussi, répondit Aluna, le nez dans son verre. Je... suis curieuse de savoir comment ils font cette chose. C'est tellement... c'est étrange, je... je ne vois plus que des lumières...

— Ça, c'est l'effet de l'alcool, rien d'autre. Croyez-moi sur parole.

— C'est beau... murmura Aluna en observant les objets de la salle se flouter de plus en plus.

Il lui semblait que la pièce tournoyait lentement, emportant le poids de ses souffrances avec elle. Elle ne pensait plus à son enfance, à Xerox, à la mort de sa mère, à ceux qu'elle avait tués ou à la trahison d'Elena. Elle n'entendait même plus Willan demander à sa sœur de l'épouser. Tout était si paisible... Puis, elle eut soudain chaud. Elle s'éventa avec ses mains, geste parfaitement inutile. Elle étouffait. Il fallait qu'elle sorte.

— Pardon, je... je vais prendre l'air.

— Je vous accompagne.

Aluna trébucha dès son premier pas. Emil la rattrapa sans difficulté. Elle le remercia et s'en remit à lui pour quitter la taverne. Dehors, ils atterrirent dans une allée déserte, différente de celle qu'elle avait empruntée en arrivant. La fête semblait battre son plein de l'autre côté. Elle se dégagea des bras d'Emil et fit quelques pas pour respirer l'air frais.

— C'est dangereux pour une femme de boire autant, vous savez.

— À qui le dites-vous ? répliqua Aluna en s'adossant contre le mur de la taverne. C'est la première fois que je bois, je... je ne me doutais pas que ça aurait un tel effet.

— Je vois, murmura l'homme en se rapprochant d'elle. Je devrais vous ramener dans ce cas.

— Ce n'est pas la peine. Je... je vais attendre mes amis.

— J'insiste, reprit-il en la prenant par le bras.

— Non...

— Ne soyez pas têtue, je vais vous ramener.

— J'ai dit que c'était inutile !

— Oh, arrêtez votre cinéma ! Vous avez envie que je reste !

— Non, lâchez-moi ! s'écria Aluna en essayant de le repousser.

Mais sa poigne était plus forte. Emil réussit à la maîtriser malgré tous ses efforts pour se libérer. Elle fit appel au feu, pourtant, rien ne lui vint, pas la moindre étincelle. L'alcool semblait avoir inhibé son pouvoir. Quant au corps-à-corps, autant dire qu'elle tenait à peine debout. Elle voulut crier, mais Emil la plaqua contre le mur et pressa ses lèvres contre les siennes. Son odeur la répugnait à présent. Elle lança son genou entre les jambes de son agresseur. Malgré le peu de force qu'il lui restait, elle réussit à lui arracher un grognement.

Elle lui jeta ensuite du sable au visage, s'empara de la première chose qu'elle vit — une planche en bois —, et l'abattit sur sa nuque. Emil s'écroula. Il essaya de se relever, mais Aluna puisa dans ses forces et lui assena un autre coup sur la tête. Elle vérifia qu'il ne bougeait plus avant de s'autoriser à souffler. Elle s'affala sur le sol, haletante. Son cœur s'emballa à la perspective de l'avoir peut-être tué… Elle rampa jusqu'au corps d'Emil pour s'en assurer. Elle prit son pouls en tremblant et constata avec soulagement qu'il était vivant.

Elle trouva alors la force de se relever pour s'en aller. Les lumières dansaient toujours et la musique résonnait dans ses tympans. Il lui semblait que le tambour jouait à l'intérieur même de sa tête. Elle peinait à marcher droit, mais la volonté de rentrer la gardait debout. Si elle empruntait la voie principale et évitait les petites ruelles, elle devrait y arriver sans problèmes. Elle n'avait pas l'énergie d'affronter un nouvel obstacle. Il fallait qu'elle dorme.

Une ombre se dessina devant elle. Aluna plissa les yeux pour y voir plus clair, mais plus l'inconnu se rapprochait, plus sa vue se troublait. Elle tenta un détour par un petit chemin, mais la personne ne lui en laissa pas le temps. Elle l'interpela :

— Il semble que vous passiez votre temps à me fuir.

Aluna se figea. Elle connaissait cette voix. Pourtant, elle ne rêvait pas… Elle fit volteface, puis combla la distance qui les séparait. L'homme retira alors sa capuche, dévoilant son visage et sa chevelure singulière au clair de lune. Elle ne s'était pas trompée. Il s'agissait bien de Siruth !

INTERLUDE 5

« QUAND LE RENOUVEAU EST SYNONYME DE PERTE, QUE FAIRE ? »

Pendant ce temps, du côté des Terres Sacrées…

~

Les funérailles de l'ancien roi avaient duré des semaines. Depuis, Heridil était monté au trône. En sept mois, il n'avait rien fait qui puisse perturber la vie de ses sujets. Pour le plus grand bonheur de Tamehla qui coulait des jours heureux.

Sa fille s'était peu à peu remise de son accouchement. Son gendre avait également suspendu ses activités pour lui tenir compagnie, ce qui ravissait Tamehla. Elle passait ses journées à veiller sur les jumeaux et à bavarder avec Elza. Ces semaines paisibles lui avaient presque fait oublier Panadil, une première depuis une éternité. Elle remerciait quotidiennement Nehla pour cette bénédiction. Sa famille et son amie formaient un bel équilibre qu'elle craignait de voir brisé. Elle aurait voulu que le temps s'arrête.

Un sourire lui échappa. Retrouver le plaisir de s'occuper des enfants, comme autrefois avec sa fille, la comblait d'une joie simple. C'était sa chair, celle de Panadil aussi, leur descendance, un prolongement d'eux-mêmes. Elle les observa s'amuser avec insouciance. À sept mois à peine, les jumeaux en paraissaient le double. Ils grandissaient trop vite. Tamehla tendit leur jouet favori à Irvin, qui repoussa sa sœur pour le garder. Elle le laissa faire un instant, puis décida d'intervenir. En voulant récupérer la poupée en bois, elle se heurta à la poigne surprenante de l'enfant. Elle insista, sans succès. D'où tenait-il une telle force ?

— Mère ?

Tamehla se retourna. Sa fille approchait à pas lents.

— Ils sont magnifiques, n'est-ce pas ? commenta-t-elle en s'asseyant sur une chaise en face d'elle.

La vieille femme acquiesça.

— Dis, mère, je me posais une question, reprit Amenith, le front barré d'une ride d'inquiétude. Penses-tu qu'oncle Heridil ne les aime pas ? Il n'est jamais venu leur rendre visite. J'avoue que ça m'inquiète.

— C'est aussi bien comme ça, murmura Tamehla en se rappelant l'avertissement de Panadil.

— Qu'est-ce que tu veux dire ?

— Rien, oublie. Il doit juste être occupé. Il est roi, maintenant.

Sa fille fronça les sourcils.

— Hmm tu ne me cacherais pas quelque chose, mère ?

— Qu'est-ce que tu vas inventer ? prétendit Tamehla en balayant sa suggestion d'un geste. Je ne te cache rien !

Un bruit à la porte leur signala l'arrivée d'un invité. Tamehla alla ouvrir. Elle tomba nez à nez avec deux servantes du roi, qui lui tendirent une corbeille de fruits.

— Le roi vous les fait porter, ma dame. Pour vos petits-enfants.

Tamehla eut un mouvement de recul. Qu'est-ce qu'Heridil s'imaginait ? Qu'elle ne pouvait pas les nourrir ? La vieille femme n'aimait pas ça. Le fait qu'Heridil réapparaisse dans leur vie ne présageait rien de bon. Après tout, il lui avait annoncé à la mort du roi qu'il s'occuperait de sa progéniture... Une sueur froide parcourut l'échine de Tamehla. Sa petite bulle de bonheur venait de voler en éclats.

Elle accepta le cadeau, puis congédia les servantes. Elle s'apprêtait à rejoindre sa fille lorsqu'un autre coup à la porte la retint. Elle ouvrit et trouva Elza sur le seuil.

— Tu es en retard ! lui lança-t-elle en souriant.

— Oh... on voit bien que tu n'as pas toutes les prières sur la résurrection de Nehla à faire le matin, toi !

— L'avantage de devoir s'occuper de ses petits-enfants, plaisanta-t-elle. Allez, entre.

Elles se rendirent dans la pièce d'à côté. Amenith salua la nouvelle arrivante sans arrêter de jouer avec ses enfants. Tamehla installa son amie autour d'une petite table et y posa la corbeille de fruits. Sa fille se réjouit d'entendre que son oncle avait enfin pensé à eux. Elle profita un peu de ses enfants, puis fatiguée, quitta la pièce pour aller s'allonger. La vieille femme chercha alors un second jouet pour permettre à Orlin de s'amuser à son tour, avant de rejoindre son amie. Cette dernière n'attendit pas une seconde pour la taquiner :

— J'ai vu les servantes s'en aller à l'instant. Alors, comme ça, le roi te fait porter des fruits maintenant ? Quelle attention !

— Oh, je m'en passerais bien. Je sais encore nourrir mes petits-enfants, tu ne crois pas ?

— Ah oui ? C'est toujours aussi tendu entre vous ?

Elza faisait allusion à leur passé commun : Heridil lui avait déclaré sa flamme alors même qu'elle était encore avec son frère, puis lui avait demandé sa main à la disparition de ce dernier. Elle avait évidemment refusé, malgré les insistances du roi. Pourtant, Elza ne savait pas tout. Elle ignorait que Panadil l'avait mise en garde.

— Oui, toujours, répondit-elle pour éviter d'approfondir le sujet. Mais j'ai l'habitude. Et toi sinon, comment ça va ? J'ai l'impression de ne pas t'avoir vue depuis longtemps !

— Tu exagères, Tam, on s'est vues il y a à peine deux lunes !

— Oui, tu as raison, ma mémoire me joue déjà des tours apparemment.

— Je te l'ai dit, tu seras sénile bien avant moi.

— Oh ça oui ! rigola Tamehla avant d'être imitée par son amie.

Elles profitèrent l'une de l'autre pendant un moment encore, jusqu'à ce qu'Elza ait faim. Elle voulut s'emparer de l'un des fruits de la corbeille, mais son amie l'arrêta. Elle craignait qu'ils soient empoisonnés. Elle inventa une excuse pour retirer le panier de la table, avant de courir chercher à manger dans les cuisines. Elle en revint avec des bananes et du pain, que son amie engloutit sans attendre.

— Merci, Tam, mais je ne comprends pas pourquoi tu as retiré la corbeille, lâcha celle-ci en mangeant. Tu ne te méfies pas de lui à ce point tout de même? Ça m'inquiète, tu sais, je ne voudrais pas que tu deviennes paranoïaque.

— Ah, oublie ça! C'est rien, je dois devenir sénile.

— Tu dois, en effet! Après tout, je ne vois pas pourquoi tu n'as pas envoyé la servante me chercher à manger. Tu n'as pas peur d'elle aussi, quand même!

— Pas du tout! se défendit-elle. J'ai juste envie de me dégourdir les jambes ces temps-ci.

Son amie lui jeta un regard chargé de doutes. Tamehla se tourna aussitôt vers les jumeaux, désireuse de changer de sujet :

— Regarde ça, Irvin a cassé son jouet et essaie de voler celui de sa sœur. C'est tout le temps pareil! Irvin est vraiment une peste, si je peux me permettre l'expression!

Son amie pouffa de rire.

— Tu ne mâches pas tes mots, toi, ils pourraient t'entendre!

— Qu'ils m'entendent! Ils sauront de quoi est faite leur grand-mère.

— Allez, je vais jouer un peu avec eux. Tu m'apportes de l'eau pour que je fasse descendre tout ça?

— Avec plaisir.

Elle se retira. Elle remplit deux carafes d'eau dans les cuisines et revint dans les appartements de sa fille. Dans l'entrée, elle croisa son gendre qui quittait la salle de bains pour sa chambre. Elle le salua avant de retourner dans le séjour.

Dès que son regard embrassa la scène, elle lâcha les récipients qui se brisèrent au sol. Elza était allongée à terre, entourée des jumeaux qui continuaient à jouer bruyamment. Tamehla était tellement estomaquée qu'elle ne remarqua pas qu'Irvin se tenait sur ses deux pieds et que sa sœur lui courait après.

La vieille femme se rua sur son amie, la retourna, la secoua et l'appela en espérant qu'elle soit juste évanouie. Elle vérifia son pouls, ne sentit rien, puis recommença, toujours en vain. Elle ignora Orlin qui lui tendait un jouet et écouta le cœur d'Elza. Aucun battement. Ses mains devinrent moites de panique. Elle refusait de croire au décès de son amie; elle n'avait jamais présenté le moindre signe de faiblesse ou de maladie!

La vieille femme appela à l'aide en hurlant. Nedil accourut dans la pièce. Il s'empressa de faire un massage cardiaque à la mourante, tout en lui demandant de quérir un médecin. Tamehla transmit la consigne à la servante, qui s'en alla précipitamment.

Amenith arriva sur place. Horrifiée, elle observa, impuissante, son mari tenter de réanimer Elza. Elle se rua ensuite sur ses enfants pour les empêcher de regarder davantage. Elle se saisit d'Orlin, tandis que Tamehla se chargeait d'Irvin. Lorsque les jumeaux furent dans la chambre du couple, les deux femmes retournèrent dans le séjour pour attendre le docteur. Il ne tarda pas à arriver, à examiner Elza et à prononcer son verdict : elle avait bel et bien péri.

Tamehla dut se retenir contre une chaise pour ne pas tomber. À leur âge, la mort faisait partie du quotidien, mais jamais elle n'aurait pensé que l'énergique Elza serait la première des deux à succomber. Les habitantes de la chapelle avaient même l'habitude de plaisanter en disant qu'Elza les enterrerait toutes. Tamehla retint ses larmes, triste d'avoir perdu une amie si proche. Elle pria pour que son âme trouve son chemin jusqu'à Nehla avant de quitter les lieux du drame. Elle ne supportait plus de voir le corps.

Dans l'entrée, la présence du panier de fruits d'Heridil la submergea de colère. Pourquoi faisait-il croire qu'il se souciait de son bien-être ? Pourquoi existait-il ? Elle s'empara du cadeau, qu'elle vida dans la poubelle la plus proche. Même si elle savait le roi innocent, elle ne pouvait contenir sa rage envers lui, la vie, elle-même. Après Panadil, voilà qu'elle perdait Elza.

Dévastée, elle traça dans l'air un cercle barré, signe de soumission à Nehla, puis courut se réfugier dans la chapelle. Une fois devant la statue, elle pria, à la recherche de réconfort. Cependant, pour la première fois depuis qu'elle vénérait la Déesse, le seul sentiment qui l'envahit en l'invoquant fut la solitude.

CHAPITRE 40

Elena revenait des jardins. Elle y avait passé une partie de l'après-midi pour prendre l'air et surtout se retrouver seule. Elle avait renvoyé ses dames de compagnie à d'autres tâches. Depuis sa dernière dispute avec Willan, elle en avait fait un rituel pour réfléchir.

Son mari était devenu distant. Il s'éclipsait dès le lever du soleil pour vaquer à ses obligations et ne revenait que tard le soir pour dormir. Entre les deux, il lui parlait à peine. Et lorsqu'il daignait le faire, c'était pour dire des politesses. L'histoire du pendentif avait créé un froid. Elle se recueillait donc dans les jardins pour cogiter à des moyens de regagner sa confiance ou asseoir son pouvoir de reine. Elle avait malheureusement échoué sur les deux plans.

Six semaines plus tôt, elle avait espéré qu'il se reposerait sur elle après l'exécution de Gurof. Ce fut l'exact opposé. Willan avait certes mal vécu le moment — elle l'avait vu dans son regard fuyant quand le rebelle avait arrêté de gesticuler sous la pression de la corde —, mais il n'avait pas cherché de réconfort dans ses bras. Il n'avait au contraire pas déridé malgré toutes ses tentatives. Elle avait alors compris à quel point leur dernière dispute l'avait secoué. Pire, il devait se poser des questions. Elle avait donc essayé de coller davantage à la personnalité de sa sœur et s'était excusée sans relâche. Cela n'avait rien arrangé; au contraire, cela avait engendré d'autres disputes.

Au bout d'un mois, Willan s'éloigna encore plus. Il demeurait poli et prenait ses repas avec elle, mais c'était tout. Elle commençait à réellement s'inquiéter de la situation. Ils manquaient à leurs devoirs conjugaux, ce qui impliquait qu'elle pouvait le perdre. Si ça arrivait, tout suivrait : son statut de reine, sa place chez les rebelles, peut-être même sa vie.

Elle soupira en passant les portes d'entrée du château. Remplacer Aluna s'avérait plus difficile que prévu. Willan avait un tel sens de la loyauté et de l'honnêteté qu'il lui était impossible de rester elle-même. Elle comprenait mieux comment il avait pu s'intéresser à son idiote de sœur. Si seulement il savait qu'elle lui avait elle aussi caché son identité, il ne l'aimerait plus autant...

En colère de devoir concurrencer une morte, Elena serra les poings avant de gravir les marches la séparant de leurs appartements. Une fois à l'intérieur, elle retira ses gants, les posa sur la table et se dirigea vers le lit. Willan y était assis, le regard perdu dans le vide. Elle essaya d'entamer une conversation :

— Je suis de retour.

Il lui répondit par un silence de plomb. Elena soupira pour ne pas exploser; elle ne supportait plus cette situation. Elle tenta une nouvelle approche :

— Je suis là, Willan, tu m'entends ?

Toujours le même silence. Elena se retint de lui hurler dessus. Il était censé l'aimer, par Maldas ! Elle s'approcha, prête pour une dernière tentative, quand elle remarqua un parchemin déplié près de lui. De plus près, elle repéra un étrange oiseau aux ailes dorées posté à la fenêtre. Il la fixait de ses yeux noirs. Elle se couvrit la bouche, se rappelant que le Régisseur utilisait ledit animal pour communiquer avec les souverains. Elle déglutit, tendit lentement la main vers le document, constata que Willan ne l'arrêtait pas, puis le saisit pour en parcourir le contenu.

« Détruisez la cité rebelle, ou c'est Goran tout entier qui périra. Je veux un premier rapport sur votre avancée dans six mois. »

Le message était court, précis, effrayant. Ses mains se mirent aussitôt à trembler. Elle s'en étonna, persuadée qu'il ne s'agissait pas de son combat. Juste qu'elle se trompait. Le Régisseur était le principal responsable de ses malheurs. Si sa mère n'avait pas eu à enfermer Aluna dans une cave, elle n'aurait pas eu l'impression de lui être redevable. Elle n'aurait pas eu d'yeux que pour elle, elle ne se serait pas tuée en essayant de faire taire sa culpabilité. Si les jumeaux avaient eu droit à la vie, son enfance aurait été différente. Tout aurait été différent. En tant que rebelle, elle ne pouvait pas non plus ignorer cette information. Willan n'avait plus le choix, il devait se mettre en guerre contre ses employeurs. Heureusement, un de leurs espions au palais savait se servir de la projection astrale. Elle devait informer Teremis au plus vite !

Elle se levait pour partir, quand quelque chose la retint. La culpabilité. Le regard hagard de Willan appuyait sur sa corde sensible. Si elle révélait tout à Teremis, les rebelles agiraient contre lui, et ils l'emploieraient sûrement pour la tâche. Serait-elle alors capable de le tuer ?

Elena s'ébroua. Elle refusait de penser de la sorte ; elle ne l'aimait pas, elle craignait juste de perdre ses privilèges. Pourtant, impossible pour autant de trahir les rebelles. Ils la tueraient. Que lui restait-il ? Un moyen de sauver sa vie, ainsi que celle de Willan. Après tout, il n'était pas réellement leur ennemi.

Décidée, elle s'élança vers la porte. Elle était presque sortie, lorsqu'une pensée l'arrêta. Elle se retourna, observa les yeux vitreux de son mari. Il semblait vide, désespéré, mort. Rien d'étonnant quand on connaissait ses désirs pacifistes. Contrairement à elle, il était incapable de tuer de sang-froid. Si elle restait pour le consoler, elle marquerait des points et réussirait peut-être à regagner sa confiance. La colère des dernières semaines afflua dans ses veines, avant d'être remplacée par l'envie de le prendre dans ses bras. Elle soupira en se détournant de la porte. Elle se persuada qu'ainsi elle pourrait soutirer des informations sur le plan d'action de Willan. Teremis pouvait attendre.

Kenton avait, comme souvent ces lunes-ci, vu Elena revenir des jardins. Il avait fait le chemin inverse par curiosité. Depuis qu'il l'avait acceptée dans la vie du prince, il n'avait pas relancé d'enquête à son sujet, mais il avait gardé l'œil ouvert. Il n'avait manqué aucune occasion de l'observer à la recherche d'une faille, sans rien trouver. Chacune de ses filatures s'était révélée infructueuse, et celle du jour ne l'était pas moins. Il retourna donc dans ses appartements pour vaquer à d'autres occupations.

Au bout d'une heure, il se rendit compte qu'il n'arrivait pas à se concentrer. Il avait l'impression d'être passé à côté de quelque chose de crucial durant tout ce temps. Il recoupa toutes les informations qu'il avait, les interrogatoires qu'il avait menés. Au bout de trois bonnes heures, les élancements dans son crâne le rappelèrent à l'ordre. Il s'affala sur son lit, avant de sentir une présence près de lui.

— Serait-ce trop vous demander de frapper avant d'entrer ? dit-il en se redressant.

Son lieutenant se tenait dans un coin de la pièce. Comme d'habitude, il préférait rester dans l'ombre.

— Je m'excuse, capitaine.

— Qu'avez-vous pour moi ?

Alderian fit un pas en avant, mais sans dévoiler entièrement sa silhouette :

— Mon contact à Cristallia m'informe que leur théorie sur les soldats magiques se confirme. Ils ont trouvé un étrange passage secret, une sorte de grand sous-sol dans la forêt royale. Seulement, l'endroit n'est pas assez grand pour avoir contenu autant de soldats, alors ils se sont mis à la recherche d'autres passages secrets. Ils n'ont rien encore pour l'instant, mais cette première découverte a beaucoup troublé la reine.

— Intéressant... j'en informerai le roi. Quoi d'autre ? Votre espion chez les rebelles a quelque chose pour nous ? Des remous suite à la lettre du roi ? Nous n'avons eu aucun retour officiel.

— Il dit qu'il y a eu du mouvement à l'arrivée du messager, mais l'information a vite été cachée pour éviter la panique. Par contre, il a aperçu une adolescente qui ressemble à la sœur de la reine.

Kenton fronça les sourcils.

— La fille d'Arthur ?

— Oui, mais il ne l'a aperçue qu'une fois et en coup de vent. Il n'est sûr de rien, il s'est peut-être trompé de personne.

— Sans doute. Donc rien sur le chef des rebelles ?

— Rien. Capitaine, si je puis me permettre, nous avons été occupés à des missions prioritaires ces temps-ci, mais je vois que vous enquêtez toujours sur la reine. Je n'ai aucun homme de disponible, mais je peux moi-même me renseigner à Minabis, si vous le souhaitez.

Le chef de la garde balaya sa proposition d'une main.

— Non, ce ne sera pas nécessaire, vous devez être là pour superviser les opérations. Et puis, j'ai beau chercher, je ne trouve rien. Et sans le fameux Xerox, on ne peut pas faire concorder le reste de son histoire. Je n'aime pas ça, mais je vais devoir me rendre à l'évidence. Soit elle n'a rien à se reprocher, soit son secret est si bien caché que je ne le trouverai pas.

Alderian réfléchit un instant avant de proposer :

— Et cet homme que nous avions interrogé ?

— Arthur ? Non, il ne dira rien de plus.

— Je voulais parler de celui qui nous a renseignés sur elle la première fois, un jeune homme de Minabis.

Kenton écarquilla les yeux. Il réalisait son erreur. Voilà ce qui lui échappait ! Il leur manquait l'individu qui les avait informés au départ, celui qui avait permis aux hommes d'Alderian de créer cette fiche sur elle. Il avait peut-être son avis à apporter. Avec un peu de chance, il en savait assez sur son passé pour la confondre, ne serait-ce que sur un détail. Kenton sentit aussitôt ses poumons se remplir d'un air nouveau, celui de l'espoir. Son enquête prenait enfin un tournant intéressant.

— Vous avez raison, lieutenant, répondit-il, sourire aux lèvres. Il faut retrouver cet homme. Mais pouvons-nous réellement nous passer de vous ?

— Pour quelques lunes, oui. Reste le souci de la confidentialité.

— Oui, si vous vous absentez pour Minabis, ça se saura...

Il secoua la tête :

— Non, on a besoin de vous ici. Ne prenons pas ce risque, attendons que l'un de vos hommes puisse s'y rendre. De préférence celui qui s'en était chargé la première fois.

— Il faudra attendre plusieurs semaines, l'avertit son lieutenant.

— Ça me convient, je n'en suis pas à un ou deux mois près. S'il n'y a rien d'autre, vous pouvez disposer.

Alderian s'éclipsa sans mot dire. Kenton se replongea dans la première fiche d'informations qu'il avait eue sur Elena et laissa ses yeux survoler le papier. Il se sentait presque pousser des ailes. Il avait l'impression que cette fois-ci, il trouverait la faille. Il n'était plus qu'à deux doigts.

CHAPITRE 41

Aluna se trouvait dans la tour en fer qui l'intriguait depuis son arrivée dans la cité. Elle était assise sur un lit de fortune, dans une pièce étroite aux murs métalliques qui comptait une fenêtre, une seconde porte et deux meubles : un placard dans un coin et une commode près d'elle, sur laquelle reposait une tasse de thé fumante.

— Allez-y, buvez !

La jeune femme s'exécuta sans mot dire. Elle avait trop mal à la tête pour répliquer. Elle sirota un peu de l'infusion, puis écarta le gobelet. Elle observa ensuite Siruth en se demandant si elle devait l'ignorer ou l'assener de questions. Le mystère qui l'entourait l'irritait de plus en plus. Le fait qu'elle soit souvent paralysée en sa présence n'y était pas non plus étranger. Cet homme était puissant, très puissant, mais elle n'en avait pas peur. Elle était même certaine qu'il ne lui voulait aucun mal. Ils avaient une connexion, un lien qui les unissait depuis toujours. Mais lequel ?

— Je m'attendais à ce que vous me posiez des centaines de questions, dit-il en s'asseyant à côté d'elle. Je suis presque déçu.

Aluna lui jeta un regard noir.

— Je me doute que vous n'y répondrez pas.

— Je vois que vous m'avez cerné, reprit Siruth dans un rire. Et si je vous disais que cette fois-ci, je suis tout à vous ? Allez-y, posez-moi une question !

Aluna ne savait pas par où commencer. Elle ignorait pourquoi elle le voyait en rêve, pourquoi elle était parfois incapable de bouger en sa présence, ni même ce qu'il faisait là ! Après tout, ils se trouvaient dans la cité rebelle… La jeune femme réorganisa ses idées, décidée à procéder étape par étape.

— Que faites-vous ici ? demanda-t-elle.

— Voilà une question à laquelle je peux répondre. Je suis là pour affaires.

— Ce n'est pas une réponse !

— Je plaisantais, reprit-il dans un éclat de rire. Plus sérieusement, je pense que vous connaissez déjà la réponse à cette question.

— Vous êtes un rebelle, annonça-t-elle.

— Mieux. Je suis celui qui a ordonné qu'on vous sauve la vie.

Aluna écarquilla les yeux. S'il disait vrai, il ne pouvait être que… le chef des rebelles lui-même ! C'était difficile à accepter, mais ça expliquait comment ils en savaient autant sur elle et aussi pourquoi ils tenaient à la garder dans la cité. Après tout, Siruth lui avait déjà avoué s'intéresser à sa magie. Il souhaitait sûrement s'en servir pour sa cause.

— Vous êtes le chef des rebelles, affirma-t-elle.

Siruth acquiesça sans la quitter du regard. Elle avala sa salive avant de poursuivre :

— N'êtes-vous pas… un peu jeune pour ça ?

— Oh, je ne suis pas le premier, je ne fais que remplacer le précédent.

— Qui était ?

— Quelqu'un que vous ne connaissez pas, mais vous avez d'autres questions plus utiles, je suppose.

— Évidemment que j'en ai ! répliqua-t-elle. Pourquoi m'avez-vous sauvé la vie ? Vous en avez après mon pouvoir, c'est ça ?

Siruth ne répondit pas. Il la fixa sans rien dire avant de se diriger vers la seule fenêtre de la pièce. Les éclairs étaient de moins en moins nombreux, signe de la fin prochaine de la saison des tonnerres. Il resta à contempler le ciel sous le regard impatient d'Aluna.

— Vous aviez dit que vous répondriez à mes questions ! M'avez-vous sauvée pour que je serve votre rébellion ?

Le jeune homme se tourna vers elle et lui répondit enfin :

— En partie.

Encore des phrases inachevées. Aluna se leva pour le secouer, mais se sentit paralysée une nouvelle fois. Puis, son corps bougea sans qu'elle le lui ordonne. Elle se rassit malgré elle, incapable de résister.

— Qu'est-ce que... qu'est-ce que vous m'avez fait? bégaya-t-elle.

Pour toute réponse, Siruth se dirigea vers le placard. Il en sortit plusieurs parchemins précautionneusement enroulés dans de la soie rouge, puis les lui tendit. À nouveau libre de ses mouvements, elle s'en saisit et parcourut les documents. Les principales lignes étaient écrites dans une langue inconnue, tandis que les dernières utilisaient le langage commun. Elle devina qu'il s'agissait d'une traduction de l'Ancien, ou du Haut-Ancien.

Les parchemins semblaient raconter la vie d'un de leur ancêtre, un peu avant le début de leur ère. Ils étaient numérotés, organisés comme un journal. Aluna ne savait même pas que ce genre d'éléments historiques existaient. Elle parcourut ceux qu'elle avait en main — les lunes 61, 9, 45, 49, 13, 53, 1 et 29 — avant de s'arrêter sur le dernier message, qui l'intrigua :

« Chaque génération donnera naissance à deux paires d'héritiers. Ils seront au-dessus de toute loi et de toute magie. Telle est la prophétie qui a été reçue en ce jour par la grande prêtresse. Puisse l'ignorance des Hommes leur permettre de vivre en paix... »

— Qu'est-ce que ça veut dire? demanda-t-elle. Deux paires d'héritiers naîtraient à chaque génération? Ces parchemins sont-ils authentiques?

— Oui, ils le sont. Bien sûr, ce ne sont que de simples copies, mais elles sont fiables, autant que peut l'être une traduction en tout cas. Et oui, deux paires d'héritiers naîtront à chaque génération, des héritiers du pouvoir.

Un frisson parcourut l'échine d'Aluna.

— De quel pouvoir? s'enquit-elle, bien qu'elle connaisse déjà la réponse.

— De la magie pure.

Elle s'éclaircit la gorge.

— Vous voulez dire qu'à chaque génération, quatre personnes hériteraient de magie pure? Comme au temps des Anciens?

— C'est cela même. Mais pas n'importe qui, deux paires de jumeaux.

Aluna déglutit.

— Je serais... une héritière ? souffla-t-elle.

— C'est exact, reprit Siruth en s'approchant. Et c'est la raison pour laquelle j'ai besoin de vous. Grâce à vous, nous pourrons mettre fin au règne du Régisseur.

La jeune femme fronça les sourcils face aux propos insensés de Siruth.

— Vous avez perdu un frère jumeau ? demanda-t-elle. C'est ça qui vous motive à mener cette rébellion ?

Son interlocuteur ouvrit la bouche, la referma, puis confia :

— Oui, mais pas de la façon à laquelle vous pensez. Mon frère n'est pas mort à cause de la loi du Régisseur.

— Alors qui ? Qu'est-ce qui vous motive à mener ce combat ? Ne me dites pas que c'est par simple envie de justice, je ne vous croirais pas.

— Vous avez une piètre opinion de moi, assena-t-il d'un ton sec. J'ai bien perdu quelqu'un par la faute du Régisseur, mais je ne pense pas que cela vous regarde, alors oubliez ça. Les raisons pour lesquelles je dirige la rébellion ne vous avanceront à rien pour l'instant, sans compter que je n'ai aucune envie d'en parler.

Aluna voulut insister, mais le regard noir que lui lança Siruth l'en dissuada. C'était la première fois qu'elle percevait tant d'animosité en lui. Elle frissonna. Elle était inoffensive face à cet homme. S'il souhaitait la blesser, il lui suffisait de claquer des doigts. Il pouvait faire d'elle ce qu'il voulait...

Par Maldas ! faillit-elle hurler. Elle regarda sa ceinture et confirma ce dont elle se doutait déjà. Il ne portait aucun masex. Les pièces du puzzle se collèrent si vite qu'elle se reprocha de ne pas y avoir songé plus tôt. Le pouvoir qui la paralysait à chaque fois ne pouvait être que de la magie pure.

— Vous êtes aussi un héritier !

— On peut dire ça.

— Est-ce ça qui nous unit ? insista Aluna. Est-ce pour ça que je vous vois en rêve ?

— J'aurais aimé que ce soit pour d'autres raisons, répondit-il en retrouvant son sourire. Mais oui, c'est ce qui nous lie.

Aluna poursuivit son interrogatoire, ravie d'avoir enfin une explication à leurs rêves communs.

— Alors vous supposez qu'en tant qu'héritiers de cette… magie, nous avons le pouvoir de renverser le règne du Régisseur ?

Il acquiesça.

— Mais comment ? Nous ne savons pas comment l'atteindre, encore moins comment le battre ! Je veux dire, il a réussi à plier tout Iriah à sa volonté, ce n'est clairement pas quelqu'un dont on peut se débarrasser facilement. Qu'est-ce qu'on peut espérer à deux contre quelqu'un d'aussi puissant ?

— Je n'ai pas dit que ce serait facile, mais croyez-moi, nous pouvons le battre.

— Comment ? persista-t-elle. Quel rôle joue le masex que nous avons récupéré au temple Tari'al au péril de nos vies ?

Un coup à la porte les interrompit. Le visiteur se présenta comme un certain Nalius. Le prince enfila une cape noire, se couvrit le visage d'un masque et revêtit une capuche sur la tête, avant de laisser entrer l'individu. L'homme était grand, mince, et plutôt agréable à regarder. Il écarquilla les yeux en voyant Aluna :

— Il s'agit de la femme qui…

— C'est elle-même. Parlez, Nalius.

Le nouvel arrivant hésita avant de s'exécuter :

— Très bien. J'ai une mauvaise nouvelle. Je viens d'apprendre que le Régisseur a ordonné au nouveau roi de Goran d'attaquer Fatidia sud. Il a six mois pour lui faire un premier rapport.

— Hmm… je vois. Il passe à l'action.

— Chef, pourquoi maintenant ?

— Quelque chose a changé, je suppose, mais ça devait arriver un jour ou l'autre. Dites-moi plutôt comment le roi a réagi.

— Il n'a encore rien fait, mais vu le message qu'il vous a laissé il y a deux mois, je pense qu'il veut trouver un terrain d'entente et que…

— Je vois, l'interrompit Siruth. Merci d'être venu si vite, vous pouvez disposer.

Nalius jeta un dernier coup d'œil à Aluna et s'éclipsa.

Siruth retira son masque, avant de se tourner vers la jeune femme, encore sous le choc de ce qu'elle venait d'apprendre. Willan avait reçu l'ordre de tuer les rebelles, qui ne se laisseraient sûrement pas faire. Que feraient-ils ? Ou plutôt… que ferait Siruth ?

À défaut de le carboniser, Aluna le foudroya du regard.

— Qu'ai-je fait pour susciter tant de haine ? s'étonna l'intéressé en levant les sourcils.

— Allez-vous le tuer ?

— Willan ? Hmm... j'y réfléchirai.

Son indifférence énerva Aluna. Il parlait comme si Willan n'était qu'un insecte qu'on décidait d'écraser lorsqu'il dérangeait. Elle se rua sur Siruth et lui agrippa le col.

— Je vous interdis de lui faire du mal ou... je vous tuerai !

— Lâchez-moi.

De nouveau, une force prit le contrôle de son corps. Sa main relâcha sa cible, puis ses pieds reculèrent de quelques pas. Elle n'essaya pas de résister ; c'était inutile.

— Vous savez que vous ne pouvez rien faire contre moi. Pourquoi insister ?

— Je...

— Ne vous expliquez pas, continua-t-il en franchissant la courte distance qui les séparait. À vrai dire, j'apprécie votre fougue. Ça vous rend... irrésistible.

Elle ignorait quoi répondre à ça. Siruth lui prit le visage dans les mains. Il la fixa un instant, les yeux rivés sur sa bouche. Elle frissonna. Il lui semblait qu'il pouvait lire en elle comme dans un livre ouvert. Son souffle était chaud, dangereusement proche de ses lèvres. Elle ne pouvait pas le repousser, elle n'était même pas sûre de le vouloir.

— Vous êtes si... parfaite, souffla-t-il.

Aluna ouvrit la bouche, la referma aussitôt. Elle n'arrivait pas à s'exprimer, tant sa présence l'enivrait. Elle priait juste pour qu'il s'éloigne, et vite ! Il se rapprocha, au contraire. Il allait l'embrasser, elle le savait... pourtant, il la lâcha au dernier moment :

— Je ne le tuerai pas, je vais peut-être avoir besoin de lui plus tard. Et surtout, j'ai besoin de vous.

Il recula. Elle reprit peu à peu ses esprits :

— Je ne vous autorise pas à... à décider de la vie de Willan comme ça ! Ni de la mienne !

— Sinon, quoi ?

— Sinon je ne vous aiderai pas ! Vous savez que je ne souhaite qu'une chose : évincer Elena et retourner auprès de Willan. C'est la seule raison pour laquelle je suis restée ici, pour laquelle j'ai risqué ma vie pour votre masex légendaire. Votre rébellion ne m'intéresse absolument pas.

Sa dernière phrase était en réalité un mensonge. Elle en voulait assez au Régisseur pour trouver un sens à cette rébellion. Seulement, elle refusait qu'on lui impose ses choix. Elle s'était battue, entraînée et montrée patiente dans l'unique but de retourner au château. Elle avait trop attendu pour tout abandonner maintenant.

Siruth leva les yeux au ciel, exaspéré.

— Oh Willan, Willan, toujours le même petit prince naïf!

Elle lui jeta un regard noir.

— Oh, ne me regardez pas comme ça! rebondit-il. Vous savez que j'ai raison, il n'a pas la trempe d'un roi, pas encore. Il ne vous mérite même pas, mais bon, vous êtes libre de vos choix. Quoi qu'il en soit, vous devez savoir qu'il est maintenant exclu de risquer la magie de mes druides pour que vous le rejoigniez. J'en aurai besoin lorsque votre cher Willan attaquera. Je dois encore protéger la vie de mes hommes.

La jeune femme perdit pied en comprenant ses implications.

— Vous aviez dit... balbutia-t-elle. C'est la seule raison pour laquelle...

— Écoutez, je vous remercie pour le masex, ainsi que pour votre coopération sans faille jusqu'ici, mais je n'ai pas anticipé cet ordre du Régisseur. Croyez-moi, j'avais prévu de vous laisser retourner à Goran pour l'instant, mais ce n'est plus possible. Réfléchissez bien, si je vous prête notre puissance pour que vous retrouviez Willan, non seulement je ne pourrai pas protéger les milliers de personnes qui se trouvent à Fatidia sud, mais en plus vous retrouverez un homme dévasté et incapable de vous protéger. Vous le connaissez, il ne doit pas être au mieux de sa forme depuis qu'il a reçu cet ordre. C'est un pacifiste idéaliste, il n'était pas prêt à être roi.

— Pourtant, vous avez tué son père, vous l'avez fait roi, grogna Aluna en se retenant de lui sauter à la gorge.

Savoir qu'il avait raison ne l'empêchait pas de vouloir l'égorger.

— Parce que je savais que son sens de la justice serait un avantage pour nous et qu'il ne comploterait jamais contre les rebelles, affirma le prince de Thundez.

Ses paroles écœurèrent Aluna.

— Vous êtes sans cœur.

— Non, je suis réaliste, contra-t-il. Regardez-vous, vous aviez à peine quitté l'ombre de votre jumelle que vous étiez déjà à l'article de la mort. La vie est cruelle, certaines choses doivent être faites, justes ou pas. Après tout, vous cherchez bien à tuer votre sœur pour récupérer votre vie. En quoi suis-je plus horrible que vous ? En réalité, je vous comprends beaucoup plus que vous le croyez.

— Ce n'est pas pareil, grommela-t-elle. J'ai mes raisons.

— Eh bien, moi aussi. Alors, dois-je comprendre que nous avons un arrangement ? Que vous avez compris que vous ne pouvez pas retrouver votre cher Willan pour l'instant ?

— Non ! Il doit y avoir un moyen ! Je pourrais protéger la cité sud, puis retourner au château ? Vous n'auriez pas à utiliser vos druides.

Sa proposition amusa Siruth.

— Vous seriez capable de tuer les milliers de soldats que nous enverrait votre amant juste pour le retrouver ? Car vous vous doutez qu'aucun d'eux ne devra retourner au château pour parler de vous, ou ni vous ni Willan n'auriez le moindre avenir. Est-ce vraiment ce que vous voulez ? Je croyais que tuer était mal.

Aluna se mordit la lèvre. Il avait raison, encore une fois.

— Je vous propose ceci, reprit-il. Combattez à mes côtés contre le Régisseur et, une fois vaincu, plus rien ne vous empêchera de retourner à Goran et de dire la vérité à votre bien-aimé. Rien n'empêchera plus les jumeaux d'avoir une vie normale. Avouez que c'est équitable.

La jeune femme bouillonnait de rage. Pourtant, encore une fois, ses propos tenaient la route. Elle prit une grande inspiration pour se calmer.

— Quel est votre plan ? Interrogea-t-elle.

— Trouver où il se cache, l'attaquer ensuite.

— C'est tout ? ironisa-t-elle. Nous le trouvons, puis nous débarquons tous les deux ? Moi avec le feu et vous avec... quoi déjà ? Vous pouvez contrôler les gens, c'est ça ?

— Oui, mais une personne à la fois.

Les yeux d'Aluna s'arrondirent d'horreur. Elle s'inquiétait du fait que Siruth puisse contrôler ses envies ou ses pensées.

— Je vous rassure, je ne contrôle que les corps, pas les esprits, corrigea aussitôt le prince. N'ayez pas peur, jamais je ne vous forcerai à avoir envie de quoi que ce soit. Je ne suis pas un monstre.

Aluna en fut à peine rassurée. Contrôler les gens autour de lui... quel pouvoir terrifiant ! En y réfléchissant, elle était différente. Sa magie venait des expériences de Xerox et non de sa naissance.

— Si je suis vraiment comme vous, pourquoi mon pouvoir est-il différent ? argumenta-t-elle aussitôt.

— Votre pouvoir n'est pas si différent, répondit-il. Même si, en réalité, les pouvoirs des héritiers ne sont pas nécessairement semblables. En fait, vous n'utilisez pas simplement la magie de feu, vous contrôlez les chimères, enfin une chimère pour ce qu'on en sait. Moi, je contrôle les gens. Vous voyez, nous ne sommes pas si différents.

— Je contrôle les chimères ? hoqueta-t-elle. Mais alors, ces expériences...

Aluna se tut en réalisant qu'elle en avait trop dit. Elle ne comptait pas parler de Xerox à Siruth. Lui aussi avait ses secrets, après tout. Elle se demandait toutefois pourquoi elle n'avait pas pu contrôler les chimères depuis son enfance, et pourquoi Elena ne possédait aucune magie. Cela dit, ça expliquait peut-être pourquoi elle avait pu, sans comprendre un mot de Haut-Ancien, converser avec la gardienne du temple Tari'al ?

Face à son désarroi, Siruth lui adressa un sourire triste. Il se dirigea vers la seconde porte de la pièce, toqua deux fois, et attendit. Des bruits de pas se rapprochèrent.

Lorsque la porte s'ouvrit, Aluna se figea. Elle n'en croyait pas ses yeux. Elle ne pouvait détacher son regard de la personne qui se tenait aux côtés de Siruth. Sa chevelure, son allure, son sourire, rien ne laissait de doute sur son identité.

« Tout est de sa faute... »

La voix du monstre résonna dans son esprit, plus enragée que jamais. Aluna essaya de bouger, mais le pouvoir de Siruth l'immobilisait. Étaient-ils de connivence ? Comme pour éclaircir ce point, le mystérieux Hybride présenta la personne à ses côtés :

— Je vous présente mon druide personnel, mais je pense que vous vous connaissez déjà.

Xerox !

CHAPITRE 42

— On y va ?

— Oui, un instant…

Gyrah disait au revoir à son cheval depuis un moment déjà. Beth n'aurait jamais pensé que son amie, si froide en apparence, puisse être à ce point attachée à un animal.

La mercenaire caressa une nouvelle fois l'encolure de la jument, lui susurra des mots à l'oreille, puis la confia enfin au lad qui s'impatientait. Une fois la bête installée dans une stalle, Gyrah remit une petite bourse au garçon. Ce dernier compta, écouta attentivement toutes les instructions — et menaces — de la jeune femme, avant de s'en aller avec un grand sourire.

— Faut pas t'en faire à ce point, tu la retrouveras très vite, essaya de la rassurer Beth. Et puis, vu que ce n'est pas la première fois que tu confies ta monture à cette étable, tu ne devrais plus avoir peur, non ?

— Je sais, mais ce garçon est nouveau, j'ai peur qu'il fasse un truc de travers. J'espère vraiment qu'il aura compris mes instructions, ou il est mort à mon retour.

— Je savais que tu ne pouvais pas être aussi sentimentale… grommela Beth.

— Qu'est-ce que tu as dit ?

— Rien, rien ! On y va ? Nous partons à l'aube, il faut qu'on trouve vite une auberge près du port.

Gyrah jeta un dernier coup d'œil à sa jument, puis prit la direction du port.

Les deux femmes étaient arrivées à Borad depuis déjà deux lunes, le temps nécessaire pour obtenir des billets sur les premiers bateaux qui partaient en direction de Thundez depuis la fin de la saison des tonnerres. Elles avaient traversé trois quartiers, mangé quelques spécialités locales — des fruits de mer accompagnés de tubercules — et assisté à un spectacle de marionnettes sur la place principale de la zone portuaire.

La ville n'était pas immense, mais d'une rare beauté. Les mouettes volaient et chantaient au-dessus des habitations qui étaient basses, colorées et étrangement uniformes. Les rues étroites et pavées donnaient un air de vieux tandis que l'odeur de l'océan apportait à l'ensemble une agréable touche de liberté. Plus elles se rapprochaient du port, plus les stands vendant langoustes, crabes, étoiles de mer, huîtres, coquillages ou perles se multipliaient. Le soleil couchant ne les arrêtait pas, bien au contraire. Cette partie de la ville était connue pour ses marchés nocturnes et Beth avait hâte de voir l'avenue principale se couvrir d'étals d'ici la tombée de la nuit.

Elles continuèrent ainsi jusqu'à se rapprocher du port. Elles visitèrent les auberges par ordre de préférence et furent déçues de constater qu'aucune n'avait de place. On leur expliqua que la population locale doublait juste avant la fin de la saison des tonnerres. D'abord parce que les voyageurs s'y installaient pour prendre les premiers bateaux pour Thundez, ensuite car la plus grande chasse de l'année aurait bientôt lieu : celle du requin bleu. Les marins et les pêcheurs les plus téméraires sillonnaient le sud du continent, qui regorgeait de ces énormes poissons particulièrement dangereux. Celui qui revenait en ville avec le plus gros butin se voyait décerner une bourse sonnante et trébuchante, ainsi que le trophée du meilleur chasseur, une publicité sans faille qui relançait le commerce du vainqueur, ou contribuait à créer sa renommée. En parallèle, une grande célébration avait lieu pendant trois lunes entières : beaucoup venaient de loin pour participer à l'événement, ou assister à la fête qui suivait.

Les deux femmes n'avaient pas anticipé cet événement. Au bout du dixième échec, elles durent revoir leurs exigences à la baisse et s'éloigner du port. Elles finirent par trouver, à plus d'une heure de marche, une auberge avec deux chambres de libre. Elles en louèrent une, vérifièrent qu'il ne leur manquait rien pour la suite du voyage, puis descendirent manger. Elles eurent droit à du saumon, agrémenté d'une sauce au citron et de pommes de terre. Ce plat rappela à Beth ceux qu'aimait leur préparer sa mère avant le début de la guerre. Le souvenir l'attristant un peu, elle eut envie de prendre l'air pour se changer les idées.

Elle proposa à Gyrah de visiter le marché de nuit. Sa partenaire lui opposa un refus en argumentant que des rumeurs circulaient sur des enlèvements inexpliqués dans le coin. Malgré tout, elle céda face à l'insistance de l'adolescente. Elles sortirent se promener dans les rues pavées de la zone portuaire, admirant les couleurs, les lanternes, la musique et la simplicité des marchands. Beth pensait à sa mère, originaire de cette ville. Ses parents adoptifs lui avaient appris le métier de marin. Elle avait sillonné les océans et rencontré son premier mari sur un bateau. Beth se plaisait parfois à imaginer les nombreuses aventures qu'avait dû vivre Rosa. Comme elle avait dû être forte et courageuse!

La jeune fille flâna entre les étals, tout sourire. Un pendentif assorti d'un coquillage multicolore finit par attirer son attention. Le marchand lui vanta les propriétés de l'objet, mais Beth, déjà envoûtée, l'acheta sans discuter. Elle continua jusqu'à tomber sur une échoppe qui exposait des dents de requins, des tapis à base de leurs peaux, des tableaux les représentant, et bien d'autres choses. Elle fut particulièrement écœurée par un collier fait uniquement de dents, sur lequel elle repéra un peu de sang. Face à son dégoût, le marchand argumenta :

— C'est pas du sang, ma p'tite dame. C'est d'la peinture, ça rend le collier plus sauvage. On touche au r'quin bleu qu'pendant la grande chasse. Un an après, ça peut pas être du sang, vous savez!

Rassurée, Beth étudia le reste de l'étal, tandis que Gyrah poussait des soupirs d'impatience derrière elle. Elle tomba rapidement sur des portraits des meilleurs chasseurs de requin bleu depuis trente ans!

— Ha ha! Vous voyez nos gagnants, ma p'tite dame! Des héros, j'vous dis, des héros! Pour quatre p'tites pièces, vous pouvez avoir un portrait.

Beth s'apprêtait à s'en aller, quand elle tomba sur un dessin singulier. Il montrait trois personnes : un couple de marins et une fille, qui ressemblait étrangement à... Aluna ! Cela pouvait-il être sa mère ? Elle questionna le marchand, qui répondit :

— Ah, elle ! Je m'en souviens comme si c'était hier. Cette victoire était grandiose. Le requin était si énorme, il pesait plus de...

— C'était quoi son nom ? le coupa Beth. Vous vous en souvenez ?

— Évidemment ! dit-il en souriant. Tout le monde la connaissait par ici. C'est la petite Rosa.

Beth eut l'impression de décoller du sol. Elle se sentait plus sereine, reconnectée à un pan de son arbre généalogique. Elle acheta le portrait sans marchander. Elle le rangea avec soin, et ce fut le cœur léger qu'elle continua sa promenade avec Gyrah, qui ne comprenait pas son intérêt subit pour ce dessin.

La nuit s'avéra courte. Aux premiers chants des mouettes, elles arrivaient déjà au port. Elles échangèrent leurs billets pour des places et s'installèrent dans une cabine du niveau inférieur de l'imposante embarcation. Gyrah rangea ses affaires, puis s'allongea. Beth fit de même, mais ne trouvant pas le sommeil, observa le départ du bateau depuis le hublot. Ensuite, elle engagea la discussion avec sa compagne de voyage :

— Alors, à quoi tu t'es occupée depuis la dernière fois ?

— Toujours aussi curieuse à ce que je vois. Rien que j'ai besoin de raconter à une enfant, quelques missions ici et là.

— Une enfant ? J'ai quatorze ans, figure-toi !

— Mouais. Une gamine, en gros.

— Bref... je ne vais pas me disputer, parlons d'autre chose. Ton masex, j'ai toujours eu envie de savoir...

— Pas envie de parler, la coupa Gyrah. Je vais me coucher, je suis fatiguée et c'est uniquement de ta faute. On aura tout le loisir de discuter lorsqu'on sera reposées.

Beth voulut protester, mais Gyrah avait déjà fermé les yeux. L'adolescente grogna un instant, puis se coucha à son tour. Elle dormit ce qui lui sembla être une journée entière. Lorsqu'elle se réveilla, elle avait l'impression de pouvoir courir des kilomètres sans s'arrêter. Les deux femmes dînèrent dans leur cabine, jouèrent aux cartes après que Beth l'ait proposé une dizaine de fois, discutèrent brièvement et se recouchèrent.

Les journées passèrent lentement, tellement que Beth eût le temps de terminer un ouvrage sur les plantes qu'elle avait emprunté à Tercan un mois auparavant. Elle s'amusa même à tenter quelques combinaisons et réussit à créer un élixir de sommeil ainsi qu'une pommade cicatrisante. Elle testa le premier sur Gyrah, qui fonctionna un peu trop bien : la mercenaire s'endormit sans crier gare. À son réveil un quart d'heure plus tard, elle enrageait tant que Beth dut s'excuser pendant deux lunes entières.

Une fois l'incident passé, l'adolescente décida de fabriquer une mixture encore plus efficace. Elle n'avait que peu avancé lorsque le bateau arriva à destination, aussi dut-elle interrompre l'expérience.

La ville d'Arbel les accueillit en musique. Les quais étaient pleins, les tambours résonnaient à tous les coins de rue, les hirondelles faisaient leur ronde et le soleil était au zénith. Les deux femmes débarquèrent avec une cinquantaine d'autres personnes et se faufilèrent autant que possible au milieu de la foule. Chaque mètre carré était occupé par des marchands ambulants qui tentaient de vendre le contenu de leurs sacs, des jongleurs qui essayaient d'obtenir une pièce, ou des danseurs qui n'étaient pas non plus là que pour l'ambiance. Elles réussirent à les éviter tant bien que mal, puis rejoignirent une place un peu moins noire de monde.

Bien qu'elles soient loin des quais, l'odeur de l'océan était encore forte, chose qui ravit Beth. Elle avait adoré ce premier séjour en mer, contrairement à Gyrah, qui avait eu hâte de retrouver la terre ferme. Elle anticipait donc avec joie de refaire la traversée avec Aluna et son père lorsque tout serait réglé. En famille, le voyage serait certainement des plus mémorables. Ils rendraient ainsi un hommage à leur mère, en quelque sorte. Peut-être même qu'ils navigueraient sur ses traces.

Cet espoir en tête, la jeune fille suivit sa partenaire vers la sortie de la ville. Elles s'arrêtèrent au bout d'une heure dans une taverne où elles mangèrent un copieux petit-déjeuner avant de se remettre en route. Trois heures de marche plus tard, elles haletaient. Elles louèrent les services d'un cocher et se laissèrent guider jusqu'aux limites de la cité.

Il faisait nuit noire lorsqu'il les abandonna devant une auberge. Les deux femmes s'installèrent dans une chambre, discutèrent avec quelques clients puis rejoignirent la salle commune pour manger. Durant le repas,

Beth eut la désagréable impression d'être observée. Elle en parla à Gyrah qui lui jura qu'elle rêvait :

— T'as aucune raison de t'inquiéter. Là où nous allons, personne ne nous suivra.

— Pourquoi ?

— Nous allons vers la Ville Noire, chuchota-t-elle. Rien que prononcer ce nom effraie la plupart des Thunderiens. Personne n'osera jamais nous y suivre, et quand bien même, je saurais les accueillir.

Beth demanda plus de détails sur cette ville maudite et Gyrah lui raconta à voix basse son histoire. Un homme, qui passa près d'elles, les entendit. Malgré le verre en trop qu'il avait dans le nez, il se mit à avertir toute la salle des malheurs qui guettaient quiconque s'y rendrait. Il évoqua un cannibale, des fantômes, une malédiction. Son voisin parla même d'un dragon. Toute l'assistance plongea très vite dans un silence effrayant.

Les voyageuses finirent leurs assiettes et s'éclipsèrent dans leur chambre sans attendre leur reste. L'adolescente ne sut pas si c'était lié à la malédiction, mais elle rêva cette nuit-là qu'elle se faisait capturer par un Ogre qui tentait de la dévorer. Elle se leva avec des cernes, consciente que son cauchemar était insensé – les Ogres ne mangeaient pas d'humains. Elle avala une double ration ce matin-là pour se donner des forces. Elle fit une bonne réserve de plantes, d'herbes, de nourriture et d'eau au marché le plus proche, puis rejoignit Gyrah qui achetait déjà des chevaux pour leur départ. En un rien de temps, Arbel était derrière elles.

Elles avancèrent au trot pendant une longue journée, et le soir venu, se couchèrent à la belle étoile. Le cauchemar de la veille revint hanter Beth, au point où elle ferma à peine l'œil. Pour rester éveillée le lendemain, elle mâcha un mélange de feuilles de thé, connu pour leurs propriétés revigorantes.

La lune suivante, elle proposa à Gyrah d'accélérer, mais cette dernière lui conseilla de ne pas épuiser inutilement leurs montures. Le ciel finit par lui donner tort. Il s'assombrit en plein milieu de leur seconde journée de voyage et elles durent se hâter pour trouver un abri. La pluie les surprit à l'approche du crépuscule. Elles galopèrent avec énergie. Elles finirent par dénicher une grotte creusée dans une montagne et s'y réfugièrent avec leurs chevaux.

Trempées, elles allumèrent un feu pour se réchauffer. Dès qu'elles arrêtèrent de grelotter, elles se déshabillèrent, attendirent de sécher, puis enfilèrent leur seule tenue de rechange.

— On devrait manger un peu, proposa Gyrah dès qu'elle eut repris des couleurs. On n'a rien avalé de la journée. Je prendrai le premier tour de garde.

Beth sortit de sa baluche des noix et de la viande séchée. Elles se partagèrent équitablement ce repas frugal, durant lequel la mercenaire engagea pour la première fois la conversation :

— Pas mon genre, mais je me demande ce qui te motive à faire tout ça. À aider les rebelles, à t'engager dans des missions trop dures pour toi, à apprendre à te battre. Tu n'as pas l'air pauvre et je ne crois pas que tu sois jumelle.

— Qu'est-ce qui te dit que je ne suis pas jumelle ? plaisanta Beth.

Gyrah eut un sourire moqueur.

— Des comme toi, une c'est largement suffisant.

L'adolescente serra les poings pour ne pas réagir. Elle s'expliqua :

— Mon père est en prison et il n'y a que ma sœur qui peut l'aider à en sortir. Je suis partie à sa recherche pour lui demander son aide. Tercan m'a aidé à la retrouver. En échange, je lui ai filé quelques coups de main.

— C'est aussi simple que ça ? Tu veux libérer ton père ?

— Oui, il est... tout pour moi.

Un silence s'installa de nouveau. Beth le brisa :

— Et toi ? Je sais que ce n'est pas mes affaires, mais Tercan m'a dit qu'il t'avait libéré de Garog. Tu as longtemps travaillé pour lui ?

— C'est vraiment pas tes affaires, mais je suppose qu'après ma question, j'aurais tort de t'envoyer balader. J'ai bien travaillé comme tu dis, mais pas très longtemps. Trois nuits exactement après la mort de ma mère. Tercan m'a « achetée » juste après. J'ai eu de la chance.

— Ça a dû être dur... soupira Beth qui imaginait à quoi devait ressembler la jeune Gyrah.

Puis, se souvenant d'un autre élément, elle rebondit :

— Et ce masex ? Tu portes toujours une ceinture magique, mais jamais tu ne t'en sers et parfois, tu le caresses pendant ton sommeil.

— Y a pas à dire, tu es vraiment trop curieuse, grogna la mercenaire en sortant la pierre de sa baluche. Je l'ai trouvée dans les débris d'une maison quand j'avais quatre ans, du moins c'est ce que ma mère m'a raconté. Elle était trop illettrée pour se rendre compte de sa valeur et moi, trop jeune pour le lui apprendre. Je passais des heures à me regarder dedans, j'avais l'impression d'avoir une amie. C'est stupide, non ? Bref, j'ai compris sa valeur en grandissant et en ai parlé à ma mère. Elle a voulu le vendre pour qu'on s'en sorte, mais j'ai refusé. J'y tenais trop. Elle aurait pu m'y forcer, mais elle ne l'a pas fait. Trois mois plus tard, elle mourrait d'une maladie inconnue, sûrement une cochonnerie que lui a filée un de ses clients. Depuis, c'est la seule chose qui me la rappelle. C'est un peu mon trésor.

Beth resta interdite, partagée entre l'envie de se confondre en excuses et celle de disparaître sous terre. Elle avait le sentiment d'avoir été intrusive.

— Voilà pourquoi tu es encore une enfant, conclut Gyrah avant de se renfermer de nouveau. Allez, va te coucher. On n'est pas loin de la cité, tu reverras ta sœur dans la matinée.

Beth s'allongea rapidement pour ne pas affronter le regard de sa partenaire. À sa grande surprise, elle s'endormit presque aussitôt et ne fit aucun cauchemar. Elle rêvait au contraire de sa dernière rencontre avec Aluna lorsque Gyrah la réveilla pour son tour de garde.

L'adolescente était morte de fatigue. Elle se focalisa sur les chevaux pour garder les yeux ouverts, fixa la lune lorsque ça ne s'avéra plus suffisant. Elle se força à réfléchir, pensa à son père, Elena, Aluna, sa mère, Gyrah, Tercan... Elle ressassa ses récentes aventures et malgré tous ses efforts, finit par céder à la fatigue et ferma les paupières. *Juste une seconde,* se promit-elle.

CHAPITRE 43

Quelque chose réveilla Beth en sursaut. Gyrah venait de lui donner un coup de coude. Elle était allongée près d'elle, les mains et les pieds liés. Tout en essayant de se libérer, elle lui signifia de ne faire aucun bruit.

Beth constata qu'elle aussi était prisonnière. Elle regarda prudemment autour d'elles. Elles se trouvaient toujours dans la grotte. La pluie qui les avait surprises la veille n'avait pas cessé, bien au contraire. Elle s'était transformée en tempête. Deux hommes leur faisaient dos, assis près de la sortie. Ils fixaient l'horizon en bavardant et en buvant, tandis qu'un troisième dormait tout près d'elles. Leurs chevaux, ainsi que trois autres bêtes, étaient au fond de la grotte, et leurs affaires à une dizaine de pas. L'adolescente jugea que, en bougeant, elle risquait d'attirer l'attention, aussi s'en remit-elle à Gyrah. Son acolyte avait réussi à couper les liens de ses mains et s'attaquait à ses pieds, qu'elle peinait à atteindre avec la petite lame qu'elle serrait entre ses dents. Le couteau ne faisait pas plus de neuf centimètres. Beth mourrait d'envie de lui demander d'où elle sortait l'objet et qui étaient ces hommes, mais elle n'osa prendre aucun risque. Leurs ravisseurs pensaient qu'elles dormaient ; il valait mieux que cela reste ainsi.

— Eh, Grej, tu penses qu'elle va s'arrêter quand, cette satanée pluie ?

disait l'un de ceux qui leur tournaient le dos. On dirait qu'on a mal choisi notre jour.

— C'est courant par ici après la saison des tonnerres, mais ça dure pas plus de quelques heures, répondit l'autre. T'inquiète pas, t'auras pas le temps de t'y faire qu'on aura déjà bougé ! J'ai hâte de montrer notre trouvaille au chef, on sera muté au nord, direct ! C'est moi qui te l'dis !

— C'est vrai qu'elle est mignonne la petite Hybride. Elle est même plus jolie que celle que Terzi a trouvée. Comment elle s'appelait déjà ?

— Hmm... Jull, je crois. Sa capture lui a valu un titre en or à ce bâtard !

Les regards de Beth et de Gyrah se croisèrent à la mention de la fille de Tercan. Elles ignoraient ce qui se tramait, mais elles ne devaient pas rester là. Gyrah en avait presque fini avec ses pieds.

— C'est qu'elles valent beaucoup, les Hybrides, sur le marché des esclaves, reprit le premier homme.

— Ha ha, c'est ça l'avantage de voyager ! Tu peux te faire du blé de plein de façons. Firania, c'est l'cœur de l'or. J'suis pressé qu'on m'mute là-bas. Avec tout ce que je vais gagner, je vais pouvoir me payer une jolie esclave dans la fleur de l'âge. Le rêve !

Ils se turent un instant. Les deux femmes se figèrent. Celui qui dormait au fond de la cave venait de bouger. Elles attendirent quelques secondes, le temps de s'assurer qu'il ne s'était pas réveillé, puis retournèrent à leur plan d'évasion. Gyrah s'était enfin libérée, quand l'un des deux hommes reprit :

— Eh, j'crois que l'chef n'était pas chaud pour qu'on ne soit que deux à cause d'un des pillages d'avant la saison des tonnerres. Il paraît que ça s'est très mal passé.

— Ouais, paraît qu'une gosse leur a mis leur raclée. On a perdu trois gars sur six. Et encore, on aurait pu en perdre quatre si y en avait pas un qui a eu la chance d'être seulement assommé. Autant dire que le chef a pas aimé. C'est pour ça qu'il nous a collé le dormeur. J'avais aucune envie de partager le butin avec lui, crois-moi. Mais bon, y a pas le choix. Attends, je vais voir s'il dort toujours d'ailleurs.

Gyrah s'interrompit, replaça ses liens pour faire croire qu'ils tenaient toujours et ferma les paupières. Beth l'imita. Les deux femmes sentirent l'homme passer près d'elles, s'arrêter, puis revenir sur ses pas.

— Il dort aussi profondément qu'un mort, ce gars ! Je me demande vraiment pourquoi on nous colle toujours les boulets en nous faisant croire qu'ils sont forts!

Gyrah rouvrit les yeux et constata qu'il était retourné auprès de son ami, à la sortie de la grotte.

— Eh, regarde! reprit l'autre. La tempête se calme. On va pouvoir repartir. J'aime pas ce coin, c'est par ici qu'y a la Ville Noire, non? Ça m'donne des frissons, rien qu'd'y penser.

Gyrah réussit à libérer les mains de Beth. La mercenaire lui tendit ensuite le petit couteau pour qu'elle s'occupe de ses pieds. Pendant ce temps, elle rampa vers leurs affaires. Elle saisit par réflexe sa ceinture magique et la baluche contenant son masex, qu'elle glissa en direction de Beth, puis chercha leurs armes. Elle tomba vite sur son épée. Les deux hommes ne leur prêtant toujours aucune attention, c'était maintenant ou jamais.

— Qu'est-ce que vous faites?

Gyrah leva les yeux et croisa le regard noir de celui que leurs ravisseurs appelaient «le dormeur». Vive comme l'éclair, elle empoigna son arme et tenta un coup d'estoc. L'homme esquiva avec grâce.

— Vous n'avez pas répondu, insista-t-il en la scrutant. Qu'est-ce que vous faites?

— C'est quoi ce boucan? hurla un des deux autres lascars.

En découvrant la situation, ils dégainèrent leurs dagues, et foncèrent vers la mercenaire. Elle sortit deux couteaux de son sac et les lança aussitôt dans leur direction. Le premier reçut le coup dans l'épaule, l'autre esquiva. D'un geste vif, elle chargea ensuite le dormeur. Ce dernier évita sa nouvelle attaque avec aisance, puis lui saisit le poignet. Son arme lui échappa. Elle se débattit, mais la poigne de son adversaire semblait en métal. Il s'adressa à ses confrères avec une nonchalance déconcertante :

— Occupez-vous de la gamine.

Le blessé essayait de se débarrasser du couteau dans son épaule, tandis que l'autre fondait déjà sur Beth. Enfin libre, celle-ci se leva et attaqua le brigand avec sa minuscule lame. Il évita, puis tenta de la poignarder. Elle le désarma d'un coup de pied. Il la frappa aussitôt dans le ventre; elle se plia en deux de douleur. Il la souleva alors comme si elle ne pesait rien.

— Alors, comme ça, tu voulais nous fausser compagnie ? se moqua-t-il.

Elle lança des coups de pied, mais ne réussit qu'à récolter une gifle en retour. Elle atterrit au sol. Elle ignora la douleur et fonça de nouveau vers son agresseur. Il la renvoya à terre aussi violemment que la première fois. Elle eut si mal qu'elle crut que sa mâchoire s'était décrochée. Lorsqu'elle la sentit bouger, elle ne put s'empêcher de lâcher :

— Espèce de brute épaisse !

— Ah ben, voilà, tu sais parler finalement ! la nargua-t-il.

Gyrah se débattait toujours contre le dormeur qui ne faisait même pas l'effort de se battre, tandis que le troisième homme, qui venait de retirer la lame dans son épaule, avançait vers la mercenaire en criant vengeance. La situation était clairement à leur désavantage. Pourtant, l'adolescente ne se découragea pas. Elle avait encore une carte à jouer. Elle fit mine de foncer sur son ravisseur. Il sourit, prêt à l'assommer de nouveau. Elle se baissa à la dernière seconde, glissa entre ses jambes, frappa son point faible. L'homme se tint l'entrejambe en hurlant. Elle en profita pour passer derrière lui et récupérer la dague qu'il avait laissé tomber un peu plus tôt.

Elle courut se mettre en travers du chemin du troisième brigand, pour l'empêcher d'atteindre Gyrah qui venait de se dégager de l'emprise du dormeur. Sans arme, elle l'assaillait de coups de poing, qui ne touchaient jamais leur cible.

Beth ne lui prêta plus attention lorsque son adversaire fut sur elle. Elle visa le ventre. L'homme évita, contre-attaqua. Elle esquiva, puis se baissa pour trancher la cuisse. Elle fit mouche. Le brigand grogna de douleur. La colère déformait ses traits lorsqu'il revint à la charge.

L'adolescente jeta un coup d'œil rapide à Gyrah, qui touchait son adversaire pour la première fois. Il ne vacilla même pas. Le sang qui coulait de la bouche de sa partenaire indiquait que celle-ci atteignait ses limites. Elles devaient se dépêcher.

Beth utilisa une nouvelle fois sa petite taille comme un avantage et passa entre les jambes de l'homme pour lui enfoncer sa dague dans le dos. Il tomba en avant en hurlant. Son compagnon, qui se tenait encore les parties, revint à la charge. Beth esquiva ses coups les uns après les autres, à la recherche d'une idée.

— Cours ! entendit-elle Gyrah crier. Prends mon trésor avec toi !

Au même moment, Beth reçut un crochet du droit. Elle fut projetée plusieurs mètres plus loin. Le monde disparut sous une pluie de taches noires quand elle heurta le sol.

En revenant à elle quelques minutes plus tard, Gyrah se battait uniquement contre le dormeur. Le second homme était à terre dans une mare de sang, le premier, grièvement blessé, peinait à se redresser pour panser ses plaies. La mercenaire avait toujours son couteau et haletait à en perdre ses poumons.

Beth puisait dans ses réserves pour se lever, quand Gyrah encaissa un coup à l'épaule. Du sang gicla. Les yeux de l'adolescente se mouillèrent. Elles étaient si près du but... Elle secoua la tête pour remettre de l'ordre dans ses idées. Gyrah lui avait demandé de s'enfuir avec son trésor. En d'autres termes, son masex. Elle voulait se sacrifier pour elle. Beth ne la laisserait pas faire. Elle protègerait la pierre au péril de sa vie, mais elle ne l'abandonnerait pas.

Leurs baluches étant trop près du dormeur, elle saisit le masex, rampa jusqu'à la ceinture magique que Gyrah lui avait glissée plus tôt et l'enfila. Elle y accrocha ensuite la pierre. Elle se maintint debout avec peine, les jambes flageolantes. Elle avait l'impression de peser une tonne. Elle avança tout de même. Lentement, mais sûrement. Lorsque son amie fut à portée de pas, elle avait plus de maîtrise sur son corps. Elle se sentait plus légère et retrouvait son équilibre.

Gyrah se battait toujours avec rage, même si son adversaire la surpassait à tous les niveaux. Elle attaqua, esquiva, et malheureusement... fut trop lente. L'arme ennemie la transperça. Beth écarquilla les yeux d'horreur. Le monde s'arrêta au moment où la lame se retira du corps de son amie et qu'elle cracha du sang en se tenant le ventre. Gyrah, sa partenaire, son guide... allait mourir ?

— Pitié... cours... murmura son amie avant de s'écrouler au sol.

L'adolescente ne trouva pas la force de lui obéir. Elle avait peur. Elle avait envie de pleurer, de rentrer à Minabis, de se réfugier dans sa résidence confortable. Elle voulait embrasser son père et partager un repas avec Aluna, revoir sa mère, revenir en arrière, ne plus grandir ! Les adultes lui prenaient tout.

— Alors, gamine, c'est ton tour, je suppose ?

Elle comprit, au regard noir du dormeur, qu'il n'hésiterait pas à la tuer, marché d'esclaves ou pas. Cet homme était la mort incarnée.

Il ne lui en fallut pas plus pour trouver la force de fuir. Elle s'élança hors de la grotte, dans une course effrénée qu'elle n'aurait jamais pensé pouvoir tenir. Sa vitesse l'étonna elle-même. Le sol était mouillé, mais assez dur pour lui permettre une avancée stable, et elle avait suffisamment mémorisé la carte pour savoir où elle allait.

Bientôt, le dormeur fut dans son dos. Il avait dû perdre quelques secondes pour réveiller sa monture, la sceller et se lancer à sa poursuite. Elle entendit les sabots de son cheval au loin. Elle continua sans prêter attention au vent dans ses cheveux, contourna quelques rochers et tomba sur les limites d'un champ de maïs carbonisé par la foudre. Elle s'y précipita au moment où une étrange énergie parcourut son corps. Elle gagna en vitesse. Ses jambes frôlaient à peine le sol ; elle avait l'impression de voler !

Elle traversa le champ comme une flèche. Le masex à sa ceinture brillait lorsque le vent se leva. Une autre tempête se préparait. L'apparition de fortifications en bois au loin lui arracha un cri de joie : la cité ! C'est alors qu'elle crut entendre le hennissement d'un cheval. Elle paniqua. Elle jeta un coup d'œil derrière elle et sentit une main se plaquer sur son visage. La seconde d'après, elle décollait du sol.

Elle cligna des paupières et réalisa qu'elle avait rêvé. Elle avait eu peur. Non... elle AVAIT peur ! Elle devait retrouver sa sœur, libérer son père, vivre ! Galvanisée par ces sentiments, elle alla encore plus vite. Elle devint le vent incarné. Elle se fondit dans le souffle des prémices de la tempête et disparut du champ de vision de son poursuivant.

La cité se rapprochait. Elle hurla de toutes ses forces pour que quelqu'un ouvre les portes :

— À l'aide ! À l'aide !

Elle ignorait comment s'arrêter ; la magie la portait malgré elle. Elle n'avait aucun contrôle dessus. Si elle continuait, elle se fracasserait contre les murs de la cité et c'en serait fini d'elle.

— À l'aide ! Je ne peux pas m'arrêter ! s'égosilla-t-elle de nouveau.

Son cœur battait la chamade. Elle hurla jusqu'à se vider les poumons. Elle s'épuisait, mais la magie continuait d'agir.

La porte était dangereusement proche lorsqu'une tête dépassa enfin des hauteurs des murs de la cité. L'homme portait une capuche, mais elle eut l'impression qu'il avait la peau bleue. Elle songea que la magie lui jouait des tours.

— Ouvrez ! s'écria-t-elle. Je ne sais pas m'arrêter !

L'individu disparut à l'intérieur et l'adolescente paniqua. Elle allait entrer en collision avec la double porte lorsque celle-ci s'ouvrit à la dernière seconde. Elle passa au travers. Elle rencontra un autre obstacle, qu'elle emporta dans sa chute. Le choc fut si violent qu'elle perdit connaissance. Alors, seulement, le masex à sa ceinture cessa de briller.

~

L'adolescente mit longtemps à revenir à elle. Elle avait rêvé que son père se faisait exécuter et avait lutté pour quitter les méandres du sommeil. À présent, elle entendait des voix. Elle cligna plusieurs fois des yeux. Lorsque sa vue s'éclaircit, elle repéra près d'elle un jeune Mini-As, ainsi qu'une femme au sourire accueillant. Elle pleura de soulagement.

— Elle pleure ! fit l'enfant.

— Chut, Orrïn, ne la secoue pas ! Elle a sûrement vécu une sorte de traumatisme. Elle avait du sang sur elle quand on l'a trouvée.

Beth vit qu'elle avait été changée. Elle voulut remercier ses sauveurs, mais aucun son ne sortit de sa bouche. Ses paupières pesaient une tonne, de même que le reste de son corps. Elle refermait les yeux, quand quelqu'un entra dans la pièce. Il était grand, avait la peau bleue et...

— Par Maldas ! Un Orgade ? s'écria-t-elle.

— Pardon, je ne voulais pas te faire peur, s'excusa l'intéressé.

Sa voix était douce. Il se rapprocha. Il avait un bandage à la tête et se tenait les côtes en grimaçant. C'était sûrement lui, l'obstacle qu'elle avait cogné en arrivant. Elle s'apprêtait à lui demander pardon, quand il se couvrit d'une cape et s'installa près d'elle :

— Je suis désolé, vraiment.

De plus près, Beth réalisait qu'il ne devait pas être plus âgé qu'elle.

— C'est moi... C'est la première fois que je vois un Orgade, souffla-t-elle. Mais quand même, je n'aurais pas dû réagir comme ça. Pardon.

L'Orgade lui sourit, puis ajouta :

— Tu vas bien sinon ?

Elle allait répondre, lorsqu'elle se rappela le portrait de sa mère dans la poche de son ancien pantalon. C'était tout ce qu'il lui restait de ses affaires personnelles.

— Mon pantalon... vous l'avez encore ? J'ai... j'ai quelque chose dedans.

— Je sais, intervint la femme au sourire accueillant. J'ai vu une sorte de dessin dans une des poches. Je l'ai mis de côté avec ton masex.

Beth souffla de soulagement. Le souvenir de sa mère était intact, le trésor de Gyrah également.

Une autre silhouette entra dans la pièce. Elle dut cligner plusieurs fois des yeux pour s'assurer qu'elle ne rêvait pas. Elle ne sut pas d'où lui vint la force, mais elle quitta son lit de fortune pour se jeter dans les bras de sa sœur.

— J'ai fait aussi vite que j'ai pu, Beth, s'excusa Aluna. Je suis désolée de t'avoir fait attendre.

L'adolescente pleura, mais de joie cette fois. Toutes les épreuves qu'elle avait vécues prenaient enfin sens.

— Aluna ! Je t'ai enfin retrouvée ! Je n'y croyais plus, je t'ai enfin retrouvée !

Sa sœur lui rendit son étreinte.

— Moi aussi je suis contente de te voir, souffla-t-elle avec chaleur. Ça va ?

Beth leva les yeux vers elle et essuya les larmes qui coulaient sur ses joues.

— Ça va mieux, maintenant.

— Tu avais du sang sur toi, s'inquiéta Aluna. Qu'est-ce qui s'est passé ? Qu'est-ce que tu fais là ? Où est ton père ?

Beth sourit malgré elle.

— Il s'est passé tellement de choses depuis la dernière fois qu'on s'est vues ! Tu ne me croiras pas quand je te les raconterai.

— Moi aussi j'ai des choses à te raconter, mais on en discutera plus tard si tu veux bien. Je pense qu'on a besoin de repos d'abord, toutes les deux.

Aluna était encore sous le choc de ce qu'elle avait découvert récemment et de ce qui s'était passé ensuite, mais elle se réjouissait de revoir sa sœur. Elle ne savait ni ce qu'elle faisait là ni ce qui lui était arrivé pour qu'elle ait du sang sur elle. Elle craignait les réponses, mais elle décida de profiter du moment présent. Alors qu'elle pensait avoir perdu toute sa famille, voilà que sa benjamine se trouvait devant elle. Elle l'avait cherchée, elle l'avait retrouvée, elle l'aimait, c'était tout ce qui comptait.

Aluna ébouriffa affectueusement les cheveux de sa petite sœur. Beth éclata aussitôt d'un rire contagieux. Bientôt, toute la pièce s'esclaffa. Aluna se surprenait à ressentir de la joie, et un sentiment d'appartenance qu'elle pensait ne jamais éprouver. Le poids des révélations de Siruth s'effaçait au fur et à mesure de leurs rires, de même que l'image de Xerox. Elle avait des amis et de la famille dans cette pièce. Elle leur faisait confiance; ils la rendaient plus forte. Qu'elle décide ou non de se lancer dans cette rébellion, ils la soutiendraient. Elle ne serait pas seule. Plus jamais.

ÉPILOGUE

« FUIR, C'EST RENONCER; RESTER, C'EST ACCEPTER DE SE PERDRE. »

Pendant ce temps, du côté des Terres Sacrées…

~

— Irvin, dépêche-toi !

— Je fais ce que j'peux, grand'ma !

— Allez ! Orlin est déjà prête depuis longtemps ! Et n'oublie pas tes gants !

— D'accord, d'accord.

Irvin les enfila en faisant la moue. Tamehla vérifia qu'elle avait tout, puis jeta un coup d'œil à la fenêtre. Tout était sombre. Parfait.

— Allez, on y va. Sans bruit, les enfants.

Ils acquiescèrent tous les deux. La vieille femme les prit par la main et les entraîna à pas lents à l'extérieur de l'appartement.

Elle s'en voulait d'agir ainsi, mais elle n'avait plus le choix. Elle avait laissé un mot d'explications à sa fille qui, elle l'espérait, arriverait à lui pardonner un jour. Dès qu'elle avait évoqué l'idée de la fuite, Amenith avait tout de suite été contre. Elle se voilait la face. Panadil l'avait avertie, et elle savait désormais qu'il avait eu raison.

Ses petits-enfants avaient un… pouvoir. Depuis la mort d'Elza, tout avait changé. Ils avaient « grandi ». Trop vite. Ils avaient commencé à marcher, parler, courir, bien avant l'âge. Ils essayaient de comprendre le phénomène lorsque la servante de sa fille avait elle aussi eu une étrange crise cardiaque. Ce fut le signe de trop. Avec l'aide de son gendre, Tamehla avait caché le corps. Ils l'avaient enterrée derrière la chapelle en espérant que personne n'irait fouiller là-bas. Ils savaient tous que ce décès, en plus du développement hors norme des enfants, faisait d'eux des cibles. Sans compter que le dernier « accident » avait encore accéléré leur croissance : ils avaient pris deux ans en seulement quelques lunes. Les cacher était dès lors devenu une nécessité.

Tamehla avait passé des semaines à lire les écrits sacrés pour comprendre ce phénomène. Même s'ils savaient tous que leurs ancêtres, les Anciens, avaient détenu des pouvoirs avant que les Dieux ne les en prive, Tamehla ignorait le type de magie qui existait alors. Sa lecture l'informa du fait que certains Anciens — appelés les « Draineurs » — aspiraient la vie au toucher. Plus la victime était jeune, plus ils en gagnaient. Les Draineurs grandissaient ainsi à une vitesse incroyable, puis se nourrissaient de cette énergie pour maintenir leur vigueur.

Depuis, Tamehla avait pris soin d'isoler ses petits-enfants et de toujours leur faire porter des gants, en espérant que ça suffise. Il n'y avait pas eu d'autres accidents, mais le danger demeurait. À moins d'un an, ils en paraissaient presque cinq. Et si les gens découvraient leurs pouvoirs, ils les tueraient, Heridil le premier ! Seulement, lorsqu'elle avait proposé la fuite à sa fille, en allant jusqu'à lui confier les avertissements de Panadil, Amenith avait ri à s'en tordre l'estomac. Elle avait ensuite regardé sa mère avec pitié :

— Maman, il faut vraiment que tu passes à autre chose. Oublie papa, s'il te plaît. Il te détruit.

Puis, elle s'en était allée. Tamehla avait enragé de l'intérieur, mais elle n'avait pas insisté. Elle avait simplement préparé son départ. Elle avait raconté une histoire à dormir debout aux jumeaux et établi un plan.

Elle avait pensé à emprunter le labyrinthe fleuri, mais n'en connaissant pas les secrets, elle avait écarté cette piste. Elle avait alors décidé de partir à la campagne, dans la région où son amie Elza avait passé cinq ans à s'occuper de son petit-fils. Elle serait toujours sur les terres sacrées, mais loin du château. Elle avait préparé quelques provisions et surveillé les allées et venues pendant plusieurs lunes. Elle avait fini par trouver le moment parfait. Le ciel couvert de nuages offrait une pénombre idéale, tandis que l'équipe postée à l'entrée sud était de taille réduite. Il y avait une importante célébration le lendemain — la date anniversaire de leur découverte des terres sacrées —, et tout le monde ne parlait que de ça. Les nobles et les employés du château se couchaient tôt pour être prêts, tandis que les gardes de nuit passaient le temps en essayant et commentant leurs tenues d'apparat. Ils quittaient même souvent leurs postes pour discuter et simuler le grand Défilé auquel ils prendraient part bientôt. C'était un soir idéal pour disparaître.

La vieille femme traversa couloir après couloir dans un silence absolu. Elle n'alluma aucune torche, de peur de se faire repérer. Elle avait appris son itinéraire par cœur, aussi n'avait-elle pas besoin de lumière. Elle redoubla de vigilance en approchant la sortie sud. Il y avait deux gardes, qui elle l'espérait, décideraient de s'éloigner de la grande porte. Elle avait tout de même prévu une mixture capable de les endormir en quelques secondes. Elle lui avait coûté très cher au marché noir, ce genre de produit étant interdit à la distribution.

Orlin tira sur sa robe, alors qu'ils se rapprochait de la porte. Tamehla la fit taire d'un geste. L'enfant baissa la tête, la mine boudeuse. Tamehla avança avec prudence, les jumeaux à sa suite. Elle finit par repérer les gardes en train de discuter dix mètres plus loin. Ils ne regardaient pas dans sa direction. C'était maintenant, ou jamais !

Elle passa discrètement. Restaient encore les marches qui donnaient sur le jardin sud. Ils les descendirent avec délicatesse. Une fois en bas, elle félicita les jumeaux pour leur coopération. Ils lui obéissaient toujours au doigt et à l'œil. C'étaient de bons gamins.

Ils se lancèrent dans la traversée du jardin plongé dans la pénombre. Il n'y avait pas un chat dehors. Ils accélérèrent le pas. Ils n'avaient qu'un kilomètre à parcourir avant de tomber sur la grande place de la fontaine, d'où ils pourraient emprunter le chemin menant aux quartiers sud, puis vers la campagne.

Orlin tira de nouveau sur sa robe.

— Qu'est-ce qu'il y a ? chuchota Tamehla, exaspérée.

— Je crois qu'on n'est pas seul, grand'ma.

— Quoi ?

Tamehla se retourna brusquement. Personne. Excepté la brise, elle n'entendait rien.

— Tu as rêvé, Orlin. On y...

Elle s'interrompit en percevant des bruits de pas. Quelqu'un approchait. Son cœur cogna dans sa poitrine. Sans hésiter, elle saisit la main de ses petits-enfants et se mit à courir.

Au premier tournant, une ombre apparut devant elle. Elle paniqua et plaqua une dose de sa mixture sur le visage de l'inconnu, qui laissa échapper :

— Mais qu'est-ce que... ?

Il s'effondra dans la seconde. Tamehla ne chercha pas à savoir de qui il s'agissait. Elle contourna le corps et continua sa course effrénée. Un rire dément l'arrêta après quelques pas. Un frisson lui parcourut l'échine. Elle aurait reconnu ce son diabolique entre mille.

Elle se retourna et aperçut sa silhouette. Elle fit demi-tour dans la seconde. Un autre individu l'arrêta dans sa course et plaqua une main contre sa bouche. Elle sentit une mixture à l'odeur familière envahir ses narines. Elle s'effondra avant même d'avoir pu se débattre.

— Grand'ma ! hurlèrent les jumeaux.

Son corps s'alourdit, mais elle ne perdit pas connaissance. Elle sentit qu'on la portait, même si elle ne savait plus ni où elle était ni où se trouvaient ses petits-enfants. Ses yeux se fermèrent petit à petit.

Tamehla baigna longtemps dans le noir. Quand elle revint à elle, le décor avait changé. Elle devina en se redressant qu'elle était de retour au château. Elle se trouvait sur un lit douillet, dans une pièce dont les tapisseries seules valaient plus que tout ce qu'elle possédait. Il n'y avait qu'une torche près de l'entrée, ce qui expliquait la semi-pénombre ambiante. Elle repoussa les draps en hâte et se leva. Elle était en robe de chambre. Elle jura, n'aimant pas l'idée qu'on l'ait triturée pendant son pseudo-sommeil, puis se rua vers la porte. Elle tourna plusieurs fois la poignée. Elle ne bougea pas. Elle était prisonnière.

Tamehla réfléchissait lorsqu'elle entendit de nouveau ce rire, la même sonorité cauchemardesque qu'elle avait crainte ces derniers mois. Il était là, mais où ?

— Tu me cherches ?

La pièce était si grande qu'elle n'avait pas tout de suite remarqué sa présence. Il se tenait dans un de ses angles, caché par la pénombre. Il la surveillait dans l'ombre ; un malade.

— Où sont mes petits-enfants ? cracha-t-elle.

— Dans un lieu sûr, répondit-il en approchant davantage.

La torche révéla enfin son visage. Tamehla en fut, comme à chaque fois, troublée. Panadil aurait eu le même visage s'il avait vécu aussi longtemps. Pourquoi la mort avait-elle épargné cet homme et pris Panadil ?

— Rends-les-moi ! hurla-t-elle sans retenue.

— Pourquoi ? Je suis leur grand-oncle ainsi que le roi. J'en prendrai grand soin. Mieux que toi en tout cas. Quelle grand-mère enlèverait les enfants de sa propre fille ? C'est cruel, tu ne trouves pas ?

Sa voix était d'une froideur effrayante.

— Je ne les ai pas enlevés ! J'ai juste...

Tamehla réalisa alors l'étrangeté de la situation. Comment Heridil avait-il su pour sa fuite ? Et pourquoi s'était-il chargé lui-même de sa capture ? Il avait tout le château à son service. Envisageait-il de la faire disparaître discrètement ?

— Comment as-tu su... ?

Il la dévisagea avant d'éclater de rire.

— Quel naïf, ce Panadil ! Dire que j'étais persuadé qu'il t'avait tout dit !

— Quoi ?

Il s'esclaffa un moment, puis reprit son air narquois :

— Vu que tu vas finir au trou, pourquoi pas tout te révéler après tout ? Et puis, j'aime bien l'idée que mon frère t'ait tout caché. Je ne suis pas le seul menteur ici.

Tamehla ne dit rien. Elle attendit qu'il poursuive.

— À la fin de l'ère Ancienne, une prophétie a annoncé que chaque génération verrait naître une paire d'héritiers, des héritiers du pouvoir, de la magie, expliqua-t-il. Des jumeaux. J'en suis un, tout comme l'était Panadil. Il était capable de contrôler les gens, et moi... eh bien je suis une sorte de traceur, une carte humaine. Je « sens » les gens à une certaine distance. Une fois que je les ai touchés, le lien se renforce et je suis capable de sentir tous leurs déplacements, quelle que soit la distance. Lorsque Panadil et moi étions réunis, on pouvait faire des choses bien plus effrayantes encore. Avec lui, je voyais et je sentais tout ! Les gens n'avaient que peu de secrets pour moi ! Enfin, pour nous, dans un sens. Nous étions en communion, nous étions un, nous étions puissants !

Il prit une grande inspiration, avant de continuer :

— Mais il a fallu qu'il parte, qu'il gâche tout. Il m'a peut-être condamné à ne rester que l'ombre de ce que nous étions, mais ce n'est pas fini. J'ai repris les choses en main. Tu imagines les possibilités avec ta progéniture ?

Il leva les bras au ciel de façon théâtrale.

— Elles sont infinies !

Tamehla ne comprenait pas. Elle essaya de rassembler ses idées, mais plus rien n'avait de sens.

— Ce n'est... pas possible, bégaya-t-elle. La magie n'existe plus, les livres sacrés disent que...

— Les livres mentent, l'interrompit-il. Tout simplement. Et tu le sais bien. Tu sais de quoi sont capables tes petits-enfants chéris.

Les pièces s'emboîtèrent peu à peu dans l'esprit de la vieille femme. Heridil l'avait trouvée parce qu'il pouvait la « sentir ». Elle frissonna de terreur. Elle n'avait jamais eu la moindre chance de s'en sortir. Ses genoux se ramollirent, mais elle s'efforça de rester droite pour la suite. Si elle se basait sur les dires d'Heridil, ses petits-enfants étaient également des héritiers, comme Panadil et son frère avant eux.

— Pourquoi Panadil est-il parti dans ce cas ? interrogea-t-elle. Pourquoi a-t-il eu besoin de réduire... votre magie ? Qu'en faisiez-vous ?

Heridil haussa les épaules.

— Ce que nous en faisions ? Nous servions Père, nous tuions pour lui.

— Ça n'a pas de sens, l'ancien roi a toujours été bon et sage !

Un éclair de rage passa dans le regard d'Heridil.

— Père affichait des airs de souverain parfait, mais c'était... un monstre. Quand il a compris ce que nous étions, il nous a entraînés jour et nuit, manipulés, battus, et j'en passe. Il nous a utilisés pour faire des choses dont un enfant ne devrait même pas connaître l'existence. Il disait que c'était nécessaire pour devenir des héritiers dignes de lui. Nous le croyions, nous faisions tout pour lui plaire. Mais lorsque nous avons découvert que tous ces « Impies » que nous tuions à sa demande n'étaient pas des monstres, tout a changé. J'ai fini par m'y faire, mais Panadil n'a pas pu le supporter. Il s'est enfui pour empêcher Père de continuer son règne de terreur. Il se fichait pas mal de m'abandonner ici et de brider mon pouvoir dans le même temps !

Tamehla écarquilla les yeux. Les Impies n'étaient pas leurs ennemis ! L'ancien roi utilisait donc ses enfants pour les soumettre. Cela expliquait l'arrivée du carrosse de vivres qu'elle avait vu. Les Impies leur payaient-ils des taxes ? En échange de quoi ? La réponse à cette question l'effrayait trop. Tout était... faux ? Si cette partie l'était, alors... toute l'histoire des terres sacrées n'était-elle qu'un tissu de mensonges ?

Le monde de Tamehla s'effondrait. Le roi avait asservi les Impies, Panadil s'était enfui pour l'affaiblir. Si les Impies s'en étaient rendu compte, ils auraient déjà contre-attaqué. Ce n'était pas encore le cas, mais tôt ou tard, ils le feraient. Le roi le savait et avait cherché d'autres héritiers pour remplacer ses fils. Elle se remémora toutes les attentions de ce dernier à propos de la grossesse de sa fille et s'écria :

— Par Nehla ! Il... il... !

Heridil vit dans son regard effrayé qu'elle avait compris son plan. Il lui adressa alors son sourire le plus mesquin et claqua des doigts. La porte derrière Tamehla s'ouvrit. Un homme trapu apparut sur son seuil. Il saisit les mains de la vieille femme, qu'il croisa dans son dos. Celle-ci se débattit vainement. Elle était aussi impuissante qu'une mouche prise dans une toile d'araignée.

— Tu ne gagneras pas, Heridil ! jura-t-elle. Je t'en empêcherai !

— Je meurs d'envie de te voir essayer, commenta-t-il.

Puis, à son homme de main, il ajouta :

— Conduis-la à sa cellule.

Il obéit. Tamehla hurlait qu'elle lui ferait payer, mais Heridil n'écoutait plus. Il tenait enfin sa vengeance. Il dominerait le monde avec plus de fermeté que son père et Tamehla ne pourrait qu'observer son règne depuis la cellule qu'il lui avait préparée. Elle regretterait de l'avoir rejeté, lui qui l'aimait tant. Et même si elle ne regrettait rien, qu'importe. Elle était à sa merci.

Il éclata d'un rire franc, un de ceux qu'il n'avait pas eus depuis des années. Elle ne lui échapperait pas. Personne ne le pourrait. Ni elle, ni sa progéniture, ni les Impies. Personne.

FIN

COEUR DE FLAMMES

CONTINUE !

Pour découvrir **une nouvelle inédite** qui raconte les circonstances dans lesquelles Rosa Sachs a été contrainte d'abandonner sa fille, ainsi que toutes les informations concernant le tome 3, rejoignez la newsletter de l'autrice sur son site internet.

www.namitayo.com

REMERCIEMENTS

L'écriture de ce tome fut mouvementée et très enrichissante. J'ai beaucoup appris durant ce processus, essentiellement grâce à Franck qui a été d'une patience à toute épreuve, mais aussi grâce à mes bêta-lectrices de choc, Cécile et Émilie, ma relectrice qui ne jure que par la structure, Élise, ainsi que tous ceux qui ont joué le rôle d'alpha-lecteurs et sans qui tout ceci ne serait resté qu'un projet : Marzouk, Hikmath, Khaleedath, Alicia, Koubourath et Alexandra.

Je remercie aussi mes parents, amis et collègues pour tous les encouragements, ainsi que tous les fans de la saga qui, par leurs messages enthousiastes, m'ont donné la force de réaliser cette réédition.

Merci à tous et à toutes, et à bientôt dans la suite de Cœur de Flammes !

Nami.

COMMENTAIRES

Votre lecture touche à sa fin... mais votre soutien peut encore tout changer.

Si ce livre vous a ému(e), captivé(e), surpris(e) — ou même tout ça à la fois —, prenez une minute pour laisser un commentaire sur la plateforme de votre choix. C'est grâce à ces mots que de nouveaux lecteurs et lectrices découvriront l'univers de *Cœur de Flammes*.

Parlez-en autour de vous, ou glissez un mot sur ma page Instagram.

Le bouche-à-oreille est le trésor le plus précieux pour une autrice indépendante comme moi.

Merci du fond du cœur pour votre présence et votre soutien.

Nami

www.ingramcontent.com/pod-product-compliance
Lightning Source LLC
LaVergne TN
LVHW030907080826
845145LV00010B/2798

* 9 7 8 2 4 8 7 4 0 6 1 8 6 *